OPERATIE MONSTRANS

ENCKELS & DEWIT

OPERATIE MONSTRANS

Een Kareem Zeiz thriller

WITSAND UITGEVERS

'Maar als zij zich niet kunnen beheersen, kunnen zij beter trouwen dan door verlangen verteerd te worden'

(Eerste brief van Paulus aan de Korintiërs hfst. 7, v. 9)

1

Diepenbeek

Toen de stank kwam opzetten, de geur van bederf verfijnd met een wolkje ammoniak, die in de luchtwegen bleef kleven en langs gaten en kieren de huizen binnensloop, rees het vermoeden dat er iets aan de hand was. Diezelfde dag nog vonden twee jonge agenten van de lokale politie onder de muziekkiosk op de Varkensmarkt iets dat als een rolmops in een tapijt was gedraaid. Een kadaver, veronderstelden zij eerst. De stank trotserend ontdekten ze tot hun ontzetting dat het geen dood beest was, maar een menselijk lichaam in een verregaande staat van ontbinding.

Het was hoofdinspecteur Johan Neefs die de dode onder de muziekkiosk aan een technisch onderzoek moest onderwerpen. Neefs was een autoriteit op het gebied van sporenzekering, maar die dag zou hij volgens zijn collega's van de Hasseltse recherche serieuze steken laten vallen. Misschien speelde de hitte hem parten. Of was het zijn leeftijd? Neefs was de dag daarvoor 58 geworden en vertoonde de laatste tijd tekenen van uitgeblustheid. Zijn assistente, de onlangs tot inspecteur bevorderde Eefje Smeets, zou later vertellen dat Neefs die dag een lethargische indruk maakte, alsof hij uit een diepe slaap was ontwaakt en er elk moment weer in kon wegzakken.

De situatie was van een haast stuitende banaliteit, meende Neefs. In de bestelwagen van de technische dienst trok hij zijn beschermpak aan en wierp vanuit de geopende deur een eerste blik op de plaats delict. Neem nu dat glibberige spoor van witte vleesmaden van de kiosk naar de kerk, waar een agent de smurrie van zijn broekspijp aan het vegen was – waarschijnlijk had hij per ongeluk met zijn knie de gistende dode aangeraakt. Die ordinaire vleesmaden vertelden Neefs dat het lijk tussen de zeven en de negen dagen oud moest zijn. De hoge temperaturen hadden het ontbindingsproces ongetwijfeld versneld. Het was eind augustus en er heerste al sinds enkele weken een heuse hittegolf. De dode lag onder de kiosk, een smeedijzeren constructie op een natuurstenen sokkel in de vorm van een achthoek. Hij lag in een soort kruipkelder, een ruimte van anderhalve meter hoog die afgesloten was met een metalen luik, en was zorgvuldig in een tapijt gedraaid. Geen voor de hand liggende plaats voor een dode. En toch, dacht Neefs, was het allemaal zo voorspelbaar. Dit was de gebruikelijke rotzooi. Terwijl hij en Eefje op handen en voeten door het luikje naar binnen kropen, snoven ze tegen wil en dank een aroma op dat zich tot in het diepste van hun vezels zou nestelen, als een duistere herinnering aan wat de essentie van het leven is: sterven en tot voedsel dienen van nieuw leven.

Ze hadden het tapijt voorzichtig opengerold – het maakte een zuigend geluid, als een kleverig snoepje dat van zijn verpakking wordt bevrijd – en onderzochten het lichaam, dat in een organisch geheel met het tapijt leek te zijn vergroeid.

'Er zit nog leven in onze jongen,' zei Neefs cynisch, terwijl hij met zijn in witte rubber verpakte vingers de krioelende wormen beroerde.

Ze verrichtten hun werk automatisch en legden de sporen vast. Ondertussen stonden de agenten die de vondst hadden gedaan tegen de gevel van de kerk over te geven, en dat bleven ze doen ook nadat de maagsappen en de gal waren opgebruikt. De braakreflex ontstaat volstrekt onbewust, wist Neefs uit ervaring. Onderdrukken kan je hem tot op een bepaald punt, maar als dat overschreden is, gaan de sluizen open. Plotseling was hij de braakgeluiden beu. Hij stak zijn kop door het luik naar buiten en riep naar de twee agenten dat ze ergens anders moesten gaan kotsen.

Daarna werd het stil en konden ze rustig verder werken. Niemand kwam hen nog storen. Ramptoeristen bleven op een respectabele afstand.

Wat Neefs zich afvroeg was waarom Eefje voor deze klotejob had gekozen. Was het omdat ze in deze functie weinig concurrentie te duchten had? Van één ding was hij zeker: ze was een ambitieus strebertje, met de juiste connecties. Als hij met pensioen ging, zou niets haar promotie tot technisch coördinator nog in de weg staan. Maar misschien deed ze dit werk gewoon graag, bedacht hij, en dat zou pas verontrustend zijn. Zijn eigen keuze was twintig jaar geleden ingegeven geweest door het toeval. Er was een plaats bij de technische recherche vrijgekomen en hij had zijn buik vol gehad van dronken vechtersbazen en burenruzies. Zelf had hij in de loop der jaren geleerd de gruwel als een normaal onderdeel van zijn job te accepteren. En alles tot de essentie terug te brengen. Geur bijvoorbeeld, zo wist hij onderhand, was niets anders dan een samenstelling van aeroscopen, kleine moleculaire deeltjes die verdampen uit een stof. Een Duitse herder heeft tweehonderd twintig miljoen reukcellen, een mens beschikt met zijn vijf miljoen reukcellen over veel minder, maar ze stellen hem nog altijd in staat wel tienduizend verschillende geuren te onderscheiden. Reuk is ons gevoeligste maar meest onderschatte zintuig. Er was dus niets mis met de geur van het lijk, wat die twee jonge agenten daarover ook mochten denken. Ook al ging het in dit geval inderdaad om extreme stank. En de brij vlees die rond het geraamte hing, als een vage herinnering aan wat ooit een menselijk lichaam was geweest, ook dat was normaal, het maakte deel uit van het gewone ontbindingsproces. En toch was Neefs, nog voor hij hier was gearriveerd, bevangen door een walging die hij niet meer van zich af kon zetten, en die niets te maken had met de stank of de aanblik van de dode. De walging was komen opzetten toen hoofdcommissaris Vanderweyden hem had gebeld met de mededeling dat er een lijk was gevonden op de Varkensmarkt in Diepenbeek, en dat het om een verdacht overlijden ging. Zijn eerste reactie was geweest de telefoon uit te schakelen en te vluchten. Omdat hij wist wat op hem afkwam: de saaie, glansloze banaliteit, de wanstaltige werkelijkheid, die elke verrassing uitsloot.

Het was ook nooit eens mooi. Hij had in zijn hele loopbaan nog nooit een schoon lijk gevonden. De lijken waren altijd stinkend en vies geweest, besmeurd met bloed of andere lichaamssappen, vaak verminkt, met opzet beschadigd. Dieren verscheuren elkaar zonder fantasie. Mensen maken elkaar kapot. Zelfs in een vlaag van zinsverbijstering slaagt de mens er bij de vernietiging van zijn medemens in zijn wreedheid efficiënt te kanaliseren, dit wil zeggen met veroorzaking van zoveel mogelijk overbodige schade en pijn. Strikt genomen

7

maakt het geen verschil. In essentie is een letsel niets anders dan de onderbreking van de continuïteit van het weefsel door de inwerking van uitwendig geweld. Maar wat ook de oorzaak van de letsels was, het was altijd ontmoedigend lelijk. Dat was een vaststelling, geen aangename, maar het was de waarheid. Daarom was hij begonnen met naar detectives te kijken op de televisie, vanwege de schone lijken die daar werden gepresenteerd en omdat hij die leugens een verademing vond.

Neefs voelde het zweet in jeukerige beekjes over zijn lichaam lopen. De kruipkelder baadde in een verschroeiend licht, vanwege de krachtige halogeenlampen die in de ruimte waren opgesteld. De synthetische beschermpakken waren tegelijk een zegen en een kwaal. Hij had het gevoel dat zijn lichaam op het punt stond te exploderen. Alsof onder zijn huid vloeibare lava kronkelde, zoekend naar een zwakke plek waar het kon uitbreken, in een orgasme van hitte dat aan al het aardse een einde zou maken. De dode was een man, zoveel was duidelijk. Hij droeg geen kleren. Zijn rechterhand, waarin zijn kunstgebit zat geklemd, lag op zijn geslacht. Ongeveer ter hoogte van de borst zat een van bloed en weefsel doortrokken blad, een papiertje, A5-formaat schatte hij. Ze konden niet ontdekken of er iets op stond geschreven. Het zat met twee metalen krammen vast in het borstbeen, alsof iemand het daar met een luchtdrukpistool had bevestigd. Neefs keek naar zijn collega en zag haar heel even aarzelen. Diezelfde korte aarzeling had hij bij zichzelf gevoeld.

Zou het kunnen dat er een grens was bereikt? vroeg Neefs zich af. De grens van wat hij kon verdragen? Aan alles kwam een einde en dan was er een nieuw begin. Tenzij er onverwacht vertragingen optraden – zoals de beslissing van de regering om de pensioenleeftijd met twee jaar op te trekken.

'Hij heeft een heupprothese,' hoorde hij Eefje zeggen. Haar stem klonk dof achter het beschermmasker.

Toevallig wist Neefs heel goed wat een heupprothese was. Hij wist er meer van dan de doorsnee burger. Dat kwam omdat hij enkele weken geleden zijn moeder had begeleid bij haar bezoek aan een orthopedisch chirurg. Dit hier, constateerde hij, was een *total hip implant*, waarbij zowel de kom als de steel uit metaal waren vervaardigd. 'Lang leve het roestvrije staal,' mompelde hij.

Ze legden de dode zoals hij daar lag in de lijkenzak. Op dat ogenblik besliste Neefs hem meteen naar het mortuarium te laten overbrengen. Het ergerde hem dat de gerechtsdokter op zich liet wachten. Op de tegenwerpingen van Eefje reageerde hij met een gebaar van verachting. Er was geen enkele reden om aan te nemen dat een plaatselijk forensisch onderzoek iets zou opleveren. Het was immers duidelijk dat het misdrijf niet op deze plaats was gepleegd.

'Mijn geduld is op,' zei hij, zonder daarmee iets speciaals te bedoelen. Vervolgens liet hij het tapijt, waarin de dode was gevonden, op een afvalcontainer gooien, samen met de resterende rommel die in de kioskkelder was aangetroffen.

Sommigen beweerden dat het geen toeval was dat commissaris Vannuffel een laatste blik kwam werpen op de plaats delict en dat Smeets hem had gebrieft. Vannuffel stapte uit de dienstauto, liet zijn zware lichaam op het geopende portier rusten en wees met een vermoeid gebaar naar het tapijt dat boven op de afvalcontainer lag. Uit zijn keel ontsnapte een schrapende ademhaling en op zijn gezicht rustte de gekwelde trek van de zwaarlijvige mens, die de hoge temperaturen als een aanslag op zijn vrijheden beschouwt.

'Is dat het bewuste tapijt waar de dode in lag?' hijgde hij.

Neefs knikte. Hij opende een van de koelboxen in de koffer van de dienstauto en hief een plastic zak in de lucht. Er zaten reepjes stof in. 'Ik heb er een paar stukjes uit geknipt,' zei hij, 'dat is voldoende voor het forensisch onderzoek. Bovendien zijn er foto's gemaakt.'

Vannuffel trok een bedenkelijk gezicht. 'Het tapijt is bewijsmateriaal, dat besef je toch wel?'

Neefs kreunde. Hij had geen greintje respect voor Vannuffel en liet dat ook op tijd en stond blijken. 'Zoals ik al zei, dit is de manier waarop we te werk gaan,' zei hij.

'Haal het tapijt weer uit de container,' beval Vannuffel.

'Is dat een grapje?' vroeg Neefs.

'Nee, dat is een dienstorder,' repliceerde Vannuffel. Er verscheen een grijns op zijn gezicht.

Neefs keek zijn overste een paar seconden lang verbaasd aan. In zijn ogen was Vannuffel een nitwit die zijn positie niet aan zijn kwaliteiten als politieman te danken had. Hij haalde zijn schouders op. Wat kon het hem nog schelen? Dit was een verhaal van hiërarchische waanzin dat hoorde bij een gewone werkdag, zoals hij er in zijn loopbaan ontelbare had beleefd. Samen met Eefje haalde hij het tapijt weer van de container en verpakte het zorgvuldig in plasticfolie. De bestelwagen van de technische dienst was al vertrokken, dus laadden ze het in Neefs' eigen auto. De rol was te lang voor de kofferruimte en dus moesten ze hem tot tussen de voorste autostoelen doorschuiven. Eefje moest het pak even optillen, zodat Neefs de handrem kon ontgrendelen. Ze waren nog maar net vertrokken toen de geur kwam opzetten.

Het was belachelijk, besefte Neefs, terwijl ze met de raampjes open verder reden. Hij keek naar zijn collega en kon een lach niet onderdrukken. Zij trakteerde hem op een blik van diep misprijzen. Dat was nieuw, die houding van haar. Ooit had ze naar hem opgekeken. Maar vreemd genoeg maakte hij zich ook daar geen illusies meer over. De jongen vreten de ouden, zo ging dat nu eenmaal. Hij zou nog een tijdje in deze mallemolen blijven meedraaien, tot hij zijn veertig dienstjaren achter zich had en van een volledig ambtenarenpensioen kon genieten. Een kille angst sloeg hem om het hart. Zover was het dus gekomen. Hij was een cynische oude man aan het worden...

2

Toen Daniël Bonnet de autoweg verliet en het parkeerterrein opreed, had de zon haar hoogste punt bereikt. De staalblauwe hemel
was doorweven met romige streepjes wit, alsof iemand er met een
lepeltje doorheen had geroerd, en in een flits kwam de gedachte bij
hem op dat het leven een wonder was en dat God het zo had ge-
wild. Maar die gedachte was slechts heel kort; de plaats waar hij zich
nu bevond was oerlelijk. Hij parkeerde de auto achter een groezelig
bakstenen gebouwtje, dat fungeerde als toiletruimte. Verderop stond
een vrachtwagen met Duitse nummerplaat. De raampjes van de bestuurderscabine waren afgesloten met gordijntjes. Verder leek alles
verlaten, de velden op de achtergrond waren grotendeels aan het
zicht onttrokken door een rij hoge coniferen, die hun natuurlijke
groen hadden geruild voor de kleur van het asfalt. Er viel geen plekje
schaduw te bespeuren. Over het parkeerterrein hing een zindering
die de lucht deed trillen en een sluierachtige waas over de dorre be-
planting wierp.

Bonnet klikte zijn veiligheidsgordel los, maar liet de motor draai-
en. Ondanks de airco zweette hij overvloedig. Zijn hemd plakte tegen zijn huid. De hitte komt van binnenuit, bedacht hij, net zoals
het verlangen, dat ook ontspruit aan het hart van de mensen. En de
drift. Hij moest denken aan zijn goede biechtvader Lode Busschaert,
bij wie hij donderdagavond voor het laatst zijn hart was gaan luchten. Busschaert had hem de volgende stelling meegegeven: 'God
heeft zijn eigen zoon als mens in dit bestaan gestuurd en zo afgere-
kend met de zonde.' Dit, besefte Bonnet, was de essentie van zijn
bestaan als priester, en deze boodschap, die in de Bijbel stond, zou
zijn leidraad moeten zijn: Jezus nam het lijden van de mensen op
zich. En dus zou je altijd moeten beginnen bij jezelf. Alleen door
jezelf te veranderen, veranderde je de wereld. Maar hij besefte dat hij

de kracht miste. Hij had gefaald. Hij was het ambt van priester niet waardig. Of was er geen andere weg en had God hem deze beproeving opgelegd? Het was hoe dan ook te laat.

Met duim en wijsvinger peuterde hij het vel papier uit zijn broekzak. Het was een print van de foto die de jongen hem had gemaild. Hij vouwde het blad open, legde het op zijn rechterdij, streek de plooien glad en bestudeerde het onscherpe beeld. Een tengere meisjesachtige knaap staarde in de lens. Hij lag naakt uitgestrekt op een ouderwetse afgeschoten divan met rood bloemetjesmotief en hield zijn opgerichte geslacht in zijn linkerhand. In zijn linkertepel zat een piercing. Bonnet ging met zijn vinger over de kreuken in het papier. Een golf van begeerte schoot door hem heen. Sedi, zo noemde de jongen zich op de chatsite, was zeventien jaar oud. Maar was dat ook echt zo? Dit leek het lichaam van een dertien- of veertienjarige. Sommige jongens blijven lang kind, bedacht Bonnet. Wat telde was de officiële leeftijd. Voor zover je hen kon geloven natuurlijk. Die mannelijke hoertjes deden alles voor het geld, ook liegen. Sedi zou in een witte Ford Ka komen, had hij gezegd, alleen. Hij had dus zijn rijbewijs gehaald. Hoewel je ook daar niet zeker van kon zijn.

Zijn verlangen had hem een kwartier te vroeg naar de afspraak gejaagd. Hij liet de rugleuning achterover kantelen, zocht een behaaglijke positie en sloot zijn ogen. Maar hij vond geen rust. Het beeld van de jongen zweefde hem voor de ogen en in gedachten fantaseerde hij over de dingen die hij met hem zou doen. Hij had genoeg geld bij zich voor een extraatje, hij wist nog niet wat, er zou hem ongetwijfeld iets te binnen vallen. Maar de belangrijkste vraag was waar hij de jongen mee naartoe zou nemen, daar was hij ook nog niet uit. Hij vloekte, vroeg God meteen daarna om vergeving. Als zijn zus Magda niet bij hem was ingetrokken, had hij de jongen gewoon mee naar huis genomen. In de pastorij hadden ze ongestoord samen kunnen zijn en daar had niemand hen kunnen horen. Nu zouden ze het bos moeten intrekken. En daar waren risico's aan verbonden. Maar hij wist dat hij dat ervoor overhad. Busschaert had hem op het hart gedrukt zich voorlopig gedeisd te houden, tot die vervelende afpersingszaak achter de rug was. Maar dat ene verzetje wilde hij zichzelf nog gunnen. Hij keek naar de foto en zuchtte diep.

Er was geen weg terug nu, zijn lust was groter dan zijn verstand.

Hij moest even zijn ingedommeld. Met een ruk schoot hij wakker. Er was een auto het parkeerterrein opgereden. Het was een zwarte terreinwagen, die de vrachtwagen voorbijreed en een plaats zocht bij de coniferen. Het was nu drie uur, Sedi kon elk moment aankomen. De voorstelling dat de jongen bij hem in de auto stapte en naast hem ging zitten, deed zijn hart sneller kloppen. Waarnaar zou hij ruiken en smaken? Naar zon en zout? Zijn huid zou samentrekken in de kilte van de airconditioning, zijn tepels zouden hard worden. Bonnet kreunde inwendig. Terwijl ze naar het bos reden, zou hij met zijn rechterhand het jonge, hete lichaam verkennen. De gedachte daaraan maakte hem bijna misselijk van verlangen.

Hij had voor het afspraakje maximum twee uren ingeruimd. Daarna werd hij verwacht in de kapel van het bejaardenhuis De Visserij in Diepenbeek, voor een misviering ter ere van een vrouw die honderd jaar was geworden. De gedachte bekroop hem dat het een abnormaliteit was dat een menselijk lichaam een eeuw kon standhouden. Hij veegde met een bezwete hand over zijn klamme voorhoofd en speurde het parkeerterrein af. De jongen was er nog altijd niet.

Uit de terreinwagen stapte een man. Hij liep naar de toiletten. Bonnet verstelde de autostoel weer tot zitstand en zette de motor af. De man was in de toiletruimte verdwenen. Bonnet stond er altijd versteld van dat er mensen bereid waren hun behoefte in zo'n onbewaakt autowegtoilet te doen. Het gebouw maakte een gore indruk en de hygiënische omstandigheden waren ongetwijfeld navenant. Maar als jongeman had hij daar anders over gedacht, herinnerde hij zich. Toen hij in Rome studeerde, ging hij weleens naar de openbare toiletten rond het Sint-Pietersplein, om andere mannen te ontmoeten. Hij herinnerde zich nog goed de scherpe geur van urine en de weeë geur van sperma. Daar, in die stinkende Romeinse toiletten, had de verborgen wereld van de seks zich aan hem geopenbaard. Hij had zijn duivelse klauwen op hem gelegd en hem nooit meer losgelaten. Daar was samen met de begeerte ook zijn lijden begonnen.

Plots viel er een schaduw naar binnen. Hij schrok en keek op. De eigenaar van de terreinwagen slenterde voorbij. Het kon niet anders of hij moest de toiletruimte langs een andere uitgang hebben verlaten. Het was een man met een snor en een grote zonnebril. In het voorbijgaan knikte hij naar Bonnet en wierp een blik in de wagen. Bonnet knikte wantrouwig terug. De foto van Sedi lag nog altijd op zijn dij. Had hij die gezien?

De man bleef staan en hield zijn rechterhand in de zak van zijn jasje. Hij bestudeerde de voorkant van Bonnets wagen en bukte zich. Het leek wel of de kerel uit een tv-serie uit de jaren zestig was weggelopen, zo zag hij eruit in zijn ouderwetse kleren. Toen hij zich weer oprichtte, schudde hij het hoofd. Was er iets mis met Bonnets voorwiel? Hij maakte een uitnodigend gebaar naar Bonnet om uit te stappen. Toen die niet reageerde, kwam hij met uitgestoken hand dichterbij, alsof hij van plan was de autoklink vast te grijpen. Bonnet vroeg zich af of hij de knop van de centrale vergrendeling moest induwen. Maar daarvoor was het nu te laat. De man stond al naast de wagen. Vanuit zijn ooghoeken zag Bonnet een andere wagen het parkeerterrein oprijden. Hij draaide zijn hoofd en schrok. Het was een politiewagen. De man zag het nu ook en leek net als Bonnet te verstijven.

Bonnet startte de auto. Terwijl hij van het parkeerterrein wegreed, zag hij in zijn spiegel dat de man terugliep naar de terreinwagen. De politiewagen had halt gehouden voor het autowegtoilet. Bonnet dwong zichzelf rustig te blijven. Snel wegrijden zou hem verdacht hebben gemaakt in de ogen van de politie. Hoewel hij niets verkeerds had gedaan, bedacht hij plots. En toch had hij het gevoel op iets betrapt te zijn. Zodra hij op de autoweg was, duwde hij het gaspedaal in.

Een paar afritten verder verliet hij de autoweg en reed op goed geluk een bos in. Een verharde zandweg bracht hem over een heuvelachtig terrein. Tussen de bomen waren grote open plekken waar de heide bloeide. Maar de pracht van de natuur kon hem niet bekoren, zijn hart klopte nog altijd in overdrive. Waarover wond hij zich eigenlijk op? Er was immers niets gebeurd. De man op het parkeerterrein kwam hem weer voor de geest. Er was iets dat niet klopte. Er was iets met het gezicht dat hem rillingen bezorgde. En die kleding. Wie droeg er nu een trui? Het was bloedheet buiten. En dan die gestreepte debardeur – een honderdjarige zou hij niet hebben misstaan.

Bonnet verliet het pad en volgde een hobbelig spoor in het hoge gras dat over een met paarse heide begroeide heuvel voerde. Hij had het gevoel dat hij de eerste mens op aarde was die hier kwam. In de schaduw van een berkenboom hield hij halt, hij zette de motor af en gooide het autoportier open. Op de stoel naast hem lag de foto van Sedi. Hij staarde ernaar. Waarom was hij zo in paniek geraakt? Als hij rustig had gewacht tot de politie weg was, had hij Sedi kunnen oppikken en mee naar hier nemen. Die kans was nu verkeken. Dit zou een ideaal plekje zijn geweest. Hier zou niemand hen zijn komen storen. Hij knoopte zijn broek los, nam zijn geslacht in de hand en staarde er verbaasd naar, alsof hij voor een moment vergeten was waarvoor het diende. Toen begon hij te masturberen, zijn ogen gefixeerd op de foto van de jongen. Enkele seconden later kwam hij klaar, luid kreunend en ongeremd. Zijn kreet klonk als een vloek; de spijt en de woede overstemden het genot. Uit het bos steeg een krijsconcert van vogels op. Een konijn rende over het pad, alsof de duivel hem op de hielen zat.

Toen pas voelde hij echt hoe heet het was. De hitte had ongemerkt bezit genomen van zijn lichaam en deed hem nu naar adem happen. Een sprookjesachtig geruis bereikte hem, als van een verre zee. Maar dat was inbeelding, wist hij. Het zat allemaal in zijn hoofd. De wind was ingeslapen. De wereld hield zijn adem in.

3

Hoofdinspecteur Kareem Zeiz bevond zich in het stationsbuffet, dat uitzag over het plein waar de bussen stopten. Hij stond aan de tapkast, zette zijn lippen aan het vette kraagje van zijn eerste cappuccino en staarde naar buiten. De reizigers verdrongen elkaar bij de halteplaatsen, als naar gewoonte, maar hun zinloze gevecht had iets slooms, alsof het zich onder water afspeelde. Het is de hitte, dacht Zeiz. Die maakt het leven langzamer. Maar in plaats van dat te accepteren, won de overtuiging veld dat het leven alleen nog leefbaar was in met airco gekoelde ruimtes. Tot zijn grote vreugde was er nog geen airco in het stationsbuffet. Een ventilator aan het plafond zorgde voor wat luchtverplaatsing. Dat herinnerde hem aan de Gare Maritime in de haven van Tunis, waar net zo'n ventilator had gehangen. Hij was er met zijn grootvader geweest, toen hij elf jaar oud was. Ze hadden een reis naar Europa gemaakt. Babu, zoals hij zijn grootvader noemde, wilde niet met het vliegtuig reizen, omdat hij schrik had om neer te storten. Ze hadden daarom de bus naar El Kef genomen en waren daar op de trein naar Tunis overgestapt. In Tunis hadden ze in het café van de Gare Maritime gewacht op de ferry die hen naar Genua zou brengen. Zeiz voelde een steek in zijn maag. Als hij aan zijn grootvader dacht, kwamen ook altijd de schuldgevoelens opzetten. Hij had Babu de laatste jaren van zijn leven verwaarloosd, hij was zelfs niet naar zijn begrafenis geweest.

Op het televisiescherm boven de tapkast begon een extra journaal van tv Limburg, over een verdacht overlijden in de kathedraal van Hasselt. De journaliste, een jonge vrouw met gemillimeterd kapsel, stond voor de hoofdingang van de kerk en berichtte met een gedrevenheid die niet in verhouding stond met de feiten, ook al waren die volgens Zeiz ernstig: Lode Busschaert, de deken van Hasselt, was die morgen vermoord aangetroffen in de kathedraal. Zeiz was zelf niet katholiek opgevoed – zijn vader was een rabiate vrijzinnige – maar hij kende natuurlijk de naam van de deken. Hij wist ook dat een deken een pastoor was met een hogere functie, een soort opperpriester.

Hij had de journaliste al enkele malen ontmoet op een persconferentie; haar naam schoot hem niet te binnen. Hij moest toegeven dat hij haar aantrekkelijk vond, maar haar gedrevenheid was slechts pose. Blijkbaar waren televisiejournalisten tegenwoordig acteurs, die de kijkers het gevoel moesten geven dat ze doordrongen tot de kern van een drama en daarbij hun betrokkenheid etaleerden met opgeklopte empathie. Maar de moord op een priester in de kathedraal van de provinciehoofdstad was uiteraard *breaking news*, besefte Zeiz.

De beelden toonden een indrukwekkende politiemacht, die een cordon rond de kerk had gelegd. Op de achtergrond zag Zeiz hoe zijn collega's van de technische recherche een kist langs een zijingang naar binnen droegen. Hoofdinspecteur Johan Neefs wierp een gekwelde blik in de richting van de nieuwsgierige omstanders, alvorens snel te verdwijnen. Zeiz herkende ook commissaris Willy Vannuffel, die zijn omvangrijke lichaam in de kijker wrong en zich als een strateeg tussen de agenten bewoog. Zijn lichaamstaal was duidelijk: hij was de baas en dat mochten alle camera's registreren. Zeiz huiverde. Vanaf het begin dat hij bij de Hasseltse recherche werkte, nu bijna twee jaar geleden, had hij een gespannen relatie gehad met Vannuffel. Hij slaagde er niet in die middelmatige blaaskaak als zijn chef te beschouwen en de conflicten hadden zich dan ook opgestapeld.

Maar dat probleem leek hier en nu veraf. Zeiz bestelde een tweede cappuccino en keek dromerig naar de zondronken reizigers op het Stationsplein. Hij had drie weken vakantie en daarvan waren nog twee weken te gaan. Hij stond versteld van zijn eigen onverschilligheid. Op nauwelijks een paar honderd meter hier vandaan was een moord gepleegd, bovendien een moord die tot de verbeelding sprak, maar hij deed alsof hij een gewone burger was en geen officier van de recherche. In normale omstandigheden zou hij zijn vakantie meteen hebben uitgesteld om met ongeveinsde ijver aan het werk te gaan. Vakantie had hij trouwens altijd als een vervelende onderbreking van het normale levensritme beschouwd, en zijn woning als een noodzakelijke bivakplaats. Maar vanmorgen was hij zelfs met tegenzin de deur uitgegaan.

En daar had hij ook een reden voor: in het gelijkvloerse appartementje van amper vijftig vierkante meter groot, in een desolaat woonblok op de Kempische Steenweg, met een tuintje dat uitgaf op het oude kerkhof, wachtte een vrouw op hem. Met een beetje geluk, bedacht hij, sliep ze nog als hij straks thuiskwam. Dan zou hij weer bij haar tussen de lakens kunnen kruipen en doen wat hij had gedaan als hij geen dringende afspraak had gehad.

Er was iets gebeurd dat Kareem Zeiz niet meer voor mogelijk had gehouden en dat te vergelijken was met een gigantische tsunami: hij was tot over zijn oren verliefd geworden.

Het kantoor van advocaat Abdul El Moodi lag in een gerenoveerd pand op de Havermarkt. De flamboyante Marokkaan met het vlinderdasje begroette Zeiz met het gebruikelijke slappe handje en de afwezige blik.

'We leven in een hypocriete samenleving,' opende El Moodi het gesprek, nadat Zeiz had plaatsgenomen aan het ouderwetse houten bureau, dat overwoekerd was met documenten, in die mate zelfs dat Zeiz zijn nek moest strekken om de advocaat over de rommel heen in de ogen te kunnen kijken. En hij vervolgde: 'Er heerst in dit land een totaal gebrek aan kwaliteit en beschaving.' Hij staarde Zeiz vanachter zijn dikke brillenglazen aan, als was hij een verloren gelopen kind. 'A propos, vindt u niet dat het hier lekker ruikt, nu alle asbest is opgeruimd? Ze zeggen dat asbest geurloos is, maar dat betwist ik ten zeerste.' Zeiz was ooit voor een andere zaak hier geweest, toen het gebouw nog in renovatie was en hij herinnerde zich dat de advocaat toen over het asbestprobleem had gesproken. 'Maar om op onze beschaving terug te komen,' zei El Moodi, 'weet u dat mijn proces tegenwoordig wordt gemaakt in de media? Ze beweren dat ik een juridische formalist en een procedurepleiter ben. Ja ja, die termen gebruiken ze, alleen maar omdat ik mij gespecialiseerd heb in het verdedigen van asielzoekers. Een linkse journalist noemde mij zelfs een 'rechtenmelker'. Nu, luister hoe de redenering gaat: de asielzoekers betalen mij van hun karige leefloon. Quod: ik word eigenlijk betaald met belastinggeld. Dus ik, meester Abdul El Moodi, leef van het OCMW.' Hij ademde diep in en vervolgde met trillende stem: 'Terwijl ik gewoon de wet toepas, mijnheer Zeiz. En niets dan de wet. Moet ik dan weigeren om die sukkelaars juridisch bij te staan? Moet ik het gratis doen? Weet u wat het probleem hier in dit land is? Ze zeggen maar iets, er wordt gebrald en gespuwd vanachter de dranghekken.' Hij ging met een ruk overeind zitten. 'Maar ik heb u niet eens een kop koffie aangeboden.' Hij riep over zijn schouder naar een tussendeur: 'Arabel! Deux tasses de café, s'il vous plaît!'

Ze wachtten. Een ijzige stilte vulde de kale ruimte, maar niemand kwam opdagen. De tussendeur bleef gesloten. Zeiz schrok toen El Moodi plotseling verderging: 'Hetzelfde gebrek aan beschaving zien we vandaag weer, met die zogenaamde moord in de kathedraal van Hasselt. U weet er meer van dan ik, vermoed ik, u bent immers de politieagent hier... En niet de eerste de beste... Ik neem aan dat u de dader al op de hielen zit?'

'Dat moeten mijn collega's dit keer zonder mij doen,' zei Zeiz, 'ik heb vakantie.'

'Ah zo, vakantie?' El Moodi sprak dat laatste woord lettergreep na lettergreep uit, alsof hij het voor de eerste maal hoorde. 'Wat ik zeggen wilde, is het volgende: het valt mij op dat alweer het proces wordt gemaakt voor de feiten op tafel liggen. Want wat hoor ik een journalist op de radio zeggen? Het slachtoffer, dat toevallig een priester is, zou volgens anonieme bronnen gelieerd zijn aan het pedofilieonderzoek binnen de Katholieke Kerk. Gewoon zo, zonder boe of bah, wordt er een roddel gelanceerd. Over mogelijke officiële onderzoeken, klachten of veroordelingen ten aanzien van deze persoon wordt niet gesproken. Er wordt gewag gemaakt van anonieme bronnen, meer niet. Het slachtoffer kan zich niet meer verdedigen, gelukkig zou ik maar zeggen, hoe cru dat ook klinkt, want hoe kan je je tegen zo'n verhaal verdedigen? Hoe kan je een mogelijk anonieme bron van antwoord dienen? Trouwens, waar rook is, is vuur, hé? En wat denkt het bloeddorstige volk nu? Eindelijk, een ontuchtige priester die zijn verdiende straf heeft gekregen. En u, mijnheer Zeiz, zeg eens eerlijk, wat dacht u toen u het nieuws hoorde?'

Zeiz wist niet wat hij moest zeggen. Toen hij zonet het televisie-verslag van de moord op de Hasseltse deken had gezien, had hij ook even aan het pedofilieonderzoek gedacht.

'Zoals ik al zei, ik ben met vakantie,' ontweek hij de vraag. 'Ik ben dus niet op de hoogte van het onderzoek.'

'Ik zeg het u,' besloot El Moodi zijn tirade, 'wij leven hier in een apenland.' Hij sloeg zich met vlakke hand tegen het voorhoofd. 'Ach, dat was ik helemaal vergeten, Arabel begint vandaag een uurtje later. Wilt u misschien water? Plat water uit de Aldi kan ik u aanbieden, want de espressomachine is een raadsel voor mij. Of kraantjeswater met lood? Stel u voor, we dachten dat alles in orde was en nu blijkt dat we loden waterleidingsbuizen hebben… U wilt niets drinken? Ook goed…' Hij scharrelde tussen zijn papieren. Uiteindelijk haalde hij een mapje tevoorschijn. 'Maar nu ter zake. Ik heb u hier uitgenodigd om te praten over de asielprocedure van uw protégee, mevrouw Pema Darjeen. Onder vier ogen. U zult zich afvragen waarom.' Hij zuchtte en keek Zeiz indringend aan. 'U weet toch dat ze liegt?'

Zeiz schrok. 'Ze heeft me haar vluchtverhaal verteld… Ik kan niet anders dan het geloven.'

El Moodi knikte. 'Ik ben het volledig met u eens, mijnheer Zeiz, als advocaat denk ik er net zo over. Wie zijn wij om hen te veroordelen, als ze hun lot willen verbeteren? Ayaan Hirsi Ali loog ook toen ze in Nederland aankwam, anders was haar asielaanvraag afgewezen. Maar de situatie van mevrouw Darjeen verschilt toch grondig van die van mevrouw Hirsi Ali. In tegenstelling tot Hirsi Ali heeft Pema Darjeen van meet af aan een negatief advies gekregen. In feite hebben we dat aan de organisatie Human Rights Watch te danken. Ze doen hun werk soms te goed. Zoals u weet zitten in Pema's dossier geen elementen die toelaten om haar politiek asiel te verlenen. Integendeel, haar relatie met de Chinezen was nogal dubbelzinnig. Ze genoot bepaalde voordeeltjes toen ze nog in Tibet woonde. Dissidente Tibetanen van het Tibetan Youth Congress in België zouden in haar nadeel hebben getuigd.' El Moodi grijnsde. 'Ik heb haar gezegd dat ze voet bij stuk moest houden en bij haar verhaal moest blijven. Maar u begrijpt dat dit haar zaak er niet eenvoudiger op maakt.' Hij sloeg het mapje dat voor hem lag open. 'Maar er is nog een reden waarom ik u heb laten komen. Ik ben de naam van uw protégee tegengekomen in een dossier, namelijk dat van Fatih Moulamma, bijgenaamd "de Pakistaan". En ik heb ook vernomen dat haar naam opduikt in een andere zaak, die van de Marokkaan Abdel Al Waawi. Heeft ze die naam ooit in uw bijzijn genoemd?'

Zeiz schrok, maar schudde het hoofd. Al Waawi kende hij maar al te goed. Die man was al eerder in zijn leven opgedoken, als huisjes-melker in het appartementsblok waar hij woonde.

'Zijn dit cliënten van u?' vroeg Zeiz.

'Fatih Moulamma wàs mijn cliënt,' antwoordde El Moodi. 'Maar u zult begrijpen dat ik niet veel details over die zaak kan geven. Ik ga mijn boekje nu al te buiten door met een buitenstaander te praten over een dossier, zonder eerst mijn cliënt om toestemming te heb-ben gevraagd. Ik beschouw het evenwel als mijn morele plicht u van deze link op de hoogte te brengen. Officieus dan toch. De Pakistaan is actief in de branche van de Aziatische kunst- en antieksmokkel en wordt ook verdacht van mensenhandel.' Hij keek Zeiz indringend aan. 'U hebt met Pema Darjeen een… vertrouwensrelatie… klopt dat?'

'Zoiets, ja,' zei Zeiz.

'Dan kunt u haar daarover aanspreken, neem ik aan,' zei El Moodi, 'zonder mijn naam te vermelden uiteraard…'

Zeiz zweeg. Wat El Moodi net had verteld, verbaasde hem niet. De meeste vluchtelingen maakten gebruik van de diensten van crimi-nele organisaties, die voor hen vluchtroutes uitstippelden, hun valse papieren verschaften of een bepaald statuut probeerden te arrange-ren. En dat had Pema ook gedaan. Daar had hij met haar al over gepraat. Sommige herinneringen waren voor haar pijnlijk geweest. Dat ze hem niets over die Pakistaan en die Marokkaan had verteld, beschouwde hij niet eens als een leugen. Moest hij het verleden weer oprakelen en haar met deze details lastigvallen?

'Heeft die zogenaamde link een invloed op haar asielprocedure?' vroeg hij.

El Moodi schudde het hoofd. 'De Dienst Vreemdelingenzaken heeft hier niets mee te maken.' Hij zwaaide met zijn hand. 'Doe ermee wat u wilt. Het is mijn taak de proceduremogelijkheden van mevrouw Darjeen ten volle te benutten, daarvoor heeft u mij aange-nomen. Ik zet alles nog eens op een rijtje: als het beroep dat we nu hebben aangetekend ook wordt afgewezen, en daar mogen we wel van uitgaan, dienen we een nieuwe asielaanvraag in op grond van mogelijke nieuwe feiten, die dan zullen opduiken.' Hij knipoogde. 'Pas als ook die aanvraag en het daaropvolgende beroep worden afgewezen, zijn we definitief uitgeprocedeerd. Maar u begrijpt dat deze gerechtelijke weg behoorlijk lang kan zijn en dat er op die weg ook fouten kunnen worden gemaakt. Die fouten kunnen resulteren in de nietigverklaring van het vonnis. Er is dus altijd uitstel van executie. En dat is goed nieuws.' Hij maakte een vreemd gebaar met zijn vingers over zijn papieren, alsof hij de kruimels van een ontbijt verwijderde en glimlachte breed. 'Het zou in het slechtste geval zelfs mogelijk zijn om een goede afloop af te kopen, heb ik vernomen van andere cliënten die in een vergelijkbare situatie zitten.'

Zeiz twijfelde of dit goed nieuws was. Pema had meer dan drie jaar nodig gehad om te komen waar ze nu was: in een provinciestadje in België. En het zag er dus naar uit dat ze daar ook niet zou kunnen blijven. Ze had gelogen tegen iedereen, om haar doel te bereiken. Maar het had allemaal niets geholpen. Een intense triestheid maakte zich van hem meester. Maar het besef van haar tegenspoed maakte zijn liefde voor haar alleen maar groter.

El Moodi grijnsde. 'U ziet er niet echt gelukkig uit. Gaat u akkoord met deze strategie of vindt u nu ook dat ik een rechtenmelker ben? Weet u, er zijn lucratievere domeinen voor een jurist dan het asielbeleid. Hoewel ik niet ga klagen, mijn agenda zit overvol. Maar ik ben geen onmens, ik kan die sukkelaars toch niet het volle tarief aanrekenen? Dat geldt natuurlijk niet voor u, hoofdinspecteur Zeiz. U bent een officier van de politie, u zult wel goed uw brood verdienen. U kan ik zonder gewetenswroeging de normale prijs vragen.' Hij tikte iets in op het toetsenbord van zijn computer en even later gleed een document uit de printer. Hij overhandigde dat aan Zeiz. Het bedrag dat erop vermeld stond, was veel hoger dan Zeiz had gevreesd. Maar hij besefte dat dit de rekening was voor alle consultaties samen en dat waren er in de laatste maand vier geweest.

El Moodi sloeg het dossier dicht. 'Ik prefereer betaling in cash, mijnheer Zeiz.'

Zeiz haastte zich naar huis. De voorbije week was misschien wel de gelukkigste in zijn leven geweest. Pema had haar kamertje opgezegd en was bij hem ingetrokken. Sindsdien waren ze geen moment van elkaars zijde geweken. Misschien liep hij weer te hard van stapel, maar hij verlangde naar haar met heel zijn lichaam en ziel. Ooit zou er een tijd komen dat hij een keuze moest maken, bedacht hij. Zijn job als politieagent had altijd een ernstige relatie in de weg gestaan, dat was in het verleden gebleken.

Toen hij de Kempische Steenweg insloeg, versnelde hij onbewust zijn pas. Voor het eerst in zijn leven had hij het prettige gevoel dat de keuze ditmaal gemakkelijk zou zijn.

Het gebouw waar hij sinds kort woonde, bestond voor een groot deel uit kamertjes van tien vierkante meter groot, voorzien van een wastafel. Vooral alleenstaande buitenlandse mannen zochten er hun toevlucht. Het was er altijd een broeierig komen en gaan, maar die exotische drukte beviel Zeiz wel. Hij woonde in een van de hoek-appartementen, die groter waren en dus ook duurder, op de gelijk-vloerse verdieping, met een tuintje en een berkenboom waarin een koppel eksters zijn nest had gebouwd. De muren van zijn flat waren lichtgroen geverfd en de rieten meubeltjes had hij in de kringloop-winkel gevonden. Sinds Pema bij hem was ingetrokken en haar spul-letjes in het interieur een plaats had gegeven, leek er een exotisch licht te hangen. Voorzichtig deed hij de deur van de flat open en snoof de frisse, vrouwelijke geur op. Hij verbeeldde het zich niet: hij had echt het gevoel dat hij thuiskwam.

Ze lag nog in bed. Dat merkte hij pas toen hij het laken een beetje opzijschoof. Ze was zo fijn gebouwd, soms leek het alsof ze gewoon tussen de plooien van de lakens was verdwenen, en het gebeurde weleens dat hij 's morgens wakker schrok en in paniek naar haar be-gon te zoeken. In het vage licht dat door de gordijnen scheen, kreeg haar huid een zijdeachtige glans.

Hij deed zijn kleren uit en kroop in bed, met trage gebaren, als een oude indiaan in een geluidloos ritueel. Hij reikte naar haar, maar het volgende moment was ze al bij hem en nestelde zich tegen hem aan. Ze vertelde iets, of beter gezegd, ze fluisterde iets in haar moedertaal, iets dat hij niet verstond maar dat hij wel meende te begrijpen. 'Ja, kom hier bij mij, liefste,' fluisterde hij terug. Zijn hand verdween gewoontegetrouw naar de plaats waar hij scheen thuis te horen, tussen haar benen, en hij voelde hoe zijn adem van geluk stokte. Ik blijf hier bij jou, dacht hij, en niemand, zelfs niet de minister van Binnenlandse Zaken, kan mij van gedachten doen veranderen.

4

Niet de minister van Binnenlandse Zaken, wel onderzoeksrechter Lieve Engelen maakte een abrupt einde aan de idyllische vakantie van Kareem Zeiz. Hij zat net met Pema in de tuin te ontbijten toen Engelen hem belde. Het was dinsdagochtend, vier dagen na de moord op de Hasseltse deken. Het was erg vroeg, de zon was nog niet boven de oude bomen van het kerkhof uitgestegen. Maar de eksters waren al aan de slag en vlogen luidruchtig af en aan. Ze hadden in de berkenboom een nest vol jongen om voor te zorgen. Telkens als Pema opstond om in de keuken iets te halen, onthaalden ze haar op een scheldconcert.

Engelen meldde zich met dat irritante hautaine stemmetje van haar. Ze moest hem dringend spreken, 'onder vier ogen en *niet* op het politiebureau'. En alsof dat al niet vreemd genoeg was, stelde ze als plaats van ontmoeting de kathedraal voor. 'Een strikt vertrouwelijk gesprek over de zaak-Busschaert,' voegde ze er zonder een zweem van spot aan toe.

Of was ze al dronken op dat vroege uur? Zeiz' eerste impuls was om te weigeren en dat deed hij dan ook: 'U kunt zich beter tot commissaris Vannuffel wenden,' zei hij, 'die voert het onderzoek.'

'Ik heb mijn redenen om met u te willen praten, mijnheer Zeiz,' drong Engelen aan. 'Zoals ik al zei is het vertrouwelijk…' Ze aarzelde. 'En bovendien is het dringend, gelooft u mij.'

'Ik geloof u,' zei hij, 'maar ik heb vakantie. Verwacht u dat ik uitcheck uit mijn hotel in Corsica en de eerste vlucht naar België neem?'

Het was even stil aan de andere kant van de lijn. Haar stem klonk plotseling zacht toen ze verder praatte en van haar natuurlijke arrogantie was niets meer te bespeuren: 'Ik weet dat je thuis bent, Kareem. Ik wil je niet smeken, maar geloof me, het is existentieel voor mij. Ik zou je ook willen vragen om hier met niemand over te praten. En… er is bovendien een aspect dat ook jou persoonlijk aanbelangt.'

De geraffineerde vaagheid van haar formulering stoorde hem, maar er was iets in haar stem dat zijn waakzaamheid had geactiveerd. Waarom mocht niemand van hun gesprek weten? Was ze bang? En wat bedoelde ze met die laatste zin? Wat had hij persoonlijk met die dode deken te maken?

'Kunt u een beetje duidelijker zijn?' vroeg hij.

'Niet over de telefoon,' antwoordde ze.

Hij stemde toe om snel even binnen te springen. 'Als u maar niet denkt dat ik mijn vakantie ga onderbreken,' zei hij.

'Om negen uur in de kathedraal, is dat afgesproken?' vroeg ze. 'Dat is over anderhalf uur. De dienstingang aan de zuidkant is open.'

Hij keek naar Pema, maar sloeg meteen zijn ogen neer. Hij had te vlug toegegeven, besefte hij. Eén vonkje volstond blijkbaar om de politieman in hem weer wakker te maken. Pema's wangen maalden sereen het brood. In haar blik lag een diep nadenken, alsof de situatie haar confronteerde met het besef dat hij vermoedelijk ook niet anders was dan alle anderen die hun beloftes niet hielden. Maar misschien maakte het voor haar niet uit, bedacht hij. Door de open deur zag hij haar altaartje, dat ze in een hoek van de kamer had ingericht, met de potjes, de kaarsjes, het boeddhabeeldje en de gekreukte foto van de Dalai Lama, die ze uit India had meegebracht en waarop aan de achterkant de handtekening van *Zijne Hoogheid* stond. Soms had hij het gevoel dat ze de dingen nam zoals ze waren, zonder veel illusies te koesteren. Maar dan, zoals vorige nacht, overviel ze hem met een verschroeiende begeerte die geen twijfel toeliet.

Ze keek op van haar bord, maar haar blik gleed achteloos aan hem voorbij, naar iets achter hem in de tuin. 'Toch heb ik liever dat je bij mij in Corsica blijft,' fluisterde ze.

Zeiz sprong eerst binnen op het politiebureau, zogezegd om zijn onkostennota af te geven. Dat was hij inderdaad vergeten in orde te brengen voor hij met vakantie ging. Er hing een penetrante geur in het gebouw, die Zeiz niet meteen kon thuisbrengen. Waarschijnlijk was een afvoer van de riolering verstopt. In het oude gebouw was altijd wel ergens een technisch defect. Bovendien begon de hittegolf zijn tol te eisen. De betonnen constructie had dagenlang de warmte opgezogen en fungeerde nu als een oven. Met de ramen open was het een heteluchtoven. De meeste van zijn collega's waren in hun kantoor. Ze hadden de deuren en ramen opengegooid in een naïeve poging wellicht om een beetje tocht op te wekken, maar de stank bleef nadrukkelijk aanwezig.

In de gang kwam Zeiz commissaris Vannuffel tegen. De dikke man was in hemdsmouwen en had enorme okselvijvers. Ze groetten elkaar niet. Vera, de secretaresse van de recherche, was niet in haar kantoor; hij legde zijn onkostennota in haar bakje. Inspecteur Adam Sterckx, die een kantoor deelde met inspecteur Roger Daniëls, stond op het punt om te vertrekken.

'Ik had je al eerder verwacht,' zei Sterckx.

'Het is niet wat je denkt,' zei Zeiz, 'ik was vergeten mijn onkostennota binnen te brengen.'

'Heb ik thuis ook al als uitvlucht gebruikt,' antwoordde Sterckx.

Sterckx had een problematisch huwelijk, sinds hij een relatie was begonnen met Eefje Smeets. Hij gooide een stapeltje dossiers op Zeiz' bureau en knipoogde. 'Ik neem aan dat je daarvoor bent gekomen.' Hij draaide zich bij de deur nog een keer om. 'Ik ga nu naar de dekenij, voor een gesprek met Maria Kuzniak, de huishoudster van Busschaert.' Hij wees naar de dossiers. 'In de blauwe map zitten foto's. Zij is de zwarte bes met de Madam-Pheipbenen.'

Sterckx was zijn favoriete collega en soms had Zeiz zelfs het gevoel dat hij die jonge reus ook als zijn vriend mocht beschouwen. Vaak hadden ze aan een paar woorden genoeg om elkaar te begrijpen en ze namen beiden geen blad voor de mond. Zeiz vermoedde dat het de eerlijkheid was die hen verbond. Die zorgde af en toe ook voor spanningen. Hij had bijvoorbeeld geen goed woord over voor de buitenechtelijke relatie van Sterckx met Eefje Smeets. Hij had een hekel aan stiekem gedoe en hij had hem dat ook gezegd.

Zeiz merkte dat hij thuis onbewust zijn pistool had aangegespt, terwijl hij toch vakantie had. Hij deed de holster uit en legde hem in een lade van zijn bureau. Het eerste dat hem opviel toen hij de dossiers begon te lezen, was dat onderzoeksrechter Lieve Engelen tijdelijk was gesuspendeerd omdat ze een belangrijke getuige in de zaak was. Ze was mogelijk de laatste die Lode Busschaert levend had gezien, op de avond voor de moord, toen ze hem een vriendschappelijk bezoek bracht in zijn woning, de dekenij op de Luikersteenweg. Een ander vreemd toeval was dat ze op de ochtend van de ontdekking van het lijk van Busschaert ook in de kathedraal aanwezig was.

Zeiz stond perplex. Engelen moest toch beseffen dat ze zichzelf in een lastig parket kon brengen door nu met hem over het lopende onderzoek te praten. Maar ook voor hem was het niet zonder gevaar. Elke onderzoeksdaad moest geregistreerd worden. En hij mocht geen informatie aan haar doorgeven. Wilde ze hem uithoren en hem in ruil daarvoor iets aanbieden? 'Er is een aspect dat ook jou persoonlijk aanbelangt,' had ze gezegd. Zo goed moest ze hem toch kennen dat hij zich daar nooit toe zou lenen.

Er was nog een opmerkelijk feit dat Zeiz de wenkbrauwen deed fronsen: de moord op Busschaert was gelinkt aan een andere moordzaak. Precies een dag eerder, op donderdag dus, was onder de muziekkiosk aan de Sint-Servaaskerk in Diepenbeek het lichaam aangetroffen van een onbekende man. Het was in een verregaande staat van ontbinding geweest. Er waren duidelijke overeenkomsten. Beide slachtoffers waren gewurgd met een ijzerdraad. Om precies te zijn: ze waren niet gestikt, maar leeggebloed; het stuk ijzerdraad had hun halsslagader doorgesneden. Op hun borst hing in beide gevallen een papier, bevestigd met krammen uit een hogedrukpistool. Dat van de Diepenbeekse dode was onleesbaar geweest. Op 'het kattebelletje', zoals Neefs het noemde, van Busschaert stond: 'Bis vincit qui se vincit'. Hoofdcommissaris Vanderweyden had geordonneerd dat er over deze link voorlopig niets mocht worden gelekt naar de pers. Zeiz vroeg zich af waarom.

Hij opende een map en haalde er de foto's van de plaatsen delict uit. Die legde hij in het midden van de tafel. De fotograaf had zich uitstekend gekweten van zijn taak en de details haarscherp in beeld gebracht. Beide slachtoffers waren oude mannen en ze waren naakt toen ze stierven. De dode van Diepenbeek was enkel nog een rozige brij vlees rond een menselijk geraamte. Uit de lichaamsopeningen kropen de wormen. Hier en daar vertoonde het lichaam lichte zwellingen, alsof er onder de huid nieuwe regimenten wormen klaarstonden om ten aanval te trekken. De linkerarm lag naast het lichaam, de andere hand lag op het geslacht en omknelde een gebit. De krammen in de borst hadden een onwezenlijk effect, alsof het lijk van zijn menselijkheid was ontdaan en gedegradeerd tot een lugubere etalagepop. Lode Busschaert zat parmantig in zijn biechtstoel, met rechte rug en wijdbeens. Om zijn penis en balzak was een penisring bevestigd. Zijn mond was wijd opengesperd, in een versteende schreeuw van pijn en ontzetting. In een flits moest Zeiz denken aan Francis Bacons portret van paus Innocentius x, dat hij jaren geleden als jongeman in het Paleis voor Schone Kunsten in Brussel had gezien. Bacon was de favoriete schilder van Zeiz' vader, samen met die andere Engelsman, Lucian Freud. Nog altijd had Zeiz moeite met de groteske en verontrustend duistere portretten die de kunstenaars van het menselijke ras hadden gemaakt.

Beide slachtoffers waren elders om het leven gebracht. In het geval van 'de man van Diepenbeek' wisten ze niet waar de moord was gepleegd. De deken was vermoord in zijn woning, de dekenij aan de Luikersteenweg. Dat was aangetoond door sporenonderzoek. Meer bepaald in zijn werkkamer, aan zijn antieke barokke bureau, waar een grote plas bloed was aangetroffen. Het tijdstip van overlijden werd geschat tussen twee en drie uur in de ochtend. De vraag was hoe de moordenaar Busschaert, die droog aan de haak honderd kilo woog, had vervoerd. Hij moest medeplichtigen hebben gehad. En hoe waren ze in de kathedraal binnen geraakt? Er was een alarminstallatie, maar die was niet in werking getreden. Yvan Bonheide, de kerkmanager, had verklaard dat er een korte stroompanne was geweest tussen zijn aankomst in de kathedraal en de ontdekking van het lijk. Getuigen waren er niet gevonden. Elk spoor dat naar de daders zou kunnen voeren ontbrak. De indruk ontstond dat de moordenaars volgens een bepaald patroon te werk waren gegaan. De slachtoffers waren vastgebonden toen ze stierven en vertoonden blauwe plekken aan de polsen en de enkels. Behalve de krammen in de borst en de overgesneden keel vertoonden ze geen andere verwondingen.

Het lijk van Busschaert was gevonden door diezelfde kerkmanager. Sterckx, die het interview had afgenomen, had het woord 'koster' gebruikt. Met opzet, vermoedde Zeiz. Hij kende Sterckx. Die had zich waarschijnlijk geërgerd aan de titel 'manager'. Bonheide had niets verdachts opgemerkt, had hij verklaard. Zelf was hij door de zijingang aan de zuidkant van de kathedraal naar binnen gegaan toen hij om halfzeven zijn dienst had aangevat. Die deur had hij niet achter zich op slot gedaan.

Er zat bij het technische verslag een cd-rom met een video-opname van de plaats delict. Een experiment van Eefje Smeets. Zeiz herinnerde zich dat zij hiervoor had gepleit, als aanvulling van de sporenzekering. Hij duwde de cd-rom in zijn computer. De camera leidde de kijker naar een zijbeuk van de kathedraal, die met een rood lint was afgezet en door krachtige schijnwerpers in een hel licht baadde. Er klonk een schurend geluid. Het was niet duidelijk wat daarvan de oorzaak was, het leek alsof iemand met een figuurzaag aan het werk was. Zeiz herkende zijn collega's van de technische recherche Neefs en Smeets. Neefs keek op. Zijn norse blik registreerde de camera en werd nog donkerder. Toen werkte hij verder. Zeiz wist dat Neefs zich ergerde aan technieken die volgens hem niets essentieels aan het onderzoek bijbrachten. Zeiz kon hem geen ongelijk geven. De beelden, die op een klungelige manier aan elkaar waren gemonteerd, voegden inderdaad niets toe: de houten biechtstoel, versierd met getormenteerde figuren, waarin de dode deken was aangetroffen, was door de fotograaf nauwkeuriger in beeld gebracht. De stoel in het middenluik vertoonde een paar donkere plekjes, waarschijnlijk van het bloed. Het beeld werd abrupt onderbroken door een mysterieuze schaduw, die bij nader inzien het omvangrijke lichaam van commissaris Vannuffel bleek te zijn. Het schurende geluid op de achtergrond was zijn ademhaling.

Zeiz was een aandachtige lezer van officiële rapporten en het was hem opgevallen dat Eefje Smeets aan het technisch verslag van Diepenbeek een kort addendum had toegevoegd, waarin stond dat Neefs persoonlijk had beslist om niet op de gerechtsdokter te wachten. Neefs was een moeilijke, koppige man, maar Zeiz schatte hem hoog in: hij was een technicus met veel ervaring en een perfect inschattingsvermogen. Bovendien was hij eerlijk en hield hij zich consequent buiten de kuiperijen van de dienst. Het verbaasde Zeiz dat

Eefje Smeets, die altijd loyaal was geweest, zich nu distantieerde van de beslissing van haar chef.

Welke interne machinatie zat hier weer achter? Hij voelde hoe zich ter hoogte van zijn maag een knoop vormde en zocht in de lade van zijn bureau naar zijn Rennietabletten.

5

Toen Zeiz voor de hoofdingang van de kathedraal stond, steeg de zon tussen de buildings van de Tweetorenwijk op. Ze liet haar bloederige lava over de daken spatten. Hoog boven hem hingen tegen de gevel de waterspuwers, gedrochtelijke heksen met een opengesperde mond, die de bezoeker geluidloze bedreigingen naar het hoofd slingerden. Altijd als Zeiz de stenen reus zag, had hij een gemengd gevoel. Het gebouw mocht dan wel groot zijn, een echte kathedraal was het niet. Volgens zijn vader was het provinciale grootheidswaanzin: de Hasselaren hadden in 1960, toen ze hun eigen bisdom kregen, hun uit de kluiten gewassen kerk tot kathedraal gebombardeerd. En ze waren daar nog trots op ook. Maar de gepromoveerde kerk mocht dan al het geometrische centrum van de stad markeren, het kloppende hart was ze al geruime tijd niet meer. Die plaats was ingenomen door de winkels. Het was nog maar negen uur 's ochtends, maar de eerste wandelaars doken al op om zich te vergapen aan de etalages, alsof ze het moment niet konden afwachten dat de deuren opengingen.

Zeiz ging zoals afgesproken langs de zijingang naar binnen. Hij kwam terecht in een portaal, waar een man van middelbare leeftijd in streepjespak hem stond op te wachten. De man stelde zich fluisterend voor als Yvan Bonheide, de kerkmanager.

De koster dus, dacht Zeiz. Hij volgde Bonheide door de schaduwen van een hoge zuilengalerij. Deze man had het lijk van Busschaert gevonden bij zijn ochtendlijke inspectietocht door de kathedraal. Hij straalde dezelfde schemerige diepvrieskilte uit als het voorname gebouw dat hij beheerde. Bovendien slaagde hij er tot Zeiz' verbazing in zich volkomen geluidloos voort te bewegen.

Zeiz herinnerde zich de moskee van zijn grootvaders dorp in Tunesië, een pretentieloos met gelig stucwerk opgesmukt bouwsel, waar simpele mensen de dienst uitmaakten. De puntige minaret, waaraan een paar grote metalen luidsprekers waren bevestigd, slingerde de blikkerige oproepen tot het gebed de hete lucht in. De vaste helper van de imam was een kleurloos figuur, die zich hinkend en met gebogen schouders voortbewoog, alsof hij een onzichtbare last droeg. Abdullah heette hij, maar ze hadden hem spottend Abdulimam genoemd, wat 'knechtje van de imam' betekende. Abdullah woonde in een kamertje achter in de moskee, waar jongetjes zich beter niet konden vertonen. De imam zelf ('de djin met de stok', zoals ze hem noemden) vestigde zijn gezag met geweld, maar van Abdulimam was geweten dat hij de voorkeur gaf aan liefkozingen.

Zeiz voelde zich weer het jongetje dat aan de hand van zijn grootmoeder door de middenbeuk naar het koor liep en zich vergaapte aan de hemelse figuren die in de glasramen boven het altaar oplichtten. Het reusachtige houten orgel met zijn metalen pijpen zweefde als een ruimteschip onder de gewelven en wierp een machtige schaduw over het ondermaanse. De laatste keer dat Zeiz de kathedraal had bezocht, was op de begrafenis van zijn grootmoeder geweest. Het was haar wens geweest om katholiek begraven te worden, in de Sint-Quintinuskathedraal. Niet uit overtuiging, ze had het geloof dertig jaar voordien al min of meer afgezworen, na de dood van haar man. De kerkelijke begrafenis was voor haar een statement geweest, tegen haar zoon, die met een islamitische vrouw was getrouwd. Ze had die 'heidense vrouw' nooit aanvaard. 'Ik ben in deze kerk gedoopt en ik wil langs deze kerk dit leven verlaten,' had ze gezegd. Haar zoon had haar wens gerespecteerd, maar hij had de priester verboden bij de teraardebestelling nog een gebed te zeggen. Het waren familiale schermutselingen, die bij Zeiz een bittere smaak hadden achtergelaten. Ze bevestigden zijn vermoeden dat de mensen van wie hij hield niet tot simpel geluk in staat waren en hem met dezelfde verwrongen genen het leven hadden ingestuurd.

Op zijn verzoek liet Bonheide hem de plaats zien waar het lichaam van Lode Busschaert was gevonden. De zijbeuk bleek compleet leeg te zijn, de houten biechtstoel was verwijderd. Vervolgens leidde Bonheide hem naar een zijbeuk van de kerk, achter het koor, waar een kapelletje was ingericht. Voor het levensgrote beeld van Maria stonden twee met paarse kussens beklede banken. Op één ervan zat onderzoeksrechter Lieve Engelen geknield.

Ze stond meteen op om hem te begroeten. Bonheide had zich geruisloos uit de voeten gemaakt. Zeiz stelde zich voor dat de man, met de armen gekruist, als een soort buitenwipper, voor de deur de wacht stond te houden.

'Heb je hier iemand over verteld, Kareem?' opende ze op zachte toon het gesprek. Haar ogen stonden dof en om haar mond lag een zorgelijk trekje.

'Bedoelt u of iemand weet dat ik hier met u heb afgesproken?' vroeg Zeiz. 'Nee, ik heb het tegen niemand gezegd.' De vertrouwelijke toon die ze ook al tijdens hun telefoongesprek had aangeslagen, was nieuw. Op dienstvergaderingen placht ze een hautaine houding aan te nemen.

'Het maakt ook niet uit,' zei ze. Ze probeerde luchtig te klinken. 'Het hoeft geen geheim te zijn, hoor.'

'Bent u daar zeker van?' vroeg Zeiz met een grijns.

Engelen haalde haar schouders op. 'Maar nu toch niemand het weet, kunnen we dat misschien zo houden?'

Zeiz knikte. Het kinderachtige geleuter stoorde hem. Ze had hem uitgenodigd voor een privé-gesprek, maar waarom moest dit geheim blijven? Hij herinnerde zich haar getuigenis. Ze bevond zich in deze kapel toen Bonheide het lijk van Busschaert in de biechtstoel had aangetroffen en de politie had verwittigd. Ze had van de deken de bijzondere toelating gekregen om voor het officiële openingsuur in de kathedraal te komen bidden. Dat was een privilege waar ze bijna dagelijks gebruik van maakte, aldus haar verklaring. Plots had hij een vreemd gevoel bij deze afspraak. Hoe naïef kon hij zijn om te geloven dat dit een vertrouwelijk gesprek zou worden.

Alsof ze zijn gedachten kon raden, zei ze: 'Onze ontmoeting is uiteraard officieus. Ik heb je gevraagd hierheen te komen, niet als politieman, maar als...' Ze aarzelde. '...Als mens, en misschien ook een beetje als vriend.' Ze glimlachte verlegen. 'Ik weet dat je een eerlijk man bent, mijnheer Zeiz... Kareem.'

Zeiz begon zich ongemakkelijk te voelen. Zijn samenwerking met onderzoeksrechter Engelen was altijd correct verlopen. Ze had hem ook altijd de indruk gegeven dat ze een eerlijke vrouw was. Nu vroeg hij zich af of die indruk wel juist was geweest. Wilde ze iets van hem en probeerde ze hem eerst met mooie woorden in te palmen?

'Het is niet toevallig dat ik je hier uitnodig, Kareem, in dit uitzonderlijk mooie heiligdom.' Ze lachte en op haar gezicht verscheen een meisjesachtige glans. 'Weet je, hier ben ik gedoopt. Dit was toen nog geen kathedraal, maar een gewone kerk. Hier heb ik mijn eerste en mijn plechtige communie gedaan. Hier ben ik getrouwd. Hier zijn mijn kinderen gedoopt...'

En hier wil ik begraven worden, voegde Zeiz daar in gedachten aan toe. Engelen was een kerkpilaar, dat was algemeen bekend. Hij herinnerde zich dat ze eens op een dienstvergadering trots had verteld dat ze verkleed als de maagd Maria had meegelopen in de Virga-Jessestoet.

'Ben jij gelovig, Kareem?'

Zeiz schudde zijn hoofd. 'Ik ben niet katholiek.'

'Maar je bent hier geboren, je bent dus een christen.'

'Nee.' Hij boog het hoofd. Het voelde bijna aan als een schuldbekentenis.

'Een moslim?' Haar lippen vormden een stenen glimlach.

'Nee, ook niet. Ik ben niet gelovig.'

'Aha?' Haar glimlach verdween. Ze staarde hem aan. Op haar gezicht verscheen een uitdrukking die het midden hield tussen ontzetting en medelijden.

Zeiz besefte dat dit het ergste was in haar ogen. Een mens was immers van nature gelovig. Een ongelovige ontkende de hogere zin van het leven, hij zat als een dier gevangen in zijn lot, voor hem zou er geen verlossing zijn. Dezelfde bekrompen houding had hij bij overtuigde moslims ervaren: ook zij beschouwden niet-gelovigen als minderwaardige dwalers.

Maar Engelen herpakte zich. Ze legde een hand op zijn arm. 'Vergeef me mijn nieuwsgierigheid. Ik begrijp dat niet iedereen over deze zaken even makkelijk praat. Maar je bent een spiritueel mens, dat voel ik. Heb ik gelijk?'

'Ja,' zei Zeiz, die het gesprek plotseling grondig beu was. Maar hij voegde er gewillig aan toe: 'Er is meer op deze wereld dan wij met onze zintuigen kunnen waarnemen en met onze rede kunnen verklaren, dat besef ik wel.' Dit was een vrijzinnige variant op wat hij de djin met de stok zo vaak had horen declameren: 'Allah is het absolute, hij is de waarheid, die de relatieve wereld overstijgt.'

Haar gezicht klaarde op. 'Ja, wat je daar zegt, is de essentie,' prevelde ze met een van ernst doortrokken gezicht. 'Ik wist dat ik me niet in jou had vergist, Kareem. En dit…' Ze spreidde haar armen ten hemel. 'We hebben God lief en zijn niet volmaakt. Maar dit is een plaats waar de leugen geen kans zou mogen krijgen. Daarom heb ik je hier uitgenodigd. Ik wil open kaart met je spelen.'

Zeiz huiverde. Engelen gedroeg zich haast als een priesteres. Probeerde ze hem te bezweren met sacrale woordenkramerij? Hij wilde zo snel mogelijk uit deze situatie wegraken. Bovendien was de kilte van de kerk in zijn bezweet T-shirt gedrongen.

'Je hebt vakantie,' zei ze plots op gemeenzame toon. 'Ben je op de hoogte van wat hier is gebeurd?'

Zeiz knikte. 'In grote lijnen, ja. Lode Busschaert is hier vermoord teruggevonden.'

'En wat weet je nog?'

'Commissaris Vannuffel leidt het onderzoek,' zei hij.

Ze zuchtte. 'Begrijp me niet verkeerd, ik wil je niet uithoren over de stand van het onderzoek. Daar mag ik mij niet mee bemoeien… Maar dat wist je misschien ook al…'

'U bent een belangrijke getuige, heb ik begrepen.'

'Nu ja, belangrijk. Ik zou de laatste zijn die Lode Busschaert levend heeft gezien…'

Zeiz glimlachte. 'Op de moordenaar na, hoop ik toch.'

Ze knikte, ademde diep in. 'Ik ben ook de eerste die hem dood heeft gezien…' zei ze toen. 'Op de moordenaar na natuurlijk,' voegde ze daar met een vermoeide glimlach aan toe.

Zeiz schrok. Hij vroeg zich af of hij haar goed had verstaan. 'Maar,' zei hij, 'volgens het verslag dat ik…'

'Ik weet het, in het verslag staat dat Yvan Bonheide, onze kerkmanager, hem heeft gevonden. Maar dat is niet zo. Ik heb Lode hier gevonden, vrijdagochtend om halfzeven.' Ze ademde beverig in. 'Ik zal het nooit vergeten, erover praten is voor mij heel moeilijk.'

Zeiz staarde haar aan. Was dit echt of droomde hij? Een onderzoeksrechter bekende tegenover hem dat ze een vals getuigenis had afgelegd, en dan nog wel in een moordonderzoek. Het was moeilijk te geloven. Snel keek hij om zich heen. Hing hier ergens een verborgen camera? Het idee kwam bij hem op dat dit een grap was, dat de deur plotseling zou opengaan en zijn collega's lachend zouden binnenkomen.

'Maar dan heeft u een vals getuigenis afgelegd,' zei hij.

Ze knikte en boog het hoofd. 'Ja, ik heb gelogen.'

'Wat kwam u hier die dag zo vroeg doen?' vroeg hij.

'Ik had een afspraak met Lode. Ik wilde bij hem te biechten gaan. Dat doe ik elke week.'

'Elke week?' vroeg Zeiz. 'Waarom?' Het was een absurde vraag, besefte hij, maar het was eruit voor hij het wist.

'Wat moet ik daarop antwoorden?' Engelen keek hem verward aan. 'Ja, ik ben ook maar een mens en ik heb mijn zwakheden. Wie niet?' Ze herpakte zich. 'Ik kom hier bijna elke ochtend, om zeven uur, om te bidden. Yvan doet dan voor me open. Vorige vrijdag had ik mijn wekelijkse afspraak met Lode. Hij is een goede vriend en ook mijn biechtvader. Of beter gezegd: was...' Ze sloeg haar handen voor haar gezicht. Haar adem stokte. Toen ze weer opkeek, zag hij dat er donkere kringen zaten onder haar ogen. 'Hij zou in de biechtstoel op mij wachten. En daar vond ik hem... Het was schemerig en ik was niet zeker van wat ik zag... En toen schakelde Yvan de elektriciteit weer aan.' Ze slikte hoorbaar. 'Ik neem aan dat u de details kent... maar Lode... Lode was een heilige.'

Een heilige met een penisring, dacht Zeiz. Maar daar kon die heilige natuurlijk niets aan doen, hij was namelijk dood toen hij hem aangemeten had gekregen. Of niet? Daarover stond niets in het verslag, bedacht Zeiz. Hij was benieuwd wat de autopsie zou uitwijzen.

'Ik neem aan dat u me niet naar hier hebt laten komen om uw getuigenis te herzien,' zei hij.

Ze knikte heftig. 'Dat had je natuurlijk al begrepen. Je bent een scherpzinnige speurder. Ik weet dat je een gedreven politieman bent en dat je de waarheid moet proberen te achterhalen. En dat je eigenlijk verplicht bent een vals getuigenis te melden.'

Zeiz zei daar niets op. Hij vroeg zich af wat er zou gebeuren als hij dat inderdaad deed. Hij wist het antwoord ook al. Ze zou het ontkennen. Hij keek haar aan. Heel even hield hij haar ogen gevangen. Ze bloosde en wendde haar blik af.

'Wat had u te bespreken met de deken de avond voor de moord?'

'Het was gewoon een vriendschappelijke visite.'

Zeiz probeerde in te schatten of ze de waarheid sprak. Waarom had ze die avond niet van de gelegenheid gebruik gemaakt om te biechten? Waarschijnlijk vond ze dat de heilige sacramenten met het nodige decorum moesten worden omgeven. De gedachte kwam bij hem op dat de biecht voor haar een onderdeel was van een romantisch spelletje.

'Ik besef,' zei ze, 'dat wat ik doe verkeerd is, maar ik heb er gegronde redenen voor. Laten we zeggen dat het voor mij van levensbelang is dat ik het zo doe. Als alles voorbij is, zal ik je ook een verklaring geven. Voorlopig wil ik je vragen mij te vertrouwen. Ik vertrouw jou ook. Je bent een hele bekwame politieagent, dat heb je al bewezen. Ik wil dan ook dat je het onderzoek naar de moord op Lode Busschaert gaat leiden.'

Zeiz keek haar verrast aan. 'Daar beslis ik niet over,' zei hij. 'Trouwens, commissaris Vannuffel zal dat idee niet zo leuk vinden.'

Ze maakte een vaag gebaar met haar hand. 'Maak je daar maar geen zorgen over, Kareem. Er is mij veel aan gelegen dat het onderzoek door iemand zonder vooroordelen wordt geleid. Bepaalde politieagenten werken met een eigen agenda, ze gaan er bijvoorbeeld vanuit dat ze deze zaak meteen moeten linken aan het pedofilieonderzoek in de Kerk. Maar ik kan je verzekeren dat er geen enkel verband is. Lode Busschaert was een eerbaar man. Het is tegenwoordig bon ton om met de Kerk te spotten, maar ik verzeker je dat ze in deze tijd meer dan ooit nodig is.'

'Een goede speurder moet met alle mogelijke pistes rekening houden,' zei Zeiz.

'Daarom vraag ik het aan jou, Kareem.' Haar stem klonk plots zacht. 'Kan ik op je rekenen?'

'Aan de telefoon zei u dat er een persoonlijk aspect voor mij aan deze zaak zat.'

'Dat klopt.' Ze aarzelde. 'Het is een beetje delicaat, maar ik ga eerlijk zijn. Het gerucht doet de ronde dat je samenleeft met een illegale vluchtelinge.'

Zeiz voelde woede in zich opkomen. 'Ik vraag me af wat dat met dit moordonderzoek te maken heeft,' zei hij. 'Bovendien woon ik inderdaad samen met een vluchtelinge, maar zij is niet illegaal.'

'Ze zit wel in een moeilijke situatie, heb ik begrepen.'

'Haar procedure voor erkenning als politieke vluchtelinge loopt.'

Er viel een lange stilte. Toen zei Engelen: 'Ik heb gezegd dat ik open kaart zou spelen en dat doe ik ook. Men heeft mij gevraagd jou aan te spreken. Sommige mensen zouden willen dat jij het moordonderzoek leidt. Jij bent een officier met een ernstige reputatie…'

Zeiz onderbrak haar. 'Sommige mensen? Wie zijn dat?'

'Dat kan ik niet zeggen. Nog niet. Wat ik wel kan zeggen is dat die mensen er alle vertrouwen in hebben dat jij het onderzoek tot een succesvol einde brengt. Je hebt in het verleden al bewezen dat je het kan. Ook al gaan anderen met de pluimen lopen…' Ze glimlachte flauw. 'Wij hebben nu iemand zoals jou nodig, iemand die in alle onafhankelijkheid werkt. Een misdaad als deze kan alleen worden bestreden als we onze beste mensen de leiding geven.'

Zeiz schudde het hoofd. 'Ik begrijp nog altijd niet wat Pema hiermee te maken heeft.'

'Heet ze Pema?' vroeg Engelen. Voor het eerst verscheen op haar gezicht een spontane glimlach. 'Dat is een mooie naam. Ik hoop dat ik haar ooit mag leren kennen. Hou je van haar?'

Zeiz was even uit het evenwicht gebracht. Toen zei hij: 'Ja.'

'Dan is het simpel: je moet alle middelen aanwenden om Pema hier bij je te houden. En ik ken mensen die daar misschien bij kunnen helpen.'

'Dus als ik het goed begrijp, stelt u een deal voor,' zei hij op spottende toon.

'Ik ben gewoon eerlijk met jou, Kareem,' zei ze, terwijl ze hem recht in de ogen keek. 'Vanuit mijn positie kan ik misschien iets doen. Of is die asielprocedure van jouw Pema een taboe? We moeten de waarheid een kans geven. Zeker nu. Er is geen tijd te verliezen.' Ze ging verder op fluistertoon: 'En ik heb angst. Voor mezelf, maar vooral voor… Ik heb het akelige gevoel dat dit niet ophoudt, dat er nog meer vreselijke dingen gaan gebeuren. Je moet die psychopaat stoppen.'

'Waarom denkt u dat het een psychopaat is?' vroeg Zeiz.

'Wie anders doet zoiets?' Ze keek hem onzeker aan. 'Hoofdcommissaris Vanderweyden zal jou binnenkort vragen je vakantie te onderbreken om de leiding van het moordonderzoek te voeren. Wat ga je antwoorden?'

Zeiz aarzelde. 'Ik zal wachten tot hij mij die vraag stelt en dan een antwoord formuleren.'

Engelen glimlachte. Ze stond op en gaf hem een slap handje. Bijna tegelijkertijd ging de deur open en kwam Bonheide binnen. Had hij aan de deur staan luisteren?

'Yvan zal je naar buiten leiden,' fluisterde ze.

Toen Zeiz de kathedraal verliet, scheen de zon recht in zijn gezicht. In een reflex hief hij zijn hand boven zijn ogen. Er was volk samengestroomd in de magere schaduw van de bomen. Een straatacteur demonstreerde een originele act: hij probeerde, gebruikmakend van enkele details, iemand uit het publiek te imiteren. Zeiz was getuige hoe hij erin slaagde een treffende gelijkenis op te roepen met een man van middelbare leeftijd met een nogal oubollig uiterlijk. Het resultaat was verrassend en het publiek reageerde enthousiast. De truc was, bedacht Zeiz, om iemand met een markant en afwijkend uiterlijk te kiezen. De man die hij net had geïmiteerd droeg over zijn geruite hemd een veel te warme ouderwetse debardeur. Het grote brilmontuur en de fijne snor maakten het beeld van een wereldvreemde zonderling compleet. De acteur verdween achter zijn scherm. Toen hij weer tevoorschijn kwam, rende hij naar Zeiz, ging naast hem staan en legde zijn arm om diens schouder. De mensen barstten uit in lachen en begonnen wild en haast fanatiek te applaudisseren. Zeiz maakte zich uit de omarming los en keek naar de acteur. De donkerbruine vegen en vuurrode lippen suggereerden het gezicht van een Noord-Afrikaan. Het was het clichébeeld van een allochtoon: een primitieve macho met een onbetrouwbare uitstraling. Zijn sjofele jasje was verkeerd dichtgeknoopt. De hele houding ademde een artificiële nonchalance. De man had staalblauwe ogen en toen besefte Zeiz dat hij lenzen had ingedaan om de blauwe ogen van Zeiz te imiteren. Met een stiekem gebaar van zijn rechterhand verschoof de man zijn gekreukte jasje, zodat het pistool zichtbaar werd dat hij achter zijn broeksriem hield geklemd. Een nieuw lachsalvo galmde over het plein. Zeiz schrok, hij had zijn dienstwapen niet bij zich, maar het leek alsof de acteur wist dat hij een politieagent was. Of was het spottend bedoeld en riep hij het beeld op van de gewapende criminele allochtoon? Maar het meest treffende was dat wantrouwende trekje op zijn gezicht, als van iemand die chronisch door het leven ontgoocheld is en achter de pijnlijke feiten aanholt. Zeiz voelde zich in zijn blootje gezet. De acteur lachte breed naar hem. Maar ook dat hoorde bij de act, voelde Zeiz. Zijn ogen lachten niet mee, ze observeerden hem koud en geduldig. Zeiz voelde de adem van de acteur in zijn gezicht en vroeg zich plots af wat iemand dreef om dit soort werk te doen. Kon hij hiervan leven of was het een bizarre hobby? Zou hij straks met de hoed rondgaan, als een bedelaar?

Terwijl hij zich verder haastte, voelde hij bij het inademen een vreemde druk op zijn borst, die hem de voorbije dagen ook al was opgevallen. De hittegolf had dan ook één bijzonder onaangenaam neveneffect: de uitlaatgassen, die over de stad bleven hangen in een almaar uitdijende wolk, die over alles een nauwelijks zichtbaar vettig laagje legden. Hij controleerde zijn gsm. Hij had een berichtje van Pema ontvangen. Zijn hart sprong op, maar meteen daarna bekroop hem de angst. Was er iets gebeurd? Hij zou het zichzelf nooit vergeven als het zo was. Als het aan hem lag, zou hij haar overal mee naartoe willen nemen, als een hondje aan de leiband, om haar te beschermen en te begluren, en haar tussendoor te strelen.

'Groetjes uit Corsica,' schreef ze. 'Ik hou van jou?' Opgelucht haalde hij adem. Typisch voor haar, dacht hij vertederd, terwijl hij verder rende. Typisch voor haar dat ze dat vraagteken er uit verstrooidheid had achtergevoegd.

6

Die nacht droomde Zeiz dat hij met zijn vader over religie discussieerde. Ze bevonden zich in een ruimte waarvan de vloer een bonte lappendeken was van ontelbare bidmatjes, zoals in de moskee in het dorp van zijn grootvader, terwijl boven hen een meer dan levensgrote Christus aan het kruis zweefde, als een zwaard van Damocles boven de zondige wereld.

De bulderende stem van zijn vader kaatste tegen onzichtbare muren: 'Die naakte, gefolterde man vertegenwoordigt het eeuwige lijden, het lijden dat die biddende huichelaars en leugenaars ons en elkaar aandoen. Geen wonder dat zoveel katholieken sadomasochisten zijn.'

Zijn vader, een vrijzinnige socialist van de oude stempel, koesterde een irrationele haat jegens de Katholieke Kerk, die volgens hem was gebouwd op twee grote pijlers: die van het zinloze lijden en van de schijnheiligheid.

'En wat zegt de paus?' Zijn vader zong met slepende stem het antwoord: 'Et benedictio dei omnipotentis, patris et filii et spiritus sancti descendat super vos et maneat semper.' Hij spuwde op de grond. Zijn stem galmde in de lege ruimte: 'Ze verkrachten onze kinderen met de zegen Gods.'

Zeiz schaamde zich. De oude man droeg een korte rafelige broek; zijn benen waren onnatuurlijk wit, doorspekt met gezwollen aders. Hij deed Zeiz denken aan een zwerver die op straat zijn dronkenmanspraat staat uit te brullen. Plots waren de gekleurde matjes weg en stonden overal kerkstoelen, als versteende pinguïns in een museum. Zeiz knielde op een van de stoelen en vouwde zijn handen. Zijn vader knielde naast hem, hij droeg de zwarte mantel van zijn grootmoeder. Zeiz rook de mottenballen. De jas had hem altijd angst ingeboezemd, door de ruige, harde stof, die deed denken aan de pels van een roofdier.

'Ik wil je niet storen in het gebed,' fluisterde zijn vader hem in het oor, 'maar wat ga je doen met die Tibetaanse hoer in je bed?'

Het bed was leeg toen Zeiz wakker schoot. Pema had vanochtend de trein genomen naar Brussel, waar ze een afspraak had met een vriendin, die ook een landgenote was. Zeiz was haar naam vergeten. De vrouw was iets ouder dan Pema en leefde al enkele jaren als illegale vluchtelinge in België. Eigenlijk zou hij Pema naar Brussel vergezellen – hij kon dan een paar oude collega's opzoeken – maar nu hij de leiding van het onderzoek naar de moord op deken Busschaert had aanvaard, moest hij stand-by zijn. Pema was dus alleen vertrokken.

Zeiz keek op de klok naast het bed. Het was kwart voor zeven. Hij stond op, ging naar de keuken en dronk in één teug een fles water helemaal leeg. Daarna deed hij zijn sportkleren en loopschoenen aan en verliet het huis. Aan een rustig tempo rende hij de stad uit, de zon scheen op zijn rechterschouder. Hij stak de kanaalbrug over en volgde het jaagpad in westelijke richting. Over het gladde water van het kanaal lag een zilveren nevel, die het landschap om hem heen aan het zicht onttrok. Even later bleef van het gedonder op de ringweg alleen een vage ruis over. Zeiz probeerde zich voor te stellen dat zijn benen een verbond hadden gesloten met de eeuwigheid en nooit meer zouden ophouden te bewegen.

Het beeld van Lode Busschaert kwam weer voor zijn ogen zweven, zoals hij daar zat in zijn biechtstoel, naakt, de benen wijd open en met een ring rond zijn geslacht. Het was vast en zeker niet de pose waarmee hij had gehoopt in het collectieve bewustzijn te worden bijgezet. Want daar twijfelde Zeiz niet aan: het was een kwestie van tijd voor de compromitterende foto's van de dode deken, die nu nog in een geheime lade van het officiële onderzoek zaten opgeborgen, naar de pers zouden worden gelekt en over het internet worden verspreid. Uit de context gerukt en weerloos overgeleverd aan de fantasie van talloze gluurders. Zeiz voelde hoe zijn ademhaling rustig werd; zijn lichaam maakte zich los van zijn geest en hij rende verder als een telepathisch gestuurde machine.

Gisteren had hoofdcommissaris Vanderweyden hem opgebeld met de vraag of hij zijn vakantie wilde onderbreken. De omstandigheden vereisten zijn onmiddellijke terugkeer, aldus zijn chef. De moord op Lode Busschaert zorgde bovendien voor een aantal 'politieke nevenverschijnselen'. Zoals Vanderweyden het woord 'nevenverschijnselen' uitsprak, met zijn zangerige stemmetje, klonk het als de benaming van een Noord-Limburgs streekgerecht.

'Ik ga mijn vakantie niet onderbreken voor nevenverschijnselen, zeker niet als die van politieke aard zijn,' had Zeiz gezegd. 'En wat als ik nu eens in Corsica was?'

Vanderweyden zuchtte. 'Geen grapjes alsjeblieft, Kareem. Je bent niet in Corsica. Tenzij het jouw geest was die vanochtend op bezoek kwam hier op het politiebureau. Maar dat is nog niet alles. Vanmiddag bereikte ons het bericht dat de pastoor van Diepenbeek, Daniël Bonnet, wordt vermist. De man is sinds vrijdagmiddag verdwenen.'

'Is dat lang?' Zeiz probeerde luchtig te klinken.

'Ja, en bijzonder onrustwekkend in het licht van de recente gebeurtenissen. Bovendien…'

Zeiz onderbrak zijn chef: '…is vorige week aan de kerk van Diepenbeek een lijk gevonden.'

'Precies. En binnenkort zijn er verkiezingen. Je begrijpt dat hier de hel is losgebroken.'

Zeiz wist niet wat hij moest zeggen. Wat hadden de verkiezingen met de onderzoeken van de politie te maken? Maar hij moest aan de waarschuwing van zijn vader denken, toen hij anderhalf jaar geleden zijn overplaatsing van Brussel naar Hasselt had aangevraagd: 'In de provincie hangt alles met alles samen, onthoud dat, jongen. Als jij een scheet laat in Hasselt, krijg je de schuld omdat in Sint-Truiden de aardbeienoogst mislukt.'

'En we moeten Vannuffel missen,' zei Vanderweyden.

'Is hij ook verdwenen?' vroeg Zeiz. Ze wisten beiden dat er weinig collega's waren die Vannuffel echt zouden missen, al had hij in het korps wel een paar politieke kompanen en uiteraard was er coördinerend commissaris Lambrusco, die een zwak had voor middelmatige strebers. Lambrusco was trouwens dikke maatjes met iedereen die in machtskringen vertoefde, ongeacht van welke politieke kleur.

'Vannuffel heeft andere besognes,' had Vanderweyden gerepliceerd, zonder verdere uitleg te geven. 'En jij gaat nu het onderzoek leiden. Morgenmiddag is er een crisisvergadering. Ik verwacht je om tien uur.'

Zeiz had zijn chef niet tegengesproken. Hij had zijn besluit namelijk al genomen, na een gesprek met Pema: hij zou zijn vakantie onderbreken.

Een venijnige steek in zijn zij deed hem halt houden. Hij wachtte tot de pijn wegebde. Hij was zijn belofte niet nagekomen. Met pijn in het hart – Pema had zich heel erg op hun vakantie verheugd – maar met een gemak dat hem zorgen baarde. Wat hij gisteren nog met vuur had verklaard, had vandaag blijkbaar geen enkele waarde meer.

Ondanks het vroege uur was de hitte al voelbaar. Terwijl hij stond te urineren langs de berm van de weg schoot hem de naam van Pema's vriendin weer te binnen. Ze heette Nyima. Pema had hem verteld dat Nyima als illegale in Brussel een normaal leven leidde; ze moest er alleen voor zorgen dat ze uit handen van de politie bleef, want die zou haar meteen naar een gesloten asielcentrum brengen en op het eerstvolgende vliegtuig richting China zetten. Ze leefde van giften van de Belgische Tibetaanse gemeenschap, maar deed zoals Pema ook af en toe klusjes in het zwart.

Hij keek op zijn gsm, er was nog geen bericht binnengekomen van Pema. Ze hadden afgesproken dat ze hem zou laten weten als ze op haar bestemming was aangekomen. Hij had plots geen zin meer om verder te rennen en besloot rustig terug te wandelen.

Hij vroeg zich af wat hij moest doen als Pema door de politie werd opgepakt. De politieke vrienden van zijn vader zouden haar niet helpen, ze hadden hun handen van haar dossier afgetrokken toen duidelijk werd dat het een hopeloze zaak was. Als het nodig was, wist hij, zou hij de uitgestoken hand van onderzoeksrechter Engelen aannemen. Engelen was gelieerd aan de christen-democratische partij.

Zeiz trof zijn collega's aan in de kantine. De meeste kantoren, ook die van de recherche, waren afgesloten wegens de stankhinder. Zeiz moest automatisch denken aan het dorp van zijn grootvader, waar een kleine leerlooierij dagelijks haar walgelijke geuren door de straten blies – de bewoners hadden ermee leren leven als met een handicap.

Hoofdcommissaris Vanderweyden, die een mondmasker droeg, begon de vergadering met de mededeling dat er vermoedelijk iets scheelde aan een van de afvoerkanalen van het rioleringssysteem en dat de vergadering daarom noodgedwongen in de kantine moest doorgaan. Dat laatste kwam een beetje vreemd over, aangezien de stank zich ondertussen ook naar daar had verplaatst. Je zag aan de bleke gezichten van de rechercheurs dat ze niet langer dan nodig in het gebouw wilden blijven.

Coördinerend commissaris Lambrusco begroette Zeiz met een strenge, taxerende blik. Zeiz en Lambrusco waren geen vrienden en er waren in het verleden enkele harde confrontaties geweest, die tot niets hadden geleid. Maar op de een of andere manier slaagden ze er de laatste tijd in om uit elkaars vaarwater te blijven. Volgens Zeiz was dat vooral de verdienste van Lambrusco, die gepromoveerd was naar een speciaal voor hem gecreëerde functie in de mistige regionen van de staf. Hij hield zich daar ver van het dagelijkse politiewerk.

Er was een nieuw gezicht in de rechercheploeg, een man van midden dertig met een dun snorretje en een vastberaden gezicht. Vanderweyden stelde hem voor als 'inspecteur Knoops, gedetacheerd uit Brussel en toegevoegd aan het rechercheteam voor de duur van het moordonderzoek'. Uit Vanderweydens gereserveerde houding maakte Zeiz op dat Knoops niet op verzoek van zijn chef naar Hasselt was gekomen. Ze hadden dus ongevraagd versterking gekregen.

Vanderweyden wachtte even om Knoops de kans te geven een woordje te doen, maar die knikte enkel zuinig naar zijn tijdelijke collega's.

Vervolgens gaf Vanderweyden een resumé van het onderzoek. Iedereen in het rechercheteam had de verslagen gelezen, maar de uiteenzetting van Vanderweyden maakte een grote indruk.

Hij legde enkele foto's op de tafel en sprak: 'Voor wie het nog niet heeft gezien, dit is de situatie waarmee de kerkmanager vrijdagochtend werd geconfronteerd.'

Ze bogen zich allen over de foto's. Het waren uitvergrote beelden van de dode deken in zijn biechtstoel, aangevuld met enkele close-ups. Ze staarden er verbijsterd naar, hoewel de meesten de foto's al gezien hadden. Ze waren niet extreem wreed of bloederig, maar op een vreemde manier toch schokkend en het was moeilijk om weg te kijken. Het had te maken met het formaat, bedacht Zeiz.

Lambrusco was de eerste die rechtkwam. Zijn ademhaling ging snel en op zijn borstelsnor glinsterden zweetdruppeltjes. 'Ik heb zoiets nog nooit in mijn hele carrière gezien,' mompelde hij, 'maar het doet me ergens aan denken.'

'Aan moderne kunst,' zei Sterckx.

'Theater,' zei Neefs.

Zeiz dacht onwillekeurig aan de associatie die hij zelf had gemaakt. De foto's hadden hem spontaan doen denken aan de schilderijen van Francis Bacon. Maar hij moest toegeven dat de interpretatie van Neefs meer accuraat was: de moordenaar was als een toneelmeester te werk gegaan. Hij had zijn slachtoffer tentoongesteld, met oog voor de theatrale details.

'Een gek,' zei Vanderweyden, 'een waanzinnige idioot. Kijk naar de enscenering, die is…'

'Tragikomisch,' vulde Neefs aan.

Zeiz knikte. 'Hij heeft zijn slachtoffer postuum te kijk gezet.'

'Hij speelt een spelletje,' zei Sterckx.

'Hier mag niets van uitlekken,' zei Lambrusco, zonder uit te leggen wat hij daarmee bedoelde.

'De vraag die wij ons stellen,' ging Vanderweyden verder, 'is hoe de dader te werk is gegaan na de moord. Hoe heeft hij het lijk vervoerd?'

'Ze waren met meerderen,' zei Sterckx.

'Dat is een mogelijkheid,' zei Zeiz. 'De moordenaar heeft in elk geval zijn auto tot vlak bij de kathedraal gebracht. Er zijn geen sporen van inbraak gevonden.'

Neefs kuchte. 'Eigenlijk is het heel simpel. Een deken heeft de sleutels van zijn eigen kathedraal. De moordenaar heeft zich 's nachts met een van die sleutels toegang verschaft tot de kathedraal en het lijk van Busschaert in de biechtstoel geïnstalleerd. Hij had alle tijd van de wereld om ongestoord te werken en alle sporen uit te wissen. De kerkmanager is pas om half zeven gekomen. We kunnen ervan uitgaan dat de dader vooraf de nodige research heeft verricht en op de hoogte was van het reilen en zeilen in de kathedraal.'

Smeets knikte. 'We hebben in de woning van de deken drie sleutels gevonden, van de hoofdingang en de twee zijingangen. Maar de sleutel van de dienstingang ontbreekt.'

'De alarminstallatie heeft niet gereageerd,' merkte Zeiz op.

'De dader heeft de deken gedwongen hem de code van de installatie te geven', zei Neefs.

Lambrusco onderbrak hem. 'Weet iedereen eigenlijk wel wat een deken precies is?' Hij keek de anderen van boven zijn leesbril vorsend aan. Achter in de keuken klonk het gerinkel van bestek en servies.

'The priest in charge,' zei Sterckx zonder aarzelen.

'Een deken is een priester die de parochies van een grotere gemeente of stad coördineert,' preciseerde Lambrusco. 'Ik wil toch even benadrukken dat we hier niet op een kamelenmarkt zitten. We voeren een onderzoek dat met argusogen zal worden gevolgd, ook buiten de provincie. Ik eis van iedereen dan ook de hoogst mogelijke accuratesse. Alleen heldere begrippen dragen oplossingen met zich mee, onthoud dat.'

Even was het stil. Zeiz opende zijn mond om Lambrusco van antwoord te dienen, maar zijn blik kruiste die van Vanderweyden en hij bedacht zich. Als de coördinerend commissaris tijdens een vergadering de behoefte voelde om zinloze adviezen te verstrekken, kon niemand hem dat beletten.

Vannuffel schraapte zijn keel. 'Er klopt iets niet met de timing in de verklaring van de kerkmanager. Bonheide is om halfzeven aangekomen, ongeveer gelijktijdig met onderzoeksrechter Engelen. Om zeven uur heeft hij het lijk van Busschaert ontdekt. Wat heeft hij in de tussentijd gedaan?'

'De stroom was uitgevallen,' zei Vanderweyden.

Vannuffel grijnsde. 'Heeft hij een half uur nodig gehad om dat euvel te verhelpen? Hij moest alleen de hoofdschakelaar overhalen.'

'Terwijl mevrouw Engelen in het kamertje ernaast in het donker zat te bidden,' zei Sterckx.

'Ik stel voor dat we Bonheide nog eens aan de tand voelen,' zei Vanderweyden.

'En mevrouw Engelen,' zei Vannuffel.

Zeiz moest denken aan zijn gesprek met Engelen van de dag voordien. Waarom had ze een valse verklaring afgelegd? En waarom had ze dat tegenover hem toegegeven? Het was een bekentenis onder vier ogen geweest, beiden konden achteraf beweren dat ze er niets van af wisten. Maar ze had hem daarmee op moreel vlak in een moeilijk parket gebracht.

Vanderweyden ging verder: 'En wat is de bedoeling van de briefjes op de borst van de slachtoffers? Zoals we ondertussen weten zijn die daar bevestigd met krammen uit een hogedrukpistool. De autopsie van de dode van Diepenbeek is moeizamer verlopen, omdat het lichaam in een verregaande staat van ontbinding was. Maar wat Lode Busschaert betreft is de patholoog formeel: de kram is in de borst van het slachtoffer geschoten toen hij nog leefde.'

'Doet zoiets pijn?' vroeg Sterckx op gemaakt naïeve toon.

'Ernstig blijven, alstublieft,' zei Lambrusco streng.

'Goede vraag toch,' zei Neefs. 'Zo'n hogedrukpistool heeft een kracht van ongeveer 350 bar. Er zijn twee krammen stevig in het borstbeen geschoten. En dat is een kwetsbare plaats, dat kan ik jullie verzekeren. Busschaert heeft naar alle waarschijnlijkheid een korte hartstilstand gekregen als gevolg van de inslagen ter hoogte van de plexus. Maar daarvan heeft hij zich dus kunnen herstellen. Pas daarna heeft de moordenaar hem de keel overgesneden. Ook dat is een pijnlijke affaire, maar gelukkig van korte duur, want hij heeft hiervoor een fijne en scherpe ijzerdraad gebruikt. Bij het oversnijden van een slagader duurt het ongeveer drie minuten voor het slachtoffer is leeggebloed. Maar na een minuut raakt hij al in shock en nog voor er twee minuten om zijn, verliest hij het bewustzijn. We weten niet precies hoeveel tijd er is verstreken tussen het schieten van de krammen en het oversnijden van de keel. Volgens de patholoog moet het minimum een uur zijn.'

Het was even stil rond de tafel. De meeste rechercheurs waren niet aan hun proefstuk toe. Ook de jongere mensen onder hen wisten tot welke wreedheden de mens in staat was en dat zijn creativiteit wat dat betreft grenzeloos was.

Vannuffel ging verder: 'Op het briefje stond een Latijnse tekst: 'Bis vincit qui se vincit...'

Lambrusco onderbrak hem. 'Begrijpt iedereen Latijn?' Hij keek vorsend de tafel rond en fixeerde inspecteur Roger Daniëls.

Daniëls bloosde. Het was duidelijk dat hij het verslag niet nauwkeurig had gelezen, of misschien gewoon de betekenis was vergeten.

Lambrusco sprak hem vermanend toe: 'Je krijgt huiswerk mee van mij, Roger. Je gaat die Latijnse spreuk opzoeken en je komt me morgenvroeg vertellen wat hij betekent. Is dat begrepen?' Hij keek triomferend rond. 'De jeugd van tegenwoordig heeft geen algemene ontwikkeling meer,' zei hij.

'Zou er een verband kunnen zijn met de pedofilieaffaires die de laatste maanden aan het licht zijn gekomen?' vroeg Zeiz.

'Voorlopig kennen we noch de moordenaar noch zijn motief,' zei Vanderweyden. 'We moeten voorzichtig zijn, maar we mogen ook niet blind zijn. Is het een toeval dat net nu Daniël Bonnet, de pastoor van Diepenbeek, verdwijnt? Stel dat de dode van Diepenbeek ook een priester was?'

Sterckx stak zijn hand op om het woord te vragen. 'Maria Kuzniak, de huishoudster van de deken, beweert dat haar baas bedreigd werd door katholieke fundamentalisten.'

Daniëls knikte. 'We hebben in zijn computer mails gevonden, gestuurd door een zekere Bjorn Degreef, secretaris van de organisatie Katholieke Kracht Vlaanderen. Het zijn geen echte dreigmails, maar de taal die Degreef gebruikt, is wel kwetsend. Hij noemde Busschaert bijvoorbeeld een godslasteraar en een verdorven leugenaar. Het gaat over een tentoonstelling van enkele weken geleden in de kathedraal, waarbij de heilige sacramenten op een moderne manier werden voorgesteld. Op een van de schilderijen zag je Christus aan het kruis met een infuus in zijn wonden.'

Vanderweyden zuchtte diep, maar het kon ook zijn dat hij naar adem hapte. 'Dan zijn er nog een paar formele zaken betreffende de interne dienst. Zoals jullie weten is mevrouw Engelen gesuspendeerd van haar functie als onderzoeksrechter. Haar plaats wordt tijdelijk ingenomen door onderzoeksrechter Partoen, die ons met de onderzoeksdaden heeft belast. De plaatsvervangende onderzoeksrechter kon er vandaag jammer genoeg niet bij zijn. Jullie zullen een van de volgende dagen met haar kennismaken.'

'Toch nog even benadrukken dat mevrouw Engelen een belangrijke getuige is,' zei Vannuffel met een fijne glimlach. 'Zij is waarschijnlijk de laatste geweest die Lode Busschaert de avond voordien levend heeft gezien. En ze was in de kathedraal toen het lijk werd gevonden. Is dat allemaal toeval? En wat is de rol van de kerkmanager hierbij?' Hij stak met een theatraal gebaar zijn handen in de lucht, zodat de grote zweetplekken onder zijn armen zichtbaar werden. Daarna keek hij grijnzend naar Zeiz. 'Ik wens mijn opvolger dan ook alle geluk toe met dit kluwen…'

'Dat was ik nog bijna vergeten te zeggen,' zei Vanderweyden snel. 'Kareem zal het onderzoek verder leiden. Commissaris Vannuffel, die het onderzoek tot nu toe heeft geleid, zal morgenmiddag de persconferentie voorzitten. Daarna wordt hij parttime gedetacheerd naar een andere opdracht… Maar daar kunnen we voorlopig niets over zeggen…'

Vannuffel glunderde. Hij bleek het helemaal niet erg te vinden dat hij een stap opzij moest zetten en genoot zichtbaar van het mysterie dat nu rond hem hing. 'Uiteraard blijf ik het onderzoek van nabij volgen,' zei hij, 'op uitdrukkelijk verzoek van mijnheer Lambrusco.'

Lambrusco schrok op. Hij was het gesprek al even niet meer aan het volgen en had het scherm van zijn iPad zitten bestuderen. Vanuit zijn ooghoeken meende Zeiz het beeld van een kantoorinterieur te herkennen. Waarschijnlijk was het reclame.

Lambrusco keek zijn collega's enkele seconden verward aan, alsof hij uit een mooie droom was ontwaakt en de ruige werkelijkheid weer moest trotseren. Hij herpakte zich, trok een streng gezicht en verkondigde: 'Denk eraan, mensen, facta non verba.'

Het volgende ogenblik vluchtte iedereen naar buiten.

Door het open raam was geen frisse lucht, maar vooral veel warmte binnengekomen. En de stank had zich comfortabel genesteld in dat tropische atmosfeertje. Zeiz merkte daar heel even niets van. Hij was als enige blijven zitten. Nu zag hij dat hij een sms'je had gekregen van Pema dat ze veilig in Brussel was aangekomen.

Hij stuurde een sms'je terug: 'Voel me eenzaam zonder jou in Corsica.'

7

De stank in het politiegebouw bleek afkomstig te zijn van het tapijt van de dode man van Diepenbeek, dat in de kelder lag, meer bepaald in het magazijn waar de bewijsstukken van de lopende onderzoeken tijdelijk werden opgeslagen. Korpschef van de lokale politie Hendrik Landuyt beval persoonlijk de onmiddellijke eliminatie ervan, terwijl coördinerend commissaris Lambrusco oordeelde dat een bewijsstuk in geen enkel geval mocht worden vernietigd. Het moest worden verplaatst. De praktische uitvoering van deze beslissing werd doorgeschoven naar hoofdinspecteur Johan Neefs.

Neefs had een druk weekend achter de rug. Hij had het technische onderzoek in de woning van Lode Busschaert en de analyse van de sporen gecoördineerd en voelde zich als een oude, uitgewrongen dweil toen hij op woensdagmiddag bij Lambrusco werd geroepen. Het bewuste tapijt had hem al een berisping opgeleverd, omdat hij het na afloop van de sporenzekering op de afvalcontainer had gegooid. Bovendien had hij de dode niet van de plaats delict mogen verwijderen voordat de gerechtsdokter hem had kunnen onderzoeken. Hiervoor had hij een dienstnota gekregen wegens 'slordig werk'. Maar in beide gevallen vond Neefs dat hem niets te verwijten viel. Het was gebruikelijk om van bewijsstukken van grotere omvang enkel een kleiner deel te bewaren, een beslissing die in de regel aan de leidinggevende technicus werd overgelaten – en dat was hij geweest. Een gerechtsdokter werd doorgaans alleen uitgenodigd als de plaats delict ook de plaats van de misdaad was. Neefs had meteen gezien dat het slachtoffer niet onder de muziekkiosk was vermoord. En waarschijnlijk ook niet in de onmiddellijke omgeving daarvan; ze hadden hiervoor tenminste geen aanwijzingen gevonden. Zijn vermoeden dat het lijk daar ongeveer tien dagen had gelegen, was achteraf door de autopsie bevestigd. De stukken die hij uit het tapijt had gesneden, bevatten vooral weefsel en weinig of geen bloed, wat zijn thesis dat de man elders was vermoord bevestigde. Dat Lode Busschaert ook op een andere plaats was omgebracht, kon elk kind zien: het lijk was leeggebloed en in de kathedraal waren amper bloedsporen te vinden. De dokter van de hulpdiensten was al ter plaatse geweest, maar Neefs had voor alle zekerheid toch ook de gerechtsdokter laten komen. Dat bleek een nieuw gezicht te zijn: een jonge, knappe vrouw. Wat bij hem de bedenking had ontlokt dat het politiekorps over een aantal jaren alleen nog maar uit jonge vrouwen zou bestaan. De vrouw had daarop gepikeerd gereageerd; ze had de patiënten in de wachtkamer van haar praktijk naar huis moeten sturen om officieel te komen bevestigen wat een andere dokter al had vastgesteld, namelijk dat het slachtoffer overleden was aan zijn verwondingen, toegebracht op een andere plaats. Terloops vertelde ze Neefs dat ze al maanden niet was uitbetaald voor haar gerechtelijke interventies. De federale overheid moest haar nog voor 10 000 euro aan achterstallige facturen uitbetalen.

Neefs had een vreemd gevoel bij de hele affaire. Het kon bijna niet anders of iemand had zijn oversten getipt. Hij verdacht Eefje Smeets ervan dat ze achter zijn rug over hem was gaan klagen. Ze was de laatste tijd ook zo overijverig. En in haar rapporten nam ze soms afstand van zijn beslissingen. Maar de zin en de energie ontbraken hem om zich daarin te verdiepen. Hij was op een leeftijd gekomen dat dit soort akkefietjes hem minder dan ooit interesseerden. Er waren belangrijkere dingen in het leven.

Lambrusco ontving hem in een gedeeltelijk ontruimd kantoor. Op zijn bureau lagen prospectussen van kantoormeubilair. Verder Lambrusco's iPad, zijn smartphone, een witte laptop van het merk Apple en een Belgisch vlaggetje op een zilveren staander. 'Je ziet er moe uit,' begroette hij Neefs. Hij probeerde zijn stem een zacht timbre mee te geven, als wilde hij Neefs de biecht afnemen. 'Het gaat niet goed met je, hè?'

Neefs haalde zijn schouders op. 'Heb je me uitgenodigd om me mijn hart te laten luchten?' Hij kende Lambrusco al jaren – ze waren samen nog naar de politieschool geweest – en hij wist dat de man alleen tot empathie in staat was als hij er persoonlijk zijn voordeel mee kon doen.

Lambrusco verstarde. 'Het was maar een vraag, Johan. Ik stel gewoon vast dat je de laatste tijd erg veel steken laat vallen.'

'Heb jij dat in je eentje vastgesteld, ondanks je drukke agenda?' vroeg Neefs schamper.

'Waar breng je het tapijt heen?' vroeg Lambrusco bars.

'Ik wilde jou vragen waar het naartoe moet,' repliceerde Neefs even bars. 'Jij hebt de beslissing genomen om het te bewaren.'

'Iedereen zijn job,' antwoordde Lambrusco fijntjes. 'Er zijn mensen die beslissingen nemen en anderen die die beslissingen uitvoeren.'

'Qui se ipse laudat, cito derisorem invenit,' zei Neefs. 'Zoek dat maar eens op tegen morgenochtend.'

Lambrusco zwaaide met zijn arm naar de deur, zoals je een kind de tuin injaagt. 'Nu mag je beschikken, Johan. Ik heb nog veel werk te doen. Ik vertrouw erop dat je dit klusje wél tot een bevredigend einde kan brengen.'

Gekleed in een synthetisch beschermpak liep Neefs naar de kelder van het politiegebouw. Hij had niemand gevraagd hem te vergezellen, gesteld dat hij iemand daartoe bereid zou hebben gevonden. In de kelder van het politiegebouw hing nu dezelfde ongenadige barbaarse stank als in de muziekkiosk, toen de dode man van Diepenbeek daar nog lag. Neefs wikkelde het tapijt in een extra folie en droeg het in zijn eentje naar de bestelwagen van de technische dienst, die op de binnenplaats stond. Hij stelde zich voor dat zijn collega's ergens verdekt opgesteld stonden te loeren, terwijl ze gniffelend een weddenschap aangingen over hoelang Neefs het nog in actieve dienst zou trekken, en hij voelde zich als een onnozel jongetje, dat de rotzooi moest opruimen die anderen hadden veroorzaakt, en niet bij machte was zich te weren tegen onredelijke eisen en pesterijen.

Voordat Zeiz het politiebureau verliet, sprong hij nog even binnen bij Vera, de secretaresse. Haar kantoor was aan het begin van de gang, in een kamertje dat vroeger dienstdeed als archief. Ze was erin geslaagd om het met frisse kleuren en een smaakvolle aankleding ruimer te doen lijken dan het was. Vera was een vrouw van middelbare leeftijd, met een kort grijs kapsel en een kaarsrechte rug. Voor ze bij de recherche begon, had ze er een carrière van dertig jaar op andere diensten op zitten. Ze had de reputatie doodeerlijk te zijn.

'Er is een probleem met uw onkostennota, hoofdinspecteur Zeiz,' zei ze. Ze had de gewoonte iedereen met zijn titel aan te spreken. 'Hoofdcommissaris Vanderweyden beweert dat uw aanvraag discutabel is.' Toen Zeiz haar verbaasd aankeek, overhandigde ze hem de nota. Hij zag dat Vanderweyden met rode pen een aantal door Zeiz beschreven kosten had aangekruist. Rond een aantal daarvan had hij een cirkel getrokken en er een vraagteken bij gezet. Vera haalde haar schouders op. 'Maar hij zou u hierover persoonlijk aanspreken, zei hij. Als hij het tenminste niet vergeet…' Ze knipoogde naar hem. 'Als ik u was, zou ik het hem zelf vragen.'

Zeiz had om tien uur een afspraak met Gustaaf Swolfs, de voorzitter van Katholieke Kracht Vlaanderen, die in het landelijke Nieuwerkerken woonde. Hij had niet veel concrete informatie over de organisatie kunnen vinden en moest zich tevreden stellen met wat hij had gevonden op hun eigen website, die veel weg had van een glossy familietijdschrift. De religieuze context werd niet verhuld, wel integendeel. Katholieke Kracht Vlaanderen slaagde erin de mens voor te stellen als een religieus en sociaal dier, dat zijn geluk vooral uit zijn werklust puurde. Niets wees erop dat de organisatie extremistisch zou zijn. Er waren afdelingen in elke Vlaamse provincie en Swolfs was één van de oprichters en bezielers. De man had een indrukwekkend curriculum op professioneel vlak: hij had een internationale carrière bij binnen- en buitenlandse banken achter de rug en had daarbij de ene topfunctie na de andere bekleed. Maar zijn pensioen was geen afscheid van het zakenleven geweest; met enkele vennoten runde hij vandaag het financiële advies- en beleggingsbureau Sominvest.

Bij nauwkeurige lezing bleken de mails die deken Busschaert van Katholieke Kracht Vlaanderen had gekregen toch niet allemaal zo onschuldig te zijn. In een ervan, amper een maand geleden verstuurd, werd hem voor zijn godslastering zelfs een strenge en bijzonder pijnlijke straf voorspeld.

Gustaaf Swolfs woonde in een aardige villa in het groen. Zeiz parkeerde zijn oude Citroën naast Swolfs' zilveren BMW 4x4, die als een reusachtig juweel in de zon schitterde. Vanaf de riante carport voerde een met klimplanten overkoepeld natuurstenen pad naar de voordeur. Daar wachtte de gastheer hem op.

'Welkom in het hoofdkwartier van Katholieke Kracht,' begroette de kranige zestiger hem met een knipoog. Hij had een bijzonder diepe basstem, die zijn verschijning nog krachtiger maakte. Hij voegde er spottend aan toe: 'En ik ben Gustaaf Swolfs, de hoofdman.'

Swolfs nodigde hem niet uit binnen te komen. Ze wandelden door de tuin, die aan een perfect onderhouden stadspark deed denken, met vijvertjes en plantsoenen, waartussen paadjes kronkelden. Tussen enorme platanen, die de zon op afstand hielden, stond een kapel. Door een raam ving Zeiz een glimp op van een altaartje waarboven een levensgroot mozaïek van de verrezen Christus hing. Swolfs liep met lichte tred, als een jonge man.

'Ik val met de deur in huis,' zei Swolfs. 'U bent hier omwille van de mail die de betreurde deken Busschaert van ons heeft ontvangen. Laat mij meteen zeggen dat die mail een vergissing was. Trouwens, ik heb me hiervoor ook persoonlijk bij de deken verontschuldigd. Maar dat neemt niet weg dat het een domheid was. Een van mijn jonge medewerkers is in zijn jeugdige overmoed zijn boekje te buiten gegaan.'

Zeiz knikte. 'U bedoelt Bjorn Degreef, uw secretaris. Hij zal eerstdaags een uitnodiging in de bus krijgen om met mij te komen praten op het politiekantoor.'

'Ik zie dat u uw huiswerk heeft gemaakt, mijnheer Zeiz. Maar ik had ook niet anders verwacht.' Swolfs glimlachte. 'Uw reputatie is u vooruitgesneld. Nu, wat Bjorn betreft, hij is een welopgevoede jongeman uit een gegoed nest. Zijn vader is Johan Degreef, de bekende vastgoedmakelaar van Degreef & Partners, u wellicht bekend.' Hij keek Zeiz vragend aan.

Zeiz schudde het hoofd. Hij wist dat Degreef & Partners een Hasselts vastgoedbedrijf was, maar hij gunde Swolfs dat plezier niet. Die had alleen maar met de naam uitgepakt om te laten zien dat Bjorn geen weerloze jongeman was en een machtige vader achter zich had staan.

'Bjorn is bij de para's geweest,' ging Swolfs verder, 'net als u en ik trouwens. En wij weten beiden dat sommige ex-para's een kort lontje hebben. Bjorn is er zo eentje. U kijkt verbaasd, mijnheer Zeiz. Ja, ik heb mijn huiswerk ook gemaakt.'

'U hebt me gegoogeld, zeker?' zei Zeiz.

'Ik heb mijn informatiekanalen, laten we het zo stellen,' antwoordde Swolfs. Hij wachtte voor hij verder praatte, alsof hij naar de precieze woorden zocht: 'Het is een drama, wat daar in de kathedraal van Hasselt is gebeurd. Een persoonlijk drama in de eerste plaats, voor deken Busschaert en zijn naasten. Wij hebben voor hen gebeden. Maar het is ook een drama voor het geloof zelf, ons katholieke geloof. Omdat ons geloof in de kern wordt geraakt. Lode Busschaert was een priester… Ik weet niet of u de volle betekenis van het priesterambt kent? Het is volstrekt niet te vergelijken met dat van bijvoorbeeld een imam.'

Zeiz onderdrukte zijn ergernis. Misschien vergiste hij zich, maar die laatste zin had enigszins geringschattend geklonken. Hij zei: 'Het is niet zo simpel als u het stelt. Er bestaan verschillende opvattingen over de betekenis van de imam.'

'Voor ons christenen is het simpel: een priester wordt geroepen door God.'

Zeiz knikte. 'We hebben een mail gevonden van u persoonlijk, waarin u Busschaert een onwaardige priester noemt.'

'Een priester voert het woord Gods, mijnheer Zeiz. De kerk is het huis Gods. Het is een gewijde ruimte, waarin men zich eerbiedig dient te gedragen. Deken Busschaert heeft een zware fout gemaakt door de tentoonstelling over de zeven sacramenten in een kerk te laten doorgaan. Dat was een beslissing, een priester onwaardig, zo heb ik het bedoeld. Een kerk is geen museum voor moderne kunst. Wij respecteren kunstenaars en musea, maar wij vragen ook respect voor onze heilige, gewijde ruimten. Maar ik zei het al, ik heb dit conflict met hem uitgepraat. Ik ben lid van de kerkgemeenschap en heb hem op zijn plicht gewezen. Hij moet het woord Gods brengen, hij moet zich niet op sleeptouw laten nemen door een verdorven maatschappij.'

'Aha, is het zo erg gesteld met onze wereld?' zei Zeiz.

Swolfs knikte. 'Ja, vindt u soms van niet? De wereld is een gevaarlijker plaats dan ooit. En dan heb ik het niet alleen over de criminaliteit. Er zijn geen zekerheden meer, dat is veel erger. En de gelovigen verwachten van een priester dat hij een baken is, een baken van waarheid en waarden. De Bijbel is geen roman.'

'U heeft dus Lode Busschaert niet vermoord?' vroeg Zeiz.

Swolfs schrok. 'Heeft u wel geluisterd naar wat ik heb verteld?' vroeg hij scherp. Hij zuchtte diep, van zijn gezicht viel ongeduld af te lezen. 'Ik was in de nacht van donderdag op vrijdag hier thuis, in mijn bed, ik lag naast mijn vrouw. Luister, mijnheer Zeiz, wij zijn geen extremisten, integendeel. Wij vragen alleen maar respect voor ons geloof. In de ogen van de linksen zijn wij conservatief. Dat klopt ook, wij willen de waarheid bewaren, niets meer en niets minder...'

'En de waarheid naar boven laten komen?' vroeg Zeiz. 'Over het kindermisbruik bijvoorbeeld...'

Swolfs knikte heftig. 'Het kwaad is doorgedrongen tot in de hoogste rangen van de Katholieke Kerk. Maar het is niet omdat enkele priesters rot zijn, dat de hele kerk rot is.'

'Was deken Lode Busschaert rot?'

'Natuurlijk niet,' zei Swolfs snel. 'Wat suggereert u nu: dat hij een pedofiel was? Is dat de richting die het onderzoek uitgaat? Die van het misbruik in de Kerk?'

Zeiz ergerde zich aan zichzelf. Hoe kwam hij erbij om hierover te beginnen? Het onderzoek had nog geen aanwijzingen in die richting opgeleverd. Hij had het gevoel dat Swolfs met zijn gladde praatjes het gesprek stuurde.

Hij veranderde van onderwerp: 'U verkondigt dat er een nieuwe inquisitie zal komen?'

'Leuk dat u onze website heeft bezocht, mijnheer Zeiz. Als u nu nog de tijd neemt om aandachtig te lezen, kunt u ook wat leren. We hebben nu trouwens ook een Facebookaccount. U zult merken, dat in onze organisatie mensen zitten uit alle geledingen van de samenleving. Zelf ben ik een zakenman. Ik heb hard gewerkt en zoals u ziet heb ik ook goed geoogst. Van huis uit ben ik een Vlaams-nationalist. Een liberale katholieke Vlaming, zo zou u me ook kunnen noemen.'

Hij lachte. 'Uw vader en ik zijn even oud. Misschien herinnert hij zich mij nog. Hij noemde zich vroeger een linkse wereldburger, meen ik me te herinneren. Maar toen was hij nog jong. Is hij ondertussen wijzer geworden?'

'Wat bedoelt u?' vroeg Zeiz. Hij had zich altijd geërgerd aan het progressieve, hippieachtige imago van zijn vader, maar plots voelde hij een warme sympathie voor hem. 'Ik denk niet dat hij overweegt om lid te worden van Katholieke Kracht Vlaanderen.'

Swolfs haalde zijn schouders op. 'Hij zou welkom zijn. En hij hoeft zijn ziel niet te verkopen aan het kapitaal, zoals de meeste progressievelingen van zijn lichting dat hebben gedaan.'

'Je weet maar nooit,' zei Zeiz. 'De kans op hersenverweking wordt vanaf een bepaalde leeftijd naar het schijnt groter…'

'Is er iets mis met geld verdienen?' vroeg Swolfs. Er verscheen een spottend trekje op zijn gezicht. 'Ik weet wat u verdient als hoofdinspecteur, mijnheer Zeiz. In de securitybedrijven zoeken ze ook bekwame mensen. Iemand met uw kwaliteiten zou er het vijfvoudige kunnen verdienen. En dat is nog niet eens zo buitensporig… Weet u, ik heb respect voor mensen zoals u, die hun job uitoefenen met enthousiasme ondanks de geringe vergoeding…'

Zeiz onderbrak hem. 'Heeft u een idee wie Lode Busschaert heeft vermoord? Behalve u schijnt hij geen vijanden te hebben gehad.'

'Ik heb er geen idee van.' Swolfs stak zijn vinger vermanend omhoog. 'Maar één ding weet ik zeker: de moordenaar is een vijand van het geloof.'

Ze waren weer bij de ingangspoort van de tuin gekomen en namen afscheid. Zeiz liep met een wrang gevoel naar zijn auto. Swolfs had hem handig in een hoek geduwd en het interview naar zijn hand gezet. Op de parkeerplaats bleef hij een ogenblik staan, zich afvragend wat hij verkeerd had gedaan. Aan de andere kant van zijn oude Citroën stond nu een goudkleurige Landrover. De grill boven de voorbumper liet geluidloos zijn tanden zien.

Zeiz was nog geen kilometer ver, toen de motor uitviel. Hij liet de auto op de zijberm tot stilstand komen. Hij probeerde vergeefs opnieuw te starten. Twee weken geleden had hij ook al motorpech gekregen. De reparatie had hem toen bijna vierhonderd euro gekost. Er zat niets anders op dan weer de garage te bellen. Hij nam zijn gsm en ontdekte dat die uitgeschakeld was. Dat gebeurde de laatste tijd wel vaker, de batterij zat los. Ook zijn gsm was dringend aan vervanging toe, maar hij had voorlopig geen geld voor een nieuwe. Hij stelde zich het leedvermaak voor van Swolfs en zijn rijke vriendjes als ze hem nu zouden zien staan.

Hij zette zijn gsm aan en ontdekte dat hij oproepen had gemist van Pema en van zijn vader. Hij belde eerst Pema, maar ze nam niet op. Daarna belde hij zijn vader, die meteen opnam.

'Aha, ben jij het,' zei de oude man bars. 'Eindelijk, we dachten al dat we nooit meer iets van je zouden horen.'

Zeiz hoorde aan de stem van zijn vader dat er iets was gebeurd. Een akelig vermoeden bekroop hem.

'Twee uur lang proberen we je al te bellen,' ging zijn vader verder, 'maar nee, Kareem Zeiz is onbereikbaar, zoals gewoonlijk...'

'Wat is er gebeurd?' riep Zeiz.

'Rustig, jongen. Het gevaar is ondertussen geweken. Als je maar lang genoeg wacht, lossen de problemen zich vanzelf wel op, hé, dat is altijd al jouw adagium geweest. Jouw lieve vriendin Pema is vanmorgen overvallen in het Noordstation in Brussel.'

Zeiz' adem stokte. Hij had haar alleen gelaten en er was haar iets overkomen. Zijn grootste angst was werkelijkheid geworden.

'Maar maak je niet ongerust, alles is in orde,' zei zijn vader. 'Ze is niet gewond, er is niets gestolen, ze is alleen overstuur. En een beetje ontgoocheld in jou natuurlijk, omdat je je niet aan je beloften houdt. Eerst onderbreek je je vakantie en dan weiger je de telefoon op te nemen als ze je nodig heeft. Maar ik heb het haar uitgelegd, dat jij alleen tijd hebt voor anderen als het jou goed uitkomt.'

Zeiz voelde een steek in zijn maag. Nog maar net had hij zijn vader verdedigd tegenover die Swolfs. Daar had hij nu spijt van. Zijn vader slaagde er altijd in hem te ergeren en zelfs te kwetsen. Als jongeman was Zeiz daarop afgeknapt. Hij had het huis verlaten en had pas jaren later weer contact gezocht met zijn vader.

Maar dit was niet het moment om ruzie te maken. 'Ik kom meteen,' zei hij. 'Waar zijn jullie nu?'

'In Allelanden. Gelukkig waren wij wél bereikbaar. We zijn haar onmiddellijk in Brussel gaan halen. En nu zitten we hier bij de Rat thuis.'

De Rat was de roepnaam die zijn vader bezigde voor Ralf Ratzinger, zijn beste vriend. Hij woonde in een dorpje op de taalgrens. Beide mannen hadden elkaar een jaar geleden leren kennen in het ziekenhuis. Zijn vader was er in behandeling geweest voor zijn klierkanker, de Rat voor zijn depressie.

'Mijn gsm was uitgevallen…' zei Zeiz.

Zijn vader liet een rochelende lach horen. 'Het gebruikelijke smoesje dus, ja, dat had ik verwacht. En je auto is toevallig ook defect, zeker?'

8

Pema had zich in de divan genesteld, met een deken om zich heen. Haar grote angstige ogen hield ze op het televisiescherm gericht. Ondanks de warmte rilde ze. Ze had tijdens de terugrit naar Hasselt amper gesproken. Zeiz observeerde haar en vroeg zich af wat er door haar hoofd ging. Pema was dol op televisiekijken, eender welk programma leek haar te fascineren. Nu stond er een Franse zender op. Een langharige journalist, die Zeiz aan zijn vader deed denken, interviewde de Franse president François Hollande. Pema kende geen Frans en ze zou waarschijnlijk ook niet weten wie Hollande was, maar de beelden leken een kalmerend effect op haar te hebben.

Toen ze in het Brusselse Noordstation op de trein terug naar Hasselt stond te wachten, had een man haar langs achteren vastgegrepen en proberen te wurgen. De overvaller was heel sterk geweest, beweerde ze. Het was alsof de wereld had stilgestaan en alleen nog uit pijn en angst had bestaan. Ze had heel even het bewustzijn verloren. Toen ze wakker werd, was de overvaller verdwenen en lag ze op de grond. De reizigers liepen aan haar voorbij alsof er niets aan de hand was. Tenslotte was een jongeman naar haar toegekomen. Maar hij sprak Frans en ze begreep niet wat hij zei. De gebeurtenis had haar zo overstuur gemaakt dat ze zelfs niet in staat was geweest haar gsm te vinden in haar handtas. Ten slotte had de jongeman haar gsm gevonden en op haar verzoek Zeiz proberen op te bellen. Toen dat niet lukte, had ze hem naar Zeiz' vader doen bellen.

Ze wist niet wie de overvaller was. Volgens haar was het een gek die zijn woede had gericht op een willekeurig slachtoffer. Misschien had ze gelijk, bedacht Zeiz, de overvaller had haar pijn gedaan en angst aangejaagd, maar hij had haar niet bestolen. Dat zou nochtans makkelijk zijn geweest. Ze was flauwgevallen en de reizigers in het station waren met de staart tussen de benen verder gerend. Maar er was iets in haar verhaal dat Zeiz erg verontrustte. Hij wist nog niet precies wat, maar het had te maken met de schijnbare zinloosheid van de actie. Uit ervaring wist hij dat omstanders zelden iemand in nood te hulp komen, zeker niet bij een brutale overval of aanranding. Maar in je eentje iemand aanranden in een druk treinstation was wel erg riskant. Zijn gevoel zei hem dat deze man niet alleen had gehandeld.

Hij ging naast haar op de divan zitten. Automatisch schoof ze dicht tegen hem aan. Hij zag de plekken op haar hals en schouders, waar de aanrander haar had vastgegrepen. De afdrukken van zijn vingers waren uitgewaaierd als blauwe inkt op vloeipapier.

'Laat me niet meer alleen,' fluisterde ze.

Een diepe wroeging ging door hem heen. Als hij zijn vakantie niet had onderbroken, zou hij haar naar Brussel hebben vergezeld en dan was dit niet gebeurd. Wat moest hij nu doen? Hoe kon hij ervoor zorgen dat ze veilig was als hij ging werken? Onderweg naar Allelanden had hij een telefoontje gekregen van Vanderweyden. Die wilde dat hij op de persconferentie aanwezig was, zodat de media konden kennismaken met de nieuwe onderzoeksleider. Maar hij had de persconferentie niet gehaald. Hij had zelfs niets van zich laten horen. Vanderweyden zou woedend zijn.

'Ik wil je iets vragen,' zei hij. 'De man die jou heeft overvallen... Je zei dat je hem niet kende. Ben je daar zeker van?'

Ze knikte en rilde. Hij trok haar dicht tegen zich aan. Hij vroeg zich af wat hij zou doen als hij de man die haar dit had aangedaan in zijn handen kreeg. Hij zou ervoor zorgen dat diens beste vriend hem niet meer zou herkennen, nam hij zich voor. De gedachte daaraan gaf hem een goed gevoel.

'Dus het was niet Fatih Moulamma of Abdel Al Waawi?' vroeg hij.

Ze ging met een ruk opzitten. 'Hoe weet je...?'

'Ik ben een politieagent,' zei hij, 'maar nu spreek ik met jou als vriend en... man. Je hoeft niet te praten als je daar geen zin in hebt. Ik wil jou geen verhoor afnemen. Maar als het Moulamma of Al Waawi was, moet je het zeggen, vind ik.'

'Ik weet niet wie hij was,' zei ze stil. Ze keek hem niet aan.

'Maak je geen zorgen,' zei hij. 'Hier ben je veilig.'

Het ware holle woorden, die hij zelf niet geloofde. En hij moest denken aan zijn vader, die had voorgesteld om Pema voorlopig in Allelanden bij hem en zijn vriend te laten verblijven. Dat aanbod was nu een overweging waard.

Eerst reed Zeiz naar het autoverhuurbedrijf om de auto waarmee hij Pema in Allelanden was gaan halen, terug te brengen. Hij betaalde met zijn bankkaart en begaf zich te voet naar het politiekantoor. Hij voelde zich op een vreemde manier bevrijd. Dat hij niet over een auto beschikte, had voordelen: hij kon geen motorpech krijgen en hij ergerde zich niet in het verkeer. Maar de autopanne van vanochtend zou hem letterlijk duur te staan komen. Volgens de garagist was er een onduidelijk probleem met het elektrische systeem en misschien ook met de batterij, die was al oeroud. De kosten zouden zeker tot een paar honderd euro oplopen. Daar kwamen dan nog de sleepkosten bij. Hij vroeg zich af wat er zou gebeuren als hij besloot voortaan zonder auto door het leven te gaan. Tenslotte kon niemand hem verplichten een auto te kopen. Voor verplaatsingen tijdens de dienst mocht hij gebruikmaken van een dienstauto. Het probleem was alleen dat er niet altijd genoeg dienstauto's beschikbaar waren. Maar dat was een probleem dat zijn oversten maar moesten oplossen, vond hij.

Op het politiebureau liep hij meteen naar het kantoor van Vanderweyden. Het stankprobleem was blijkbaar opgelost. Er hing nog een vage walm, die herinnerde aan de stankhinder, maar zijn collega's hadden hun ramen weer gesloten en de airco aangezet.

De hoofdcommissaris zag er moe en gespannen uit. Van zijn rode appelwangetjes bleef alleen een fletse blos over. 'Ik neem aan dat je een goede reden hebt waarom je niet op de persconferentie was,' stak hij van wal.

Zeiz vertelde dat hij in panne was gevallen met de auto. Het voorval met Pema verzweeg hij. Hij wist ook niet waarom, hij had gewoon geen zin om er met zijn chef over te praten. Vanderweyden luisterde, maar zijn houding straalde niet veel begrip uit.

'Je had mij tenminste iets kunnen laten weten,' zei hij toen Zeiz uitgesproken was. 'Dat is geen professionele houding. Daarom vraag ik je meteen: voel je je wel in staat om de leiding van het onderzoek op je te nemen? Zo niet, zeg het dan nu, dan moet ik er iemand anders op zetten.'

Zeiz voelde ergernis in zich opborrelen. 'Ik heb mijn vakantie hiervoor onderbroken…' begon hij.

'Antwoord op mijn vraag,' onderbrak Vanderweyden hem.

'Natuurlijk ben ik in staat om het onderzoek te leiden,' zei Zeiz. 'Ik begrijp niet waarom je me plots niet meer bekwaam acht.'

'De moord op Busschaert is een heel delicate zaak, dat hoef ik je niet te vertellen. Hoe vlugger er duidelijkheid is, hoe beter. Je zult over eieren moeten lopen en snel.' Hij nam een dossier van zijn bureau en bladerde erin. 'Je mag van Vannuffel zeggen wat je wilt, maar hij heeft die zaak goed aangepakt. Ik verwacht van jou dat je die lijn verder zet.'

Zeiz zei niets. Vannuffel had geen fouten gemaakt, dat klopte, maar het onderzoek was ook nog maar enkele dagen oud.

'Ik heb op dit moment veel aan mijn hoofd,' zei Vanderweyden en hij keek op zijn horloge. 'Het gewicht van het onderzoek zal vooral op jouw schouders komen te liggen, Kareem.' Hij haalde diep adem en zei toen: 'Je hebt Gustaaf Swolfs aan de tand gevoeld, heb ik gehoord? En de zoon van Johan Degreef is uitgenodigd voor een gesprek?'

Zeiz knikte. 'Ze maken deel uit van Katholieke Kracht, een vereniging van katholieke extremisten.'

Vanderweyden hief zijn hand omhoog. 'Ik zou toch voorzichtig zijn met het woord "extremist". Laten we het houden bij een organisatie van conservatieve katholieken. Ik weet het, die jonge Degreef heeft een gemene mail naar deken Busschaert gestuurd. En ik vind het goed dat je alle sporen onderzoekt en niets aan het toeval overlaat. Maar ga alsjeblieft voorzichtig te werk.'

Zeiz voelde zich opgelaten. 'Moet ik me nu voor elke stap die ik zet komen verantwoorden?' vroeg hij. 'Heeft Swolfs zich bij jou beklaagd over mij?'

'Hij heeft bepaalde mensen in het politiekorps aangesproken,' zei Vanderweyden. 'Daar kan ik ook niets aan doen. Ik kan jou alleen tot voorzichtigheid aansporen. Ik ben jouw chef. En dan nog iets.' Hij nam een papier van zijn bureau. Zeiz zag meteen dat het een kopie van zijn onkostennota was. 'Ik heb je aanvraag voor kosten-vergoeding eens goed bekeken. Kloppen die gegevens wel? Je vraagt een kilometervergoeding met terugwerkende kracht vanaf november vorig jaar? Je weet dat we onder de gegeven omstandigheden erg voorzichtig moeten zijn met die zaken.'

Zeiz voelde een knoop in zijn maag. Zijn chef refereerde aan het interne schandaal van gesjoemel met onkostenvergoedingen en per-soonlijke privileges, dat breed in de pers was uitgesmeerd en waar-door koppen waren gerold. Maar wat hij vroeg had daar niets mee te maken. Hij wilde geen voordeeltjes, hij vroeg gewoon waar hij recht op had. Dat hij zo laat was met zijn aanvraag, was de schuld van de administratie die hem pas sinds kort van dat recht op de hoogte had gebracht. Bovendien wist hij dat sommigen van zijn collega's hun verplaatsingsvergoeding wél nog met terugwerkende kracht hadden gekregen.

'Wat ik vraag is niet meer dan billijk,' zei Zeiz, 'in tegenstelling tot wat anderen zich in het verleden hebben gepermitteerd.'

Vanderweydens wangen kregen iets meer kleur. Het was een pu-bliek geheim dat ook hij zich had moeten verantwoorden voor over-dreven onkosten. 'Het spijt me, maar ik kan er niets aan doen. De regel is duidelijk, je vraagt het aan voor de maand die voorbij is. And that's it.'

Op zijn kantoor bleef Zeiz voor het open raam staan. Er steeg een zwoele lucht van de binnenplaats op. Hij vroeg zich af of dit de opwarming van de aarde was waar Sterckx het zo vaak over had? Volgens zijn collega, die behalve vegetariër ook een groene jongen was, stonden ze aan de vooravond van een grote ecologische ramp, waarbij de menselijke beschaving zou vergaan. De vraag was, be-dacht Zeiz, of dit werkelijk zo'n verlies zou zijn. Hij besloot de strijd om zijn verplaatsingsvergoeding niet op te geven en desnoods zijn chef te passeren bij de aanvraag.

Hij ging aan zijn bureau zitten en tikte het verslag van zijn inter-view met Gustaaf Swolfs uit. Daarna googelde hij Johan Degreef. De eerste link die hij vond was een artikeltje uit de krant Het Nieuws-blad, waarin stond dat de zakenman, 57 jaar oud, een herenhuis op de Hasseltse boulevard had gekocht voor het ronde bedrag van een miljoen euro. Vanuit een ander herenhuis op het Kolonel Dusart-plein runde Degreef het bureau voor projectontwikkeling Degreef & Partners. En blijkbaar zat hij ook in de verzekeringsbranche: hij bood polissen aan voor grote nationale en internationale onderne-mingen. Een regeltje in het artikel trok Zeiz' bijzondere aandacht: zoon Bjorn Degreef zou zijn eerste stappen in de politiek zetten: hij was kandidaat op een lijst van de N-VA voor de verkiezingen.

Daarna herlas hij de verslagen van de interviews die Sterckx had afgenomen van onderzoeksrechter Engelen, kerkmanager Bonheide en Busschaerts huishoudhulp, de Poolse Maria Kuzniak. De inter-views hadden niets concreets opgeleverd. Yvan Bonheide had alge-meenheden verkondigd, zoals 'De deken had geen vijanden, hij was een goed mens'. De Poolse had de vragen van haar interviewer met argwaan gecounterd. 'Waarom vraagt u dat?' had ze steevast gezegd. Ze had een kamertje in de dekenij, 'voor noodgevallen'. Maar daar verbleef ze maar zelden, beweerde ze, en de nacht van de moord was ze er niet geweest. Ze had de dag voordien zelfs niet gewerkt. Op de vraag van Sterckx of de deken die avond een ontmoeting had met Daniël Bonnet, de pastoor van Diepenbeek, had ze geantwoord: 'Deken Busschaert communiceerde nooit over personeelszaken.' Hij bladerde terug naar het interview met Bonheide en vond daarin pre-cies dezelfde uitspraak: 'Deken Busschaert communiceerde nooit over personeelszaken.' Twee keer letterlijk hetzelfde. Was dat toeval?

Hij belde Sterckx op zijn mobiele telefoon, maar die nam niet op. Toen herinnerde hij zich dat zijn collega een bezoek zou brengen aan het bisdom in Hasselt.

Een plotselinge vermoeidheid overviel hem. Iets stoorde hem in dit onderzoek. Was het de eindeloze saaiheid van de hoofdrolspelers, die zich allen uitsloofden in artificieel gedrag en ontwijkend geleu-ter? Bovendien was er iets op til in de recherche. Welk stiekem spel-letje speelden zijn chefs? Waarom had Vannuffel tijdelijk een stap opzijgezet? En Vanderweyden had aangegeven dat hij het erg druk had. Waarmee? Er was een priester vermoord , een andere was ver-dwenen en een onbekende man was vermoord aangetroffen. Maar deze officieren van de federale politie van Hasselt hadden andere prioriteiten. Of wilden ze hun vingers niet verbranden en schoven ze het vuile werk door naar hem?

Zeiz kantelde zijn stoel naar achteren en legde zijn voeten op zijn bureau. Enkele seconden later viel hij in slaap. In de korte droom die hij had, verscheen onderzoeksrechter Engelen aan hem. Ze was een perfecte kopie van het Mariabeeld in de kathedraal. Het kleed dat ze droeg was doorschijnend. Haar tepels staken hard in de stof. Zeiz schoot wakker. Hij moest denken aan de verklaring van Engelen dat ze elke ochtend naar de kathedraal ging om te bidden. Dat leek hem plots ongeloofwaardig.

In een opwelling belde hij haar op. 'Ik moet u dringend spreken in verband met de zaak Busschaert,' zei hij. 'Kunnen we een afspraak maken hier in mijn kantoor?'

'Daar zie ik het nut niet van in,' wierp ze tegen. Ze klonk veel afstandelijker dan enkele dagen voordien, tijdens hun gesprek in de kathedraal. 'Ik heb u alles verteld wat ik weet. Trouwens, ik heb de eerstvolgende dagen geen tijd, ik heb het vreselijk druk.'

Nog iemand die het te druk heeft, dacht Zeiz. Maar hij drong aan: 'Ik zou u een paar vragen willen stellen…'

'Die kunt u ook over de telefoon stellen. Ik luister.'

Hij schraapte zijn keel. 'De kerkmanager, Yvan Bonheide, heeft u op vrijdagochtend binnengelaten in de kathedraal. Bent u toen meteen naar de biechtstoel gegaan?'

'Ik ben helemaal niet bij de biechtstoel geweest. Dat zou u moeten weten als u mijn verklaring aan uw collega Sterckx heeft gelezen. Gaan we dat interview nu overdoen?'

Dit antwoord had hij verwacht. Ze zou zeker niet over de telefoon toegeven dat zij het lijk van Busschaert had ontdekt. Haar valse getuigenis zat een duidelijk verhoor in de weg, maar hij besloot het over een andere boeg te gooien. 'Yvan Bonheide heeft verklaard dat de elektrische installatie afstond toen hij in de kathedraal aankwam. Hij dacht aan een kortsluiting, wat wel vaker voorkomt blijkbaar. Hij zei dat hij even heeft moeten zoeken naar de oorzaak van de panne. Om zeven uur heeft hij de hoofdschakelaar weer aangezet. U was er om halfzeven, mevrouw Engelen. Heeft u in de kapel gewacht en in het donker gebeden?'

Haar antwoord kwam snel. 'Ik heb een kaarsje aangestoken, mijnheer Zeiz,' zei ze.

'Kent u Daniël Bonnet?'

'U bedoelt de verdwenen pastoor van Diepenbeek? Vaag. Ik zal hem wel ooit ontmoet hebben, ergens op een misviering. Maar met hem gepraat heb ik nooit.'

'Dan wilde ik u ook nog vragen of Lode Busschaert met u over Daniël Bonnet heeft gesproken.'

Haar antwoord klonk Zeiz bekend in de oren: 'De deken communiceerde nooit over personeelszaken.'

9

'Hier ben je veilig,' had hij gezegd.

Was dat een grapje geweest? Toen hij vertrokken was, had ze met-een de ramen gesloten en een stoel onder de klink van de voordeur geschoven. Waarom zat er eigenlijk geen extra slot op de deur, zoals in elk normaal huis? Waarom was hij zo nonchalant? Waar mensen zijn, ben je nooit veilig. Als politieagent moest hij dat toch weten. Haar grootmoeder zei altijd: 'Je kunt in de bergen beter een tijger tegenkomen dan een mens.' Maar nee, als hij ging werken, liet hij de woning achter met de ramen open. Ze woonden op de gelijkvloerse verdieping, iedereen kon gewoon naar binnen stappen. Aan zoiets dacht hij gewoon niet. In de mysterieuze wereld van Kareem Zeiz was er geen plaats voor dit soort angsten.

Eigenlijk was hij zoals haar vader was geweest, voordat die werd opgepakt en in de gevangenis gegooid: onbuigzaam. Recht. Na zijn gevangenisstraf was haar vader krom geworden.

Als kind geloofde ze dat mannen sterk waren omdat de god Yamantaka hen de opdracht had gegeven vrouwen en kinderen te beschermen tegen de wilde jaks en de tijgers. Vanaf de dag dat haar vader uit de gevangenis kwam, wist ze dat in de echte wereld andere wetten golden. Sommige mannen waren zelf roofdieren.

Zoals die man in het Noordstation. Ze wist wie hij was. Van alle roofdieren die ze had ontmoet op haar tocht van Tibet naar België, stond hij het dichtste bij haar. Dat wist hij. Hij plaatste alle anderen in de schaduw, niet alleen met zijn wreedheid.

Op de dag dat haar vader uit de gevangenis kwam, was de wereld veranderd. Dat was op 26 september 2001, de dag van haar zusje Sa-rya's derde verjaardag. Ze hadden de hele ochtend koekjes gebakken en overgoten met bruine suiker en jakkaas en daarna waren ze naar de rivier gelopen om gladde keien te verzamelen voor het altaartje waarmee ze Sarya wilden verrassen. Op het eerste gezicht was er niets aan de hand. De bergen lagen bevroren in hun eeuwige winter-slaap en hier en daar hingen Chinese soldaten rond, zoals vroeger de ezels bij zonsondergang. Maar er was iets veranderd dat niet zicht-baar was. Nog niet.

Ze ging in de keuken het grote, scherpe mes halen, legde dat naast zich op de bank en prevelde de woorden voor zich uit die ze van Kundun had geleerd: 'Breed is de weg die naar de vernietiging leidt, de weg naar het nirvana is smal en kronkelig.'

'Je moet eerlijk zijn,' had Kareem gezegd. Maar dat was de politie-agent in hem, niet de minnaar.

Wat zou hij doen als ze eerlijk was? Zou hij dan nog van haar houden?

10

'We moeten goed overleggen hoe we verder gaan,' zei Zeiz. Zijn collega's Sterckx, Neefs en Daniëls hadden plaatsgenomen rond zijn bureau. Sterckx zag er moe uit en zijn kleren waren gekreukt alsof hij ze zo uit de wasmand had geplukt.

'We zitten met drie zaken,' zei Zeiz. 'Er is de dode man van Diepenbeek, er is de moord op deken Lode Busschaert en er is de verdwijning van Daniël Bonnet, de pastoor van Diepenbeek. En we kunnen er volgens mij van uitgaan dat die zaken met elkaar verweven zijn. Dat is dus de piste die we moeten volgen. Maar voorlopig zijn de draden die deze drie personen met elkaar verbinden onzichtbaar.'

Inspecteur Daniëls stak zijn hand op en zei: 'Sorry dat ik je onderbreek, maar dat klopt niet meer helemaal. Er is al een draadje zichtbaar geworden. Ik heb namelijk de laptop van de deken onderzocht. Het was niet makkelijk om toegang te krijgen tot alle informatie. Om precies te zijn: er zijn enkele bestanden die beveiligd zijn en die ik moeilijk openkrijg.' Hij trok een ontgoocheld gezicht, waarin zijn frustratie duidelijk af te lezen viel. 'Als het niet lukt, zit er niets anders op dan het apparaat naar Brussel te sturen. Maar, en dat is het goede nieuws: één bestand heb ik wel open gekregen…'

Neefs zuchtte diep. 'Alsjeblieft Roger, bespaar ons die uitleg en zeg wat je hebt gevonden.'

'De agenda van de deken,' zei Daniëls triomfantelijk.

'Maar we hebben al een agenda gevonden,' zei Neefs.

'Dit is zijn elektronische agenda,' glunderde Daniëls. 'Ik heb beide agenda's vergeleken. In de elektronische staan andere dingen, bijvoorbeeld elke laatste dinsdag van de maand om negen uur 's avonds de afspraak "CSM".' Hij krabte zich in de haren. 'Wat die letters ook mogen betekenen. Iemand een idee misschien?'

Het was even stil. Iedereen dacht na. Een warme, verstikkende lucht waaide door het open raam naar binnen.

Toen zei Sterckx: 'Club Sadomasochist.'

Neefs wierp hem een geërgerde blik toe.

'Maar er is nog iets…' zei Daniëls op geheimzinnige slepende toon, alsof hij een sprookje aankondigde. 'De deken had een afspraak,' zei hij snel. 'Bij hem thuis, om zeven uur, de avond voor hij werd vermoord, met… Daniël Bonnet, de pastoor van Diepenbeek.'

Er viel een stilte. Iedereen staarde Daniëls aan als van de hand Gods geslagen.

'Waarom zeg je dat niet meteen?' zei Neefs.

'Stond er verder nog iets bij?' vroeg Zeiz. 'De reden van de afspraak bijvoorbeeld. Ergens een woord…'

Daniëls schudde zijn hoofd. 'Wat ik me afvraag is waarom hij soms volledige namen vermeldt en soms alleen initialen, zoals die csm?'

'Omdat hij niet wil dat anderen weten dat hij naar een sm-club gaat,' zei Sterckx laconiek.

'Onderzoeksrechter Engelen liegt dus,' zei Zeiz. 'Als zij om zeven uur bij Busschaert was, moet ze Bonnet ook hebben gezien.'

Neefs floot en voor het eerst sinds lang verscheen er een glimlach op zijn gezicht. 'Het is de eerste keer in mijn leven dat ik een politieman hoor zeggen dat een onderzoeksrechter een leugenaar is.'

'Dit is dan ook een vaststelling die niet in een verslag wordt neergeschreven,' zei Zeiz.

'Misschien heeft ze zich vergist in de tijd,' zei Neefs, 'en was Bonnet net de deur uit toen zij aankwam.'

'Ik zal haar zo snel mogelijk hierover aanspreken,' zei Zeiz. 'Als het klopt wat wij denken, is zij ook één van de laatsten die Bonnet heeft gezien.'

'En de huishoudster liegt volgens mij ook,' zei Sterckx. 'Ze was volgens mij die avond wél aan het werk. We kunnen het niet bewijzen, maar volgens mij heeft ze gekookt voor Busschaert, Bonnet en Engelen.'

'Wat stond er op het menu?' vroeg Daniëls.

Neefs' gezicht betrok. 'Heb je het autopsieverslag weer niet goed gelezen, Roger? In de maag van Busschaert zaten de resten van een copieuze maaltijd, die overeenkwam met het keukenafval dat we in

73

de vuilnisbak hebben aangetroffen. Aan het afval te oordelen zou het inderdaad kunnen dat meerdere mensen daar hebben gegeten.'

'Er is die avond ten huize Busschaert uitgebreid gekookt, laten we daar maar van uitgaan' zei Sterckx. 'Bovendien was de keuken perfect opgeruimd en schoongemaakt. Ik kan me niet voorstellen dat die oude deken dat allemaal zelf heeft gedaan.'

'Het pathologisch onderzoek heeft nog een vreemd detail opgeleverd,' zei Neefs. 'In het schaamhaar van de deken is een haar van een andere kleur gevonden. Uit DNA-onderzoek blijkt dat het niet van hem is.'

'Een schaamhaar van onderzoeksrechter Engelen?' vroeg Daniëls zich hardop af.

'Of van de Poolse huishoudster,' zei Sterckx.

'We leggen de huishoudster morgen op de rooster,' zei Zeiz. 'We verhoren haar hier, dat is gezelliger. Johan en Eefje gaan straks het huis van Daniël Bonnet binnenstebuiten draaien. Het huiszoekingsbevel ligt klaar. Maar eerst gaan Adam en ik met de zus van Bonnet praten. Blijkbaar had Bonnet een zus die nogal dicht bij hem stond.' Hij keek naar Sterckx. 'En wat heeft het onderhoud met de bisschop opgeleverd?'

'Een bidprentje,' antwoordde Sterckx. 'Hij haalde uit zijn zak een kaartje dat hij aan Zeiz overhandigde.

Op het kaartje stond deken Lode Busschaert afgebeeld als een heilige, in een zwarte kazuifel, met de handen gevouwen voor het gebed en rond zijn hoofd een aureool van licht. De tekst op de achterkant was in gouden letters gedrukt:

Barmhartige God, wij danken u voor het leven van Lode
Die uw kerk is voorgegaan als priester en herder
En die voor de wereld een getuige is geworden
Van uw waarheid en de waardigheid van iedere mens
Naar uw beeld en gelijkenis geschapen.

'Het zou me niet verbazen als hij ooit heilig wordt verklaard,' zei Sterckx. 'Iedereen hield verschrikkelijk veel van hem.'

'Behalve zijn broeders van Katholieke Kracht Vlaanderen dan,' zei Zeiz.

Voor hij naar Diepenbeek vertrok, belde Zeiz Pema op. Ze was televisie aan het kijken, vertelde ze, met aan één kant op de divan haar gsm en aan de andere kant een keukenmes. Er was een romantische film over een Duitse prinses die verliefd was geworden op een Oostenrijkse prins. Het was een echt gebeurd verhaal, van lang geleden. Ze had moeten huilen, zei ze, en toen ze dat zei hoorde Zeiz hoe ze haar neus moest snuiten.

Er was geen dienstwagen beschikbaar, dus ze moesten wel de wagen van Sterckx nemen. Ze hadden een afspraak met de zus van Daniël Bonnet. Onderweg overwoog Zeiz om Sterckx te polsen over zijn ervaringen met de terugvordering van zijn verplaatsingskosten, maar hij besloot daarvan af te zien. Hij wilde er het liefste zo weinig mogelijk aan denken, de kwestie begon hem zo langzamerhand maagkrampen te bezorgen.

Sterckx vertelde de laatste nieuwtjes en geruchten, die Zeiz tijdens zijn vakantie had gemist. Door de corruptieaffaire van het jaar voordien waren er een aantal verschuivingen gebeurd. Daardoor was de job van directeur-coördinator vrijgekomen en het gerucht deed de ronde dat Vanderweyden op promotie aasde.

Het was vreemd, bedacht Zeiz, dat Vanderweyden, die in de zaak met de onkostennota's toch ook boter op het hoofd had gehad, nu toch de kans kreeg om te promoveren. Zelf had Zeiz zich nergens aan schuldig gemaakt. Hij had gewerkt, zoals dat van hem werd verwacht en had zelfs overuren geklopt, die niet waren vergoed. Dat maakte de weigering van zijn onkostennota des te wranger.

'Maar volgens de laatste berichten,' ging Sterckx verder, 'zou ook Lambrusco dat postje graag hebben. Hij heeft nu een hoge functie zonder inhoud, blijkbaar wil hij een nog hogere mét inhoud.'

Dat er verschuivingen zouden komen in de hiërarchie, had Zeiz al vermoed. Uit ervaring wist hij dat het zelden de meest bekwame politiemensen waren die doorstootten naar de top. Maar Lambrusco was niet zomaar een leeghoofd, hij was een gevaarlijke narcist. Als directeur-coördinator zou hij almachtig worden in de politiezone en zijn ziekelijke gemanipuleer en geïntrigeer onbeperkt kunnen praktiseren.

'Laten we bidden dat Vanderweyden het pleit wint,' zei Sterckx.

'Maar als die vertrekt, is de kans groot dat Vannuffel zijn plaats inneemt. Hoewel het nog onduidelijk is wat die wil. Uit goede bron weet ik dat onze dikke politieke ambities heeft. Hij zou nu gedetacheerd worden naar het kabinet van minister Muyters, als adviseur inzake veiligheid en criminaliteit.' Hij wachtte even om dat nieuws op Zeiz te laten inwerken, maar toen die niet reageerde, ging hij verder: 'Lukt hem dat, dan zijn wij in ieder geval van hem verlost.' Hij grijnsde. 'Hoewel het nogal beangstigend is dat zo'n blaaskaak beleidsadviezen mag gaan geven.'

Zeiz knikte. Van één ding was hij zeker: hij zou in geen enkel geval onder Vannuffel blijven werken. In dat geval zou hij zijn overplaatsing naar Brussel vragen.

'In Tongeren zoeken ze een inspecteur van de lokale politie,' zei Sterckx. 'De hoofdcommissaris daar is een oude vriend van mijn vader. Ik heb een hekel aan vriendjespolitiek, maar als Vannuffel ons team gaat coördineren, wil ik daar solliciteren.'

Zeiz zei niets. Toen hem vorig jaar een tuchtprocedure boven het hoofd hing, was zijn vader in actie geschoten: hij had achter de rug van zijn zoon zijn politieke vrienden ingeschakeld en die hadden het probleem feilloos uit de weg geruimd. Sindsdien had Zeiz een rode stempel op zijn voorhoofd staan – hij die altijd zo'n hekel had gehad aan vriendjespolitiek. Even zweefde de inwendige structuur van het politiebureau hem voor de ogen. Iedereen had een stempel op zijn voorhoofd staan. Vaak had hij het gevoel dat het echte politiewerk ondergeschikt was aan die doolhof van politieke en persoonlijke belangen.

De pastorij in Diepenbeek was een oud herenhuis langs de Hasseltse Steenweg. De weelderige tuin had de hittegolf goed doorstaan. De aanplantingen staken in een fris lentekleurtje en er lag een tuinslang in het spetterend groene gras.

'De waterrekening wordt door de kerkfabriek betaald,' zei Sterckx afkeurend.

Er werd opengedaan door een elegante blonde vrouw van middelbare leeftijd, die zich voorstelde als Magda Bonnet. Hoewel hun bezoek was aangekondigd, leek ze even te schrikken toen ze de twee mannen zag.

'U ziet eruit als spionnen uit de Koude Oorlog,' zei ze spottend en nodigde hen uit binnen te komen.

'Uit de hete oorlog, zult u bedoelen,' zei Sterckx.

Magda Bonnet keek Zeiz peinzend aan. 'Kent u The Heat of the Night?' vroeg ze. 'Nee, waarschijnlijk niet, die film is van voor uw tijd. Sidney Poitier speelt er de rol van detective Virgil Tibbs.' Ze lachte. 'Daar hebt u wel een beetje van weg, vind ik, maar dan in een light-versie.'

Zeiz negeerde die opmerking. Hij wist wie Poitier was, maar hij had nooit een film met hem gezien. Poitier was een zwarte acteur van lang geleden, van de generatie van zijn vader, vermoedde hij.

'Er is nog altijd geen spoor van uw broer,' zei hij.

'Ik had ook niets anders verwacht,' antwoordde ze. 'Of zit er bij de Hasseltse politie iemand van het kaliber van Virgil Tibbs?'

Ze nodigde hen uit binnen te komen. Het was er onaangenaam koel en Zeiz vermoedde dat de airconditioning aanstond. De ruime woning was met veel zorg gerestaureerd en straalde de ouderwetse voornaamheid uit van een antiek pastoorshuis. De renovatie moest handenvol geld hebben gekost.

'Ik heb niet de indruk dat de politie echt geïnteresseerd is in Daniël,' zei Magda Bonnet. 'De moord in de kathedraal is waarschijnlijk prioritair.'

Zeiz vroeg zich af of haar bezorgdheid over de verdwijning van haar broer echt was. Ze maakte geen ongelukkige indruk.

'Kent uw broer de deken van Hasselt?' vroeg hij.

'Natuurlijk,' zei ze. 'Die pastoors kennen elkaar allemaal. Het is een uitstervende soort, weet u?' Het duurde even voor ze besefte wat ze net had gezegd. Ze hield haar hand voor haar mond. 'U kunt zich voorstellen dat we heel bezorgd zijn om Daniël, zeker na wat er met de deken van Hasselt is gebeurd.'

Ze leidde hen naar een kamer die was ingericht als bureau en bibliotheek. De wanden waren tot het plafond gevuld met boeken, vooral oude boeken, waarvan vele met een lederen rug. Onder hun voeten kraakte het parket. Zeiz had het gevoel alsof hij door een museum liep.

'En nu vraagt u zich natuurlijk af hoe een gewone pastoor in zo'n prachtig herenhuis kan wonen?' vroeg ze. 'Of misschien was het u niet eens opgevallen, dat kan natuurlijk ook. U kunt tenslotte niet zeggen: *They call me Mr. Tibbs.* Dit huis is eigendom van de kerkfabriek. Het is een pastoriewoning uit de negentiende eeuw, dat geklasseerd is als historisch gebouw en vijf jaar geleden volledig werd gerenoveerd in de oude stijl.'

'En wat is uw functie, als ik vragen mag?' zei Sterckx met een uitgestreken gezicht. 'Bent u hier de poetsvrouw?'

Magda Bonnet wierp hem een vernietigende blik toe. 'Ik euh… woon hier tijdelijk,' zei ze. 'Mijn broer heeft mij twee jaar geleden gevraagd bij hem in te trekken. Hij wilde gezelschap, hij is iemand die niet alleen kan leven.'

Zeiz voelde dat ze loog. Heel even was ze uit haar rolletje van zelfverzekerde, sarcastische vrouw gevallen.

'Was uw broer depressief of had hij problemen?' vroeg hij.

Ze trok een verveeld gezicht. 'Wie heeft geen problemen? Hij heeft er met mij in elk geval niet over gepraat.'

Weer had Zeiz het gevoel dat ze niet de waarheid sprak. 'Heeft u een idee waar hij zou kunnen zijn? Een plaats waar hij graag naartoe gaat, om even alleen te zijn, om de drukte te ontlopen?'

'Of een favoriete vakantiebestemming, dat was u nog vergeten te vragen. Nee, op uw scherpzinnige vragen kan ik helaas niet antwoorden.'

'Misschien was hij bang of werd hij door iemand bedreigd of gechanteerd?'

Ze zuchtte diep. 'Is het normaal dat de politie dubbel werk verricht? Ik heb op exact dezelfde vragen namelijk al eerder antwoord gegeven.'

Zeiz keek op. 'Is de lokale politie met u komen praten?'

Ze lachte schamper. 'Ja, die ook. Ik weet niet hoe ze heten. Twee agenten in uniform, wij noemen ze hier Jansen en Janssen, volgens mij cumuleren ze samen één gemiddeld IQ. Nee, gisteren is een agent in burger hier aan de deur geweest. Hij was van de recherche van Hasselt, zei hij.'

Zeiz keek haar verbaasd aan. 'Weet u nog hoe hij heette?' vroeg hij.

Ze schudde het hoofd. 'Maar hij heeft me wel een naamkaartje gegeven. Momentje, dan zoek ik het even.' Ze verdween door een tussendeur. Even later kwam ze terug en overhandigde Zeiz een kaartje.

Zeiz hapte naar adem, toen hij las wat op het kaartje stond. *Kareem Zeiz, politie Hasselt*. Voor zover hij kon zien was het geen vervalsing. Ze hadden de kaartjes met het logo van de politie het jaar voordien van de personeelsdienst gekregen, maar hij had er nooit gebruik van gemaakt. Ze lagen ergens in zijn bureau op het politiebureau. Misschien slingerden er ook bij hem thuis een paar rond. Hij gaf het aan Sterckx. Die staarde er verbouwereerd naar.

Hij wendde zich tot Magda Bonnet. 'Is dit een grap?'

Haar gezicht was bleek geworden. 'Ik heb het gevoel dat heel dit interview een grap is.'

'Weet u wie ik ben?'

'Sorry,' zei ze, 'u heeft zich beiden vast voorgesteld, maar ik ben uw namen vergeten. Is dat een misdrijf?'

'Hoe zag de man eruit die u dit kaartje heeft gegeven?' vroeg Zeiz.

'Hij zag er normaal uit,' zei ze. 'Een aardige man zonder kapsones. Zo zijn er gelukkig dus ook. Een beetje raar en oubollig gekleed, dat wel, maar hij deed in elk geval niet hard zijn best om eruit te zien als een echte detective. En hij heeft de laptop van mijn broer meegenomen. Voor onderzoek, zei hij. Maar die zou ik graag terug hebben.'

Zeiz liet zich door Sterckx afzetten bij het autoverhuurbedrijf. Met een huurwagen reed hij naar zijn flat. Voor hij naar binnen ging, belde hij zijn vader en zei dat hij diens aanbod om Pema een tijdje op te vangen in het huis van de Rat aannam.

Zijn vader juichte de beslissing toe. 'Ik had ook niet anders verwacht, hoor. Maar ik ben blij dat je het hebt ingezien voor er grotere ongelukken gebeuren.'

Zeiz negeerde de venijnige opmerking. Hij wist geen andere oplossing, hij had de oude man nodig. Hij hielp Pema om haar koffer te pakken. Dat was snel gebeurd. Het was hem niet eerder opgevallen dat ze zo weinig persoonlijke dingen had: enkele zijden broeken, een paar jurken en wat slipjes. Ze knielde vluchtig voor haar altaartje, blies de kaarsen uit en legde de foto van de Dalai Lama op haar kleren in de koffer.

Met de huurauto reden ze naar Allelanden. Onderweg vertelde ze over de film die ze had gezien. Zeiz luisterde met een half oor. De prinses had de keizer uiteindelijk aan de haak kunnen slaan, maar dat werd haar door de entourage van de keizer erg kwalijk genomen, want eigenlijk had hij met een andere prinses moeten trouwen. Zeiz realiseerde zich dat hij Pema niet eens had gevraagd of ze wel wilde onderduiken in het huis van de Rat. Hij had de beslissing genomen en zij had het geaccepteerd.

'Gelukkig was zij er om de keizer te steunen toen Hongarije hun land wilde binnenvallen,' zei ze.

'Wie bedoel je?' vroeg hij, verbaasd dat ze een vermeend historisch detail uit de film had onthouden.

'Keizerin Sissi natuurlijk,' zei ze. Ze legde haar hand op zijn knie en schoof dichter tegen hem aan: 'Als wij ooit een kind hebben, moet het Sophie heten.'

Hij schrok, maar even later ging er een warm gevoel door hem heen. 'Als het een meisje is,' fluisterde hij.

'Het wordt een meisje,' fluisterde ze terug.

Ze troffen zijn vader en diens vriend de Rat aan onder de platanen achter het woonhuis, dat al sinds meer dan een jaar een bouwwerf was, met een plastic zeil als dak. Overal slingerden bouwmaterialen rond. Tussen de schrale velden stond een mortelmolen als een kanon op het slagveld bij Waterloo. De zon brandde nog steeds genadeloos. Zeiz had het gevoel dat het hier op het platteland in Zuid-Brabant nog warmer was dan in Limburg. Zijn vader liep op Pema toe en sloot haar in zijn armen. Zeiz merkte dat ze zich dat met plezier liet welgevallen. Het was hem al eerder opgevallen dat ze een groot vertrouwen had in zijn vader. Pola, noemde ze hem, het Tibetaanse woord voor grootvader.

'De Rat heeft nog even werk in de serre, maar dan steken we de barbecue aan,' zei zijn vader.

'Het spijt me,' zei Zeiz, 'maar ik moet nu terug. Als ik de huurauto voor zeven uur binnenbreng, moet ik maar een halve dagprijs betalen. En ik moet ook nog mijn eigen auto in de garage afhalen.'

'Als er een Nobelprijs voor uitvluchten bestond, zou jij die al zeven keer hebben gewonnen,' zei zijn vader.

Zeiz beloofde de volgende dag langs te komen en reed terug naar Hasselt. Onderweg schoot hem iets te binnen dat zijn vroegere leermeester in Brussel, hoofdcommissaris Omer Lesage, hem ooit op het hart had gedrukt: 'Elke plaats delict heeft zijn eigen logica. Ook als je niets vindt, zijn er sporen, die pas zichtbaar worden als je die logica respecteert.'

Eerst haalde hij zijn gerepareerde wagen op. In de garage hing een groot bord waarop stond: 'Contant betalen a.u.b.' Maar de garagist wist dat Zeiz bij de politie werkte en stemde meteen in met diens voorstel om het bedrag via de bank over te schrijven.

Daarna reed hij naar huis en zette zijn auto in de garagebox. Hij wilde wat beweging hebben en besloot naar de woning van Lode Busschaert te wandelen. Toen hij daar aankwam, peuterde hij het papier waarmee de deur verzegeld was los. Hij maakte de deur open en ging naar binnen. Er heerste een absolute stilte, zoals in een kerk. Pas na enkele seconden begonnen de geluiden zijn oren binnen te sijpelen. Het waren vooral vogelgeluiden die hij hier hoorde. Ergens moest een raam openstaan. Hij wandelde rustig door de kamers op de benedenverdieping. Dit was overduidelijk het huis van een alleenstaande man, bedacht Zeiz. Alles was goed onderhouden, maar zonder veel smaak of gevoel ingericht. Sterckx vermoedde dat de deken een verhouding had gehad met zijn huishoudster. Maar hij betwijfelde of ze bij hem woonde, want dan had het er volgens hem hier heel anders uitgezien. Hij moest denken aan zijn eigen woning, die er veel gezelliger uitzag sinds Pema bij hem was ingetrokken.

Lukraak trok hij een paar kasten open en aanschouwde zonder veel enthousiasme de inhoud. De schaduwen van de avond waren het huis binnengedrongen. Hij probeerde een schakelaar, maar het licht ging niet aan. De zekeringenkast bevond zich onder aan de keldertrap. Hij zag geen hand voor ogen en hij durfde niet op de tast naar de hoofdschakelaar te zoeken. En hij was natuurlijk vergeten een zaklamp mee te brengen.

Dit was tijdverlies, besefte hij, zijn bezoek had geen enkele zin. Wat dacht hij hier nog te vinden? De keukenvloer blonk even onheilspellend als het aanrecht. Hij moest denken aan het etentje dat de deken de avond voor zijn dood had gegeven.

In een impuls nam hij zijn gsm en belde onderzoeksrechter Engelen op. Pas na de tiende beltoon nam ze op.

'Weet u wel hoe laat het is, hoofdinspecteur Zeiz? Ik hoop dat u ditmaal een goede reden heeft om mij te storen.'

'Ik wilde u nog een paar vragen stellen in verband met het onderzoek,' zei hij. 'Het liefste onder vier ogen. Misschien kunnen we morgen…'

'Morgen en overmorgen ben ik op een conferentie in Brussel. Maar ik kan me niet voorstellen wat er zo dringend is. Ik heb alles verteld wat ik weet.'

'U bent zelfs heel openhartig geweest,' zei Zeiz, 'u heeft mij in vertrouwen genomen.'

'Ik weet niet waar u het over heeft, mijnheer Zeiz. En nu ga ik ophangen. Ik zou u willen vragen mij niet meer op te bellen. Zodra ik tijd heb, neem ik zelf contact met u op.'

Zeiz meende te begrijpen waarom ze aan de telefoon zo afstandelijk deed. Misschien vreesde ze dat iemand meeluisterde.

'Eén vraagje maar,' zei hij snel. 'In uw verklaring staat dat u donderdagavond om zeven uur bij de deken thuis bent aangekomen. Heeft u toen Daniël Bonnet ontmoet?'

Heel even aarzelde ze, toen zei ze: 'U heeft me vanmiddag al naar Bonnet gevraagd en ik heb u toen gezegd dat ik hem slechts vaag ken, van vroeger.'

'U heeft hem die avond dus niet gezien?'

'Nee, want dan had ik u dat vanmiddag al gezegd.'

De zelfzekere houding van Engelen had hem even aan het twijfelen gebracht. 'Ik vraag het omdat Bonnet ook om zeven uur een afspraak had met de deken.'

'Dan heb ik hem waarschijnlijk net gemist. Misschien ben ik ook iets later bij Lode aangekomen, zo nauwkeurig weet ik het ook niet meer.'

'De huishoudster, Maria Kuzniak, heeft die avond voor meerdere personen gekookt. Was u bij dat etentje aanwezig?'

Weer was er die korte aarzeling. 'Ik weet niets van een etentje. Goedenavond, mijnheer Zeiz.' Ze verbrak de verbinding.

Op de toppen van zijn tenen beklom hij de trap, maar in het verlaten huis was elke beweging hoorbaar en de echo's van zijn stappen begeleidden hem in het trappenhuis. Boven klonk een vreemd geluid, een soort geritsel, als van een dier dat door het struikgewas sloop. Toen hij boven kwam, hield het geluid op. Hij ging lukraak een kamer binnen. Door het open venster was een volle maan te zien, die met zijn metaalachtige licht het interieur iets sinisters gaf. Zeiz besefte dat dit de werkkamer van de deken moest zijn. Hij herkende het ouderwetse houten bureau van de foto's die zijn collega's van de technische recherche hadden gemaakt. En daar stond de stoel met de armleuningen, waarin de deken volgens het verslag was vermoord. De stoel die doordrongen was geweest van diens bloed.

Plots klonk er vlakbij hem een slag, gevolgd door een klapperend geluid. Een schaduw schoot op hem af. In een reflex bukte hij zich en wachtte in hurkzit, zijn spieren gespannen, klaar om de volgende aanval af te slaan. Er bewoog iets op de kast. Toen zag hij dat het een vogel was. Een donkere vogel, met een bek die in het misleidende licht van de maan een rode glans had, alsof hij in bloed was gedrenkt. Gewoon een verdwaalde merel, dacht Zeiz, die de weg naar buiten niet meer vond. Hij herinnerde zich het vakantiehuisje van zijn grootvader aan de oase van Kebili, waar eens een vogel was binnengevlogen door het glasloze raam. Babu, zijn grootvader, had het dier gevangen en een liedje voor hem gezongen, terwijl hij hem voorzichtig had gestreeld. Toen hij hem losliet, was de vogel op zijn hand blijven zitten.

Zeiz sloop naar de merel toe. Zolang hij in de schaduw van de kast bleef, kon het diertje hem niet zien. Met een snelle beweging had hij het beet. Hij kon het haast niet geloven, maar de vogel zat in zijn hand. Heel even was het in paniek en probeerde zich los te rukken. Zeiz voelde zijn snel kloppende hartje en het snaveltje dat in zijn vingers pikte. Hij ging bij het raam staan en praatte zacht: 'Ik vind jou leuk, maar ik hou niet van jou…' Het was de vertaling van een vers uit een Arabisch lied dat hem spontaan te binnen schoot. Hij herhaalde die zin eindeloos, als een mantra, terwijl hij de vogel streelde. Toen hij zijn hand opendeed, bleef de vogel zitten, weliswaar maar enkele seconden, die echter een eeuwigheid leken te duren. Het besef dat hem gelukt was wat zijn grootvader hem zo vele jaren eerder had voorgedaan, vervulde hem van weemoed en een gevoel van geluk stroomde door hem heen. Toen sloeg de vogel zijn vleugels uit en verdween in de nacht.

Er waren inktzwarte wolken komen opzetten, die in enkele minuten tijd de avond compleet in duisternis hulden. Met een krachtige explosie brak het onweer los. De regen ruiste als een waterval uit de lucht. Een lauwe wind waaide naar binnen. Zeiz ging bij het open raam op de grond liggen. Af en toe voelde hij een druppel regen op zijn gezicht of handen spatten. Hij deed zijn schoenen uit, legde die onder zijn hoofd en viel bijna meteen in slaap.

11

De volgende morgen reed Zeiz in alle vroegte naar Allelanden. Hij had een drukke agenda en vreesde dat hij anders niet de kans zou krijgen om Pema die dag nog te zien. Om zes uur reed hij het erf van zijn vaders vriend op. Pema stond hem op te wachten en loodste hem meteen in haar bed, een oud matras in een houten chalet vol rommel, die tegen het woonhuis was aangebouwd. Het huis zelf was tijdelijk onbewoonbaar gemaakt; het onweer van de voorbije avond had het zeil dat als dak diende weggeslagen en de kamers onder water gezet. Zijn vader en de Rat sliepen nu in een tent. Hun gesnurk klaterde over de heuvel. Beide mannen waren laat opgebleven, vertelde Pema. Toen zij naar bed ging, hadden zij hun eerste jointje gerold en ze had hen tot laat in de nacht horen discussiëren en lachen. Ze was hier heel gelukkig, zei ze. Op het gesnurk na was de nacht volstrekt stil en de sterrenhemel was bijna zo mooi als in Gerza, haar geboortedorp in Tibet. Zeiz bleef tot acht uur bij haar. De zon stond laag, de aarde dampte. Ergens kraaide een haan. Toen hij terugliep naar zijn wagen, had hij het gevoel dat hij een paradijs verliet.

Zeiz was nog maar net vertrokken toen hij telefoon kreeg van de commissaris van Mechelen. Commissaris Jacques Plessers wilde hem spreken in verband met het onderzoek naar de onbekende dode van Diepenbeek. Momenteel behandelde Plessers de zaak van een onrustwekkende verdwijning in Muizen, een deelgemeente van Mechelen. Hij was ervan overtuigd dat er parallellen waren tussen deze zaak en het onderzoek naar de moorden en de verdwijning in de Hasseltse regio. Hij zou het op prijs stellen daar met Zeiz een gesprek over te hebben, onder vier ogen. Dat laatste klonk een beetje vreemd, vond Zeiz, maar hij stemde toe. Omdat hij toevallig toch in de buurt was, beloofde hij op de terugweg langs te komen. Het was geen al te grote omweg, meende hij.

Maar dat bleek een misvatting te zijn. De autoweg tussen Brussel en Antwerpen zat eivol en het verkeer ging met horten en stoten vooruit. Zijn gsm piepte. Sterckx stuurde hem een sms'je dat Bjorn Degreef om elf uur op het politiebureau zou zijn voor een verhoor. Zeiz antwoordde dat hij er dan ook zou zijn. Met een bang hart hield hij de temperatuurmeter van zijn wagen in het oog. Die dreigde in het rood te gaan. Zijn gedachten dwaalden af naar Allelanden en het paradijselijke leven dat zijn vader daar leidde. Toen de oude man met pensioen was gegaan, nu ongeveer een jaar geleden, hadden ze klierkanker bij hem vastgesteld. Voorlopig was de ziekte onder controle door de medicatie die hij nam, maar op een keer zou ze weer ontwaken en ongenadig toeslaan, zo hadden de dokters voorspeld. Zeiz wist dat zijn vader op hem, zijn zoon, rekende om hem dan te verzorgen. Het was een vooruitzicht waar Zeiz bang voor was. Zijn vader was een moeilijke man en hun relatie was altijd een beetje gebrouilleerd geweest.

Enkele kilometers voor Mechelen ging de temperatuurmeter finaal in het rood. Een dikke witte wolk sloeg van onder de motorkap naar boven. Hij liet de auto tot stilstand komen op de smalle pechstrook, stapte uit, zocht in de koffer naar een gevarendriehoek, maar vond er geen. Toen hij de motorkap omhoog deed, zag hij dat de motor nat was en dampte. Was er ergens een lek? Hij kende niets van automechanica en sloeg met een gevoel van onmacht de motorkap weer dicht. Vervolgens belde hij naar Plessers om hun afspraak af te zeggen. De commissaris beloofde meteen iemand te sturen om hem te depanneren.

Een half uur later stopte een takelwagen. Een grote, vermoeid uitziende man in een onberispelijk schone overall, die zich aan hem voorstelde als Hans, het neefje van Jacques Plessers, bood aan om de wagen meteen weg te takelen. 'Voordat een vrachtwagen ons hier wegmaait,' voegde hij er grijnzend aan toe.

Toen Zeiz in de bestuurderscabine had plaatsgenomen en Hans de vrachtwagen door het drukke verkeer loodste, realiseerde Zeiz zich dat hij niet eens had gevraagd waar zijn defecte wagen heen werd gebracht. Om de een of andere reden interesseerde hem dat niet en hij besloot het aan de technicus over te laten. Tegen het dashboard plakte een foto van een vrouw, een man en een kind. De man was Hans. Ze lachten alle drie. Zeiz loerde vanuit zijn ooghoeken naar Hans en voelde een steek van jaloezie. Het was ook zijn droom om een gezin te stichten, maar hij slaagde er om de een of andere reden maar niet in een vaste relatie op te bouwen.

Om de stilte te breken vertelde hij over de problemen die de auto hem de laatste tijd had bezorgd.

Hans haalde zijn schouders op en liet een spontane, hartelijke lach horen. 'Tja, die oude Franse wagens…' Wat hem opviel, vertelde hij, was dat Noord-Afrikanen altijd in Franse auto's reden en Turken in Duitse auto's. 'Je ziet dan ook zelden een Turk in panne staan,' besloot hij. Hij keek Zeiz onzeker aan. 'Maar ik weet niet of dat echt zo is, misschien is het ook een veralgemening.'

'Het is een veralgemening,' zei Zeiz. En na enige aarzeling: 'Maar het is ook echt zo.'

Ze moesten beiden lachen.

Hans reed het centrum van Mechelen binnen, stopte bij een café en wees naar een man die alleen zat aan een tafeltje op het terras.

'Dat is oom Jacob,' zei hij. 'Ik bel als de auto klaar is.' Toen hij zag dat Zeiz hem vragend aankeek, lachte hij en verduidelijkte: 'Commissaris Jacques Plessers, maar in de familie noemen wij hem Jacob.'

Zeiz stapte uit. Hij wist niet wat hij ervan moest denken. Dat Plessers hem onder vier ogen wilde spreken, was ongewoon, maar dat de man als locatie van het gesprek een caféterras had uitgezocht, leek haast absurd.

Plessers was een andere man dan Zeiz zich had voorgesteld. Aan de telefoon had hij uitbundig en zelfverzekerd geklonken, met een volslanke lach. Nu zat voor hem een magere man, die met een open maar zorgelijke blik naar het leven keek. Zijn gezicht vertoonde de rode vlekken van de gelegenheidsdrinker.

'Voor u gaat denken dat dit terras een uitbreiding is van mijn kantoor, wil ik u zeggen dat ik een dag ziekteverlof heb,' verklaarde Plessers, nadat ze beiden een biertje hadden besteld. 'Vandaar deze locatie.' Hij legde een map op de tafel. 'Ik geef u dit dossier mee. Maar eerst wil ik u in het kort vertellen waar het over gaat. Drie weken geleden verdween Stan Buylen, pastoor op rust in Muizen. Hij woonde in een klooster voor gepensioneerde priesters; het jaar voor hij daar introk verkocht hij zijn appartement, dat zijn eigendom was. Zijn verdwijning werd meteen als onrustwekkend beschouwd... Ik ga u meteen vertellen waarom. Een zoekactie leverde niets op. Tot ik in de krant las wat er in Diepenbeek is gebeurd.'

'Denkt u dat de onbekende dode van Diepenbeek Stan Buylen is?' vroeg Zeiz.

'Wie zou het anders zijn?' vroeg Plessers. 'Ik heb het autopsie-verslag nog niet gezien, maar in de krant las ik een vreemd detail: het kunstgebit dat de dode in zijn hand hield. Welnu, in ons dossier vindt u een getuige die verklaart dat Buylen de onaangename ge-woonte had om zijn gebit in zijn hand te nemen en pas weer terug in zijn mond te steken als een gesprekspartner opdook of als hij moest eten.' Hij hief zijn hand op. 'Ik weet het, het is een mager bewijs. En toch, ik ben er bijna zeker van.'

'Waarom was de verdwijning van Buylen zo onrustwekkend?' vroeg Zeiz.

Plessers haalde diep adem. 'Nu ga ik iets vertellen dat ik eigenlijk niet mag vertellen. Daarom heb ik u ook naar hier laten komen. Of-ficieel heet het dat Buylen depressief was. Mogelijk heeft hij dus zelf-moord gepleegd. Maar de directeur van het rusthuis heeft mij, onder vier ogen, verteld dat hij zich herinnerde dat jaren geleden tegen Buylen een klacht was ingediend bij het bisdom, wegens seksueel misbruik van minderjarigen. Verder is er nooit iets mee gedaan, je kent dat.' Er klonk verbittering in de stem van Plessers.

'Maar we weten wie de klacht heeft ingediend?'

'De klacht ligt bij het bisdom. Zoals u wellicht weet, hebben we twee jaar geleden op vraag van de onderzoeksrechter een aantal huis-zoekingen verricht, onder andere bij het bisdom. Het onderzoek ging over de vraag of de Belgische Katholieke Kerk kindermisbruik in haar rangen had toegedekt. Die gerechtelijke acties werden later door de kamer van inbeschuldigingstelling als onwettig beschouwd en het bewijsmateriaal dat we in beslag hadden genomen, werd nie-tig verklaard. Het dossier Buylen zat daar ook bij. Nu, het goede nieuws is dat twee weken geleden het Hof van Cassatie heeft beslist om die nietigverklaring gedeeltelijk te verbreken. Het ziet er dus naar uit dat het onderzoek weer kan worden opgestart.'

Zeiz dacht na. 'Buylen vreesde dus dat zijn dossier toch nog boven water zou komen.'

Plessers knikte. 'Dat dachten wij eerst ook. Maar als de onbekende van Diepenbeek Buylen is, dan heeft hij geen zelfmoord gepleegd. Hij is vermoord. De vraag is: waarom? En door wie?'

'Door het slachtoffer, dat lijkt me voor de hand liggend, nee?'

'Net nu het onderzoek weer wordt opgestart? Zonder twijfel zou het dossier van Buylen naar boven komen en kon hij officieel worden aangeklaagd. De publieke vernedering, ook bij verjaring van de gepleegde feiten, zou groot zijn. Waarom heeft het slachtoffer daar niet op gewacht?' Plessers schudde het hoofd. 'Nee, er is iets anders aan de hand, daar ben ik zeker van.'

'En Lode Busschaert, de vermoorde deken van Hasselt. En de verdwenen pastoor van Diepenbeek,' zei Zeiz. 'Ziet u ook parallellen met die zaken?'

'Zijn er concrete sporen?' kaatste Plessers de vraag terug.

Zeiz schudde het hoofd. Hij moest denken aan zijn avondlijke zoektocht in het huis van de deken, waarbij hij letterlijk in het duister had getast. 'Denkt u dan dat we de piste van het misbruik moeten opgaan?'

Plessers schrok zichtbaar. 'Daar moet u heel voorzichtig mee zijn, neem dat van mij aan, waarde collega. Officieel weten wij niets. We mogen ook niets weten, begrijpt u. Dit is een heel gevoelige kwestie. Machtige belangengroepen bekampen elkaar en wij rechercheurs moeten oppassen dat we daartussen niet worden vermalen.'

Zeiz had plots het irritante gevoel dat Plessers om de hete brij heen draaide. 'Als u officieel niets weet, dan misschien officieus?' vroeg hij.

'Ik kan u geen namen noemen van slachtoffers, als het dat is wat u bedoelt. Er waren honderden dossiers zoals dat van Buylen, die weer naar het bisdom zijn gegaan.'

Zeiz dacht na. 'Stel dat u gelijk heeft wat Buylen betreft, dan zijn er op enkele weken tijd twee priesters vermoord, mogelijk drie, als we de vermiste Bonnet meerekenen. Dat kan toch geen toeval zijn. Er moet een verband zijn.'

Plessers liet een mager lachje zien. 'Het is aan ons om dat verband te vinden. Tenminste, als er iets te vinden is. De media in België mogen zeggen en schrijven wat ze willen. Wij moeten ons aan de feiten houden.'

'We weten niet wat het motief van de dader is geweest,' zei Zeiz. 'Maar seksueel misbruik zou een mogelijke denkpiste kunnen zijn.'

'Is tegen de deken van Hasselt ooit een klacht ingediend?' vroeg Plessers.

'Nee, niet bij het gerecht. Hij had een goede naam: hij was een brave Hasselaar. Bij het bisdom hebben ze alleen maar woorden van lof voor hem. Maar dat wil niets zeggen. Er zijn ook slachtoffers die geen klacht indienen, neem ik aan.'

'Van de Kerk moet u geen medewerking verwachten,' zei Plessers zuur. 'En de klachten die daar belanden, worden intern behandeld en niet openbaar gemaakt. De christendemocratische partij bewijst alleen lippendienst aan de publieke opinie, maar doet ook niets. De andere partijen kijken de kat uit de boom. Voor hen telt alleen de ruilwaarde.' Toen Zeiz vragend opkeek, verduidelijkte hij: 'Ze kijken of de informatie die de andere partij schade berokkent hen voordeel kan opleveren. Desnoods gooien ze het op een akkoord. Vergeet niet dat er binnenkort verkiezingen zijn.'

Zeiz knikte. Hij had het gevoel dat tegenover hem een man zat die zwaar ontgoocheld was in zijn job. Hij herinnerde zich de televisiebeelden van Operatie Kelk: hoe de politie en het gerecht in juni 2010 met veel bravoure huiszoekingen hadden verricht, onder andere in het aartsbisschoppelijk paleis in Mechelen, om enkele maanden later teruggefloten te worden. In een opwelling overwoog hij om eerlijk te zijn tegenover deze rechercheur, die de indruk maakte een betrouwbaar mens te zijn. Moest hij Plessers vertellen over het vertrouwelijke gesprek dat hij met onderzoeksrechter Engelen in de kathedraal had gevoerd? Hij besefte dat de officieuze bekentenis van haar valse getuigenis hem als een steen op de maag lag. Maar iets zei hem dat hij hier voorlopig niet over moest praten met Plessers.

Ze dronken hun bier en stonden op. Plessers bracht Zeiz met zijn dienstauto naar een garage op een industrieterrein niet ver buiten de stad. Achter het metalen hek zag Zeiz zijn auto staan, met de motorkap open. Ze gaven elkaar een hand. 'Ik heb het medische dossier van Buylen opgevraagd,' zei Plessers nog. 'Zodra ik het heb, stuur ik het naar jullie door. Als de patholoog mij gelijk geeft, zien we elkaar snel terug.'

De reparatie van Zeiz' wagen was vlot verlopen. Hans liet hem een kromme rubberen buis zien, het onderdeel dat de panne had veroorzaakt. Hij plooide de buis en liet Zeiz de scheur zien. 'Helemaal verduurd en ten slotte door de druk en de hitte gescheurd. Een nieuw stukje buis, het was zo gepiept,' lachte hij.

Zeiz wierp een bedenkelijke blik op zijn oude auto. 'Het houdt niet op,' zuchtte hij.

'In de garage hadden ze u minstens honderd vijftig euro aangerekend,' zei Hans, 'maar ik ga er u niets voor vragen.'

'En de kosten voor het takelen?' vroeg Zeiz voorzichtig.

'Ik maak u een vriendenprijsje. Vijftig euro.'

Zeiz haalde zijn portefeuille boven en betaalde.

'De auto is niet meer jong,' zei Hans, 'maar de motor is nog oké. Hij heeft wel dringend een grondig onderhoud nodig. Geef me een seintje, dan maak ik er tijd voor vrij. Bij mij bent u er goedkoper van af dan in een garage. In het zwart welteverstaan.' Zijn gezicht werd plots ernstig. 'Maar nu iets anders. U leeft gevaarlijk, mijnheer Zeiz.' Hij liet een rubberen buisje zien. Toen hij het boog was een insnijding te zien. 'Dit is het stuk dat de remleiding met het rechter voorwiel verbindt. Ik zag toevallig dat er een beetje remolie was gelekt. Er zat nog voldoende in het reservoir, maar het was een kwestie van tijd voor alles eruit zou zijn gepompt. En dat wilt u echt niet meemaken, hoor. Heeft u vijanden?'

Zeiz stond perplex. 'U bedoelt dat…?'

'Dat iemand die leiding met opzet heeft doorgesneden, ja, daar ben ik bijna zeker van, want het contact dat waarschuwt wanneer het oliepeil te laag zakt, is ook onklaar gemaakt. Dat heb ik gecontroleerd. Hier is in elk geval geen sprake van slijtage. Het rubber was nog in een goede staat.'

Zeiz gooide het doorgesneden buisje in de koffer. Hij bedankte Hans en nam afscheid. Onderweg op de autoweg reed hij zonder een welbepaalde reden een parkeerterrein op. Besluiteloos zat hij voor zich uit te staren en besefte dat de doorgesneden remleiding hem uit het lood had geslagen. Waarom zou iemand zoiets doen? Zijn eerste gedachte ging naar de mysterieuze aanrander van Pema. Had die het ook op hem gemunt? Maar waarom? Of was het de moordenaar geweest, die wilde verhinderen dat hij ontmaskerd werd? Maar het moordonderzoek stond nog nergens, ze hadden vooralsnog geen enkel spoor, laat staan een motief. Het leek zo vergezocht, dat hij er geen geloof aan kon hechten. Misschien had Hans zich vergist en de verkeerde diagnose gesteld. Het zou ook kunnen dat de scheur in de remleiding er al was toen hij de wagen enkele jaren geleden tweedehands kocht. Hij had zich voorgenomen om het buisje door zijn collega's van de technische recherche te laten onderzoeken.

Toen hij wilde vertrekken, ging de telefoon. Op de display zag hij dat het Sterckx was.

'Waar ben je?' vroeg zijn collega. 'We zitten hier op jou te wachten. Bjorn Degreef zit klaar voor het verhoor en is boos. Mensen moeten zich aan hun afspraken houden, vindt hij. En dat vind ik eigenlijk ook.' Hij grinnikte. 'Bovendien wil de vervangende onderzoeksrechter met jou kennismaken.'

'Ik was weer in panne gevallen,' zei Zeiz, 'maar ik ben er in een half uurtje.' Hij was de afspraak met Degreef helemaal vergeten.

'Vanmorgen was er een dienstwagen beschikbaar,' zei Sterckx laconiek. 'Roger en ik zijn in Diepenbeek met de voorzitter van de kerkfabriek gaan praten, een zekere Freddy Huybaert. En dat heeft mogelijk iets interessants opgeleverd. Er is een zwaar conflict geweest tussen de kerkfabriek en Bonnet. De pastoor heeft een tijd geleden een beeld uit de Sint-Servaaskerk voor restauratie weggebracht. Op eigen initiatief. Dat mag hij blijkbaar niet, maar hij heeft het toch gedaan. En op de vraag van de kerkfabriek om het beeld terug te brengen, is hij nog niet ingegaan. Het probleem is blijkbaar zo ernstig, dat het in het bisdom van Hasselt op de tafel ligt.'

Er kwam een idee op bij Zeiz. 'We moeten zijn bankrekeningen controleren,' zei hij. 'En wel zo snel mogelijk. Kun jij dat aan de onderzoeksrechter voorleggen nu hij toch in de buurt is?'

'Het is geen hij, maar een zij,' zei Sterckx. 'Het gaat om mevrouw Ida Partoen. Weer echt jouw type, denk ik. Plooien rokje, strenge blik. Zweepje in de rechter rijlaars. Het zou me niet verbazen als zij ook bij Lode Busschaert te biechten ging.'

Na het gesprek bleef Zeiz nog even zitten, met de ramen open en de ogen gesloten. Een geluid deed hem weer opkijken. Het parkeerterrein was helemaal verlaten. Voor het betonnen huisje, dat als toilet fungeerde, stond een drinkfontein. Blijkbaar was de leiding stuk want het water spoot er ongecontroleerd uit. In de plassen eromheen stonden vogels een verfrissend bad te nemen. Er was geen twijfel mogelijk, dacht Zeiz plots: de moordenaar was al in het huis geweest toen Busschaert aan zijn bureau ging zitten. Mogelijk was hij daar al toen Busschaert met zijn gasten zat te dineren op de veranda. En hij was net als de vogel door het open raam naar binnen gegaan. De beelden stonden hem weer scherp voor de geest. Voor iemand zonder hoogtevrees was het raam redelijk makkelijk te bereiken via het platte dak van de keuken. De moordenaar had zich achter het altaartje verborgen en had gewacht tot Busschaert in zijn werkkamer kwam.

Zeiz was tevreden met die analyse; hij zou er straks met zijn collega's over praten. Toen overviel hem weer de twijfel. De vraag was wat ze daaraan hadden. En of het hen verder bracht. Hij moest denken aan de woorden van Vannuffel: 'Ik wens mijn opvolger alle geluk toe met dit kluwen…'

Zeiz had het wrange gevoel dat hij de leiding had gekregen over een onderzoek dat gedoemd was om te mislukken.

12

Toen Zeiz 's middags in het politiebureau aankwam, besloot hij Bjorn Degreef nog even te laten wachten. In het kantoor van Vanderweyden maakte hij kennis met Ida Partoen, de vervangend onderzoeksrechter. De beschrijving van Sterckx klopte niet. Op het zware montuur van haar bril na kwam ze helemaal niet streng over. Ze was een jonge vrouw met een open blik, die de indruk gaf rechtstreeks van de schoolbanken te komen. Bij het open raam stond coördinerend commissaris Lambrusco met zijn iPad in de aanslag.

'Mevrouw Partoen zal de drie lopende onderzoeken opvolgen,' zei Vanderweyden, 'tenminste zolang de twee moorden en de verdwijning aan elkaar zijn gekoppeld. Zijn er nieuwe sporen?' Vanderweyden gaf aan die laatste zin een zangerige intonatie, als zong hij het refrein van een volksliedje.

Het viel Zeiz op dat zijn chef tegen zijn gewoonte in een ongeduldige indruk maakte en van de natuurlijke blos op zijn wangen bleef nu bijna niets meer over.

'Er is een gepensioneerde priester vermist in Mechelen,' zei Zeiz. 'Het zou kunnen dat hij de onbekende dode is.'

Partoen knikte hem toe, als een lerares die een middelmatige leerling aanmoedigt. 'Commissaris Plessers van de recherche in Mechelen heeft vanmiddag een mail gestuurd,' zei ze met een onvervalst Hasselts accent, dat wonderwel paste bij het gezang van Vanderweyden.

'Hij zal ons ook een medisch verslag van de vermiste sturen,' zei Zeiz.

'Dat hebben we ontvangen,' ging Vanderweyden verder. 'Ik heb het overgemaakt aan de patholoog.' Hij wachtte even voor hij verder sprak. 'Je was vanmorgen in Mechelen?'

Zeiz vroeg zich af waar ze op uit waren. Ze waren dus al op de hoogte geweest van de link naar Mechelen en toch had Vanderweyden hem gevraagd of er nieuwe sporen waren.

'Commissaris Plessers belde me op en ik was toevallig in de buurt,' zei hij.

'Een wonderlijk toeval,' riep Lambrusco. 'Ik hoop toch dat het weer geen onderzoek van de toevalligheden wordt.' Hij wierp een monkellach naar Partoen. Ze glimlachte onzeker terug.

Zeiz' blik kruiste die van Vanderweyden. Het liefste had hij Lambrusco meteen een mep verkocht of hem tenminste verbaal op zijn plaats gezet. Maar Vanderweyden zei snel: 'Adam heeft een huiszoekingsbevel gevraagd voor de bankrekeningen van Bonnet.'

'Dat heb ik uiteraard getekend,' zei Partoen.

Lambrusco liet een zenuwachtig kuchje horen. 'Waarbij we ons de vraag kunnen stellen of het allemaal niet een beetje langzaam op gang komt.' Hij keek zijn gesprekspartners een voor een aan, waarna zijn blik bleef hangen bij Zeiz. 'Waarom worden die bankrekeningen nu pas onderzocht, vijf dagen na de moord op Busschaert en de verdwijning van Bonnet?'

'De rekeningen van Busschaert zijn gecontroleerd,' zei Zeiz. 'Vannuffel heeft dat gedaan, zoals gebruikelijk bij een moord.' Lambrusco bewees met zijn opmerking weer eens dat hij van het dagelijkse politiewerk geen kaas had gegeten. Hij lachte fijntjes. 'En de pastoor van Diepenbeek dan?' ging hij verder. 'Een moord én een onrustwekkende verdwijning op dezelfde dag, enkele kilometers van elkaar verwijderd. Twee priesters. En enkele dagen voordien een vermoorde man vlakbij de kerk van Diepenbeek. Moet ik daar nog een tekening bij maken? Dan worden toch de zware middelen bovengehaald, of niet? Gelukkig was inspecteur Sterckx zo alert om het onderzoek van Bonnets bankrekening aan te vragen. Beter laat dan nooit.'

Zeiz stond perplex. Hij had geen zin om te zeggen dat Sterckx in zijn opdracht had gehandeld. Strikt genomen had Lambrusco gelijk, ze hadden die stap eerder moeten zetten. Maar het was muggenziften, de klassieke truc van de coördinerend directeur om onrust te zaaien in de ploeg.

'We maken ons weer grandioos belachelijk,' zei Lambrusco. 'Vanmorgen had ik de burgemeester van Hasselt aan de lijn en zij uitte haar bezorgdheid over de goede afloop van het onderzoek.'

Zeiz huiverde. Hij twijfelde of dit waar was. Ook dit was Lambrusco ten voeten uit: hij hanteerde een retoriek van halve waarheden en hele leugens.

'Luister mensen,' orakelde Lambrusco verder, 'de wereld is groter dan dit kantoor. In oktober zijn er verkiezingen. Iedereen loopt op de toppen van de tenen.'

'Ik hou me niet bezig met politiek...' beet Zeiz terug. Hij besefte meteen dat hij dit beter niet had gezegd.

'Ah nee?' Lambrusco lachte. 'Ik zou maar voorzichtig zijn met wat je zegt. Maar daar gaat het nu niet om. Er moet gewerkt worden. Ik heb gehoord dat in de verhoorkamer iemand op jou wacht.' Hij keek ostentatief op zijn horloge. 'Bjorn Degreef. Al meer dan een uur wacht hij op zijn gesprek met hoofdinspecteur Kareem Zeiz.'

'Degreef?' zei Partoen verbaasd.

'Ja precies,' zei Lambrusco. 'De zoon van... Ik heb zijn vader ook aan de lijn gehad, en dat was geen toeval.' Hij glimlachte zelfgenoegzaam. 'We kennen elkaar van in de Rotaryclub. Het spreekt voor zich dat Johan Degreef alert is als zijn zoontje een oproepingsbevel van de politie krijgt. Hij volgt de ontwikkelingen van nabij.'

'Uitte hij ook zijn bezorgdheid?' vroeg Zeiz.

Lambrusco keek Zeiz vernietigend aan. Even leek het alsof hij nog iets wilde zeggen, maar toen stormde hij met zijn iPad onder de arm de kamer uit.

Onderweg naar zijn kantoor voelde Zeiz misselijkheid opkomen. Hij stapte de toiletruimte binnen. Hij boog zich over de wastafel en plensde water in zijn gezicht. Meer dan ooit had hij het gevoel dat hij in zijn job op een dood spoor zat. Het was niet zozeer het delicate moordonderzoek dat hem parten speelde, in zekere zin hield hij van moeilijk puzzelwerk, maar de kuiperijen van de dienst en de achterhoedegevechten met zijn superieuren begonnen hem te veel te worden. Behalve de kennismaking met Partoen had dit gesprek niets opgeleverd. Of toch? De gedachte kwam bij hem op dat ze hem niet vertrouwden. Ze hadden hem om de een of andere reden het onderzoek in de maag gesplitst, maar hij mocht niet tegen hun belangen in handelen. Maar wat waren die belangen dan? Hij wachtte tot de misselijkheid was weggeëbd en haastte zich dan naar de verhoorkamer.

Daar wachtte Bjorn Degreef op hem. De jongeman stond op, maar Zeiz draaide zich bij de deur zonder iets te zeggen weer om, liep naar het kantoor van Sterckx en gaf hem de opdracht het verhoor te doen. Bij het zien van het piekfijn uitgedoste rijkeluiszoontje was de misselijkheid weer opgekomen. Hij ging aan zijn bureau zitten en keek uit het raam dat uitgaf op het binnenplein. Hij las het verslag dat Neefs had gemaakt van het technisch onderzoek in het huis van Daniël Bonnet. Er waren geen sporen gevonden die de zoektocht naar zijn verdwijning verder konden helpen. Er waren ook geen aanwijzingen dat de pastoor zelfmoord wilde plegen. Eefje Smeets had naar goede gewoonte uitgebreid foto's gemaakt van het interieur en terwijl Zeiz de haarscherpe beelden bekeek, had hij het gevoel een gluurder te zijn. Plots viel hem een detail op, dat hem tijdens zijn bezoek de dag voordien niet was opgevallen. In de werkkamer, die ook als bibliotheek fungeerde, vertoonde de muur naast het raam een grote vierkante plek, alsof er tot voor kort iets had gehangen. Waarom trok dat detail juist zijn aandacht? Even later schoot hem te binnen wat het was: in de werkkamer van Lode Busschaert was op een van de muren een soortgelijke verkleuring te zien geweest. Hij sloeg er het verslag van de huiszoeking bij Busschaert op na. Er zat geen foto van de muur bij. Hij volgde zijn ingeving en belde het nummer van Yvan Bonheide, de kerkmanager. Die nam meteen op. Toen Zeiz hem vroeg naar de verkleuring op de muur van Busschaerts werkkamer, was het even stil.

'Is dit een grapje?' vroeg Bonheide toen. 'Denkt u nu echt dat ik weet wat er bij de deken aan de muur hing?'

Zeiz bedacht dat de holle stem van de man perfect bij zijn koele verschijning paste. 'Misschien ging het wel om een waardevol stuk,' zei Zeiz, 'en het gebouw is toch eigendom van de kerk.'

'Van het bisdom, ja. Ik denk niet dat ik u kan helpen, maar ik zal eens kijken in ons informatienetwerk.' Even later hing hij weer aan de lijn. 'U had gelijk, mijnheer Zeiz. Er hing een waardevol historisch stuk bij deken Busschaert, meer bepaald in zijn werkkamer. Het gaat om een kazuifel. Ik neem aan dat u niet weet wat een kazuifel is?' Op arrogante toon gaf hij zijn uitleg: 'Een kazuifel is een priestergewaad. In dit geval gaat het om een stuk uit de achttiende eeuw, met bladgoud en bladzilver ingelegd. Het stelde het lam Gods voor.'

'En dat is nu dus verdwenen?'

'Helemaal niet,' zei Bonheide. 'Het bevindt zich in de sacristie van de kathedraal. Dat lees ik hier op de technische fiche. Deken Busschaert heeft het zelf naar daar gebracht, enkele weken geleden, ik vermoed omdat hij op het punt stond om met pensioen te gaan. De kazuifel is immers niet zijn eigendom. Bovendien zou de oude dekenij worden gesloten. De nieuwe deken gaat op een andere locatie wonen.'

'Het is dus niet gestolen?' vroeg Zeiz.

'Hoe komt u erbij? Ik kan u verzekeren dat onze kerkschatten zorgvuldig worden geïnventariseerd. Zowel die van Hasselt, als van de omliggende gemeenten.'

'Bent u ook verantwoordelijk voor de gemeente Diepenbeek?'

'Het dekenaat Hasselt omvat 27 parochies en daar zijn die van Diepenbeek ook bij, ja.'

'En u bent de koster van al die parochies?'

'Ik ben de kerkmanager,' zei Bonheide stijfjes, 'ik coördineer de organisatie van de kerkdiensten en het onderhoud van de gebouwen. Er zijn in ons dekenaat nog welgeteld drie kosters actief, zij hebben hun plaats in de algemene structuur. We werken met gespecialiseerde ploegen, soms in onderaanneming. En niet te vergeten, de vrijwilligers, die dragen onze kerk. Het bisdom is een moderne organisatie, mijnheer Zeiz. Hoe is dat bij u in de moslimgemeenschap?'

Zeiz ging niet in op die vraag. Hij zei: 'In Diepenbeek is er ruzie ontstaan tussen Freddy Huybaert, de voorzitter van de kerkfabriek, en pastoor Daniël Bonnet over een beeld dat wordt gerestaureerd.'

'Daar weet ik niets van,' zei Bonheide. 'Het spijt me, maar ons informatienetwerk is net uitgevallen. Ik kan u dus niet adequaat verder helpen. Kunt u me later misschien terugbellen?' Hij verbrak de verbinding.

Zeiz belde naar Freddy Huybaert. Toen de telefoon werd opgenomen, dacht Zeiz heel even dat er iets aan zijn gsm scheelde. Een irritant geschel klonk in zijn oren. Maar na een paar seconden werd het rustiger.

'Met Huybaert,' riep een mannenstem. 'Ik zit in de toren.'

Zeiz vertelde wie hij was. 'We voeren een onderzoek naar het beeld…' Het lawaai zwol weer aan.

'Een onderzoek naar de gestolen monstrans?' riep Huybaert toen het lawaai weer afnam. 'Dat werd tijd. Het gebeurt met twee weken vertraging.'

Zeiz was even stil. Toen zei hij: 'Kunt u dat nog eens herhalen?'

'Ik zei dat het tijd werd dat de politie naar onze monstrans gaat zoeken. Het gaat om een heel waardevol stuk uit de zeventiende eeuw, een gouden zonnemonstrans op een zilveren voet. Tot voor kort wisten we zelf niet dat het ding zoveel waard was.'

'En hoeveel is het waard?'

'Minstens honderdduizend euro.'

'En dat wist u tot voor kort zelf niet?'

'Nee. Een expert heeft dat toevallig vastgesteld toen we onze monstrans enkele maanden geleden hebben uitgeleend voor een tentoonstelling van kerkjuwelen.'

'En kort daarna is het gestolen?'

'Ja, is dat geen vreemd toeval? Nu ja, gestolen… We hadden de monstrans in een kast van gewapend glas staan. Maar die was niet opengebroken, hij stond gewoon open. De dief moet dus een sleutel hebben gehad. En de alarminstallatie is ook niet afgegaan.'

'Wie heeft daarvan een sleutel?'

'Alleen pastoor Bonnet en ikzelf. Maar mijn sleutel ligt in een kluis in het bankkantoor waar de kerkfabriek een rekening heeft. Ik heb die sleutel nog niet één keer afgehaald, dat kunt u controleren.'

'Dus Bonnet is de dief?'

'Dat heb ik niet gezegd. Ik vind alleen dat ze die zogenaamde diefstal grondig hadden mogen onderzoeken. Maar daarvoor is het nu wellicht te laat.'

'Het is nooit te laat voor een onderzoek,' zei Zeiz.

'Nee, misschien niet. Tenminste als de pastoor nog leeft.'

'Denkt u dat hij dood is?'

'Dat zou ik aan u moeten vragen, mijnheer Zeiz, u bent de detective.'

'En hoe zit het met het houten Mariabeeld dat pastoor Bonnet voor restauratie heeft weggebracht? Is dat ook zo waardevol?'

'Dat is verzekerd voor ongeveer vijfduizend euro. Maar het is een mooi stuk, en geen Mariabeeld, zoals u zegt, wel een houten beeld van de heilige Antonius uit de zeventiende eeuw, in neogotische polychromie. Er zitten houtwormen in.'

'Wat denkt u, heeft de pastoor dat beeld ook gestolen?'

Huybaert schoot in een luide lach die overging in een hoest. 'Ik moet voorzichtig zijn,' mompelde hij.

'Voelt u zich bedreigd?' vroeg Zeiz.

'Nee, maar ik zit hier in de toren, op een balkje onder de klokken. Als ik naar beneden val, zijn dit mijn laatste woorden geweest.' Hij schraapte zijn keel. 'Ik wil niemand beschuldigen, mijnheer Zeiz. En er zal wel een verklaring zijn, maar toch, het is heel raar hoe die monstrans is verdwenen. Het is gebeurd op klaarlichte dag, toen de kerk open stond. Dat is de verantwoordelijkheid van de pastoor, of niet? Je laat toch geen gebouw met een zo waardevolle kerkschat achter met de deur open.'

'Wie heeft aangifte gedaan van de diefstal?'

'Bonnet zelf.'

'Kunt u ons een digitale foto bezorgen van die monstrans ?'

'Digitaal?' zei Huybaert. 'Wat moet ik me daarbij voorstellen? Wij hebben hier een catalogus van onze kerkschatten. Daar zit ook een foto bij van de monstrans. Die mag u hebben.' Hij gaf zijn adres op.

Zeiz belde naar het politiekantoor in Diepenbeek. Ze verbonden hem door met inspecteur Wilmots. Die herinnerde zich de diefstal van de monstrans nog goed. De pastoor had inderdaad aangifte gedaan van diefstal. Op vraag van de politie had hij een foto van de monstrans bezorgd. Wilmots beloofde de foto in te scannen en naar Hasselt te sturen.

De deur ging open en Neefs kwam binnen. Voor hij ging zitten gooide hij een plastic zakje op Zeiz' bureau. In het zakje zat de kapotte remleiding. 'Het buisje is doorgesneden,' zei Neefs.

'Ben je daar honderd procent zeker van?' vroeg Zeiz.

Neefs keek hem geërgerd aan. 'Natuurlijk ben ik daar honderd procent zeker van, anders zou ik het niet zeggen. Iemand heeft moedwillig de remleiding half doorgesneden, waarschijnlijk met een breekmesje. Het heeft niet veel zin dat ik naar je auto kijk, want de monteur heeft het reservoir van de remolie bijgevuld…'

'En de gelekte olie weggeveegd,' zei Zeiz. 'Hij zei dat het peil net onder het minimum stond en dat het waarschuwingslampje onklaar was gemaakt.'

'Aha,' zei Neefs. 'Het waarschuwingslampje is onklaar gemaakt? Dat bevestigt mijn diagnose: het was opzet. We kunnen het tijdstip van de sabotage bepalen. Telkens als je remt, wordt er olie uit het reservoir gepompt. De snede was dun en klein. Ik heb een test gedaan met het buisje in gestrekte positie, zoals het gemonteerd stond. Je zou ongeveer honderdtachtig keer moeten remmen om het niveau tot een gevaarlijk peil te brengen. Je remt vaker dan je denkt als je onderweg bent. Je remt natuurlijk niet altijd even hard.' Hij aarzelde. 'Je bent naar Mechelen gereden als ik het goed heb en het was druk.'

Zeiz knikte, maar wilde liever niet precies zeggen waar hij was geweest.

'Dat zou dus kunnen kloppen,' concludeerde Neefs. 'Je hebt in elk geval heel veel geluk gehad. We mogen ervan uitgaan dat de sabotage gisterenavond is gebeurd.'

'Ik heb mijn auto iets voor acht uur 's avonds in de garage afgehaald,' zei Zeiz. 'Ik ben naar huis gereden en heb hem in mijn garagebox gezet. Om vijf uur vanochtend heb ik hem er weer uitgehaald.'

Neefs keek hem verbaasd aan. 'Was je zo vroeg al op pad?'

'Ik was op bezoek bij mijn vader in Allelanden. In principe zou de sabotage daar kunnen zijn gebeurd, maar ik denk het niet.'

Neefs knikte. 'Je auto stond tussen acht uur 's avonds en vijf uur 's morgens dus in je garagebox? Ik stel voor om daar eens een kijkje te gaan nemen.'

Er was een dienstwagen vrijgekomen. Zeiz trommelde Sterckx en Smeets op en met z'n vieren reden ze naar zijn appartement. De garageboxen stonden achter het gebouw. Zeiz deed zijn garagepoort open en schaamde zich een beetje voor de rommel die daar lag.

Terwijl Neefs en Smeets hun sporenonderzoek deden, hielden hij en Sterckx de omgeving in de gaten. In een gereedschapsbox vond Smeets een verroest breekmesje, dat ze aan Zeiz liet zien voor ze het in een plastic zakje opborg. Neefs vroeg hoe Zeiz zijn auto had geparkeerd en onderzocht de oliesporen op de vloer.

'Ik moet de monsters nog onderzoeken, maar ik ben er bijna zeker van dat hier remolie ligt,' zei hij.

Er hing een stilte over het gehavende asfalt van het terrein. Niemand kwam opdagen. Ook niet het groepje Afghanen dat meestal achter het gebouw hing als Zeiz naar zijn garage ging. Twee donkere mannen kwamen aangewandeld, maar maakten meteen rechtsomkeer toen ze de rechercheurs zagen. Het flatgebouw zelf leek verlaten. Het was een betonnen doos zonder inhoud. De ramen waren donkere spiegels. Neefs vroeg waar Zeiz woonde en Zeiz wees naar een raam achter een muurtje. Een rat schoot achter een vuilnisbak vandaan en spurtte over het asfalt naar een rioolrooster, waarin hij verdween.

Sterckx knikte goedkeurend. 'Je mag zeggen wat je wil, maar gezellig is het hier wel.'

13

Misschien was er door de hittegolf een vonk van waanzin in de hoofden van de mensen ontstaan, bedacht Zeiz, een vonk die uiteindelijk zou aanwakkeren tot een gewelddadige brand, die alles en iedereen zou vernietigen, van binnenuit. Hij stond voor het raam van zijn kantoor dat uitkeek over het binnenplein.

In de bezoekersstoel zat Maria Kuzniak, de huishoudster van deken Busschaert. Ze zat kaarsrecht en hield een tasje op haar schoot. Maria was een dame van middelbare leeftijd, met een blond poedelkapsel. Haar zelfzekere verschijning vulde de ruimte, maar in haar ogen stond angst. Ze moest haar hoofd draaien om hem te zien.

'Ik ben al ondervraagd door een collega van u,' zei ze.

Zeiz knikte. Hij zag een dienstwagen het binnenplein oprijden. Lambrusco stapte uit en nam zijn jasje dat aan een kapstok hing, die aan de achterkant van de autostoel van de bestuurder was gemonteerd. Hij trok het jasje aan en bewoog zijn schouders tot het goed zat. Daarna veegde hij zijn snor glad en keek met hoge borst en onpeilbaar strenge blik om zich heen. Net iets voor Lambrusco, bedacht Zeiz, om een kapstok in de auto te hebben, waaraan hij zijn jasje kon hangen, zodat er geen kreuken in kwamen te zitten.

'Ik wilde met u praten over het etentje bij mijnheer Busschaert op de avond voor de moord,' zei hij tegen Maria Kuzniak.

Zij volgde hem met haar ogen terwijl hij door de kamer liep en aan zijn bureau ging zitten. Hij rommelde tussen zijn papieren, tot hij het technisch verslag van Neefs vond.

'Uit het pathologisch onderzoek blijkt dat mijnheer Busschaert die avond heeft gegeten,' ging hij verder. 'Bovendien weten we dat het eten in zijn keuken is toebereid. U heeft gekookt?'

Kuzniak schudde met het hoofd. 'Nee.'

Zeiz keek haar lang aan, alsof hij haar antwoord in beraad hield. Uit de informatie die hij over haar had kunnen vinden, bleek dat ze elf jaar geleden naar België was gekomen, samen met haar dochter Marta en haar zoon Damian. De kinderen moesten ondertussen afgestudeerd zijn. Kuzniak sprak voortreffelijk Nederlands. Een immigrante die zich perfect had aangepast. Maar hoe zat dat met haar werk nu Busschaert er niet meer was?

'Bent u nu werkloos?' vroeg Zeiz.

Haar gezicht betrok. 'Ik had een tijdelijk contract bij het bisdom,' zei ze. 'Ik hoop dat ze iets anders voor me vinden.'

'En wie zorgt daarvoor?'

'Mijnheer Bonheide.'

'U had een relatie met Lode Busschaert?' vroeg Zeiz.

Maria schrok en bracht een gemanicuurde hand voor haar mond. Er brak iets in haar blik. 'Wie zegt zoiets?'

Zeiz haalde zijn schouders op. 'Het is niet strafbaar om een relatie te hebben met een priester. Ik wil alleen dat u op mijn vraag antwoordt.' Hij hief zijn hand omhoog toen hij zag dat ze iets wilde zeggen. 'Maar voor u antwoordt, moet u zich ervan bewust zijn dat dit een officieel verhoor is. Als u zegt dat u geen relatie had met mijnheer Busschaert, zal ik u vragen ons een DNA-staal te geven. Dat DNA-staal zal duidelijk maken of u de waarheid spreekt of liegt.'

Kuzniak sloeg haar ogen neer. Ze klikte haar tasje open, nam er een zakdoekje met bloemetjesmotief uit en bette voorzichtig haar voorhoofd.

Zeiz schaamde zich plotseling heel erg. Zo'n gebloemd zakdoekje had zijn grootmoeder langs vaderszijde altijd in haar linkermouw zitten. Maar Maria Kuzniak gaf geld uit aan zonnestudio's, wat in zijn grootmoeders hoofd nooit zou zijn opgekomen. Dat verschil stelde hem dan weer gerust.

'Wilt u alstublieft een antwoord geven op mijn vraag, mevrouw Kuzniak?' ging hij verder. 'Had u wel of niet een relatie met Lode Busschaert?'

Ze keek op, haar ogen werden vochtig, maar ze slaagde erin de tranen binnen te houden. 'Het was niet makkelijk,' zei ze. 'Ik bedoel, het is niet makkelijk om de vriendin van een priester te zijn.'

Zeiz sloeg zijn ogen neer. 'Als u die avond niet heeft gekookt,' vroeg hij toen, 'wie heeft dat dan wel gedaan? Het was een etentje voor minstens drie personen. Uit goede bron weten we dat mijnheer Busschaert zelf nooit achter het fornuis stond.' Dat laatste was een gok, maar blijkbaar klopte het, want ze ging er niet tegen in. Ze haalde als antwoord alleen maar haar schouders op.

'U had een vertrouwensrelatie met mijnheer Busschaert. Werd hij bedreigd? Had hij angst voor iets of iemand?'

Ze aarzelde. 'Niet dat ik weet,' zei ze.

'Iemand moet hem heel erg gehaat hebben. Had hij vijanden?' vroeg Zeiz.

'Dat heeft uw collega mij ook al gevraagd. Ik weet het niet.'

'Heeft u een vermoeden wie hem kan hebben vermoord?'

'Als ik dat wist, had ik het meteen tegen de politie gezegd.'

'Bent u daar zeker van? Het kan natuurlijk ook zijn dat u lijdt aan selectieve vergeetachtigheid. We kunnen alleen maar hopen dat het van tijdelijke aard is.'

Ze keek hem wantrouwig aan. 'Denkt u dat ik lieg?'

'We zullen uw geheugen nog even op de proef stellen,' zei Zeiz. Hij liet haar een foto zien van Daniël Bonnet. 'Kent u deze man?'

Ze bestudeerde de foto en zei: 'Ik ben er niet zeker van, maar ik denk niet dat ik hem ken.'

'Deze man is de avond voor de moord nog bij de deken op bezoek geweest. Heeft u hem toen gezien?'

Ze schudde het hoofd. 'Waarschijnlijk was ik toen al naar huis vertrokken.'

Maar ze was niet naar huis gegaan, dacht Zeiz. Ze had in de keuken van Busschaert gekookt voor minstens drie personen. Was pastoor Bonnet één van de gasten geweest? En onderzoeksrechter Engelen de andere? Hij haatte dit soort gesprekken. Maria Kuzniak was een eenvoudige vrouw, die haar hele leven lang naar anderen had moeten luisteren. Misschien had ze van Busschaert gehouden en hij van haar, maar het was meer waarschijnlijk dat ze hem gewoon ter wille was geweest, in ruil voor een relatief makkelijke job als huishoudster. Ze kon niet vrijuit spreken, vermoedde hij. Als ze dat wel deed, zou Bonheide haar zo de laan uit sturen. Of nog erger? Zeiz ademde diep in. Ze had in haar eentje en in moeilijke omstandigheden twee kinderen grootgebracht. En die vrouw moest hij nu onder druk zetten, zodat haar angst voor hem groter werd dan de angst die ze al had toen ze zijn kantoor binnenkwam.

'Hoe laat bent u die avond gestopt met werken?' vroeg hij.

'Normaal stop ik om zes uur. Maar ik ben die dag een half uurtje vroeger weggegaan omdat ik nog in de stad moest zijn voor een boodschap.' Ze had snel gesproken, alsof ze een ingestudeerde tekst opzegde.

'In het begin van ons gesprek heb ik u een vraag gesteld, mevrouw Kuzniak. Ik ga die vraag nu herhalen en ik wil dat u goed nadenkt voor u antwoordt. Heeft u de avond voor de moord voor mijnheer Busschaert gekookt?'

Ze schudde het hoofd. 'Nee. Ik ben inkopen gaan doen en daarna ben ik naar huis gegaan.'

'Zijn er getuigen die dat kunnen bevestigen?'

Ze aarzelde. 'Daar moet ik over nadenken.'

'Heeft iemand anders voor mijnheer Busschaert gekookt?'

'Hoe kan ik dat weten?'

Zeiz keek haar recht in de ogen en sprak langzaam, alsof hij voor een kleuter zat: 'Er is nog iets waarover u moet nadenken, mevrouw Kuzniak. Er zijn twee, mogelijk drie mensen vermoord... Eén van die mensen, mijnheer Busschaert, was u heel dierbaar. Er zwerft hier ergens in de buurt een gek rond die hem met een ijzerdraad de keel heeft overgesneden.' Hij maakte met zijn vinger een snijbeweging over zijn hals. 'We moeten die gek stoppen voor hij nog meer slachtoffers maakt, vindt u ook niet? Als u iets weet dat ons kan verder helpen, moet u dat nu zeggen. Als u dat niet doet, helpt u de moordenaar.'

Ze sloeg haar ogen neer. Er viel een pijnlijke stilte. Haar gezicht was wit geworden, alsof al het bloed naar beneden was gezakt. Toen ze weer opkeek, dacht Zeiz dat hij een flits van wanhoop in haar ogen zag.

Maar het volgende ogenblik had ze zichzelf weer onder controle.

'Nee,' zei ze op kordate toon, 'ik was er niet en ik heb dus ook niet gekookt.'

Toen Maria Kuzniak weg was, startte Zeiz zijn laptop en begon het verslag van het gesprek op te schrijven. Als Maria loog, en hij twijfelde daar niet aan, moest ze daar een hele goede reden voor hebben. Ze beschermde natuurlijk zichzelf door te zwijgen. Maar ze beschermde in de eerste plaats iemand anders. Of anderen? En ze had het daar emotioneel moeilijk mee. De koele indruk die ze tijdens het interview had gemaakt, was maar façade. Ze had haar angst en haar verdriet niet kunnen verbergen. 'Het is niet makkelijk om de vriendin van een priester te zijn,' had ze gezegd. Het idee kwam bij hem op dat ze echt een relatie met Busschaert had gehad. Ze waren een stiekem liefdespaar geweest. Maar waarom loog ze dan? Waarom hielp ze de politie niet? Waarom gaf ze niet toe dat ze de avond voor de moord voor Busschaert en zijn gasten had gekookt? Wat was er zo belangrijk aan een etentje dat niemand ervan mocht weten? Was er een link met de moord enkele uren later? Zeiz zuchtte. Aan Busschaert kon hij het niet meer vragen en Bonnet was de dag na de moord verdwenen. Was Bonnet gevlucht omdat hij de volgende was geweest op het lijstje van de moordenaar? De absurde gedachte kwam bij Zeiz op dat Bonnet Busschaert had vermoord en daarna ondergedoken was en zelfmoord had gepleegd. Bleef over: onderzoeksrechter Engelen. Na haar zogenaamde vertrouwelijke bekentenis aan hem dat ze een valse getuigenis had afgelegd, was ze dichtgeklapt als een oester.

Die bekentenis was een strategische zet geweest, vermoedde hij nu. Ze had hem op de een of andere manier erin geluisd. 'Wij hebben iemand zoals jou nodig,' had ze gezegd, 'iemand die in alle onafhankelijkheid werkt.' Dom kuiken als hij was, had hij dat als een compliment opgevat. Terwijl ze hem waarschijnlijk gebruikte als een pionnetje op haar politieke schaakbord. Haar man zou het christendemocratische boegbeeld zijn bij de komende verkiezingen, had hij ergens opgevangen. Zeiz moest tot zijn schande erkennen dat hij diens naam niet kende. Hij woonde pas sinds een jaar weer in Hasselt, na een afwezigheid van meer dan twintig jaar. Van de lokale politiek had hij geen flauw benul. Wat had die trouwens met het onderzoek te maken? vroeg hij zich af. Waar zat de rode draad? Engelen was een kerkpilaar en haar biechtvader was vermoord. Een priester uit een naburige gemeente was verdwenen. Als commissaris Plessers gelijk had, was de dode onder de kiosk in Diepenbeek ook een priester. Dat was te veel om toeval te zijn. Maar het was te weinig om een helder beeld op te leveren. Misschien was dat de bedoeling, bedacht hij, en genoot de moordenaar van de verwarring die hij had veroorzaakt.

Hij masseerde met zijn twee handen zijn hoofd en probeerde een andere invalshoek te vinden. Maar er zat geen lijn in de gedachten die heen en weer sprongen door zijn hoofd.

In zijn mailbox zat het verslag van het interview dat Sterckx van Bjorn Degreef had afgenomen. Zoals verwacht had dat niets opgeleverd. Degreef gaf toe dat hij gebeten was geweest op Busschaert vanwege diens blasfemische tentoonstelling in de kathedraal, maar die bewuste haatmail was een uitschuiver geweest. Hij had een alibi voor het tijdstip van de moord. Hij was van donderdagavond tot zondagochtend in de Ardennen geweest, voor een klimstage, samen met zijn vader en andere klimmers van de Vlaamse Bergsportfederatie. In de marge had Sterckx geschreven: 'Achter die verwende arrogantie zit een jongen met heel veel ambitie. Ik vrees dat we nog van hem zullen horen.'

Zeiz belde hem op. 'Wat bedoel je met die opmerking in de marge?' vroeg hij. 'Dat we nog van hem zullen horen als crimineel?'

'Zoiets,' antwoordde Sterckx. 'Of als politicus. Vlotte jongens met een conservatieve reflex zijn in tegenwoordig. En ik mocht van hem niet vergeten de groetjes te doen aan Vannuffel.'

Zeiz keek verbaasd op. 'Zijn ze actief in dezelfde partij?'

'De N-VA, ja. Winnaars trekken altijd schoon volk aan.'

Sterckx vertelde dat hij naar Diepenbeek was geweest en samen met Freddy Huybaert een kijkje was gaan nemen in de Sint-Servaaskerk. De veiligheidsvoorzieningen hadden op het eerste gezicht oké geleken. De monstrans had in een kast van gewapend glas gestaan en er was een alarminstallatie geweest. Maar iemand moest een sleutel hebben gehad en de code van de alarminstallatie hebben gekend. Volgens hem kon het haast niet anders of Bonnet had zelf de monstrans gestolen.

'Hij had geldproblemen,' redeneerde Sterckx verder. 'Werd hij gechanteerd of had hij speelschulden? Dat moeten we nog uitzoeken. Stel dat hij de hulp van Busschaert heeft ingeroepen, die op zijn beurt zijn goede relatie Engelen erbij heeft gehaald. Op die bewuste avond voor de moord zoeken ze dan samen naar een oplossing. Engelen weet meer dan ze loslaat. Ik denk nu aan iets. Heb jij nog met haar gepraat?' vroeg Sterckx.

'Ik heb haar telefonisch kunnen bereiken, maar ze weigert een tweede persoonlijk gesprek.'

'Een tweede?' vroeg Sterckx verbaasd. 'Heb je eerder ook al met haar gesproken?'

Zeiz schrok. Bijna had hij zich versproken. 'Ik? Nee. Maar ze heeft toch een verklaring afgelegd de vrijdagochtend na de ontdekking van het lijk van Busschaert. Dat bedoelde ik.'

Voor hij naar huis ging, liep hij nog even langs in het atelier van de technische recherche, in de kelder van het politiegebouw. Dit was het domein van Neefs en Smeets. Het rook er naar olie, iets wat bij Zeiz altijd herinneringen opriep aan het werkhuis van zijn vroegere middelbare school, maar de cleane inrichting en de moderne apparaten hier deden eerder denken aan een laboratorium of een operatiekamer. Neefs stond voor een lange witte tafel, met zijn leesbril op het puntje van zijn neus, en vertelde dat de sabotage van zijn wagen inderdaad in zijn garagebox was gebeurd, met het breekmes uit de materialenkist. Wat de hypothese dat de sabotage rechtstreeks verband hield met het moordonderzoek discutabel maakte.

'Omdat de saboteur geïmproviseerd heeft?' vroeg Zeiz.

Neefs knikte. 'Ik ben blij dat je het zelf hebt opgemerkt. Hij wist misschien wel dat hij met jouw wagen zou knoeien, maar hij wist op dat moment nog niet precies wat hij ging doen. En zeker niet hoe. Dat strookt totaal niet met het profiel van de moordenaar die wij zoeken. Onze moordenaar is een pietje perfect en een goede organisator, hij laat niets aan het toeval over en laat geen sporen achter. Hij zou zijn eigen breekmes hebben meegebracht.'

Dat was precies wat Zeiz ook had gedacht toen Eefje Smeets hem in de garage het breekmes had getoond. Maar het was een vaststelling die hem niet geruster had gestemd.

Neefs redeneerde verder: 'De aanslag zou met vroegere onderzoeken te maken kunnen hebben. Iemand wil wraak nemen omdat hij door jouw schuld een gevangenisstraf heeft moeten uitzitten of zo. Valt jou iets te binnen?' Hij keek Zeiz indringend aan.

Zeiz richtte zijn blik iets lager om de röntgenogen van Neefs te ontwijken en concentreerde zich op de haartjes die uit de neusgaten van zijn collega groeiden. Dat zag je wel vaker bij oudere mannen, bedacht hij, die neusgatenbegroeiing. Van zijn vader wist hij dat die ze bijknipte.

'Is er niemand die jou heeft bedreigd?' ging Neefs verder.

Zeiz schudde het hoofd. Er waren minstens een handvol mensen die een reden konden hebben om hem iets aan te doen. Maar hij geloofde niet in die piste en hij voelde dat Neefs dat ook niet deed.

'Dan is het iets persoonlijks?'

Soms had Zeiz het gevoel dat Neefs gedachten kon lezen. 'Ik heb er geen idee van,' zei hij.

'Is er ergens in je privéleven een aanknopingspunt?'

Natuurlijk hield hij er rekening mee dat de sabotage van zijn wagen verband hield met de aanranding van Pema in het Noordstation van Brussel. En hij besefte ook dat hij zijn collega's hiervan op de hoogte moest brengen. Door dit te verzwijgen maakte hij een professionele fout.

'Ik probeer werk en privé gescheiden te houden,' zei hij. Hij zag in dat dit een dom antwoord was.

Neefs schudde ongeduldig het hoofd. 'Dat neem ik aan, voor zover je nog een privéleven hebt. Maar ik vroeg: is er een aanknopingspunt in je persoonlijke leven?'

Zeiz dacht snel na. Als hij de aanranding van Pema verzweeg en zijn collega's zouden het later te weten komen, zou hij in hun ogen voortaan ongeloofwaardig zijn. Maar eerlijk zijn hield ook een risico in. Zijn superieuren zouden kunnen oordelen dat hij door die persoonlijke problemen niet in staat was om een belangrijk onderzoek als dit te leiden.

'Daar moet ik over nadenken,' zei hij. Hij realiseerde zich met een schok dat Maria Kuzniak precies hetzelfde ontwijkende antwoord had gegeven op een vervelende vraag die hij haar had gesteld.

De waarheid was dat hij het onderzoek verder wilde blijven leiden en dat hij geen zin had om zijn gecompliceerde relatie met een illegaal in het land verblijvende vrouw openlijk uit de doeken te doen. Sommige collega's zouden dit maar al te graag tegen hem gebruiken.

Het kon hem niet schelen, hield hij zichzelf voor. Maar een brandend gevoel schroeide zijn slokdarm. Terwijl hij naar buiten vluchtte, bedacht hij dat hij tenminste tegen Neefs eerlijk had kunnen zijn.

14

De man die een overall droeg waarop de naam 'Gustaaf Spier' stond, daalde in de kelder af en zocht op de tast naar de lichtschakelaar die ergens rechts tegen de muur moest zitten. Gisteren, toen hij het licht aandeed, was met een klap in heel het klooster de stroomvoorziening uitgevallen. Ditmaal was er geen probleem. Het peertje in het trappenhuis ging aan en met het licht kwam ook de koelte, alsof hij met de schakelaar een soort van airconditioning in werking had gesteld. Bij elke trede die hij nam, daalde de temperatuur een beetje, en toen hij beneden kwam, had zijn huid de vorm van kippenvel aangenomen. Een aangename kilte drong in zijn knoken. Zoals zovele mensen was hij sinds de hittegolf constant op zoek naar plaatsen waar de temperatuur draaglijk was. Maar het was eerder toevallig dat hij dit schuiloord had ontdekt, enkele weken geleden, toen hij de technische plannen voor de zoveelste maal aan de reële situatie had getoetst. En opnieuw was het bewijs geleverd dat de officiële plannen en plattegronden onnauwkeurig waren. Wat hem ook niet verbaasde: het hoofdgebouw waar hij zich nu bevond dateerde uit de zeventiende eeuw en was gedeeltelijk opgetrokken op fundamenten die nog uit de middeleeuwen stamden. Onder het gebouw strekte zich een labyrint van gangen uit, dat hij vergeefs in kaart had proberen te brengen en dat hij in zijn plannen de 'catacomben' noemde. In de loop van de eeuwen waren er ontelbare vernielingen en verbouwingen gebeurd, maar het ondergrondse labyrint was gebleven. Hij ademde diep de vochtige ijskastlucht in en blies een wolk in de schimmige ruimte.

Hij hield van dit verminkte huis, hij was er als kind al verliefd op geweest. Toen hij in het zesde leerjaar zat, bij frater Gerardus, kon hij vanuit het klaslokaal, dat zich in het blok van aanbouwstenen naast de vijver bevond, het oude klooster zien liggen. Toen al droomde hij dat hij daar ooit zou mogen wonen. Hij zag zichzelf de trappen opgaan die naar de hoofdingang voerden. In de grote hal met de arduinen tegels, die door de poetsvrouwen tot donkere spiegels werden opgewreven, zou de geur van boenwas hem vanuit de aangrenzende ruimten tegemoet komen waaien. Behalve in de hal lagen overal gladde geboende planken, die heerlijk mysterieus kraakten als je erover liep. Hij zou boven in een van de vele kamertjes in de rechtervleugel wonen, waar ook de fraters sliepen. Het waren slaapkamers van tien vierkante meter groot, met een houten vloer en houten wanden en een groot houten raam met een koperen klink. Hij was er een paar keer geweest, herinnerde hij zich, toen hij door frater Wriemel opgevorderd was voor bijles Frans. Frater Wriemel heette eigenlijk frater Augustus, maar ze noemden hem zo omdat hij altijd zijn handen in de korte broekspijpen van de jongetjes stak. Dat had de frater, die hem altijd vrolijk begroette met de vraag 'le poire of la poire?', vanzelfsprekend ook bij hem gedaan, de keren dat hij zijn Frans ging bijwerken. Ondanks de wriemelende vingers van de frater wist hij sindsdien dat *la langue de Molière* de mooiste taal van de wereld was. En dat dit enorme huis inderdaad de heerlijkste plaats was om te wonen. Want het gekke was dat zijn droom was uitgekomen: hij woonde nu zelf in zo'n houten kamertje. Maar hij wist dat aan die droom snel een einde zou komen: na de renovatie zou het binnenhuis volledig worden vernieuwd en alleen de historisch beschermde voorgevel zou bewaard blijven. En natuurlijk ook de middeleeuwse kapel. Het toppunt was dat hijzelf de oorzaak van die definitieve vernieling zou zijn. Hij had namelijk nog een andere droom en hij had de plannen van die droom ook letterlijk zelf getekend. Er was geen andere weg en hij zou zich door niets laten afschrikken. Ook niet door het ergste.

Hij ging het kelderkamertje binnen dat hij een beetje had opgelapt en ingericht. Het was een soort souterrain. De voorwand bestond uit een raam en een deur die uitgaven op de tuin. Er stond een tafel, eigenlijk een deur op schragen, waarop hij zijn technische tekeningen had liggen. Op een andere, soortgelijke tafel lag het tekengerief: de passers, latten, winkelhaken, pennen en potjes met Indische inkt. En niet te vergeten: de potloden van het merk Caran d'Ache, met zachte en harde kernen. Zijn oude leraar en grote voorbeeld op de architectenschool zou erom moeten lachen, maar die zou het zeker ook herkennen – die nostalgie van oude mannen die nog niet zijn uitgeblust. Natuurlijk had hij de tekeningen ook op de computer kunnen maken, elke wizkid kon met die programma's spelen, maar in een romantische reflex had hij beslist om het op de oude edele manier te doen, zoals hij het in de architectenschool had geleerd.

Niemand wist dat hij hier was, in dit kamertje, in deze afgelegen hoek van de kelder. Hier was al jaren niemand meer geweest. Om de tuindeur te bereiken moest je eerst over de kloostergracht en door een moerassig stuk grond, dat overwoekerd was door wilde bamboe, zien te komen. De andere deur die naar het trappenhuis voerde, had tot voor kort verborgen gezeten achter verroest tuingerief. Hij zou het nooit hebben ontdekt als hij die oude zeis niet ertussenuit had gehaald, exact hetzelfde werktuig als waarmee zijn vader de weide achter hun huis placht te maaien. Meer dan een paar lampen en een oude stroomdraad vervangen had hij niet hoeven te doen. De rest van de elektrische installatie deed het nog. Tot gisteren dus, toen de stroom was uitgevallen.

Plots realiseerde hij zich dat daardoor zijn geheim geen geheim meer was. Door de stroompanne had hij zich verraden. Ze hadden niets gevraagd, maar achteraf bekeken was dat net verdacht geweest. Waarom hadden ze niets gevraagd? De seniele frater Vincentius, die lang niet zo seniel was als hij liet uitschijnen, en die het klooster als zijn vuile broekzak kende, zou aan de anderen precies kunnen uit-leggen waar hij nu zat. Waarom besefte hij dat nu pas? Hoe dom kon hij zijn? Het koude zweet brak hem uit. Hij deed de deur dicht en blokkeerde de klink met een beschimmelde balk. Misschien waren ze achter zijn rug hier komen spioneren. Plots twijfelde hij er niet meer aan dat ze dat hadden gedaan. Dan hadden ze kunnen vaststel-len dat zijn plannen zo goed als klaar waren. Dan hadden ze ook zijn briefwisseling met de koper en de bouwheer gelezen. En zijn brief aan de gouverneur en de bisschop. Dan wisten ze wat hij van plan was.

Dat betekende ook dat hij niet meer veilig was. Voor de fraters in het klooster was hij niet bang. Die hypocriete sjoemelaars, die nog een flink stuk ouder waren dan hij, waren nog niet eens in staat om aan hun eigen zielige leven een einde te maken. In paniek keek hij om zich heen. Hoeveel tijd had hij nog? Zenuwachtig begon hij zijn plannen op te vouwen. Een doosje met potloden was van de tafel afgegleden. Hij dook in een donkere hoek tussen de tafel en een oude kast en vond op de tast het doosje terug. Toen hij weer opstond en de spinnenwebben uit zijn haren veegde, was samen met een lauwe tocht ook een schaduw de kamer binnengeslopen. Zijn blik sprong eerst naar de deur. De balk stond er nog voor, maar dat stemde hem niet gerust. Zijn adem stokte in zijn keel toen hij binnen voor het raam, op enkele meters van hem vandaan, een man zag staan. Hoe was die binnengekomen? Toen zag hij dat de tuindeur openstond.

De indringer zag er op het eerste zicht heel gewoon uit, als een toevallige bezoeker die een praatje kwam maken. Een jonge veertiger met een strakke scheiding in het haar en die ouderwets gekleed liep. Een alledaagse afgeborstelde snor. De gestreepte trui paste perfect bij de flanellen broek, die in een voorbeeldige verticale vouw zat. Maar die zwarte leren handschoenen waren er te veel aan. En zijn ogen waren die van een roofdier dat zijn prooi observeert, rustig omdat het weet dat hij niet kan ontsnappen. Hij strekte de hand terwijl hij een stap voorwaarts zette, hield in en wees toen naar de vloer.

De man die een overall droeg waarop de naam 'Gustaaf Spier' stond, knielde en boog het hoofd, zoals het hem woordeloos opgedragen werd, als een veroordeelde die zijn executie afwacht. Het kwam vreemd genoeg niet in hem op zich te verdedigen. In zijn voorstelling van een waardig levenseinde ging aan de dood de biecht vooraf. *Voor hen die het geluk hebben het sacrament van de biecht te ontvangen voordat ze dit tranendal verlaten, heeft de Heer een schare engelen met klaroenen klaarstaan.* Hij wist niet waarom dit belachelijke beeld plots bij hem opkwam, net nu hij ging sterven. Uiteindelijk, dacht hij, was wat ging komen niets meer of minder dan de voleindiging van zijn leven. En hij zou verenigd worden met hen die ooit zijn leven zinvol hadden gemaakt. Hoewel hij wist dat het te laat was, haalde hij met trillende hand uit zijn zak zijn gsm en een papiertje. Daarop stond met de hand een telefoonnummer geschreven, en daaronder een naam: Kareem Zeiz.

15

Zeiz schoot wakker toen er op het raam werd geklopt. Het was donker in de kamer en het duurde even voor hij zich realiseerde waar hij was. De kleren die hij aanhad, waren kletsnat van het zweet en hij had het gevoel dat hij geen lucht kreeg. Zijn hoofd voelde dof aan. Hij was vergeten de vensters open te zetten toen hij thuiskwam. Hij zocht op de tast naar zijn dienstwapen in het nachtkastje, maar herinnerde zich dat hij het in zijn kantoor op het politiebureau had laten liggen.

'Kareem, doe open...'

Het was de stem van Sterckx. Zeiz sprong uit bed. Toen hij het raam opendeed, viel een luchtstroom naar binnen, die meer warmte dan zuurstof bracht.

Sterckx zag er in de nachtelijke schemer uit als een sombere hulk. 'We proberen je al een uur te bereiken,' zei hij. 'Heb je gedronken?'

'Is er iets gebeurd?' vroeg Zeiz. Hij dacht plotseling aan Pema en de schrik sloeg hem om het hart. Toen hij gisteren thuis was gekomen, had hij haar willen bellen, maar hij was meteen in slaap gevallen. Hij controleerde zijn gsm. Die was weer uitgevallen. Hij startte het apparaat en zag dat hij verschillende oproepen had gekregen, van Pema, van zijn vader en van Sterckx. Hij vloekte.

'We moeten naar Zelem, naar het klooster,' zei Sterckx. 'Onze moordenaar heeft weer toegeslagen. Ik wacht in de auto.'

Onderweg vertelde Sterckx wat er was gebeurd. In het Constantijnerklooster in Zelem was een dode aangetroffen met overgesneden keel. De technische ploeg was al ter plaatse. Zeiz luisterde met zijn gsm aan zijn oor. Hij probeerde Pema te bereiken, maar ze nam niet op. Ook zijn vader nam niet op. Pas toen dacht hij eraan dat het midden in de nacht was en dat ze natuurlijk sliepen.

'Je bent net als mijn vrouw,' zei Sterckx zuur, 'die begint ook altijd met haar gsm te spelen als ik met haar praat.'

Het was stipt twee uur toen ze het klooster bereikten. Zeiz hoorde ergens een klok van een kerktoren slaan; helder en onontwijkbaar galmden de slagen in de donkere nacht. Wat hem meteen opviel toen hij uitstapte, was de complete duisternis, zoals hij die nog nooit in zijn leven had meegemaakt. Hij liep achter Sterckx aan, die met een zaklantaarn voor zich uit scheen om de weg te zoeken. Ze volgden een pad door een boomgaard dat naar een stallencomplex voerde. Daar bleven ze even staan om zich te oriënteren en luisterden naar de donkere zuchten van de beesten in de stal. Uiteindelijk slaagden ze erin de hoofdingang te vinden.

Op een erf, dat met schijnwerpers was verlicht, stonden de politiewagens. Commissaris Vonck van de Tactische Interventiegroep was er al. Hij begroette Zeiz met een stevige handdruk en vertelde dat Vanderweyden hem had opgevorderd als tijdelijke versterking van de rechercheploeg. Zeiz was verrast, maar beschouwde dit als goed nieuws. Hij had goede herinneringen aan de keren dat ze al hadden samengewerkt. Vonck was een excellente politieagent met een allround ervaring.

'Weten we al wie het slachtoffer is?' vroeg Zeiz.

Vonck keek in zijn notitieboekje. 'Guillaume Devos, een frater die hier in het klooster woonde, 59 jaar oud. Hij ligt beneden in de kelder. Het is niet fraai.'

Een agent die Zeiz bekend voorkwam maar wiens naam hem ontging, leidde hen naar de plaats delict. Ze staken een idyllisch bruggetje over en volgden een geïmproviseerd spoor van houten balken over een moerassig stuk grond. Uiteindelijk bereikten ze een souterrain, waarvan de voorwand bestond uit een deur en een groot raam dat uitgaf op de tuin. Enkele meters verder, rechts van hen in het wilde riet, zat een agent geknield over te geven. Hij had zijn dienstpet afgezet en netjes naast zich op de grond gelegd. Zeiz en Sterckx bleven in de deuropening staan. Het souterrain was ingericht als werkruimte met twee tafels op schragen, een paar stoelen en een rek. Verder was de kamer leeg. Op de dode na. Hij zat op een stoel, met rechte rug, zijn armen strak langs het lichaam. Hij droeg een donkerblauwe overall, die verkleurd was door het bloed, alsof iemand een emmer rode verf over hem had uitgegoten. Zijn keel was overgesneden en het doorgescheurde strottenhoofd was duidelijk te zien. Het bloed was verrassend helder van kleur. De technische rechercheurs hadden een ventilator geplaatst om de vliegen te verjagen.

Zeiz dacht een paar seconden lang aan niets. Toen kwam het besef dat wat hij zag geen gewone gewelddaad was. Hier had een mens een ander mens afgeslacht en hem vervolgens op een stoel te kijk gezet. De dode hield in zijn ene hand een passer, in zijn andere een potlood. Zijn hoofd was naar achteren gekanteld, zodat het leek alsof het er elk moment af kon tuimelen. In een van de bloederige oogkassen stak iets. Zeiz voelde een rilling door zich heen gaan toen hij naar voren stapte om te zien wat het was. Het was een euromunt. Welk mentaal ziek individu had deze bizarre enscenering bedacht? Iemand naast hem zei iets dat hij niet verstond. Toen zag hij dat het Neefs was, die vroeg of iedereen de plaats delict wilde verlaten zodat ze met hun technisch onderzoek verder konden gaan. Ze liepen terug naar het erf. Zeiz wist niet waarom, maar voor het eerst sinds hij met dit onderzoek begonnen was, had hij angst. Het was niet zozeer een fysieke dan wel een existentiële angst, alsof wat hij net had gezien elk geloof in de mens als een moreel wezen, hoe klein ook, finaal onderuit haalde.

'Wie heeft hem gevonden?' vroeg hij aan Vonck toen ze terug waren op het erf.

Vonck keek weer in zijn notitieboekje. 'De boerenknecht van het klooster, Frans Meertens. We hebben niet veel zinnigs uit hem gekregen. Hij is volgens mij niet helemaal goed bij zijn hoofd. Blijkbaar was de boerderij vroeger een soort van beschermde werkplaats. Verder wonen hier een vijftal fraters op rust. Hun getuigenis is opgenomen. Op het eerste gezicht hebben we daar niet veel aan. Niemand heeft iets gezien of gehoord. De fraters zijn stokoud. Ze lagen in hun bed toen wij hier met loeiende sirene aankwamen en ze hadden ons niet gehoord. Ze waren zich nergens van bewust toen we hen wakker maakten. De abt is frater Gerardus. Hij heet eigenlijk Gerard Vanhees. Hij is in zijn kantoor. Vonck wees naar een grote dubbele deur, die langs een trappengalerij bereikbaar was.

'Heb je een chronologisch overzicht?'

Vonck sloeg zijn notitieboekje open. 'Frans Meertens heeft Guillaume Devos iets na middernacht gevonden. Hij was een laatste ronde gaan doen in de stallen en had licht gezien in een deel van het gebouw dat allang niet meer wordt gebruikt. Hij dacht dat er inbrekers waren en heeft de abt gebeld. De abt, die op dat moment in Hasselt was, waar hij trouwens ook woont, heeft de politie verwittigd.'

De toestand van de inkomsthal maakte duidelijk dat het gebouw verwaarloosd was. De marmeren vloer was mat en vuil, de lambriseringen aan de muren waren beschadigd. In de hal zat een mannetje in een vuile overall, die toen Zeiz binnenkwam als een angstig dier achteruitdeinsde in een hoek. Dit moest de mentaal gehandicapte werkman van de boerderij zijn. Zeiz besloot hem voorlopig met rust te laten.

Abt Gerard Vanhees ontving hem in een stoffig rommelhok. Het meubilair was oud, de kasten stonden open, er puilden stapels vergeelde dossiers uit. Maar Vanhees zelf oogde fit, een manager in een chic pak. Alleen het kruisje op zijn revers maakte duidelijk dat hij een priester was. Zeiz schatte dat hij een jaar of zestig was. Hij betuigde zijn deelneming.

Vanhees vouwde zijn handen en sloot de ogen, alsof de woorden hem in diepe overpeinzing hadden gebracht. 'Het is verschrikkelijk,' zei hij, 'deze wrede daad heeft ons allen diep in het hart geraakt.'

Zeiz voelde een rilling door zich heen gaan. 'U bent de abt...' begon hij.

'Ze noemen mij de abt,' onderbrak Vanhees hem, 'maar officieel heb ik die functie niet. Ik woon hier ook niet meer. En sinds kort heb ik mijn kantoor thuis in Hasselt. Ik ben de regionaal coördinator van de congregatie van de Constantijnen. Tot voor kort was dit klooster eigendom van de congregatie. De fraters hier zitten natuurlijk nog onder mijn vleugels.'

'Ze moeten dus verhuizen?'

Vanhees knikte. 'Het domein is verkocht. Ze zullen hun levensavond in een klooster in Tilburg doorbrengen.'

Zeiz rilde. Weer was er die mechanische toon in de formulering.

'Ook Guillaume Devos zou naar Tilburg verhuizen?' vroeg Zeiz.

Vanhees aarzelde. 'Frater Guillaume was een geval apart. Hij is pas laat tot onze orde toegetreden, een jaar of vier geleden, schat ik. Ik denk dat hij de wens had hier te blijven. Maar ik vrees dat ik u hier niet verder mee kan helpen. Frater Guillaume was een erg gesloten man. Hij was hier om te mediteren en het verleden te verwerken. Voor zover ik weet had hij weinig of geen contact met de andere fraters.' Hij glimlachte. 'Dat is niet moeilijk in dit enorme gebouw. Weet u dat hier in 1960 nog vijfendertig fraters woonden, met drie poetsvrouwen, een kok, een keukenhulp en drie boeren? Er was op het domein een basisschool met bijna vijfhonderd leerlingen. Nu zijn er nog vijf fraters…' Hij keek Zeiz geschrokken aan. 'Ik bedoel, er zijn er nu nog vier…'

'En de klusjesman?'

'Franske is onze boerenknecht. Maar hij woont niet in het klooster. Hij heeft zijn kamer in de boerderij.'

Zeiz schraapte zijn keel. 'Heeft u een idee wie Guillaume Devos om het leven heeft gebracht?'

'Dat vragen wij ons allemaal af,' zei Vanhees. 'Wie doet nu zoiets? Wij bidden ook voor hem, die tegen het hoogste gebod heeft gezondigd. Gij zult niet doden! Gods genade zal hem bij het laatste oordeel te beurt vallen.' Hij keek Zeiz ernstig aan. 'Een gek. Ik zeg u, het is een gek geweest.'

'En waarom zou een gek een van uw fraters vermoorden?' vroeg Zeiz.

'Geen idee. Waarom zou iemand iets tegen de congregatie hebben? Onze opdracht in deze wereld is van verzorgende en contemplatieve aard. Wij doen niemand kwaad en vormen voor niemand een bedreiging.' Hij schudde het hoofd. 'Nee, naar mijn gevoel is deze tragedie een daad van zinloze waanzin.'

Zeiz nam een papieren zakdoekje uit zijn achterzak en veegde het zweet van zijn voorhoofd. 'Waarom denkt u dat?'

Vanhees leek even uit zijn evenwicht gebracht. Toen zei hij: 'Of het zou een persoonlijke kwestie moeten zijn, een afrekening of zoiets. Frater Guillaume was een gesloten man, niemand wist precies waar hij mee bezig was.'

Zeiz knikte langzaam. 'Een afrekening? Dat klinkt spannend.'

'Ik heb er geen idee van,' riep Vanhees plotseling uit. Zijn stem sloeg over. 'Ik zoek ook maar naar een verklaring.' Maar het volgende moment had hij zichzelf weer onder controle. 'Excuseert u mij,' zei hij, 'maar dit heeft mij erg aangegrepen. Dit had niet mogen gebeuren. Het doet pijn om op deze manier afscheid te moeten nemen van dit domein. Alle mooie herinneringen verbleken hierbij.'

'De fraters waren te oud om nog te werken of op een andere manier actief te zijn,' zei Zeiz. 'Ze waren dus met pensioen. Maar Guillaume Devos was nog relatief jong. Wat was zijn taak hier?'

'Zoals ik al zei: contemplatie. Bent u een moslim?'

Zeiz schudde het hoofd. Hij wist niet waarom, maar hij had meteen spijt van die ontkenning.

'Voor een profaan mens is een begrip als contemplatie moeilijk te begrijpen,' zei Vanhees.

Zeiz reageerde daar niet op. Hij vroeg zich af of dit als een belediging was bedoeld. De logica erachter kwam hem in elk geval bekend voor. Ook onderzoeksrechter Engelen had hem laten verstaan dat een mens pas volwaardig is als hij gelooft. Als kind was hij elk jaar bij zijn moeder in Tunesië op vakantie geweest. Aan zijn vriendjes daar had hij altijd laten doorschijnen dat hij een moslim was. Twee jaar geleden, toen hij met zijn toenmalige vriendin Cathy in Tunesië was geweest, was hij daar samen met de mannen naar de moskee geweest. Hij had geknield voor het gebed en zich afgevraagd wat hij daar deed.

Zijn gsm zoemde. Hij excuseerde zich bij Vanhees en liep naar buiten om het gesprek aan te nemen. Het was zijn vader.

'Is er iets gebeurd?' vroeg zijn vader. Zijn stem klonk nors, maar bezorgd.

'Je hebt me proberen te bellen,' zei Zeiz.

'Maar je telefoon was weer uitgevallen, ik weet het,' zei zijn vader spottend. 'Waar ben je nu?'

'Ik ben in dienst,' zei Zeiz. 'Maar ik wil je niet wakker houden, het is nacht.'

'En dan? Ik heb maar één zoon. Ik weet dat je weinig tijd hebt en ik probeer daarmee te leven. Ik ben al heel blij dat ik iets van je hoor, ook al is het midden in de nacht.'

Zeiz twijfelde. Zoals vaak bij de oude man wist hij niet of het ernstig was bedoeld. 'Is alles oké met jou?' vroeg hij. 'Hoe voel je je?'

Zijn vader nam medicatie om de kanker onder controle te houden en geregeld moest hij naar het ziekenhuis. Maar soms had Zeiz het vermoeden dat de oude man hem niet alles vertelde.

Het was even stil. Toen zei zijn vader: 'Kunnen we niet over iets anders praten? Waar ben je mee bezig?'

'Er is weer een moord gepleegd, in het klooster in Zelem.'

'Een Constantijner zwartrok?' vroeg zijn vader. Hij wachtte het antwoord niet af en vervolgde: 'Dat verbaast me niets. Die fraters van Zelem waren vetzakken, dat is algemeen geweten.'

'Wat bedoel je daarmee?' vroeg Zeiz.

'Moet ik daar een tekeningetje bij maken? Ze konden met hun poten niet van de jongetjes afblijven. De fraterschool zelf is al lang geleden gesloten. Er is daar toen iets gebeurd, ik weet niet meer precies wat. Die fraters moeten ondertussen al stokoud zijn. Het domein wordt verkocht, heb ik in de krant gelezen.'

'Deze frater was nog geen zestig,' zei Zeiz, 'en we weten niet waarom hij is vermoord.'

Zijn vader grinnikte. 'Ze hebben het dekseltje van dat stinkende katholieke potje gehaald. De slachtoffers willen wraak. De vraag is waarom ze daar zolang mee hebben gewacht. Geef toe, het is ook een beetje ziek. Na vijftig jaar komen klagen dat er iemand aan je piemel heeft gezeten.'

'Je gaat er nu vanuit dat het motief van de moord seksueel misbruik is,' zei Zeiz.

'Wat anders? Twee priesters zijn er vermoord, op korte tijd, en eentje is verdwenen, en dat net op een moment dat het klachten regent tegen de Kerk. Waar denkt een mens dan aan? Maar ja, jij bent de speurder, jij zult het wel beter weten, zeker?'

'Het slachtoffer heet Guillaume Devos. Zegt die naam je iets?'

Zijn vader leek even te twijfelen. Toen zei hij: 'Zou kunnen, maar op dit moment weet ik het niet. Ik beweeg me gewoonlijk niet in dat soort kringen. Zover reikt mijn netwerk niet.'

Dat was niet helemaal waar, wist Zeiz. Zijn vader was een rasechte socialist, maar als stadsambtenaar met een hogere functie had hij moeten samenwerken met mensen van alle politieke en maatschappelijke strekkingen en hij had in de loop van zijn carrière een onvoorstelbaar groot netwerk uitgebouwd.

'Trouwens, zijn fraters wel echte priesters?' ging zijn vader verder. 'Je moet dat eens uitzoeken, jongen, maar volgens mij zijn het een soort van lekenbroeders. Zonder wijding dus, ze worden niet rechtstreeks door God bestuurd. Ken je die sketch van Wim Sonneveld over Frater Venantius?' Hij wachtte en toen Zeiz niet reageerde, zei hij: Venantius? Finantius? Heb je hem?' Hij lachte luid. 'Ach ja, in onze tijd had je nog echt cabaret. Nu zijn er alleen… hoe noemen ze dat? Stand-up comedians.' Hij leek het woord uit te spuwen. 'Die idioten zouden beter gaan zitten en zwijgen.'

Het was grappig, bedacht Zeiz, dat hij zo in het midden van de nacht een gesprek voerde met zijn vader. En dat zonder meteen ruzie te krijgen. Het gaf hem een warm gevoel.

'By the way, wanneer zien we je hier nog eens? Pema mist jou.'

'Ik kom zo gauw ik hier klaar ben.'

'Het zou al fijn zijn als je ongeveer kon zeggen wanneer. Maar ik dring niet aan, hoor, want dan maak je toch weer een belofte die je niet kan houden. Ik heb Pema proberen uit te leggen dat ze daarmee moet leren leven, tenminste als ze bij jou wil blijven. Ik kan me voorstellen dat voor iemand met een druk beroepsleven zoals jij een vrouw eigenlijk een last is.'

'Een last?' Zeiz voelde een steek in zijn maag. 'Pema is voor mij helemaal geen last. Voor jullie misschien?'

'Voor ons niet, hoor. Het is een schat van een kind. De Rat vindt haar super. Als jij haar niet meer wil, neemt hij haar over, heeft hij al gezegd.'

'Wat is dat voor onzin,' zei Zeiz.

'Waar moet ze naartoe als ze is uitgeprocedeerd, heb je daar al over nagedacht?'

'Zover is het nog niet,' zei Zeiz. 'Volgens onze advocaat mogen we de hoop niet opgeven. En dat doe ik ook niet.'

Zijn vader lachte. 'Advocaten, ja ja… Hoe langer de procedure loopt, hoe meer ze eraan verdienen. Maar als het slecht afloopt, kan ze toch niet bij jou blijven. Of hoe stel je je dat voor: een politieagent met een illegale vrouw in huis?'

'Dat zien we dan wel,' zei Zeiz. Hij was het gesprek plotseling beu.

Maar zijn vader ging door: 'Bij de Rat kan ze terecht. Hier komen geen pottenkijkers, hier zou ze veilig zitten, neem dat van me aan. Misschien is dat ook een oplossing voor mijn eenzame oude dag: een Aziatische illegale? Misschien neem ik haar wel. Of ik deel haar met de Rat.'

'Nu is het genoeg geweest,' zei Zeiz. 'Ik wil hier verder niet over praten.' Hij voelde een steek in zijn maag. Het was natuurlijk een illusie geweest te hopen dat een gesprek met zijn vader niet in ruzie zou eindigen.

'Je hoeft niet meteen zo gepikeerd te reageren,' probeerde zijn vader hem te sussen. 'Ben je jaloers?'

'Natuurlijk ben ik niet jaloers, ik vind alleen dat wat je zegt geen steek houdt.'

'Ach wat, natuurlijk ben je jaloers. Je hebt Arabisch bloed in de aderen. En dat is licht ontvlambaar, zeker als er vrouwen in het spel zijn.'

Zijn vader schoot in een bulderende lach, die overging in een angstwekkende hoest. 'Neem alles niet zo ernstig, jongen. Een mens mag toch al eens een grapje maken. Nee, dat tragische heb je niet van mij, dat is een trekje dat je van je moeder hebt geërfd. Voor ik het vergeet, iemand van de kameraden wil je spreken. Jef Holsbeek. Je hebt hem al eens ontmoet, vorig jaar op de 1-meidrink. Hij zal contact met je opnemen.'

Zeiz klapte met een wrang gevoel zijn telefoon dicht. Hij ging terug naar binnen, waar Vanhees op hem zat te wachten. Vanhees had zijn iPad bovengehaald en slalomde met zijn vingers over het scherm. Hij glimlachte gelukzalig. Zeiz moest spontaan denken aan Lambrusco, ook een oudere man die zijn hart had verloren aan zo'n elektronisch snufje.

Vanhees was geen oubollige priester, dat was duidelijk. Zijn gladde uitstraling vloekte met het vervallen domein en zijn wereldvreemde bewoners. Zeiz was er zeker van: Vanhees' aanwezigheid hier was slechts schijn. Hij had zijn eieren in een ander nest gelegd.

Zeiz stelde voor om een kijkje te nemen in de kamer van Guillaume Devos. Het zou een lange zwoele nacht worden, dat wist hij wel. Toen ze naar buiten gingen, kwam onderzoeksrechter Partoen

het binnenplein opgereden. Naast haar zat hoofdcommissaris Vanderweyden.

'Wie heeft het domein gekocht?' vroeg Zeiz aan Vanhees.

'Degreef & Partners,' antwoordde die.

16

Toen Zeiz om halfvier in Allelanden aankwam, was de nacht nog volkomen duister. Bij de ingang hingen enkele beverige peertjes, die een schraal licht over het terrein strooiden. Hij slaagde er slechts met moeite in de aanbouw te vinden waar Pema sliep. Tijdens zijn korte diepe slaap met haar op het eenpersoonsmatras droomde hij dat hij in het klooster van Zelem verdwaald was geraakt. Er was een stroompanne of het was nacht, dat was niet helemaal duidelijk. En hij was niet alleen. Maar wie hem gezelschap hield in het donkere gebouw wist hij niet. Zijn vader had hem afgeraden het klooster te betreden. Maar die raad had hij in de wind geslagen, alleen maar om de oude man te jennen. Daar had hij nu spijt van. Er hing een onuitgesproken dreiging in de doolhof van gangen en kamers, die hij op de tast moest verkennen. Plots was er een geluid achter hem. Om de een of andere reden kon hij zijn hoofd niet draaien om te zien wat het was en vluchten lukte ook al niet. Toen hij er eindelijk in slaagde zich te bukken, was het te laat. Iemand sloeg met een scherp voorwerp tegen de zijkant van zijn hoofd.

Hij schrok wakker en stelde vast dat hij zijn hoofd had gestoten. Hij probeerde op de tast te ontdekken waaraan. Naast het bed stond een metalen voorwerp met scherpe uitstulpingen. Maar wat het was, kon hij in het duister niet vaststellen. Hij wreef over zijn slaap tot de pijn was verdwenen. Op dat ogenblik schoot hem te binnen dat hij aan Vanhees was vergeten te vragen wat er met de boerenknecht zou gebeuren nu het domein was verkocht. De reden waarom Vanhees er zelf niets over had gezegd, was volgens Zeiz duidelijk: het interesseerde hem gewoon niet wat er met die sukkelaar zou gebeuren. Het beeld van de katholieken dat Zeiz in zijn jeugd van zijn vader had meegekregen, namelijk dat ze verstikkend paternalistisch en vooral conservatief waren, klopte niet. De aan de Kerk gelieerde mannen en vrouwen die hij tijdens het lopende moordonderzoek had ont-

moet, bleken moderne ondernemers en highbrow strebers te zijn.
Hij dacht aan de achteloze kilte die frater Gerard Vanhees vannacht
had uitgestraald. Ook bij Gustaaf Swolfs van de Katholieke Kracht
Vlaanderen liepen de religieuze principes en de zakelijke belangen
op zorgvuldig gescheiden sporen. Voor hen was iemand als Franske
de boerenknecht quantité négligeable. Dat was in de islam niet anders, besefte Zeiz. Zijn schoonbroer, Ahmed Zahar, behoorde tot
de categorie moslims die na een ingetogen gebed in de moskee in
hun Mercedes suv stapten om in de echte wereld lucratieve deals te
sluiten, daarbij niet gehinderd door de morele regels die de profeet
had opgelegd. Misschien was het een illusie te denken dat het ooit
anders was geweest.

Hij voelde het vrouwenlichaam naast zich op het matras bewegen.
Ze was net als hij naakt en op haar huid lag een dons van zweet.
Hij verkende met zijn vingers haar lichaam: de kleine borsten, de
scherpe knoken. Zijn lippen raakten haar linkertepel. Ze kreunde
en drukte zich tegen hem aan. Een golf van begeerte schoot door
hem heen.

Toen hij wakker werd, begon het al licht te worden. Zijn linker
slaap was een beetje gezwollen. Nu zag hij ook waaraan hij zich had
gestoten. Het was een gietijzeren kacheltje, een antiek model zoals
zijn grootmoeder langs vaderszijde er eentje in haar woonkamer had
staan.

Pema stond met hem op. Ze liepen hand in hand over het terrein,
dat op een plateau lag tussen de velden en de weilanden. Een onheil-
spellende gloed achter een verre heuvel kondigde de zon aan. Het
landschap sudderde in een zilveren mist. De aarde dampte, alsof er
onder de aardkost iets aan het koken was.

Pema vertelde dat El Moodi haar de dag voordien had gebeld.
Blijkbaar was er in haar beroepsprocedure vertraging opgetreden,
waardoor ze voorlopig een illegale status had. Als ze nu door de politie werd opgepakt, zou ze in een gesloten asielcentrum belanden.
Ze vertelde het onaangedaan, alsof ze het over iemand anders had.
Zeiz wist niet wat hij moest zeggen, behalve dat alles goed zou komen. Maar geloofde hij dat zelf wel? Wat als Vreemdelingenzaken
haar asielvraag definitief afwees? Zou El Moodi dan toch weer een

juridisch gaatje vinden? Moest hij met geld schuiven en haar op die manier de legaliteit binnenloodsen? En waar moest hij dat geld vinden? Hij had in zijn hele leven nog niemand omgekocht, zelfs niet in Tunesië.

'Als je weer tijd hebt, gaan we naar zee,' zei ze plotseling op enthousiaste toon. Ze kende de zee alleen van op de televisie, vertelde ze toen ze naar zijn auto liepen. Waarschijnlijk, bedacht hij, koppelde ze er beelden aan van verliefde paartjes die bij zonsondergang een romantische wandeling maakten op een verlaten strand.

Ze sloeg haar armen om hem heen. 'Wees voorzichtig,' zei ze met een broos stemmetje.

Hij reed naar Hasselt, met de zon recht in zijn ogen. Er was bijna geen verkeer, maar op het baanvak naast hem sleepte een lange file zich richting Brussel.

Het pathologisch onderzoek toonde aan dat de dode van Diepenbeek wel degelijk Stan Buylen was, de priester uit Muizen bij Mechelen. Het was vooral de heupprothese van Buylen die zekerheid had verschaft. Zeiz mailde het dossier door naar commissaris Plessers in Mechelen, die op zijn beurt aan zijn Hasseltse collega's het verslag van het onderzoek naar Buylens financiële situatie bezorgde. Buylen had een jaar geleden zijn woning, een appartement aan de Scheldekaai in Mechelen, verkocht voor tweehonderdvijftigduizend euro. Van dat bedrag bleef na een jaar nog maar honderdduizend euro over. Het geld was in de loop van dat jaar met schijven van tienduizend euro aan het loket van zijn bankkantoor afgehaald. Het was niet duidelijk waarvoor Buylen het geld had gebruikt. De overeenkomst met de financiële situatie van Bonnet, de verdwenen pastoor van Diepenbeek, was opvallend. Ook Bonnet had met enige regelmaat aanzienlijke bedragen van zijn rekening gehaald en leefde al maanden op een bankkrediet. Inspecteur Daniëls probeerde nu uit te zoeken of de verdwenen monstrans ergens was opgedoken en bij welke restaurateur het antieken beeld in reparatie was.

De voltallige rechercheploeg kwam samen in het kantoor van Zeiz om de moord in Zelem te bespreken. Aan de vermoeide gezichten van zijn collega's zag Zeiz dat ze aan het einde van hun krachten waren. Ze waren de hele nacht op de been geweest. Neefs zag eruit alsof hij elk moment kon instorten. Daniëls knikkebolde. Hij had in Zeiz' ogen de vervelendste job van allemaal. Het grootste deel van zijn werktijd moest hij voor de computer doorbrengen, terwijl de anderen tenminste nog in beweging waren en zich makkelijker over hun vermoeidheid heen konden zetten. Vera stak haar hoofd binnen om te melden dat commissaris Plessers had afgebeld. Hij kon om familiale redenen niet komen en zou later contact opnemen om een nieuwe afspraak te maken.

Op het definitieve rapport van het forensisch onderzoek moest nog even worden gewacht, maar ze konden met betrekkelijke zekerheid aannemen dat ook Guillaume Devos met een ijzerdraad de keel was overgesneden, wat erop kon duiden dat ze met dezelfde dader te maken hadden.

'Niet noodzakelijk,' riep Lambrusco, die met vertraging was binnengekomen en de vergadering van op een afstand bij het open raam volgde. 'Er bestaat ook nog zoiets als *copycat*.'

Zeiz negeerde die opmerking. Natuurlijk hielden ze allemaal rekening met een imitator, maar dat veranderde niets aan de vaststelling dat er een treffende overeenstemming was in de modus operandi bij elk van de moorden. Hij wees erop dat de moordenaar ook nu weer geen sporen had nagelaten die naar hem konden voeren, ondanks het brutale geweld waarmee hij tewerk was gegaan. En er waren geen getuigen. Wees de woestheid waarmee de moord werd gepleegd op een evolutie in de psyche van de moordenaar? Deze keer was er geen briefje in het borstbeen geniet. Had de dader bij gebrek aan tijd snel moeten handelen?

'Je weet toch wat copycat betekent?' vroeg Lambrusco, terwijl hij Daniëls fixeerde.

'Hij zoekt het wel op tegen morgenochtend,' antwoordde Neefs geïrriteerd.

'Maar ik weet wat het betekent,' protesteerde Daniëls.

Zeiz sloeg de map van het dossier open en nam het woord: 'Wat weten we over Guillaume Devos? Hij was 59 jaar en tot voor enkele jaren een succesvolle architect, die vooral in opdracht van grote projectontwikkelaars werkte. Bekend is hij geworden door zijn ontwerp van een sociale woonwijk in het Duitse Ruhrgebied, waarvoor hij trouwens in 2002 de Brick Award heeft gewonnen, een internationale architectuurprijs. Hij had zich gespecialiseerd in het bouwen van energiearme woningen en gebruikte daarbij vooral natuurlijke materialen. Zes jaar geleden kreeg hij een zwaar verkeersongeval, waarbij zijn vrouw en zijn dochter, zijn enige kind, om het leven zijn gekomen. Hijzelf raakte zwaargewond. Na zijn herstel heeft hij de passer aan de haak gehangen en is hij in het klooster van de Constantijnen ingetreden. Maar een jaar geleden is hij blijkbaar weer aan het werk gegaan. Degreef & Partners, die het domein hebben gekocht, hebben hem de opdracht gegeven een ontwerp te tekenen.'

'Is dat geen vreemd toeval?' vroeg Vanderweyden.

'We moeten voorzichtig zijn en niet te snel verbanden leggen,' onderbrak Lambrusco hem.

Het was even stil. Ze wachtten, maar Lambrusco had zijn iPad bovengehaald en concentreerde zich nu op het scherm. Er zat blijkbaar niets achter zijn uitspraak, hij leek het alweer vergeten te zijn.

'Misschien was de herinrichting van het domein een initiatief van Devos zelf,' redeneerde Zeiz. 'Maar we gaan die zakelijke constructie zeker onder de loep leggen.'

'Met inachtneming van de nodige discretie,' zei Lambrusco, die blijkbaar toch had meegeluisterd. Hij fixeerde Zeiz. 'En respect, alsjeblieft. Degreef is geen tweederangsboefje met wie je de vloer van het politiekantoor aanveegt.'

'Wat bedoelt u daarmee?' vroeg Zeiz geïrriteerd. 'Dat hij een eersterangs boefje is?'

'Degreef is een van de grootste projectontwikkelaars van dit land,' siste Lambrusco. 'En toevallig een goede kennis van mij. Je hebt zijn zoon gisteren bijna twee uren laten wachten op een interview en hem vervolgens straal genegeerd. Dat breekt je nog zuur op, hoofdinspecteurtje, neem dat maar van me aan.'

Zeiz voelde iets trekken bij zijn linkeroog. Hij keek Lambrusco recht in het gezicht en concentreerde zich op zijn getrimde snor en zijn wangen, die glansden van de zelfgenoegzaamheid. 'We hebben een tweede moord,' zei hij langzaam, 'en welke naam duikt weer op? Precies ja, Degreef. Van een toeval gesproken. Zeg tegen die goede kennis van u dat hij zijn zoontje klaar houdt voor een tweede interview.'

De glanzende wangen van Lambrusco werden vuurrood en even leek het of hij Zeiz zou aanvliegen. Toen zuchtte hij lang en diep, alsof hij zo de spanning uit zijn lijf liet ontsnappen. Hij wierp nog een snelle blik op zijn iPad en stormde toen de kamer uit.

Iedereen keek naar Vanderweyden, die op zijn stoel in het onderzoeksverslag zat te bladeren, en het incident niet eens scheen te hebben opgemerkt. Hij schraapte zijn keel en zei: 'Blijkbaar droeg Devos een overall van een andere pater, een zekere Gustaaf Spier. Die naam stond op het linkerborstzakje. Vier jaar geleden is tegen Spier een klacht ingediend wegens seksuele intimidatie. Het gaat om feiten die hij veertig jaar eerder zou hebben gepleegd. Spier was onderwijzer in de toenmalige fraterschool op het domein. De klacht is geseponeerd wegens verjaring.' Vanderweyden keek zijn collega's vorsend aan. 'Voor het eerst in het onderzoek is er een, weliswaar indirecte, link met seksueel misbruik in de Kerk.'

Ze hadden allemaal de klacht met de gedetailleerde en vooral schokkende getuigenis van een zekere Marc Cosemans gelezen. Verbijsterend was dat Spier de feiten had toegegeven, maar ze zonder een zweem van spijt had proberen te minimaliseren.

'Waarom droeg Devos de overall van Spier?' vroeg Daniëls.

'Omdat Spier die niet meer nodig had,' zei Vonck. 'Hij is twee weken geleden gestorven. In het ziekenhuis overigens, het was een natuurlijke dood. Hij had prostaatkanker. Hij was 78 jaar oud.'

'Misschien wist de moordenaar dat niet en dacht hij dat hij Spier voor zich had,' zei Vanderweyden.

'Dat lijkt me onwaarschijnlijk,' zei Zeiz. 'Het leeftijdsverschil is te groot. Bovendien past die persoonsverwisseling niet bij het profiel dat we van de moordenaar hebben. Die zou nooit zo'n fout maken.'

Ze vergaderden nog de hele ochtend en legden het scenario van de te nemen onderzoeksstappen vast. Daarna sloot Zeiz zich op in zijn kantoor. Er lag een onaangename druk op zijn maag, alsof hij een te zware maaltijd had gegeten. Terwijl hij sinds gisterochtend niets meer had gegeten. Hij zocht in de lade van zijn bureau naar het doosje Rennietabletten dat hij daar had gelegd, maar vond het niet.

Vanuit het niets schoot de overall van Gustaaf Spier weer door zijn hoofd. De lukrake gedachte kwam bij hem op dat de moordenaar het slachtoffer niet eens kende en alleen wist dat hij de man in die overall moest doden.

Hij zette zijn computer aan en googelde Degreef & Partners. Hun website opende met een indrukwekkend overzicht van afgewerkte projecten en opdrachten die in de steigers stonden. Maar hij vond niets over het domein in Zelem. D&P waren geen banale projectontwikkelaars, hun doel was naar eigen zeggen het materiële te overstijgen. *Real estate with a vision.* Hij las verder: 'Wij zijn een familiebedrijf met een hart voor de open ruimte. Onze visie is verankerd in vier hoekpijlers: *environment, people, architecture and tradition.* Wij denken *outside the box.* Wij combineren verleden en toekomst, nieuwe technieken met oude schoonheid, hoogwaardige materialen met slim comfort.' Zeiz belde het contactnummer. Een secretaresse nam op en vertelde hem dat Johan Degreef momenteel in het buitenland verbleef. Zijn zoon Bjorn was ook niet in de zaak, hij woonde een congres bij in Westende. Maar ze gaf hem tot zijn verbazing diens persoonlijke gsm-nummer.

Hij belde Bjorn Degreef, die meteen opnam.

'Aha, hoofdinspecteur Zeiz?' zei hij. 'Wat verschaft mij de eer dat u nu toch met mij wilt praten?' Het klonk niet spottend, eerder oprecht nieuwsgierig.

Zeiz vertelde hem over de moord op Guillaume Devos en dat hij een paar vragen had over de banden van Devos met Degreef & Partners.

'Ik heb het tragische nieuws vanochtend op de radio gehoord,' zei Degreef. 'Het is niet alleen heel slecht nieuws voor onze zaak. Guillaume is een oudgediende, dat weet u dus al. Maar hij was ook een vriend van de familie. Mijn vader is er kapot van. Hij breekt zijn reis af om de begrafenis bij te wonen.'

'Devos tekende in uw opdracht de plannen uit voor de verbouwing van het klooster in Zelem?'

'Verbouwing is niet de juiste term,' zei Degreef. 'Wij zijn van plan het volledige domein te hertekenen. Het klooster is daar maar een onderdeel van.'

'En Devos was de architect?'

'Dat klopt. Het is zijn ontwerp. Hij heeft de plannen helemaal in zijn eentje getekend. Dat was een van de voorwaarden die hij stelde voor hij het contract ondertekende. Guillaume was een geniale architect. We hebben in het verleden nog samengewerkt en we wisten wat we aan hem hadden.'

'Was de herinrichting van het klooster een initiatief van Devos zelf of heeft u het hem gevraagd?'

'Over het zakelijke aspect van dit project weet ik niets,' zei Degreef, 'daarover moet u met mijn vader praten.'

Dat antwoord kwam te snel, vond Zeiz. 'Bent u tevreden met zijn werk?'

'De plannen zijn voor 99 procent klaar. Binnenkort stellen we ze voor, op een persconferentie en op onze website. U zult dan zelf zien waartoe Guillaume in staat was. Zoals ik al zei: hij was geniaal.' Degreef aarzelde. 'Maar ook een beetje raar, moet ik zeggen. Hij was een einzelgänger en een betweter.' Hij lachte. 'Maar hij wist het dan ook altijd beter. Sinds het tragische ongeval waarbij zijn vrouw en dochter zijn omgekomen, is dat eigenzinnige trekje van hem alleen maar sterker geworden. Hij stond er bijvoorbeeld op om alles met de hand te tekenen, dus niet met de computer. Geen mens begreep waarom. We moeten alleen nog een digitale versie van de plannen maken.'

De jongeman had een zachte, innemende stem, die vertrouwen inboezemde. Een beetje gejaagd klonk hij ook, impulsief, wat de positieve indruk alleen maar sterker maakte. Zeiz moest denken aan de haatmail die hij naar deken Busschaert had gestuurd. Misschien was dat inderdaad ook een impulsieve daad geweest. Zeiz bedacht dat hij zich misschien had vergist toen hij enkele dagen geleden deze man in het politiebureau de rug had toegekeerd. Het gebeurde wel vaker dat hij zijn eerste indruk van iemand later moest bijstellen.

'Heeft u een idee wie hem kan hebben vermoord?' vroeg Zeiz.

'Als ik dat wist, had ik allang de politie gebeld.'

'Denkt u dat er een verband is met het project waaraan hij werkte?'

'Ik zou niet weten waarom. Guillaume heeft nooit te verstaan gegeven dat hij zich bedreigd voelde. Trouwens, was er geen sprake van een persoonsverwisseling en moest eigenlijk een zekere Spier worden vermoord?'

'Wie heeft u dat verteld?'

Degreef aarzelde even. 'Ik heb het ergens gelezen. Vraag me niet waar... Klopt dat dan niet?'

'Het onderzoek is nog volop bezig,' ontweek Zeiz de vraag. Hoe kwam Degreef aan die informatie? Hij moest met iemand van het rechercheteam hebben gepraat. 'Voorlopig is dat alles wat ik wilde vragen,' zei hij.

Degreef schraapte zijn keel. 'Wat dat interview van dinsdag betreft, ik was toch een beetje, hoe moet ik het zeggen, op mijn tenen getrapt, omdat u me zo lang liet wachten en me vervolgens negeerde.'

'Daarvoor wil ik me verontschuldigen,' zei Zeiz. 'Ik had het op dat ogenblik vreselijk druk en euh...'

'Excuses aanvaard. Maar eerlijkheidshalve moet ik bekennen dat ik bij uw oversten heb geklaagd. Tja, dat had ik misschien beter niet gedaan, maar ik was kwaad... Nu ja, het is gebeurd en daar valt niets meer aan te doen.'

Na het telefoongesprek legde Zeiz zijn voeten op het bureau. In gedachten overliep hij de vaststellingen die ze op de plaats delict hadden verricht. Het bezoek aan de kloostercel van Guillaume Devos had indruk op hem gemaakt. Niet zozeer vanwege Devos' keuze om uit vrije wil in zo'n kleine ruimte te gaan wonen, een antieke kloostercel met een houten vloer en kunstige lambriseringen, maar vanwege het Spartaanse stempel dat Devos op de ruimte had gedrukt. Bovendien was nergens een elektronisch apparaat te bespeuren geweest, geen televisie of radio. Zelfs geen computer. Op een rekje had Zeiz, behalve boeken die alle met architectuur of technisch tekenen te maken hadden, ook het werkje *Quaestiones disputatae de veritate* van Thomas van Aquino aangetroffen. In het Latijn. Uit de beduimelde kaft, de kanttekeningen en de ezelsoren kon je opmaken dat er veel in was gelezen. Behalve een tafel, een stoel en een boekenplank was er één meubelstuk, een eenvoudig eenpersoonsbed dat bij het raam stond. Het was zorgvuldig opgemaakt, als een kazernebed.

In de geheime werkkamer die Devos stiekem in het souterrain van het verwaarloosde gebouw had ingericht, heerste dezelfde ascetische sfeer. Een grote tafel domineerde het interieur. Daar werd gewerkt, dat was duidelijk. Devos ontwierp op de ouderwetse manier, met passer en gradenboog, maar zijn ontwerpen getuigden van een grote nauwkeurigheid en zorg. Het was jammer dat die ontwerpen, die aan kunstwerken deden denken, nu in bloed waren gedrenkt. Het verschil met de rommelige, muf ruikende kamers van de andere fraters was frappant. Devos was een actieve man geweest, die misschien een leven leidde in godsvrucht, maar die vooral de ijver had nagestreefd.

Eigenlijk wisten ze al heel veel, bedacht Zeiz, toen hij op zijn computer naar informatie over het klooster zocht, maar het waren allemaal losse eindjes die nergens heen leken te voeren.

Op de site van de stad Hasselt vond hij een historische schets van het klooster van de Constantijnen. Hij las: 'Het domein van 12,2 hectare groot ligt langs een rustige weg die door de Zuid-Limburgse heuvels leidt. De kloosterorde 'Les Frères Divines de la Providence de Chrétien' kocht het domein in 1935 om er een internaat voor jongens op te richten. Daartoe werd aan één zijde van het klooster een gebouw met refter en slaapzalen opgetrokken. Aan de andere zijde kwamen een kapel, een school en een boerderij. In 1996 werd de toen al flink ingekrompen school gesloten. Vanaf 1990 werden de gebouwen en terreinen, na aanpassingswerken, verhuurd aan christelijke organisaties, die er retraites verzorgden. Tijdens de vakanties waren ook jeugdbewegingen welkom, die tegen een geringe vergoeding en arbeid op de boerderij, van de infrastructuur gebruik konden maken. Op het domein blijf je de aanwezigheid van een sterk verleden voelen. Her en der vind je er gebedsstenen, religieuze voorwerpen en authentieke restanten van weleer. Je vindt er ook een zwembad, dat uit de internaatsperiode stamt, maar dat weliswaar nog niet is gerestaureerd. Daarnaast bevinden zich, puur en onaangeroerd, de vroegere kleedhokjes, in zwaar beton.'

Die kleedhokjes deden bij Zeiz een belletje rinkelen. Er lag iets net onder zijn geheugenlijn. Een hele tijd bleef hij onbeweeglijk zitten denken, wachtend tot de herinnering kwam bovendrijven. Wat niet gebeurde.

Om drie uur was er in de ovale kamer een persconferentie, waarop perswoordvoerster Jolanda Steukers, onder collega's 'het woordmeisje' genoemd, voor de verzamelde pers een vage stand gaf van het onderzoek, op de haar bekende manier: in vlotte enkelvoudige zinnetjes en lichtjes blozend. Het tragische nieuws werd in haar discours herleid tot een elegant raadsel, dat zeer binnenkort en bij toepassing van een aantal geijkte formules zou worden ontrafeld. Iedereen was onder de indruk. Toen bij de journalisten het besef doordrong dat ze eigenlijk niet veel wijzer waren geworden en bovendien vergeten waren hun kritische vragen te stellen, waren Zeiz en zijn collega's de zaal alweer uitgevlucht.

17

Met zijn splinternieuw iPhone 5 in de hand stond Gerard Vanhees dromerig naar buiten te staren. Hij keek naar de rommelige achtergevels van de Dokter Willemsstraat en hoorde op het terras boven hem de kopjes rinkelen van die lieve mijnheer Ramaekers en zijn vrouw, die elke dag stipt om 16u hun koffie dronken. Op dit uur van de dag stond de zon op de voorkant van het gebouw gericht en lagen de terrassen in de schaduw. Die paar graden verschil maakten de tropische hitte niet draaglijker. Maar daar hield hij van, van dat Afrikaanse gevoel, die koortsige druk op je spieren en knoken, die het bewegen ontmoedigde. Hij hield ook van het gladde aluminium toestel in zijn zweterige hand. Terwijl hij met zijn duim het 4-inchscherm streelde, bedacht hij dat in de loop der jaren zijn vervoering was uitgegroeid tot een huis met vele kamers . Dit was de esthetische sensatie van een elektronisch juweel, de geladen betekenis van een religieus artefact, de dierlijke geur van een onderworpen lichaam. Hij had geleerd dat de liefde schuilging in het subtiele. Met ouder worden was dat besef alleen maar sterker geworden.

Daarom haatte hij de tijd die hij nu moest verdoen met wachten op het telefoontje van de onbekende. Dat was de andere zijde van een gevorderde leeftijd: hij kon het niet meer verdragen dat een ander zijn agenda bepaalde. Hij was bezeten van de tijd, die zo kostbaar was, zeker nu. Het had ook met zijn zintuigen te maken. Hij had zich voorgenomen nog voor het begin van het regenseizoen te landen in Kinshasa.

Sinds hij in de Ossekopsteeg woonde, in de ruime luxeflat waar eindelijk alle stukken uit zijn verzameling koloniale parafernalia en vooral uit zijn verzameling geheime kerkjuwelen hun plaats hadden gevonden, was het gevoel weer levendig geworden dat hij in essentie een reiziger was. In gedachten zag hij zijn ouders weer met de ogen vol afschuw op de houten bank in de *véranda avec vue sur la brousse* zitten, op de avond dat ze het bevel tot expatriëring hadden ontvangen. Zijn ticket lag klaar, hij stond op het punt in tegenovergestelde richting te vertrekken. Dat hij weer de banden door moest snijden, voelde ditmaal als een bevrijding aan. Tenminste, als er geen kink in de kabel kwam.

Er hing iets ongrijpbaars in de lucht. Hij had tegen zijn gewoonte in de vorige nacht slecht geslapen. Die politieman met zijn bruine huid en zijn kort geschoren haren, met wie hij in het klooster had gesproken, dook weer in zijn herinnering op. De man had iets agressiefs uitgestraald. Hij had zijn gesprekspartner met de ogen gefixeerd, als een bokser die naar een opening zoekt om een slag uit te delen. En zijn stem had koud geklonken, alsof hij meer hield van principes dan van mensen.

Vanhees hield niet van zoveel onzekerheid, van het voorgevoel dat iets zijn plannen zou kunnen doorkruisen. Maar was dat niet normaal, vroeg hij zich nu af, die eigenlijk nodeloze ongerustheid vlak voor de vervulling van een levenslange wens?

Wie hem kende, wist dat hij geen koele kikker was. Integendeel, hij bruiste van de zintuiglijkheid en de empathie, maar als het op beslissen aankwam, koos hij voor de zakelijkheid. Dat gezonde duale had hij van zijn vader, die in 1946 met zijn gezin naar Congo was getrokken en daar veertien jaar als gewestbeheerder had gewerkt. Zelf was hij geboren in Brussel. Zijn moeder was voor de bevalling naar België overgekomen, maar hij zou haast heel zijn jeugd doorbrengen in Kisangani, in de Congolese provincie Haut-Congo. De vlucht naar België in 1960 had een vies litteken achtergelaten in de ziel van de twaalfjarige jongen die hij toen was. Hij was zijn hele verdere leven Congo blijven missen, als een hongerige baby die van de borst van zijn moeder was weggerukt. Het had iets met hem gedaan, die stap van een hete naar een koude wereld. In Congo had hij zich een prins gevoeld, de toekomstige erfgenaam van een groot rijk. Na die beloftevolle droom had hun appartement in Brussel als een gevangenis aangevoeld. En het had iets in hem doen ontwaken, dat er misschien niet was geweest als hij in dat wonderlijke land was gebleven.

Sinds de onbekende hier was ingebroken en het kostbaarste stuk uit zijn geheime verzameling had gestolen, was de wens om te vertrekken nog sterker geworden. Nieuwe veiligheidssloten, een alarminstallatie en zelfs een gepantserde deur hadden daar niets aan kunnen veranderen. Nu was er bovendien de vrees dat tijdens zijn afwezigheid het alarm zou afgaan en de politie de flat zou binnendringen en zich vragen zou stellen bij de beveiligde kamer met de geheime spullen.

Met de iPhone in de aanslag ging hij naar binnen. Bezoekers kregen alleen deze ruimte te zien. Doorgaans voelden ze zich geïntimideerd door de klassieke eenvoud van de inrichting met de Afrikaanse touch, de maskers en de speren aan de muren, de houten buste van zijn vader, het bloementapijt uit Kisangani en het reusachtige schilderij op bloemzakdoek met het ivoren kader, dat Henry Morton Stanley voorstelde terwijl hij de Congostroom afvoer. Het middeleeuwse kerkvaandel, met de beeltenis van Onze-Lieve-Vrouw Onbevlekte Ontvangenis in bladgoud, het enige stuk uit zijn geheime verzameling dat in deze ruimte hing, paste hier op de een of andere manier perfect bij. En hij wist dat de exotische geur de overrompeling compleet maakte, alsof de voorwerpen nog altijd de adem van Afrika uitbliezen. Wat natuurlijk een illusie was, daar zorgden de geurblokjes van vijftig eurocent voor, die hij in de Afroshop bij het station had gevonden.

Hij liep door de woonkamer en de hal naar de gepantserde deur die hij had laten installeren na de diefstal. Niet dat hij zich veel illusies maakte, een handige dief vindt altijd een weg. De onbekende had zich een toegang tot de woning verschaft door simpelweg de schuifdeur van het terras uit zijn kader te lichten. Vanhees tikte de code in en duwde de deur open. Automatisch gingen de lichten aan, ook de spots die gericht waren op de vitrinekasten, en die allemaal nog gevuld waren met hun kostbare inhoud: de kelken, de wierookvaten, de kandelaars en de andere kerkjuwelen, kunstig geornamenteerd en uitgevoerd in edele metalen. Er lag een misboek met een zilveren beslag uit het Constantinopel van de twaalfde eeuw. Er stond een stukje hout van de Ark van Noach. De wanden van de kamer waren behangen met kazuifels, dalmatieken en andere rituele gewaden. Soms moest hij zelf spontaan lachen om de overdaad, die hem een beetje deed denken aan een fanshop van een voetbalploeg.

De onbekende had precies geweten waarvoor hij kwam. Hij had

maar één ding gestolen, uitgerekend het kostbaarste juweel uit de verzameling: de gouden zonnemonstrans. Voor Vanhees was de diefstal een mokerslag geweest. Dat het stuk een fortuin waard was, beschouwde hij als bijkomstig. Het ging hem om de historische en emotionele waarde. De ontdekkingsreiziger Henry Morton Stanley had het meegenomen toen hij in 1879 in opdracht van koning Leopold II de Congostroom was afgevaren. Na de Congolese onafhankelijkheid in 1960 had een priester de monstrans van de rebellen kunnen redden en had hem teruggebracht naar België. Vanhees beschouwde het nu als zijn persoonlijke opdracht om het stuk weer naar Congo te brengen.

Strikt genomen was hij zelf een dief. Hij had zware risico's genomen om het juweel, dat eigendom was van de kerkfabriek van Diepenbeek, in handen te krijgen. Eigenlijk was het een ongelooflijk toeval geweest. Tijdens een tentoonstelling van kerkjuwelen, die hij het jaar voordien op het kloosterdomein van Zelem had georganiseerd, had een buitenlandse expert het stuk ontdekt. De heren van de Diepenbeekse kerkfabriek waren uit de lucht komen vallen. Zonder het te weten hadden ze al bijna een halve eeuw lang een van de kostbaarste monstransen ter wereld in hun kerkje staan, zonder beveiliging. Vanhees wist dat van waardevolle kerkjuwelen vaak kopieën circuleerden. Toen hij een replica had gevonden, had hij niet lang getwijfeld en die aan Diepenbeek bezorgd. Het origineel had hij gehouden. Die idioten van de kerkfabriek hadden niet eens het verschil opgemerkt, maar het was dan ook een haast perfecte replica, zelfs een expert zou het er moeilijk mee hebben gehad. Het was heel simpel, bedacht Vanhees: die kerels verdienden zo'n waardevol stuk niet. De diefstal beschouwde hij daarom als een noodzakelijk kwaad, een daad van culturele rechtvaardigheid. Hij voelde een woede in zich opstijgen als hij eraan dacht dat de onbekende het hier was komen stelen. Maar waarom uitgerekend de monstrans? Er was geen verband met de deal die ze hadden gesloten, maar het kon ook onmogelijk een toeval zijn. Hoe was die gek erachter gekomen dat hij het stuk in zijn bezit had?

In het midden van de kamer stonden twee metalen kisten met het deksel open. Hierin zou alles worden verscheept. Vanavond nog wilde hij met het inpakken beginnen.

Hij schrok toen de telefoon overging. 'Nummer onbekend', stond er op de display. Hij ademde diep in, nam de oproep aan en wachtte.

'Dag fratertje, ik ben het,' klonk na enkele seconden een kunstmatig babystemmetje.

Vanhees huiverde. Waarschijnlijk gebruikte de onbekende een of andere app om zijn stem te vervormen. 'Wat spreken we af?' vroeg Vanhees met klare stem. Hij had meteen spijt van de woordkeuze en de toon, die niet pasten bij de situatie. Niet hij, maar de ander schreef het scenario.

Het antwoord verbaasde hem dan ook niet.

'*Wij* spreken niets af, fratertje. *Ik* ga jou nu vertellen wat je moet doen en wanneer.'

18

In de late middag reed Zeiz naar het klooster van Zelem. De poort stond open, hij kon het domein ongehinderd oprijden. Er hing een troosteloosheid die hij in het duister van de vorige nacht niet had opgemerkt. De kloostergebouwen oogden broos als oude mannetjes tussen de stoere staketsels van de vers gegraven bouwputten en de agressieve graafmachines. Hij parkeerde zijn wagen op het erf en toen hij uit de oververhitte wagen in de iets minder hete wereld stapte, voelde hij de vermoeidheid in zijn benen hangen. Een man in een vuile overall stond bij de ingang van de koeienstal naar hem te kijken. Dit moest de boerenknecht zijn. Er viel verder niemand te bespeuren. De regionale coördinator Gerard Vanhees had hem verteld dat de fraters voorlopig in een opvangtehuis in Zonhoven woonden, in afwachting van hun definitieve verhuis naar het centrale congregatieklooster in Sittard. Franske, de boerenknecht, bleef nog enkele dagen om de dieren te verzorgen en zou dan ook naar Zonhoven verhuizen. Duidelijke woorden, alles was geregeld. Voor deze mensen was gezorgd.

Zeiz liep naar de man in de overall en vertelde wie hij was. 'En jij bent Franske Meertens, hè?'

'Ik weet niks, ik mag niks zeggen,' zei de man, terwijl hij Zeiz wantrouwig aanstaarde. Hij was klein en gedrongen en zijn hoofd leek te groot in verhouding met de rest van het lichaam.

In het verslag van de research over het klooster had Zeiz gelezen dat er vroeger een boerderijschool was geweest, waar minder begaafde jongens een opleiding kregen. Franske moest één van hen zijn geweest. Zeiz schatte hem tussen de veertig en vijftig jaar oud.

'Tegen mij mag je alles zeggen,' zei Zeiz. 'Ik ben van de politie.'

Er verscheen een schalkse lach op het gezicht van Franske. 'Kun je dat bewijzen?' vroeg hij.

Zeiz haalde zijn badge boven. 'Dat is mijn kaart van de politie.'

De man nam de kaart aan, bestudeerde hem met grote ogen en stak hem vervolgens in het borstzakje van zijn overall.

'Mag ik mijn kaart terug hebben?' vroeg Zeiz.

'Welke kaart?' vroeg de man met een uitgestreken gezicht.

Zeiz was even sprakeloos. Dit was een absurde situatie. Stel dat Franske de badge niet wilde teruggeven. Hoe moest hij een mentaal gehandicapte man daartoe dwingen? Met geweld? Moest hij hem arresteren?

'Dat is een politiebadge. Die kun je niet zomaar houden.'

Franske knipoogde naar Zeiz, terwijl hij vermanend met zijn vinger zwaaide. 'Goed geprobeerd,' zei hij. Zonder verder nog iets te zeggen draaide hij zich om en liep naar de stal.

'Hey, mijn badge,' riep Zeiz hem na. Maar Franske was op een drafje in de stal verdwenen. Zeiz rende achter hem aan naar binnen. In de stal hing een penetrante urinegeur, die in zijn ogen prikte. Ramen en deuren waren opengegooid, maar er was geen zuchtje wind, de hitte hing gevangen onder de verbogen stalen golfplaten. De koeien in hun boxen staakten hun geklaag en staarden hem uitdrukkingsloos aan.

Zeiz gooide een deur open en liep door een onverlichte gang, waar de muren onder de spinnenwebben zaten. Hij kwam terecht op een binnenplein met een mesthoop, die lag te dampen in de zon. De stallen eromheen zagen er met hun dichtgetimmerde ramen verlaten uit. Ergens druppelde water. Hij ging weer naar binnen en sloeg op goed geluk een andere gang in. Een deur stond open. Hij tastte over het gebarsten pleisterwerk naar een lichtknop. Hij drukte de knop in, het licht ging aan. Toen hij de kamer binnen stapte, sloeg de bedorven lucht hem in het gezicht. Het was er klein en smerig en hij moest de vliegen van zich af slaan. Er stonden een met stickers versierde plastic kast en een metalen stapelbed, waarvan alleen het bovenste bed een matras had. Verspreid over het vale linoleum lagen kleren en lege voedselverpakkingen. De muren waren ontsierd door vocht- en schimmelplekken. Er hing een foto, een close up van Franske die trots achter het stuur van een vrachtwagen zat. Zeiz nam de foto van de muur om hem van dichtbij te bekijken. Op de achterkant stond een datum: 17 juli 2012. Vervolgens trok hij een lade van de kast open. Die lag vol met kaartjes, met elastiekjes samengebonden tot bundeltjes: buskaartjes, naamkaartjes, geboortekaartjes. Blijkbaar was Franske een verwoede verzamelaar. Eén bundeltje bevatte kaartjes van religieuze oorsprong. Op één zijde stond de een of andere beeltenis van Jezus en op de andere zijde een naam en een geboorte- en sterfdatum. Het waren overlijdenskaartjes, aan de data te oordelen van gestorven kinderen. Toen schoot hem de precieze naam te binnen: bidprentjes. Zijn grootmoeder had ook de bidprentjes van overleden familieleden en vrienden bijgehouden. Zeiz liet ze een voor een door zijn handen gaan en stak ze vervolgens samen met de foto in zijn zak.

Hier woonde Franske dus. De mindervalide man die in zijn eentje de boerderij runde voor de chique Gerard Vanhees en zijn congregatie van fraters. Officieel kreeg Franske in ruil voor zijn werk een invaliditeitsuitkering. Zeiz nam zich voor uit te zoeken hoe dit in werkelijkheid was.

Toen hij weer buiten was, bleef hij besluiteloos om zich heen kijken. De zon scheen genadeloos op de door God en mens verlaten stallen en landerijen. Het was windstil, maar er leek een wolk van stofzand boven het erf te hangen. Zeiz verbeeldde zich dat de ondraaglijke stilte resulteerde in een enorme explosie, die heel het terrein met alles wat erop stond in één klap plat zou leggen. Wat projectontwikkelaar Degreef meteen de kosten van de afbraakwerken zou besparen, bedacht hij wrang.

Zeiz wandelde naar het kloostergebouw. Op de een of andere manier leek hier een orde in het landschap te zitten. Ondanks het samenraapsel van oude en nieuwe gebouwen had het uitzicht iets idyllisch. Het grasplein voor het kloostergebouw was met de andere graspleinen verbonden door paadjes, die amper een karrenspoor breed waren en afgezoomd waren met enorme platanen. Het klopte wat op de website van de stad Hasselt stond: het domein straalde de aanwezigheid van een sterk verleden uit. Zeiz had zich eigenlijk voorgenomen om een wandeling te maken over het domein, maar die onderneming leek hem nu zonder plattegrond zinloos.

De ingang boven het bordes was verzegeld. Hij peuterde het zegel los en ging naar binnen, naar de werkkamer van de vermoorde

Guillaume Devos. Van de Spartaanse orde die ze er de vorige nacht hadden aangetroffen, was niets overgebleven. Zijn collega's van de sporenzekering hadden grondig huisgehouden: het kamertje leek ontmanteld, zelfs de lambriseringen hingen los aan de muren. Op de tekentafel, tussen andere rommel, vond Zeiz het boekje van Thomas van Aquino. Hij stak het in zijn zak.

Hij vroeg zich af wie de man was die na het tragische auto-ongeval en de dood van zijn vrouw en zijn dochter alle contact met de rest van zijn familie had verbroken, behalve met zijn broer Jurgen, en die hier vervolgens jaren als een kluizenaar had geleefd. Het onderzoek naar het ongeval had geen aanwijzingen van strafbare feiten opgeleverd. Devos was niet dronken geweest. Door een plotse stortregen was de wagen geslipt en tegen een vangrail terechtgekomen. Zijn vrouw en dochter waren op slag dood geweest. Hijzelf was zwaargewond. Devos was een succesvol architect geweest. Hij liet een vermogen achter dat niet nauwkeurig te becijferen viel, omdat er veel onroerend goed tussen zat, maar het werd geschat op minstens een miljoen euro. En daar kwam nu natuurlijk ook het commissieloon voor de plannen van het kloosterproject bij.

Toen hij weer buiten stond, in de schaduw van de hoge kloostergevel, belde Zeiz naar het politiebureau in Hasselt en liet zich doorverbinden met hoofdinspecteur Louis Das van de lokale politie, die instond voor de bewaking van het domein. Das was een uitstekende politieman met een warme persoonlijkheid, die kort voor zijn pensioen stond. Zijn agenten hadden geen melding gemaakt van bijzondere feiten, zei Das. Alleen was er in de voormiddag dat jammerlijke conflict geweest met die nieuwe inspecteur van de recherche. 'Maar dat zal je wel al gehoord hebben.'

'Niemand heeft mij iets gemeld,' zei Zeiz verbaasd.

'Ik dacht dat je me daarvoor belde. Mijn mannen hadden vanmiddag een verdacht personage over het domein zien lopen. Nu ja, voorlopig mag daar niemand komen zonder politiebegeleiding, behalve de boerenknecht. Zoals je weet zijn zelfs de bouwwerken stilgelegd tot het einde van de week. Mijn mannen hebben dat verdachte individu dan maar gearresteerd. En toen bleek het om een agent te gaan. Momentje...' Er klonk geritsel van papieren. 'Knoops. Inspecteur

Leo Knoops.'

Zeiz ademde diep in. Het ergerde hem dat deze Brusselse agent, die zonder duidelijke reden aan zijn team was toegevoegd, op eigen initiatief onderzoeksdaden verrichtte.

'En wat was Knoops daar aan het uitvoeren?' vroeg hij.

'Verkenning van het terrein rond de plaats delict, beweerde hij. Orders van hogerhand.'

'Wie is hogerhand?' vroeg Zeiz.

'Geen idee. Maar hij zou aan jou rapporteren. Dus ik nam aan dat je op de hoogte was. Maar dat is dus niet zo. Is hij nieuw in jouw team?'

'Eigenlijk hoort hij niet bij ons,' zei Zeiz. 'Brussel heeft hem gestuurd, zogezegd als versterking.'

Das floot. 'Het is een delicaat onderzoek, daarom. Laat je dit gezegd zijn door een oude aap: let op de angels en valkuilen. Die heren daarboven zijn voor geen haar te vertrouwen.'

Ergens boven Zeiz begon een ouderwets klokkenspel te luiden, een vals geklingel dat zijn trommelvliezen teisterde. Zeiz drukte de gsm vaster tegen zijn oor. 'Onze chefs hebben het druk met hun stoelendans,' merkte hij op.

Das grinnikte. 'Denk maar niet dat ze niet weten waar jij mee bezig bent, jongen. Ik zou heel goed opletten, als ik jou was. Waar ben je nu? Bij de trap van de kloosteringang?'

'Dat klopt. Hoe weet je dat?'

'Ik hoor het klokkenspel.'

Zeiz hief zijn hoofd op naar de gevel met de donkere ramen, die de indruk gaven al in een eeuwigheid niet meer te zijn geopend. Vergroeid met de vuile bakstenen onder de nok prijkte een klok met Romeinse cijfers.

'Volgens de fraters Constantijnen is het nu halfzeven,' zei Zeiz. 'Ze lopen dus voor op hun tijd.'

Das lachte. 'Dat was vroeger ook al zo. Ik heb zes jaar in de fraterschool gezeten en toen was het ook altijd halfzeven. Volgens frater Vincentius, die toen directeur was, is op 3 juni 1963 de klok als bij wonder zo blijven staan. Dat was de dag dat paus Johannes XXIII, in zijn ogen een ketter, stierf. Dat noemde hij een ezelsbruggetje.'

'Aha?' Zeiz wist niet wat Das bedoelde.

'Hij wilde dat we de sterfdatum van paus Johannes XXIII niet zouden vergeten. En met die stilstaande klok is hem dat gelukt, ik weet het nog altijd, na vijftig jaar. Maar de fraters waren echt voor op hun tijd. Ik spreek nu van de jaren zestig. Wij kregen dactylolessen volgens een toen ultramoderne methode. En de zwemlessen waren verplicht vanaf het eerste leerjaar. In het klooster was trouwens een zwembad.'

'Jij hebt blijkbaar goede herinneringen aan de fraterschool?'

'Ja. Ik weet het, er zijn een paar schandaaltjes geweest. Er is een frater beschuldigd van pedofilie. En er waren allerlei geruchten…'

'Maar jij bent zelf nooit lastiggevallen?'

Even was het stil. Toen zei Das: 'Niet echt.'

Zeiz was verbaasd over dat antwoord. 'Wat moet ik me daarbij voorstellen? Ben je dan maar een beetje lastiggevallen?'

'Zo ongeveer,' zei Das.

'Maar je hebt nooit een klacht ingediend?'

'In godsnaam, nee. In mijn geval ging het alleen maar over… nu ja… aanrakingen en dat soort dingen. Ik heb er geen trauma aan overgehouden, begrijp je?' Das maakte een grommend geluid. 'Maar wat ik nooit zal vergeten zijn de losse handjes. De lijfstraffen. Dat mocht toen nog, hé. Regelrechte terreur was dat. Mijn vrouw zegt dat ik soms nog roep in mijn slaap. Wel, dat is dan een van die fraters die mij vijftig jaar na datum weer aan het aftroeven is.'

Het was al negen uur voorbij toen Zeiz zijn auto naar het binnenplein van het politiebureau leidde. Sinds de sabotage van zijn remleiding parkeerde hij zijn auto daar. Hij genoot van de korte wandeling naar huis. De straten waren zo goed als leeg. Het viel hem op dat in de meeste huizen de ramen waren gesloten. Toen herinnerde hij zich ergens te hebben gelezen dat de verkoop van airco-installaties was geëxplodeerd. Waarschijnlijk was dat de verklaring voor de gesloten ramen.

Hij stond op het punt het flatgebouw binnen te gaan toen hij een personenwagen aan de overkant zag staan. Er zat een man in die een donker toestel in zijn hand hield. Zeiz stak de straat over. Hij her-

147

kende de jongeman meteen, het was Davy Smolders, een fotograaf van het Belang van Limburg. Davy was een van de journalisten en fotografen die in het politiebureau een voorkeursbehandeling kregen. Om de een of andere reden was het altijd Davy die verwittigd werd als er nieuws te rapen viel. Davy hield een fototoestel op zijn schoot en keek Zeiz onzeker aan. Ze begroetten elkaar.

'Heb je foto's van mij gemaakt?' vroeg Zeiz. Eigenlijk wist hij wel zeker dat hij dat had gezien.

Davy knikte en glimlachte. 'Ja, Kareem, je bent beroemd.'

Zeiz voelde zijn bloed sneller stromen. Hier klopte iets niet. 'Waarom maak je foto's van mij?'

'Zoals ik al zei, je bent...'

Zeiz voelde een woede in zich opstijgen. Hij sloeg met zijn hand hard op het dak van de auto. 'Geen grapjes, Davy. Waarom? Wie heeft jou die opdracht gegeven?'

Davy dook geschrokken terug in zijn autostoel. 'Ik weet het echt niet, Kareem. Opdracht van de krant. Je weet hoe dat gaat, de eindredactie stuurt me ergens naartoe en ik maak foto's.'

Zeiz aarzelde. De man loog. Heel even dacht hij eraan om hem het fototoestel af te pakken. Toen draaide hij zich zonder afscheid te nemen om en ging het appartementsgebouw binnen.

In de brievenbus zat een gele envelop. Er zat een sticker van de luchtpost in de linkerbovenhoek. De afzender was zijn moeder. Hij voelde zijn hart overslaan. Dat beloofde niet veel goeds. Het gebeurde zelden dat zijn moeder hem een brief stuurde. Meteen nadat hij de deur van zijn flat achter zich had dichtgeslagen, scheurde hij de envelop open. De brief die erin zat bestond uit één blad gelig papier met een in het Arabisch geschreven tekst. Zeiz keek er beteuterd naar. Hij verstond vrij goed Arabisch en hij kon het ook redelijk spreken, maar lezen en schrijven had hij nooit geleerd. Tijdens zijn vakanties in Tunesië en de verplichte bezoeken aan de madrassa had hij de teksten uit de Koran gewoon uit het hoofd geleerd. Er waren citaten die hij nog woordelijk kon citeren. Onder aan de brief herkende hij de handtekening van zijn moeder. Een wrang gevoel nestelde zich onder zijn ribben. Hij ging op het bed liggen en sloot zijn ogen, terwijl hij tegen de tranen vocht.

Het was nu meer dan een jaar geleden dat hij nog iets van zijn moeder had gehoord. Ze zou hem niet schrijven als het niet belangrijk was. Maar ze wist ook heel goed dat hij dit niet kon lezen. Voor hem voelde het aan als een zoveelste verwijt dat hij zijn Arabische roots had verwaarloosd. Haar enige zoon, die haar nog geen kleinkinderen had geschonken, was zelfs zijn eigen taal niet machtig. Plotseling, terwijl hij op het bed lag waar hij de laatste weken met een illegale vrouw seks had gehad, kreeg hij het gevoel dat hij een man zonder eigenschappen was en dat zijn leven één grote mislukking was.

19

Toen Zeiz in zijn gloeiend hete Citroën Berlingo was geklommen, schreef hij de kilometerstand op een papiertje dat hij in zijn broekzak stak. Hij had geprobeerd een dienstwagen te bemachtigen. Tevergeefs, zoals voorspelbaar was. De secretaresse van de logistieke dienst had hem op het nutteloze van zijn vraag gewezen, aangezien een reservering was vereist, minstens drie dagen op voorhand. Wist hij dat nog altijd niet? Zeiz verontschuldigde zich. 'Dan zal ik de arrestatie enkele dagen moeten uitstellen,' zei hij.

Hij reed op goed geluk naar Lanaken om met Jurgen Devos, de broer van de vermoorde Guillaume Devos, te praten. Zijn intuïtie volgend had hij besloten geen afspraak te maken. Van Sterckx wist hij dat de man totaal aangeslagen was geweest door het bericht van de dood van zijn broer en geweigerd had met de politie te praten.

Jurgen Devos had twintig jaar geleden, na de dood van hun vader, de steenbakkerij overgenomen. Maar het ging niet goed met het familiebedrijf. Enkele jaren geleden was een nieuwe steenpers aangekocht, een investering van ongeveer anderhalf miljoen euro, die niet had gerendeerd en die het bedrijf in de schulden had gestort. Door de handelsrechtbank was uitstel van betaling verleend en Devos kreeg een half jaar respijt om zijn zaak te reorganiseren. Jurgen Devos had een motief voor de moord op zijn broer: hij was diens enige erfgenaam.

De straten waren bijna verlaten, als op een autoloze zondag. Misschien had de meedogenloze zon eindelijk haar doel bereikt, bedacht Zeiz, en waren de geesten van de mensen in een staat van chronische apathie beland. Ze kropen ontredderd weg in hun met airco gekoelde holen en wachtten het einde van de wereld af. Zeiz voelde de lauwe wind door zijn haren strijken. Een vage braadgeur waaide zijn auto binnen. Ergens had iemand toch nog de moed gevonden een laatste barbecue aan te steken.

Het bedrijf Brikstein van Jurgen Devos was gevestigd op een industriepark. Zeiz parkeerde zijn auto op het grind voor het kantoorgebouw, een moderne constructie met veel glas. Er was geen activiteit, maar het bedrijf maakte niet de indruk dat het op de rand van het faillissement stond. Hij liep door een moderne toonzaal, over een mozaïek van klinkervloeren, en langs muren opgetrokken uit verschillende gevelstenen. In de open magazijnen lagen de verschillende soorten bakstenen keurig opgestapeld. Het was allemaal bijna te clean.

Hij liep om het gebouw heen. Het achterste deel fungeerde als woning. Op een terras stond een vrouw van middelbare leeftijd onder een enorme parasol. Ze was iets in een steen aan het beitelen. Een abstract kunstwerk, vermoedde hij, want hij kon er geen vorm in herkennen. Toen de vrouw hem zag, kwam ze naar hem toe en zei: 'We zijn vandaag gesloten.' Zeiz stelde zich voor en probeerde niet te opzichtig naar haar te staren. Zoals ze daar stond, pezig gebouwd en met een natuurlijke bruine teint, vond hij haar onweerstaanbaar knap.

'Dus u bent van de politie?' zei ze nadenkend, terwijl ze de werktuigen op een tafel legde en haar handen afveegde aan haar broek. Haar blik was open en nieuwsgierig. 'Zeiz? Dat klinkt Duits,' zei ze. Ze gaf hem een hand. 'Ik ben Ellen, de vrouw van Jurgen. Ik roep hem even en dan laat ik u rustig alleen met hem praten.' Ze verdween in het woonhuis.

Even later verscheen een magere, vermoeid uitziende man in een donker gekreukt pak. 'U komt voor mijn broer?' zei hij, alsof hij het over een levende persoon had. 'Ik heb uw collega, die jonge reus, ik ben zijn naam vergeten, eergisteren een beetje onheus behandeld. Hij kan er ook niets aan doen dat hij een flik is, zeker? Maar wat wilt u dat ik zeg? Mijn broer is dood, ik heb zijn lijk gezien, dus het zal zo wel zijn. Er is iets gebeurd dat ik niet begrijp. Op dit ogenblik is het ook iets dat ik niet wil begrijpen, denk ik. Vanmorgen ontwaakte ik voor de eerste keer in mijn leven met het gevoel dat ik liever nooit meer wakker was geworden. By the way, wat vindt u van mijn pak?'

Zeiz was zelf verbaasd over zijn snelle antwoord. 'Het is uiterst geschikt voor een begrafenis,' zei hij.

Op Devos' gezicht verscheen een vage glimlach. 'Dat heeft u mooi gezegd, mijnheer Zeiz. Ik heb het destijds gekocht voor de begrafenis van Denise en Evi…' Hij keek Zeiz aan. 'Ik neem aan dat u op de hoogte bent…'

'Het auto-ongeval waarbij de vrouw en dochter van uw broer zijn omgekomen?' vroeg Zeiz.

Devos veegde denkbeeldige pluisjes van zijn jasje. 'Ik heb er vannacht in geslapen en ik heb besloten het aan te houden tot na de begrafenis van Guillaume. Nu ja, slapen kon ik niet. Ik lag naast Ellen, op mijn rug, met de ogen gesloten, en luisterde naar haar ademhaling… Wanneer wordt zijn lichaam vrijgegeven?'

'Dat hangt van de autopsie af,' zei Zeiz.

'Voorspelbaar antwoord,' zuchtte Devos. 'Oké, stel een vraag, dan zal ik kijken of ik een antwoord vind.'

'Wanneer heeft u uw broer het laatst gezien?'

Devos glimlachte alsof hij die vraag had verwacht. 'Ons laatste contact dateert van vorige week maandag, tussen half een en tien over half een. Guillaume weet dat ik dan mijn middagpauze neem. We zijn allebei gewoontedieren, al van toen we kind waren. Het is misschien ook een familietic. Mijn vader was zoals Emmanuel Kant: als die zijn hoed opzette en de deur uitging, wist je hoe laat het was. Guillaume kwam bij mij langs om mijn raad te vragen over een probleem. Althans, dat was zijn bedoeling…'

'Maar?'

'Ik had de winkeldeur niet gesloten en er kwamen klanten binnen. Guillaume zei dat hij in de loop van de week nog eens zou binnenspringen, maar het is er dus niet meer van gekomen…'

'Dat probleem waar hij mee zat, zou dat verband kunnen houden met zijn dood?'

Devos keek geschrokken op. 'Ik durf er niet aan te denken. Want als dat zo is, dan had ik misschien zijn dood kunnen voorkomen door met hem te praten.'

'Weet u over welk probleem hij wilde praten?'

'Het had met die fraters te maken,' zei Devos. 'Nu, Guillaume en ik kennen die hypocriete prelaten al langer. We hebben onze basisschool bij hen gelopen. Ze hebben in het verleden hun leerlingen seksueel misbruikt. Mishandeld. Ze hebben mensen gebruikt. Ze hebben gezondigd tegen alle tien de geboden. Dat zullen de mensen van Zelem kunnen bevestigen.'

'De enige officiële klacht die ik heb kunnen terugvinden is die tegen frater Spier,' zei Zeiz.

Devos knikte. 'En die was verjaard. Maar tegen Spier was jaren voordien al een klacht ingediend bij het bisdom. Ze hebben die vieze man toen verplaatst en na zijn pensionering weer naar Zelem gehaald. Maar Spier was lang niet de enige viezerik. Er waren er nog die hun handen niet konden thuishouden. Nu kunnen we daar openlijk over praten, maar in mijn jonge tijd was dat taboe. Ik weet het nog goed, Guillaume kwam op een dag thuis en zei dat hij niet meer naar de zwemles in het klooster wilde gaan, omdat een van de fraters in de kleedkamer aan zijn piemel was gekomen. Nu, dat was mij ook al een paar keer overkomen, maar ik had niets durven zeggen. Mijn vader is toen met de directeur van de fraterschool gaan praten. Ze hebben ons daarna niet meer lastiggevallen. Je moet weten, mijn vader was een ondernemer, iemand met geld en invloed, daar hadden de fraters ontzag voor. Maar de andere jongens, zeker die uit de lagere sociale klassen, moesten het blijven ondergaan. Een officiële klacht indienen, dat deed niemand.' Hij keek Zeiz vermoeid aan. 'Heeft er ooit een imam aan uw piemel gezeten, mijnheer Zeiz?'

Zeiz schudde het hoofd. 'Moslims doen dat niet. Pedofilie is een christelijke ziekte.'

Devos staarde hem verbijsterd aan en schoot toen in een lach, die overging in een amechtige hoest.

'Wat mij verbaast,' zei Zeiz, 'is dat uw broer daar vrijwillig is gaan wonen.'

'Mij verbaasde dat niet. Guillaume was een gelovig man. Als kind droomde hij ervan priester te worden. En zoals ik al zei, Guillaume en ik werden over het algemeen goed behandeld. Wij hebben goede herinneringen aan de fraterschool.'

'Maar u was op de hoogte van het misbruik?'

'Iedereen was op de hoogte. Iedereen in Zelem en omstreken wist het. De tijden zijn veranderd, mijnheer Zeiz. Vroeger hielden we onze mond. Nu wordt met kinderen omgegaan als waren het kasplantjes. In onze tijd waren lijfstraffen bijvoorbeeld nog normaal. Ik durfde thuis niet te zeggen dat ik van een frater een mep had gekregen, want dan kreeg ik van mijn vader nog een mep erbij. Volgens mij was die algemeen verspreide fysieke terreur nog veel erger dan het seksuele misbruik. Incidentele meppen en zware lijfstraffen waren in de fraterschool dagelijkse kost. En in de andere scholen was het net zo. Wij vonden dat normaal. Een mens kan veel verdragen. Maar achteraf bekeken was het een schande, wat die fraters met hun jongetjes deden. Ik denk dat het sadisten waren. Heeft u ervaringen met de scholen in Tunesië?'

Zeiz keek verbaasd op. 'Hoe weet u…?'

'Ik hoorde hoe u zich aan mijn vrouw voorstelde,' zei Devos. 'Ik zat aan de computer en heb u meteen gegoogeld. Lijfstraffen worden in een groot deel van de wereld nu nog als heel normaal beschouwd.'

'Het probleem van uw broer had iets met de fraters te maken, zei u. Wat bedoelt u precies?'

'Het achtste gebod. Gij zult niet stelen. Ze hebben van het stelen een systeem gemaakt. Ik geef u een voorbeeld. In mijn tijd was het gebruikelijk om jongens met een mentale achterstand of een leerachterstand tewerk te stellen in de kloosterboerderij. Daar kregen ze dan zogezegd een opleiding. In werkelijkheid werden ze door de fraters uitgebuit. Eén van die gasten zit daar nog altijd. Franske. Hij werkt zich al zijn hele leven te pletter voor kost en inwoning. Zijn uitkering als gehandicapte gaat op een rekening van de congregatie en zij geven hem een aalmoes.' Devos grijnsde. 'Vanhees beheert het geld, hij is de spin in dat vettige web, hij heeft ook de verkoop van het domein geregeld. En er zijn volgens mijn broer dingen gebeurd die niet door de beugel kunnen.'

'Bij de verkoop van het klooster aan Degreef & Partners?

Devos knikte. 'Maar hij heeft mij dus niet meer kunnen vertellen wat precies. Wat ik wel weet, is dat hij bij de bisschop is geweest. Die hem dan beloofd zou hebben dat ze het probleem zouden aanpakken. Maar ik vrees dat hij bij de duivel is gaan biechten.' Devos glimlachte. 'U weet hoe katholieken zijn…'

'Nee, dat weet ik niet,' zei Zeiz.

'U bent moslim?'

'Nee, ook niet.'

'Ik geloof in het karma,' zei Devos, 'maar daar houdt het dan ook op. Niet dat u nu moet denken dat ik een boeddhist ben. Mijn broer was een diepgelovig christen. Hij geloofde werkelijk dat er een goede God was die aan het einde der tijden een afrekening komt maken. Je moet dus tijdens je leven de hemel verdienen. Zoals u weet hebben de katholieken dat handig opgelost: zij hebben het sacrament van de biecht uitgevonden. Ze kunnen alle zonden begaan, daarna gaan ze biechten en hun geweten is weer zuiver. Dat is bij protestanten anders: die blijven met een slecht geweten rondlopen.'

'Acht u een van de fraters in staat om uw broer te vermoorden?' vroeg Zeiz.

Devos lachte luid. 'Ik acht die fossielen tot niets meer in staat. Tenzij Vanhees, maar die mijnheer maakt zijn handen zelf niet vuil. Het probleem van mijn broer had met het bouwproject te maken. U moet weten, hij was een idealist. Een succesvolle idealist, dat wel, maar hij heeft waarheid en rechtvaardigheid altijd hoog in het vaandel gedragen. En al zijn ontwerpen waren sociaal en ecologisch geïnspireerd. Dat wisten ze bij Degreef en daar hadden ze ook geen probleem mee. Integendeel, ze maakten maar al te graag gebruik van zijn diensten. Zo konden ze hun projecten een inhoud meegeven, een maatschappelijk cachet.'

'Met zo'n bouwproject is veel geld gemoeid, bedoelt u dat?'

'Het slijk der aarde,' knikte Devos. 'Wat anders? Voor mijn broer was geld van nevenbelang. Natuurlijk zou hij als ontwerper een pak geld vangen. Hoe groter het project, hoe hoger het commissieloon...'

Ze hadden de hele tijd rechtopstaand gepraat, maar nu schuifelde Devos naar een van de tuinstoelen onder de parasol en liet zich erin zakken alsof het gesprek hem had uitgeput. Hij wees naar een andere stoel. Zeiz ging tegenover hem zitten. 'U moet weten,' ging Devos verder, 'dat er tijden zijn geweest dat ik vreselijk jaloers was op Guillaume. Hij had goud in zijn vingers, zei mijn vader altijd. Hij was een schitterende student. Hij had als architect onmiddellijk succes. En ik... De wens van mijn vader was dat hij het bedrijf zou overnemen.'

'Uw broer was van het zware ongeval vier jaar geleden niet helemaal hersteld. Hij deed nogal vreemd…'

Devos keek met een ruk op. 'Hij had een hersentrauma en lag enkele dagen in een coma. Volgens de neuroloog was het een wonder dat hij weer wakker werd. Maar Guillaume heeft altijd vreemd gedaan. U weet toch dat idealisten eigenlijk egoïsten zijn. Hun werk, dat ze op een altaartje plaatsen, is belangrijker dan al het andere. De mensen van wie ze beweren te houden, komen op de tweede plaats. Maar hij was mijn broer. Mijn enige zekerheid in dit kloteleven…'

'Werd er gesjoemeld bij de verkoop van het domein?'

'Guillaume was ergens op gestoten, iets dat hem vreselijk kwaad maakte. Meer weet ik ook niet.'

Zeiz besloot niet verder aan te dringen. 'Over geld gesproken,' zei hij. 'Guillaume was een vermogend man en u bent zijn enige erfgenaam. Is dat zo?'

Devos glimlachte vermoeid. 'De onuitgesproken beschuldigingen zijn de ergste,' zei hij.

'Ik voer een moordonderzoek en ik moet dus ook vervelende vragen stellen,' zei Zeiz. 'Klopt het dat uw bedrijf in zware problemen zit?'

'U bedoelt dat we bijna failliet waren?' vroeg Devos. 'De surseance is op 31 maart opgeheven. Die informatie kunt u vrij op het internet vinden. We kunnen onze schuldeisers namelijk weer betalen. De bestellingen lopen binnen, dankzij de crisis. Een aantal van onze concurrenten zijn ondertussen echt failliet gegaan. Onze klanten komen vooral uit Duitsland en daar zit de bouwsector in de lift. De Duitse overheid kan bijna gratis lenen en investeert nu in bouwprojecten. Het kan verkeren, zei Bredero. De zware investering die we enkele jaren geleden hebben gedaan en die ons bijna de kop heeft gekost, is nu onze redding.'

Ze namen afscheid. Het terras was verlaten, de vrouw van Devos was nergens meer te bespeuren. Zeiz betrapte zich op een gevoel van teleurstelling. In het voorbijgaan wierp hij een blik op het beeldhouwwerk van Devos' vrouw. Het was geen abstract beeld, zag hij nu, het was de buste van een man zonder hoofd.

Terug in Hasselt ging Zeiz bij El Moodi langs. Hij had hem gisteren de in het Arabisch geschreven brief van zijn moeder doorgefaxt. De advocaat was onmiddellijk bereid gevonden hem te vertalen. Een zuiders uitziende vrouw van middelbare leeftijd, met een streng voorkomen en helemaal in het zwart gekleed, deed de deur open. Ergens in het huis riep een mannenstem iets in het Arabisch.

'De meester heeft bezoek,' zei de vrouw. Ze overhandigde hem de vertaling.

Zeiz bedankte haar: 'Jaazak allah.'

'Ma'a al salama,' antwoordde ze tot zijn verbazing in het Arabisch.

Zoals Zeiz al vreesde, had zijn moeder geen goed nieuws te melden. In zijn kantoor in het politiebureau las hij de brief. Na de dood van haar vader enkele jaren geleden was zij in het ouderlijke huis blijven wonen, een schikking waar alle kinderen en kleinkinderen zich in hadden kunnen vinden. Maar nu had de man van zijn zus, Ahmed Zahar, de anderen ervan kunnen overtuigen het huisje toch te verkopen. Dat betekende dat zijn moeder eruit moest. Aangezien ze nauwelijks een eigen inkomen had, moest ze bij haar dochter en schoonzoon gaan inwonen en dat weigerde ze. Zeiz voelde woede in zich opstijgen als hij aan Ahmed dacht. De zakenman, twintig jaar ouder dan zijn zus, was altijd onderweg ergens in Noord-Afrika voor zijn duistere handeltjes, waarmee hij naar eigen zeggen veel geld verdiende. Hij was een autoritaire en egoïstische Arabier. Wat beoogde hij met deze actie? Een persoonlijk voordeel natuurlijk. Winst. Zijn moeder schreef dat ze 186 euro per maand nodig had om zelfstandig te kunnen wonen. Hoe kwam ze aan dat precieze bedrag? Was dat de huurprijs die Ahmed vroeg voor het oude huisje? Of was zijn moeder van plan het te kopen en was dit bedrag de maandelijkse afbetaling van de lening?

Zeiz zuchtte. Een steek in zijn maag deed hem in de lade van zijn bureau naar zijn Rennietabletten zoeken. Hij vond nog één tablet onder een stapeltje papieren. Terwijl hij erop kauwde, probeerde hij te becijferen hoe hij dit probleem moest oplossen. Eigenlijk was het eenvoudig: het was onoplosbaar, hij had geen geld. Na de betaling van El Moodi en de kosten van de garage zou zijn bankrekening zo goed als leeg zijn. En de maand was nog niet eens om. Hij besloot om de volgende dag aan Vera te vragen of ze al nieuws had over zijn ingediende onkostennota. Als hij de vergoeding die hij had gevraagd terugkreeg, had hij een beetje financiële ademruimte. En dan kon hij zijn moeder helpen. Onder op de brief stond een rekeningnummer, dubbel onderlijnd. De cijfers staarden hem brutaal aan.

Het gesprek met Jurgen Devos kwam hem weer voor de geest. De man wist meer dan hij had verteld. Was zijn broer op financieel gesjoemel gestoten? Moest hij daarom sterven? Zijn oude chef uit Brussel, Omer Lesage, beweerde dat iemand die hardnekkig iets verzwijgt altijd onbewust een tip geeft. Hoe zat dat met Jurgen Devos? Een steenbakkerij leverde aan bouwbedrijven, die op hun beurt hun diensten aanboden bij projectontwikkelaars. En ze hadden allemaal hetzelfde doel.

Hij stond op en ging voor het open raam staan kijken naar het binnenplein dat bakte in de zon. Zijn oude Berlingo stond er tussen de andere blinkende automobielen. Weemoed nestelde zich onder zijn oogleden. Het gevoel dat hij er niet echt bijhoorde.

Maar er was iets dat alles en iedereen in deze waanzinnige wereld met elkaar verbond. En dat was geld.

20

In de schaduw van het afdak zat een magere man van een jaar of zestig gehurkt, die onmiddellijk opstond toen hij Zeiz zag aankomen. Hij had een dun snorretje en droeg een enorme bril met gouden montuur. Hij maakte een gedistingeerde indruk. De man stelde zich voor als Jef Holsbeek.

Holsbeek was de verrassing die zijn vader voor hem in petto had, toen hij in Allelanden aankwam. Pema en de Rat brachten een bezoek aan een winkelcentrum in Anxerre, een stadje in de buurt, en zouden 's avonds pas terugkomen. 'Ze kunnen goed met elkaar opschieten, dat zei ik je toch al,' zei zijn vader met een gemene grijns.

'Ik had al de eer en het genoegen jou te mogen ontmoeten, Kareem,' zei Holsbeek, terwijl hij Zeiz' hand langer vasthield dan nodig. 'Ik mag toch Kareem zeggen? Wij zijn hier onder kameraden. We vechten voor dezelfde goede zaak, nietwaar.'

Zeiz herinnerde zich dat hij Holsbeek inderdaad een jaar geleden had ontmoet, op de eenmeiviering van de socialistische partij in Hasselt, waar zijn vader hem naartoe had geloodst. De man had geen onsympathieke indruk gemaakt. Maar Zeiz had net als toen het gevoel dat hij in de val was gelokt.

'Ja, ik zie dat je het weer weet,' zei Holsbeek op een aardige, maar schoolmeesterachtige toon. 'Eén mei vorig jaar, hè? Ik heb je toen geïntroduceerd bij de minister. Is alles naar wens verlopen sindsdien?'

Zeiz aarzelde. Wat moest hij zeggen? Zijn overstap naar de Hasseltse recherche was niet bepaald rimpelloos verlopen. Een jaar geleden had zijn vader buiten zijn wil om zijn politieke vrienden aangesproken toen hij dreigde geschorst te worden. Ze hadden hem uit de penarie geholpen.

'Mijn zoon wacht nog altijd op zijn promotie,' zei zijn vader.

Zeiz keek zijn vader vernietigend aan.

'Ik neem aan dat u daarvoor niet naar hier bent gekomen, mijnheer Holsbeek,' sprak Zeiz.

'Heb ik weer iets verkeerds gezegd?' vroeg Zeiz' vader met gespeelde verbazing. 'Oké, ik ga al. Als jullie iets nodig hebben, geef me dan een seintje.' Hij knipoogde naar Holsbeek en verdween.

'Je vader heeft het hart op de tong,' zei Holsbeek. 'Hij komt uit een tijdperk waarin het vanzelfsprekend was dat de partij haar gezag aanwendde om de carrière van de kameraden in goede banen te leiden.'

Zeiz knikte. Hij was er zeker van dat het tijdperk van ons kent ons nog niet voorbij was, maar hij had geen zin om hierover te discussiëren. Trouwens, Holsbeek zelf straalde met heel zijn verschijning het verleden uit. Zijn job bestond voor een groot deel waarschijnlijk uit het arrangeren van schimmige politieke deals en het uitwisselen van voordeeltjes. Dat choqueerde Zeiz niet, het was een job als een ander. Van zijn vader had hij trouwens geleerd dat dit nu eenmaal de realiteit was. Maar persoonlijk wilde hij er zo weinig mogelijk mee te maken hebben.

'Het gaat om het volgende,' zei Holsbeek. 'Wij bieden onze hulp aan.'

Zeiz schrok. Een eerste barrière was opgeruimd. Holsbeek beschouwde hem als een van hen. Maar hij bedoelde natuurlijk het omgekeerde. Ze hadden hem destijds uit de penarie geholpen en nu wilden ze iets terug.

Hij keek Zeiz bezorgd aan, alsof hij plots in diens gezicht de voortekenen van een ernstige ziekte had gezien. 'Maar begrijp mij niet verkeerd, Kareem, laat me één ding klaar en duidelijk stellen. Als politieman ben je onderhevig aan de zwijgplicht. En die dienen we koste wat het kost te respecteren.'

De omslachtige formulering liet geen twijfel bestaan. Holsbeek wilde informatie. Natuurlijk wilde hij dat Zeiz zijn zwijgplicht brak. Waarom was hij anders hier? Wat had Zeiz aan de partij te bieden behalve informatie die eigenlijk niet naar buiten mocht komen?

'We praten dus niet over het precaire onderzoek dat je momenteel voert,' ging Holsbeek verder. 'Het is in ieders belang dat dat zo grondig en efficiënt mogelijk gebeurt. Het is voor ons een geruststelling dat de leiding aan jou is toevertrouwd, dat wil ik wel zeggen. We kennen jouw reputatie en we twijfelen er dan ook niet aan dat je zult slagen. Er komen verkiezingen aan, belangrijke verkiezingen zoals je wellicht zult weten, maar die mogen geen enkele invloed hebben op de objectiviteit van het onderzoek.'

Ze rekenden er dus op, begreep Zeiz, dat hij hen informatie kon geven die ze als een troefkaart zouden kunnen inzetten bij de verkiezingen. Inwendig vervloekte hij zijn vader die hem in deze situatie had gebracht. Het liefste had hij het gesprek meteen beëindigd, maar iets weerhield hem daarvan.

'Onderzoeksrechter Engelen is gesuspendeerd, dat stond in de krant,' zei Holsbeek. 'Daarover willen we het hier niet hebben. Ook niet over de hardnekkige roddels, die hier en daar als knopjes aan de bomen beginnen te ontluiken…' Op Holsbeeks ernstige gezicht verscheen een jongensachtige glimlach, maar hij herpakte zich snel. 'Je weet niet waarover ik het heb, dat zie ik aan je reactie, Kareem. Het is iets uit de privésfeer, ik ga daar verder niets over zeggen. We spelen op de bal, niet op de man, of beter gezegd de vrouw, nietwaar. Mag ik voor één keer Christus citeren: wie zonder zonde is werpe de eerste steen?'

Onderzoeksrechter Engelen werd algemeen beschouwd als een pion van de christendemocratische CD&V. Haar man was een van de plaatselijke partijcoryfeeën. Als zij in diskrediet kon worden gebracht, zou dat negatief afstralen op haar man en zijn partijgenoten. Zeiz vroeg zich af wat Holsbeek bedoelde met 'iets uit de privésfeer'. Zat er voor Engelen een schandaaltje aan te komen? Iets waar de Hasseltse kiezer van zou kunnen snoepen?

Holsbeek legde zijn hand amicaal op Zeiz' schouder. 'Waar het ons als partij om gaat, is de faire werking van het gerecht.' Hij wachtte even om die subtiele leugen op zijn gesprekspartner te laten inwerken. Toen ging hij verder: 'Wij twijfelen er niet aan, Kareem, dat jij de moordenaar zal vatten. En die man of vrouw of wie het ook is moet zijn straf ondergaan. Laten we hopen dat je hem snel vindt. De mensen worden ongerust, weet je. Ze gaan op den duur denken: onze leiders zijn niet in staat ons te beschermen. En dan kiezen ze voor iemand anders. Er zijn ondertussen al vier moorden gepleegd…'

'Drie,' verbeterde Zeiz hem. 'De pastoor van Diepenbeek, Daniël Bonnet, is verdwenen.'

Holsbeek haalde zijn schouders op alsof het om een detail ging. 'Zoals ik al zei, met het onderzoek bemoeien we ons niet. Wij willen alleen dat in de marge ervan alles rechtmatig verloopt, begrijp je? De gerechtigheid moet zijn loop krijgen. En daarbij willen we jou helpen.'

'Dat klinkt allemaal erg vaag,' zei Zeiz. 'Bedoelt u dat het voor bepaalde mensen goed zou uitkomen als de moordenaar niet wordt gevat?'

Holsbeek ademde diep in voor hij verder sprak. 'Dat heb ik niet gezegd. Ons is ter ore gekomen dat er mensen zijn die om externe redenen het onderzoek zouden kunnen afremmen. Wat wij aan jou vragen is heel simpel: geef ons een seintje als je merkt dat er stokken in de wielen worden gestoken. Meer kan ik niet zeggen.'

Zeiz betwijfelde dat. 'Een onderzoek verloopt zelden zonder complicaties,' zei hij. 'Moordenaars willen doorgaans niet ontmaskerd worden.'

Heel even verscheen er een ongeduldige trek op Holsbeeks gezicht, alsof wat Zeiz had gezegd volledig naast de kwestie was. 'Ik heb het niet over de moordenaar,' zei hij.

'Ook niet als het motief bijvoorbeeld wraak zou zijn?'

'Ik las in de krant dat tenminste een van de slachtoffers vroeger beschuldigd is van seksueel misbruik,' zei Holsbeek. 'Ergens las ik zelfs dat er een wraakengel op pad is die oude priesters straft voor hun pedofiele gedrag van vroeger.'

Zeiz knikte. 'Het is uiteraard een mogelijke denkpiste. Maar we hebben nog geen enkele aanwijzing in die richting gevonden, dat kan ik u wel zeggen. Trouwens, het laatste slachtoffer, Guillaume Devos, was geen echte priester.'

Holsbeek glimlachte. 'Het zal u misschien verbazen, maar we zijn niet geïnteresseerd in het proces van de Kerk. Wij zijn bezorgd over het verloop van het onderzoek.'

Zeiz schudde het hoofd. Eigenlijk wilde hij het niet begrijpen. 'Ik ben maar een gewone politieman,' zei hij. 'Er wordt een misdaad gepleegd en ik moet de dader voor het gerecht brengen.'

Holsbeek knikte enthousiast. 'Voilà, dat bedoel ik. En precies daarom ben ik hier.' Hij ging op zachte toon verder: 'Maar in jouw zoektocht naar de dader zal je geconfronteerd worden met krachten die een gewone politieman niet kan bedwingen. Dan moet je weten dat je niet alleen bent, dat wij achter je staan. Het enige dat wij vragen is: geef ons een seintje als het de verkeerde kant op gaat.'

Dus wat er ook gebeurde, ze zouden altijd klaar staan om hem op te vangen. Dat was nog het ergste, bedacht hij, dat ze het vanzelfsprekend vonden dat hij een van hen was. Maar wat hij zonet had gehoord, verontrustte hem ook. Waarom bood Holsbeek zijn hulp aan? Wat kwam er op hem af? Sommigen van zijn superieuren zouden maar wat graag hebben dat hij zich vastreed. En eens te meer had hij het gevoel dat hij de leiding had gekregen van een doodlopend onderzoek.

Ze hadden al pratend de top van de heuvel bereikt. Holsbeek observeerde met zichtbaar genoegen het panorama. Wat was dit voor een man? vroeg Zeiz zich af. Een zeker charisma straalde hij wel uit. Hij was de goedhartige, gulle, sympathieke oom, bij wie alle neven en nichten gingen uithuilen. Plots bedacht Zeiz dat het misschien niet slecht was zo'n bondgenoot te hebben.

Ze gaven elkaar een hand, als bij de bezegeling van een contract.

Weer hield Holsbeek Zeiz' hand langer vast dan nodig. 'Het leven kan mooi zijn, vind je ook niet?' zei hij glimlachend. Hij wees om zich heen. 'Ik ben geen religieus mens, maar dit hier is een geschenk. Deze vredige, rechtvaardige wereld waarin we mogen leven. Maar het is wel iets dat we moeten koesteren. En we moeten ervoor vechten als iemand hem ons wil afpakken.'

Zeiz wist niet wat hij daarop moest zeggen. Bijna geloofde hij dat de man meende wat hij zei. Dat hij werkelijk geïnteresseerd was in een mooie, rechtvaardige wereld. En dat zij beiden strijders waren voor het goede doel.

'Er zijn plaatsen in de wereld waar dit niet zo is,' ging Holsbeek verder. 'Ik heb met Pema kennisgemaakt. Ze is werkelijk een betoverende verschijning.' Hij glimlachte. 'Op zulke momenten doet het pijn om niet meer jong te zijn, zoals jij. Hoe schat jij haar kansen in om in België te blijven?'

Zeiz was overrompeld door de vanzelfsprekendheid waarmee Holsbeek van onderwerp was veranderd. 'Ik heb een advocaat ingeschakeld,' zei hij.

Holsbeek knikte. 'Ik weet het. Uitstekend. De procedure moet haar verloop krijgen. Alle mogelijkheden moeten worden benut.'

Zeiz had het gevoel dat Holsbeek hem alleen pro forma een vraag over Pema had gesteld en dat hij eigenlijk goed op de hoogte was van haar situatie. De vrolijke gedachte kwam bij hem op dat deze wijze oude man de sleutel tot de zin van het leven met zich meedroeg.

Holsbeek schraapte zijn keel en sprak formeel: 'Pema komt uit een wereld waar bepaalde waarden, die voor ons heilig zijn, met de voeten worden getreden.' Plots greep hij weer Zeiz' hand. 'Geef de moed nooit op, jongen. Er is altijd een weg.' Hij wachtte even om de ernst van zijn uitspraak te onderstrepen en besloot: 'Samen vinden we die weg.'

Pema liet op zich wachten. Het idee dat ze met een andere man onderweg was, stemde hem mismoedig. Blijkbaar vond ze het zelfs niet nodig hem te laten weten dat ze later thuiskwam. Maar hij was te koppig om haar zelf te bellen.

Voorwendend dat hij een dringende afspraak had in Hasselt, vertrok hij nog diezelfde avond weer. Voor hij in de wagen stapte, belde hij onderzoeksrechter Partoen. Ze nam niet op en hij sprak de boodschap in dat hij de volgende morgen een huiszoekingsbevel wilde voor Degreef & Partners, en dat hij meer bepaald zijn zinnen zette op het dossier dat met de aankoop van het kloosterdomein te maken had. Maar meteen daarna was hij beginnen te twijfelen. Waren er voldoende aanwijzingen die een dergelijke stap verantwoordden? Hij ging af op de vage verdenking die Jurgen Devos had geuit. Hoe naïef kon hij zijn te denken dat zijn superieuren hem de toelating zouden geven iemand als Degreef aan te pakken? Trouwens, aan welke partij was Partoen schatplichtig? Degreef junior was actief in de N-VA, maar diens vader beschikte vast over een netwerk van machtige mensen van diverse politieke pluimage. Plots wist Zeiz het zeker: zijn vraag om een huiszoekingsbevel zou worden afgewezen.

Ergens ter hoogte van Leuven verliet hij de autoweg en ledigde zijn blaas in de bosjes van een verlaten parkeerterrein, terwijl hij naar de lege ruimte staarde en aan Pema dacht. Hij vroeg zich af wat haar zo onweerstaanbaar maakte. De prikkelende manier waarop ze zich uitkleedde en haar lichaam aan hem toonde? Hij besefte dat de fysieke aantrekkingskracht de doorslag gaf. En haar manier van bewegen, die volkomen natuurlijk was. In tegenstelling tot de poses van de provinciale trutjes op de catwalk van de Hasseltse winkelstraten. Hij bleef nog even staan met zijn geslacht in zijn hand, en voor het eerst in hun relatie voelde hij de twijfel opkomen. Wie was die vrouw van wie de grote passie televisiekijken was, en die evenzeer geboeid leek door Australische soaps en Bollywoodfilms als door historische drama's en cultfilms. Hij wist niets van haar. El Moodi had gelijk, haar vluchtverhaal was een constructie van feiten en verzinsels. De waarheid was een luxe die ze zich niet kon veroorloven, ook niet tegenover hem.

Een diepe moedeloosheid overviel hem. Hij ging weer in de wagen zitten, schakelde de autostoel in ligstand en sloot zijn ogen. Het gesprek met Holsbeek deed hem eens te meer beseffen dat hij maar een pionnetje op een schaakbord was. De machtige spelers beslisten over zijn lot, en als ze hem wilden opofferen, dan moest hij dat ondergaan. Het enige lichtpuntje, bedacht hij grimmig, was de partij. Een telefoontje naar Holsbeek en die zou zijn rode ridders sturen om hun kameraad uit het moeras te trekken. Maar die dienstverlening had zijn prijs.

Het was donker toen het belsignaal van zijn gsm hem wakker maakte. Op de display zag hij dat het Pema was, maar hij nam niet op. Hij startte de auto en reed de snelweg op. Iets na middernacht bereikte hij de Kempische Steenweg in Hasselt en naderde het banale flatgebouw waar hij woonde. Pas toen hij de oprijlaan naar de garages insloeg, realiseerde hij zich dat hij uit gewoonte naar huis was gereden in plaats van naar het politiebureau, om daar zijn auto te parkeren.

Toen hij stopte en achteruit wilde rijden, zag hij in zijn achteruitkijkspiegel dat een andere auto hem de weg versperde. Twee mannen stapten uit en liepen op hem af. Twee doffe slagen deden zijn auto schokken. In zijn zijspiegel zag hij een zwaar gebouwde man van Noord-Afrikaanse origine opduiken. Hij hield iets in zijn hand dat Zeiz met een schok herkende als een pistool. Hij vloekte. Zijn eigen pistool had hij op het politiebureau laten liggen. Even later klonk er een explosie van glas. Iemand had de achterruit van de wagen kapotgeslagen en Zeiz voelde de scherven zijn achterhoofd raken. In een reflex reed hij met volledig ingedrukt gaspedaal achteruit naar de straat. Hij kwam rakelings langs de limousine die hem de weg versperde en reed over een borduursteen. Hij hoorde het chassis kraken toen het de steen raakte. Nu bevond hij zich weer op de straat. In een flits zag hij dat er achter het stuur van de limousine een derde man zat. Ze waren dus met drie.

Terwijl hij verderreed, merkte hij dat er iets aan de hand was. De wagen kwam niet op snelheid en maakte een hobbelend geluid, alsof het koffergedeelte over de grond sleepte. Hij besefte dat de achterwielen lek waren. Hij haalde zelfs geen dertig kilometer per uur. Intuïtief sloeg hij de eerstvolgende straat links in. Daar was geen straatverlichting. De donkere gevels van de huizen staarden hem onverschillig aan.

Een verkeersbord gaf aan dat de doorgang verderop was versperd. De weg bleek opgebroken te zijn. Hij liet de wagen achter en rende de bouwwerf op. Het geluid van de loeiende automotor van zijn achtervolgers naderde snel. Maar hij keek niet om, hij stak een zandheuvel over, kroop op handen en voeten door een meterhoge betonnen buis en rende vervolgens tussen een bulldozer en een torenkraan in de richting van de jachthaven. Hij besloot niet naar rechts te gaan. Daar lag immers een gebied met verlaten fabrieksruïnes, waar zijn achtervolgers hem ongestoord zouden kunnen opjagen. Links van hem ontaardde de bouwwerf in een hindernissenveld van kuilen en grachten en een kluwen van machines. De verleiding was groot om zich daarin te verbergen. Maar het probleem was dat de hoge schijnwerpers van de jachthaven ook dat deel van het bouwterrein verlichtten. Hij keek over zijn schouder en zag twee donkere figuren naar het hoger gelegen terras van een nabijgelegen flatgebouw rennen. Wat hij had gevreesd zou gebeuren: ze hadden vandaaruit een prachtig panorama en konden hem meteen lokaliseren. En voor hem lag de jachthaven. Er ging een rilling door hem heen toen hij de glans van het donkere water zag.

Hij zat ondergedoken in een funderingssleuf en dacht snel na. Hij haalde zijn gsm uit zijn zak, maar om te bellen was er geen tijd. Boven hem klonken de stappen al van zijn achtervolgers, die nu het terras moesten hebben bereikt. Het zou niet lang duren voor ze hem vonden. Terwijl hij daar stond, voelde hij de gsm trillen in zijn hand. Het belgeluid weerklonk luid en helder in de nacht. Op de display zag hij dat het Pema was. In een reflex nam hij op.

'Waar ben je?' zei ze. Haar stem klonk gejaagd. 'Waar ben je, Kareem?'

'Is alles oké met jou?' fluisterde hij. Zijn hart klopte in zijn keel. Hij mocht niet te luid te praten, hoewel hij besefte dat het belgeluid hem moest hebben verraden.

'Ik versta je niet,' zei ze. 'Hoor je me, Kareem?'

'Is alles oké met jou?' zei hij, iets luider nu.

'Iemand heeft me opgebeld,' zei ze. 'Een man, ik weet niet wie hij is. Maar hij zei dat hij wist waar ik was en dat hij mij zou komen halen.'

'Waar ben je? Ben je alleen?'

'In Allelanden. Ik weet niet…'

Hij hoorde stappen dichterbij komen. Een zware mannenstem riep in het Arabisch: 'Daar zit hij.'

'Ik kan nu niet verder praten,' fluisterde hij.

'Je klinkt zo ver,' zei ze, 'help me…'

Hij verbrak de verbinding en stak de gsm weer in zijn zak. Was Pema in gevaar? Hij kon haar nu niet helpen, hij moest eerst voor zichzelf zorgen. Het telefoongesprek had maar enkele seconden geduurd, maar zijn achtervolgers moesten vlakbij zijn. Ze hadden hem horen praten en wisten waar hij zat. Hij stak zijn hoofd boven de funderingssleuf uit. Op het terras was niemand meer te bespeuren. Hij aarzelde niet en rende naar het kanaal. Een andere uitweg was er niet. Automatisch volgde hij de kaai tot aan een hek dat naar de steigers voerde. Het had een uitweg kunnen zijn, maar als hij hier probeerde over te kruipen, zou hij een ideaal doelwit vormen voor wie hem wilde neerschieten. Minstens een van de mannen had een pistool bij zich.

Hij nam een besluit, deed zijn schoenen uit en liet zich met een gevoel van weerzin in het water zakken.

Het contact met de bruine vloeistof waarmee de jachthaven was gevuld, was niet onaangenaam. Een beetje kil wel. In andere omstandigheden zou het zelfs weldadig zijn geweest voor zijn oververhitte lichaam. Maar er steeg een rotte, misselijk makende stank uit op. Hij duwde zich af tegen de kade en zwom met voorzichtige slagen langs de steiger naar het midden van het kanaal. Daar hadden zijn achtervolgers niet op gerekend. Het duurde even voor ze door hadden waar hij zich bevond. Een van hen had de steiger bereikt en wees naar hem. Blijkbaar waren ze niet van plan hem achterna te springen in het vuile water, maar dat was ook niet nodig, bedacht hij, ze konden hem vanaf de kade in het oog houden en iemand naar de overkant van de kanaalkom sturen om te verhinderen dat hij daar aan wal zou gaan. Zeiz besloot het kanaal in noordelijke richting te volgen tot bij de monding van de jachthaven, die uitkwam in het Albertkanaal een halve kilometer verderop. Hij was geen geoefende zwemmer, maar als hij het rustig aan deed, kon hij het halen.

Zijn grootste vijand was de angst. Toen hij een jongetje van een jaar of zeven was, had zijn vader hem meegenomen naar het bos buiten het centrum van Hasselt, waar zijn familie een lapje grond met een buitenhuisje en een vijver had. Aan die uitstap zou Zeiz een levenslang trauma overhouden. Zijn vader was kwaad omdat zijn zoon niet wilde leren zwemmen en hij had hem in de vijver gegooid. Zeiz' angstkreten werden gesmoord door het water dat hij inslikte en inademde en hij zou de pijn in zijn borst en het gevoel dat zijn longen explodeerden nooit meer vergeten. Hij was ervan overtuigd geweest dat hij zou verdrinken, maar zijn vader had hem natuurlijk bijtijds uit het water gevist. Ondanks die akelige ervaring had hij later toch leren zwemmen. Misschien was het ergste aan dit voorval dat hij zijn vader sindsdien niet meer echt vertrouwde.

Nu hijzelf voorlopig buiten gevaar was, kwam zijn bezorgdheid om Pema opzetten. Iemand had haar gebeld, mogelijk bedreigd, en nu was ze bang. Waar zaten zijn vader en de Rat? En wat zou Pema van hem denken? Dat hij geen zin had met haar te praten? Dat haar angst hem onverschillig liet? Terwijl hij diep inademde, voelde hij hoe de kilte van het water zijn lichaam langzaam maar zeker in zijn greep kreeg. Waarom overkwam dit hem uitgerekend nu? Waaraan had hij die bizarre samenloop van omstandigheden te danken?

Even liet hij zich drijven, ervoor zorgend dat zijn lippen het walgelijke water niet raakten, en keek achterom. Hij was al een flink stuk gevorderd. De lichtjes van het Holiday Inn Hotel achter de jachthaven leken langzaam op te gaan in de opstijgende kanaaldampen. Tot zijn ontzetting zag hij dat een van zijn achtervolgers een bootje van de kade los maakte en de roeispanen in het water liet zakken.

21

Waarom wilde hij niet met haar praten? Zijn stem had geklonken alsof hij verdwaald was in een grot en in paniek naar een uitgang zocht. Ze had hem 's avonds ook al proberen te bellen, maar toen had hij niet opgenomen en ze vermoedde dus dat hij kwaad was omdat ze hem zolang had laten wachten. Nu had hij opgenomen, maar hij had de verbinding meteen verbroken toen ze hem om hulp had gevraagd.

Er was een reden waarom zij en de Rat gisterenavond zo laat thuis waren gekomen. Toen ze het winkelcentrum in Anxerre hadden verlaten en de E40-autoweg waren opgereden, had de Rat gemerkt dat ze werden gevolgd. Meer dan een uur lang hadden ze geprobeerd om de zwarte Mercedes van zich af te schudden. Een paar maal waren ze de autoweg af- en weer opgereden, maar de auto was hen blijven volgen. Uiteindelijk waren ze op een parkeerterrein blijven staan, met draaiende motor, zodat ze meteen konden verder rijden als er opnieuw gevaar dreigde, maar de zwarte limousine had zich een vijftigtal meter achter hen geparkeerd. Er zaten twee mannen in. Ze waren moeilijk te herkennen vanop die afstand, mogelijk waren ze van Noord-Afrikaanse origine.

Maar ze wist wie hen achtervolgde. Ze was er bijna zeker van dat een van de mannen in de auto Abdel was. Hij had haar vanochtend een sms'je gestuurd: 'Kom terug naar mij.' En vanmiddag een tweede: 'Zeg JA en ik kom je halen.' Ze had telkens niet geantwoord. Het antwoord dat hij van haar verlangde, kon ze hem toch niet geven. Maar ze wist ook dat hij haar nooit zou laten gaan. Liever nog vernietigde hij haar.

Tot haar opluchting waren er nog andere bezoekers op het parkeerterrein. Verderop stonden twee personenwagens en een camper. Een vrachtwagen met een Michelin-mannetje op de stuurcabine taxiede het terrein op. De Rat stelde voor om achteruit te rijden en dichter bij de Mercedes te gaan staan, zodat hij de nummerplaat kon lezen. Maar Pema praatte hem dat idee uit het hoofd. Misschien was dat net hun bedoeling, redeneerde ze, om hen dichterbij te laten komen en hen dan te overvallen.

De avondschemering begon al in te vallen toen ze het parkeerterrein verlieten. Tot hun verbazing volgde de zwarte Mercedes hen niet. Ze verlieten de autoweg bij de volgende afrit en reden over de gewone weg naar Allelanden. Hun achtervolgers lieten zich niet meer zien. 'Misschien hebben we het ons ook maar ingebeeld,' zei de Rat en ze knikte. Maar aan zijn blik zag ze dat hij het niet meende en dat hij zich grote zorgen maakte.

In het midden van de nacht belde Abdel. Ze schrok wakker en nam automatisch op, in de veronderstelling dat het Kareem was. Ze schrok van zijn ruwe stem. 'Pema!' De irritante manier waarop hij haar naam uitsprak, met de klemtoon op de tweede lettergreep, deed haar in elkaar krimpen van angst. Niets was veranderd. Het was een illusie geweest te denken dat ze die man zomaar van zich af kon schudden als een oude huid.

Hij zei: 'Ik weet waar je bent en ik kom je nu halen.' En verbrak de verbinding.

Ze was op haar blote voeten naar buiten gerend. Over de heuvel had een vreemd soort stilte gelegen. Toen ze had geroepen en geen antwoord had gekregen, was ze even in paniek geraakt. Waar waren de oude mannen eigenlijk? Misschien lagen ze wel dood in hun tent, geveld als ze allicht waren door de grote hoeveelheden alcohol en marihuana die ze de afgelopen avond hadden geconsumeerd. Er klonk geen gesnurk, geen geritsel van nachtdieren. Ze was naar de tent gerend, waar de twee mannen gewoonlijk sliepen. Die was leeg geweest. Ze rende verder en vond hen op de heuvel. Blijkbaar waren ze niet eens bij de tent geraakt en waren ze ter plaatse in slaap gevallen. Kareems vader lag zacht snurkend in de hangmat, zijn twee benen eruit, zo dat zijn dikke tenen net de grond raakten.

De Rat lag op een rubberen matje en sprong meteen op toen ze zijn naam zei. Ze zag hem met onhandige bewegingen in zijn zakken zoeken naar zijn bril. Toen hij die eindelijk had gevonden en opgezet en haar verwonderd aankeek, verscheen er een glimlach op zijn gezicht. Hij was haar soulbrother. Hij had niet naar een verklaring gevraagd. 'Je kunt niet eeuwig blijven vluchten,' was alles wat hij had gezegd.

Ze reden met gedempte lichten het karrenspoor naar beneden. Ze besefte dat ze had gehoopt dat Kareem de haven zou zijn waar ze veilig kon aanmeren en zonder schaamte het ruim van haar schip open kon gooien. Maar nu het zover was, realiseerde ze zich dat het een droom was geweest en dat ze de spoken en de monsters die haar achtervolgden op haar eeuwige vlucht nooit zou kwijtraken. Dacht ze echt dat een man als Kareem Zeiz zou accepteren wie zij was?

Maar ze hield van hem. Tenminste, toen het duidelijk werd dat hij dat van haar verlangde, had zij hem dat gevoel gegeven.

Ze loerde naar de man die naast haar zat aan het stuur en die zijn vermoeide ogen op het wegdek hield gericht. Zou ze ook van hem kunnen houden als de situatie dat vereiste?

22

Het was puur toeval dat Adam Sterckx wakker schoot en zijn gsm hoorde overgaan. Hij lag in de elektrisch verstelbare relaxzetel in grijs leder van coördinerend commissaris Lambrusco. Dit was één van de laatste meubelstukken in het kantoor die nog verhuisd moesten worden naar het politiegebouw aan de Luikersteenweg. Nog even dus, had Sterckx gedacht tijdens een van de vele slapeloze momenten, en Lambrusco's kantoor zou even leeg zijn als diens hoofd.

Zoals wel vaker de laatste tijd, als Sterckx en zijn vrouw Noor weer eens ruzie hadden gemaakt, bracht hij de nacht door op het politiebureau. Niet dat ze dat geloofde, volgens haar ging hij vreemd en lokte hij de ruzies alleen maar uit om weg te kunnen lopen en naar die andere vrouw te gaan. Maar ondertussen was hij wel verslingerd geraakt aan deze ergonomische hightech fauteuil. Normaal gezien sliep hij als een blok en dan was er, behalve zijn innerlijke alarm, niets dat hem wakker kon krijgen. Noor beweerde dat ze bij de ontploffing in een recyclingbedrijf op het industrieterrein in Sledderlo, zo goed als vlakbij hun deur dus, minstens vijf minuten aan zijn oor had moeten staan roepen voor hij eindelijk zijn ogen wilde opendoen. Ze had de kwalijke gewoonte aangenomen om het in negatieve zin over hem te hebben. Nog zo een: dat hij zelfs niet wakker werd van zijn eigen oorverdovende gesnurk. Ze manoeuvreerde zich langzaam maar zeker in de positie van de geschokte getuige, die zelf slachtoffer was geworden: zo had zijn zelfzuchtige gedrag bij haar het vermoeden gewekt dat hij misschien autistische trekjes had. Volgens Ann, de relatietherapeute, waren ze daarmee in de 'labelfase' terechtgekomen: ze schreven elkaar negatieve gedragingen en karaktertrekken toe, die geen kans kregen ooit te veranderen. Het was Noors initiatief geweest om Ann in te schakelen, in een poging om hun huwelijk te redden. De waarheid was dat Sterckx geen zin meer had om zijn huwelijk te redden. Daarvoor was de wederzijdse minachting in een te ver stadium gevorderd, vond hij. Bovendien ging hij inderdaad vreemd, hij had al meer dan een jaar een relatie met zijn collega Eefje Smeets. Nu ja, wat je een relatie noemt. Ze maakten afspraakjes en hadden af en toe seks, maar alleen als het Eefje goed uitkwam. Wat dat betreft was er dus niets nieuws onder de zon. En dat verklaarde nog altijd niet waarom hij de beltoon van zijn gsm meteen had gehoord.

Aan de lijn was meester Eddy. Sterckx stond perplex en keek op zijn horloge. Het was twintig over een 's nachts. Eddy Bonneux was zijn leraar geweest in het vierde jaar van de basisschool, maar ze hadden elkaar een jaar of zo geleden opnieuw ontmoet toen Sterckx Zeiz ging bezoeken in diens toenmalige flat aan de Blauwe Boulevard, waar Bonneux en zijn vrouw ook een flatje hadden. Hij herinnerde zich vaag dat hij en Bonneux toen telefoonnummers hadden uitgewisseld.

'Ik stoor toch niet, Adam?' vroeg Bonneux.

'Hoe komt u daarbij, meester?' zei Sterckx. Hoewel het zestien jaar geleden was dat hij bij Bonneux in de klas had gezeten, sprak hij hem nog altijd aan met 'meester'. De meester was ondertussen met pensioen, maar de rolverdeling was ongewijzigd gebleven.

'Ik weet dat het een onchristelijk uur is,' zei Bonneux, 'maar ik heb iets te melden. Ik ben op dit moment getuige van een gevecht of zoiets, hier beneden aan de kanaalkom.'

'Heeft u de politie gebeld?' vroeg Sterckx.

'Dat doe ik nu toch. Jij bent toch van de politie.'

'Ik bedoel, u kunt ook de 101 bellen.'

Even was het stil. Toen zuchtte Bonneux en zei: 'Had ik dat maar gedaan, ja. Nu heb ik jou wakker gemaakt, wellicht... Ik moet me verontschuldigen...'

'Dat geeft niet,' zei Sterckx. 'Weet u wat, ik zal zelf mijn collega's verwittigen.'

'Het zijn allemaal donkere types,' zei Bonneux. 'Letterlijk dan, ik zeg het maar zoals ik het zie. Een allochtoon die achtervolgd wordt door andere allochtonen. Oei, dat woord mogen we niet meer gebruiken, heb ik gehoord. Mannen van Noord-Afrikaanse origine, zullen we dus maar zeggen. Een heeft een pistool in zijn hand. Volgens mij hebben ze nog niet geschoten…'

'Blijkbaar is het toch serieus…' zei Sterckx.

Maar Bonneux scheen hem niet te horen en ratelde door: 'Nu heeft die kerel waar de andere drie achteraan zitten, zijn schoenen uitgetrokken en is in het kanaal gesprongen.'

'Kunt u dat allemaal zo in detail zien?' vroeg Sterckx. 'U woont toch op de vierde verdieping, als ik me goed herinner.'

'Ik heb een nachtkijker,' zei Bonneux. 'Die heb ik van mijn vrouw gekregen toen ik gestopt ben met roken. Maar het blijkt al even verslavend te zijn. En om eerlijk te zijn, af en toe rook ik hier op het terras toch een sigaretje, stiekem…' Hij giechelde. 'Ik zie alle details tot driehonderd meter ver. De auto bijvoorbeeld die de ene kerel achter het bouwterrein heeft achtergelaten is een Citroën Berlingo, lichtblauw, met één rood spatbord vooraan en…'

'Wacht,' onderbrak Sterckx hem, 'dat rode spatbord, bent u daar zeker van?'

'Onvoorstelbaar, vind je ook niet? Vroeger beschikten alleen de politie en het leger over dit soort nachtkijkers. Nu zijn ze gewoon te koop op het internet…'

'Kunt u de nummerplaat ook lezen?'

'Nee, hij staat met zijn zijkant naar mij gedraaid. Maar het is een oud model van de Berlingo. Eén van de achterruiten is ingeslagen. En bovenop het dashboard staat een beeldje…'

'Een boeddhabeeldje?' Sterckx voelde zijn hart in zijn keel kloppen.

'Dat zou wel eens kunnen, ja. Hoe weet…?'

'Ik moet nu dringend weg,' zei Sterckx. 'Bedankt voor de inlichting.'

Hij verbrak de verbinding. Een paar seconden bleef hij bewegingloos in de relaxzetel van Lambrusco liggen. Het kon toeval zijn, maar de beschrijving die Bonneux had gegeven, paste bij de wagen van Zeiz. Toen kwam het besef dat dit geen toeval kon zijn. Eerder al had iemand geprobeerd Zeiz' wagen te saboteren. Sterckx sprong op en rende naar zijn kantoor om zijn dienstpistool op te halen. Bij het onthaalloket beneden beval hij de agent van wacht een patrouillewagen naar de kanaalkom te sturen om tussen te komen in een vechtpartij met vuurwapens.

De kanaalkom was amper driehonderd meter van het politiebureau verwijderd. Hij legde de afstand af in sprint, in minder dan één minuut. De jachthaven maakte een verlaten indruk, maar toen hij langs de kade liep, zag hij verderop een bootje drijven. Hij rende verder. Het was een roeibootje dat de haven uitvoer. Er zat één man in, die moeilijk te herkennen was van deze afstand.

'Politie,' riep Sterckx luid, terwijl hij zijn dienstpistool trok. 'Onmiddellijk aan de kant komen.'

Maar de roeier manoeuvreerde zijn bootje naar de andere kant van het kanaal, meerde aan en kroop op de kade. Het was inderdaad een donker type, zoals Bonneux had gezegd. Hij zag de man tussen de graafmachines en bouwputten verdwijnen. Wat moest hij nu doen?

Zijn gsm ging over. Hij nam op zonder op de display te kijken.

'Ik ben het weer,' zei Bonneux. 'Ik zie je duidelijk staan, Adam, aan de overkant van de kanaalkom. 'Zie je mij ook?'

Sterckx draaide zijn hoofd naar rechts. Op een verlicht terrasje van het flatgebouw kon hij een figuur naar hem zien wuiven. 'Ja, ik zie u, meester,' zei hij. Hij wuifde terug met zijn pistool.

'Ze zijn ervandoor gegaan toen jij aankwam,' zei Bonneux. 'Behalve de man in het water. Die is er nog. Hij zwemt in het midden van het kanaal, ongeveer ter hoogte van de lijmfabriek.'

Sterckx rende over de kade naar de havenuitgang, terwijl hij het water afspeurde. Toen zag hij iets bewegen in de verte. Het was een mens, daar was hij bijna zeker van. Het duurde even voor zijn ogen de bewegingen op het donkere water konden onderscheiden. Met een schok herkende hij Zeiz, die naar hem wenkte. Hij had het uit willen schreeuwen van blijdschap, maar voelde een krop in zijn keel. Met de tranen in zijn ogen zwaaide hij terug. Toen besefte hij dat hij in zijn ene hand een gsm en in de andere hand een pistool hield. Hij bracht de gsm aan zijn oor.

'Heb je hem?' vroeg Bonneux.

'Ja, ik heb hem.'

'Zeg eens Adam, hoe ver draagt zo'n revolver eigenlijk? Zou je mij vandaaruit van mijn balkon kunnen schieten?'

Toen Zeiz en Sterckx in Allelanden aankwamen, hing de maan als een versluierde discus tegen een schijnbaar lege hemel. De lucht was dik en kruidig en Zeiz had het gevoel dat zijn poriën spontaan opengingen en dat het zweet met nog meer kracht naar buiten pompte. Zijn vader wachtte hen op onder de berk, met een misnoegde trek op zijn gezicht. Net boven zijn hoofd bengelde een lampje dat een douche van kil licht over hem uitstortte. Zeiz verbaasde zich dat de man in dat witte marcelleke, waaruit zijn pezige dooraderde armen staken, in die gerafelde korte broek, waarvan de gulp openstond, zijn vader was. Lang had hij gedacht dat zijn vader met die onverzorgde of soms excentrieke outfits alleen maar wilde provoceren, zoals hij dat ook verbaal kon. Als kind al had hij zich daaraan geërgerd. Hij herinnerde zich die keer dat zijn vader hem was komen afhalen aan de schoolpoort, gekleed in een wijde broek en een lang hemd, traditionele Afghaanse kleren die hij van een asielzoeker cadeau had gekregen, zoals later zou blijken. Toen had Zeiz zich vreselijk geschaamd. Nu begreep hij dat zijn vader geen andere keuze had. Er zat een kronkel in zijn hoofd, maar die deed geen pijn. Het deed alleen af en toe pijn bij de mensen die met hem moesten leven.

Er was een vreemd moment geweest bij de begroeting, dacht Zeiz toen ze samen op de heuvel zaten en de gebeurtenissen bespraken. Zijn vader had zijn plekje onder de berk verlaten en was op hem toe gestapt en heel even had het erop geleken dat hij zijn zoon in zijn armen wilde nemen. Uiteindelijk hadden ze elkaar alleen maar een hand gegeven. Wat ook niet evident was – sinds jaren vermeden ze elk fysiek contact – en wat erop duidde dat zijn vader erg onder de indruk was van wat zijn zoon was overkomen.

Uit het relaas van zijn vader maakte Zeiz op dat Pema een dreigtelefoontje had gekregen en dat ze vervolgens door de Rat naar een veilige plaats was gebracht. Wie haar had gebeld, had ze niet willen zeggen. Waar ze naartoe was gebracht, wist zijn vader ook niet. Volgens hem was ze niet in gevaar geweest en ging het veeleer om een gevoel van onzekerheid, een soort van intuïtie die ze tijdens haar jarenlange bestaan als vluchtelinge had ontwikkeld, een vluchtreflex als het ware. Waarschijnlijk was ze in paniek geraakt, zeker toen bleek dat Zeiz misschien wel zelf in de problemen zat en niet in staat was haar te komen helpen. De Rat zou later contact met hen opnemen. Zeiz had de indruk dat zijn vader iets verzweeg. De oude mannen hadden hem buitenspel gezet en blijkbaar vond Pema het ook normaal om hem links te laten liggen. Dit was de complete vernedering, maar hij drong niet aan op een verklaring. Iets had zich tussen hen in gewrongen en het kon nooit meer worden zoals voorheen. Een wrang voornemen nestelde zich in zijn hoofd: hij zou in geen enkel geval de eerste stap zetten om het goed te maken.

Zijn vader had op de heuvel een vuur aangelegd om muggen en andere insecten te verjagen. Ze stonden zwijgend rond het vuur. De vlammen schoten de lucht in, alsof ze door de maan werden aangezogen. Het was Sterckx die de stilte verbrak en zijn visie op de feiten gaf. Volgens hem had de aanval van de drie onbekende mannen op Zeiz niets met het moordonderzoek te maken. Waarschijnlijk waren zij het ook die de remleiding van zijn auto hadden gesaboteerd. En het was geen toeval dat Pema net op het ogenblik dat Zeiz werd aangevallen een dreigtelefoontje kreeg. Nadat hij dat had gezegd, keek hij Zeiz onzeker aan: 'Ik zeg niet dat zij die mannen kent of weet waarom ze achter jou aan zitten. Ik wil alleen zeggen dat er een verband moet zijn.'

Zeiz antwoordde niet. Het was voor hem een compleet raadsel waarom die onbekende mannen het op hem hadden gemunt. Het avontuur van afgelopen nacht had veel weg van een nachtmerrie waarin hij machteloos van de ene absurde situatie in de andere werd gedwongen. Het was een dubbeltje op zijn kant geweest. Miserabele zwemmer die hij was, zou hij tegen de achtervolger in het bootje geen schijn van kans hebben gemaakt – die had hem met zijn roeispaan makkelijk kunnen afmaken. Zeiz realiseerde zich dat het niet goed was afgelopen als Sterckx niet was komen opdagen. Hij keek naar zijn collega, die twaalf jaar jonger was dan hij, maar wiens kunde hij heel hoog inschatte. In de korte tijd dat ze samenwerkten was tussen hen een vertrouwensband ontstaan, die soms zelfs iets weg had van vriendschap.

Zeiz had een lange douche genomen, maar de geur van het gore water, waarin hij minstens een half uur had gedreven, was nog niet helemaal uit zijn lichaam. Bij elke inademing steeg het rotte aroma weer naar zijn hoofd.

'Je weet wat de consequenties kunnen zijn,' zei Sterckx.

Zeiz wist wat zijn collega bedoelde. Als die mannen inderdaad uit het duistere verleden van Pema kwamen, was hij persoonlijk betrokken. Zijn plaats in het rechercheteam zou dan in vraag worden gesteld en zijn superieuren zouden kunnen beslissen om hem de leiding van het moordonderzoek uit handen te nemen.

'Je weet dus niet wie ze zijn?' vroeg zijn vader plots, terwijl hij een houtblok in het vuur legde.

Zeiz zuchtte en schudde het hoofd. Hij keek in de vlammen, die voorzichtig aan het houtblok likten, als roofdieren die hun prooi onderzochten voor ze die besprongen.

'Maar ik weet het wel,' zei zijn vader. 'Het gaat om Abdel El Waawi.'

23

Zijn vader zou wel eens gelijk kunnen hebben, ontdekte Zeiz de volgende ochtend, toen hij in de Algemene Nationale Gegevensbank, de officiële databank van de federale politie, het dossier van Abdel Al Waawi natrok. Al Waawi had tot zes maanden geleden in hetzelfde woonblok als Zeiz gewoond, of beter gezegd: hij was er gedomicilieerd geweest. Het was onduidelijk of hij er ooit echt een vaste stek had gehad. Zijn huidige woonplaats was onbekend.

Al Waawi was een genaturaliseerde Belg van vijfentwintig jaar oud. Op zestienjarige leeftijd had hij asiel aangevraagd. In het verslag stond dat hij toen al behoorlijk Nederlands sprak, wat erop wees dat hij al een tijdje illegaal in het land verbleef, hoewel hij dat zelf ontkend had. Op zijn achttiende trouwde hij met een Vlaamse vrouw, waarna de naturalisatie volgde. Zijn eerste activiteiten als huisjesmelker hadden zich afgespeeld in Brussel. Hij gebruikte zijn vrouw als tussenpersoon om appartementen en huizen te huren. Als autochtone Belgische kon ze makkelijk een huurcontract vastkrijgen. Het systeem was eenvoudig: zijn vrouw zorgde voor het contract en betaalde de huur, waarna hij onderhuurders zocht, voornamelijk in het illegale circuit van zwartwerkers, asielzoekers en uitgeprocedeerde vluchtelingen. Een studio bood plaats aan drie lichamen, in een eenkamerflat pasten er minstens zes. Het totale bedrag dat Al Waawi op die manier opstreek was een veelvoud van de officiële huurprijs. Bij een razzia slaagde hij er altijd in buiten schot te blijven. Nadat hij van zijn vrouw gescheiden was, verlegde hij zijn actieterrein naar Hasselt.

Zeiz' vader was enkele jaren geleden als wijkmanager van de stad Hasselt noodgedwongen met hem in aanvaring gekomen toen buurtbewoners van het gebouw op de Kempische Steenweg, waar Zeiz een flat huurde, hun beklag waren komen doen over de plotse toevloed van buitenlanders, die 's avonds en 's nachts voor overlast zorgden. Er volgde een onderzoek, waaruit bleek dat van de vijftig studio's in de woonblok er vijftien door Al Waawi en zijn stromannen werden gehuurd. Het was een hallucinant zicht, herinnerde zijn vader zich: de met spaanplaten van elkaar gescheiden hokjes, amper groot genoeg voor een slaapmatje, een kluwen van verlengkabels, kleren, levensmiddelen, en niet te vergeten: de kakkerlakken. Er waren zelfs garages als woning ingericht. In één garage troffen de agenten drie Afghanen aan die zich klaarmaakten om naar hun illegale job te vertrekken. Ook gingen er geruchten over prostitutie: in bepaalde kamers boden meisjes hun diensten aan. Maar zoals verwacht was niemand bereid een verklaring af te leggen tegen Al Waawi. Niemand kende hem, niemand wist waar hij woonde. Elke vrijdagavond kwam een zekere Fahim de weekhuur ophalen.

De huisbaas viel uit de lucht, maar het was duidelijk dat hij het spelletje meespeelde. Hij kreeg een aanmaning om zijn studio's te normaliseren. De illegalen werden op straat gezet. De politie deed zelfs geen moeite om hun identiteit te controleren en liet hen gaan. Ze bespaarden zich hiermee een pak werk. Aan het einde van de lange administratieve en juridische weg zou toch een bevel klaarliggen om het Belgisch grondgebied binnen de drie dagen te verlaten. Wat de illegalen niet zouden doen, en waardoor ze dus weer op straat zouden belanden.

En vervolgens zou alles blijven zoals het was. Althans, dat was de mening van Zeiz' vader, die zich herinnerde dat hij een jaar geleden, toen hij zijn zoon had geholpen bij de inrichting van de flat, Al Waawi daar had zien rondhangen. Het was duidelijk dat de man zijn louche handeltjes in het woonblok aan de Kempische Steenweg gewoon voortzette. De buurtbewoners hielden zich deze keer gedeisd, omdat ze wisten uit welk hout Al Waawi was gesneden. Misschien had hij hen bedreigd of op een andere manier onder druk gezet om hun mond te houden. Het was in elk geval duidelijk dat Zeiz zijn gezellige nestje op de verkeerde plaats had gezocht. Mogelijk beschouwde de Marokkaan hem als een gevaarlijke pottenkijker en had hij daarom geprobeerd zich van hem te ontdoen. Zeiz herinnerde zich dat zijn vader niet echt enthousiast was geweest toen hij hoorde waar hij een flatje had gehuurd. Maar hij had zoals gebruikelijk de raad van de oude man in de wind geslagen.

Hij vernam nu ook dat het woonblok al geruime tijd door stads- en politiediensten in de gaten werd gehouden. Wat hem nog het meeste stoorde, was dat ook bepaalde collega's van de recherche hiervan op de hoogte moesten zijn geweest. Ze hadden dus achter zijn rug een onderzoek opgestart.

'Misschien zou het wel verstandig zijn als je verhuisde,' kreeg hij te horen van hoofdcommissaris Vanderweyden. Vanderweyden had hem 's middags ontboden op zijn bureau . 'Van een officier van de politie verwacht ik toch een beetje meer... euh...' Hij knipperde met de ogen terwijl hij naar het juiste woord zocht.

'Een beetje meer *standing*?' hielp Zeiz hem.

'Zo slecht zijn wij toch niet betaald, dat je in zo'n...'

'Jij niet, neem ik aan,' onderbrak Zeiz hem, die wist dat zijn chef ongeveer het dubbel verdiende. 'Trouwens, het is daar best gezellig wonen.'

Vanderweyden liet een monkellach horen. 'Je voelt je daar op je gemak tussen je soortgenoten, bedoel je dat?' Hij keek Zeiz geschrokken aan. 'Dat was een grapje natuurlijk, dat weet je ook wel, hé.'

Zeiz trok zijn wenkbrauwen op. Blijkbaar was zijn chef in een goede bui. Had hij goed nieuws ontvangen over zijn nakende promotie misschien? 'Het is een gezellig flatje,' zei hij, 'groot genoeg voor een eenzame officier als ik.'

Vanderweyden keek hem van boven zijn leesbril onderzoekend aan. 'Dan heb ik toch iets anders gehoord. Volgens onze inlichtingen woon je daar samen met een Tibetaanse vrouw.'

Zeiz knikte. 'Pema Darjeen woont tijdelijk bij mij. Ze heeft een asielaanvraag ingediend en wacht....'

'Haar asielaanvraag is afgewezen,' onderbrak Vanderweyden hem. Hij keek Zeiz scherp aan.

'Ze is in beroep gegaan.'

'Tiens? Beschik ik dan over de verkeerde informatie?' zei Vanderweyden.

'Haar aanvraag is afgewezen en ze maakt gebruik van het recht om hiertegen in beroep te gaan. Een advocaat is daarmee bezig.' Vanderweyden produceerde een minachtend lachje. 'Ja, die rechten-melker van de Havermarkt, hoe heet hij ook weer? Luister Kareem, jouw vriendinnetje is op dit moment illegaal in ons land. Wat ik me afvraag is wat zij met Al Waawi te maken heeft. Werkt ze voor hem?'

Zeiz keek zijn chef scherp aan. 'Wie zegt dat zij iets met Al Waawi te maken heeft?'

'Heb je een relatie met haar?'

Toen Zeiz niet antwoordde, zei Vanderweyden: 'Kijk, ik speel open kaart met jou en ik verwacht van jou hetzelfde.'

'Ja, we hebben een relatie. Maar er is geen link tussen haar en die Marokkaan, daar ben ik zeker van.'

Vanderweyden knikte. 'Het zal je niet verbazen dat erover gepraat wordt. Maar je weet dat roddels mij niet interesseren.' Hij zwaaide met zijn arm om aan te geven dat hij nog niet was uitgesproken. 'Tenzij ze waar blijken te zijn.' Tijdens het spreken was zijn stem luider geworden en van zijn goede stemming was niets meer over. 'Een hoofdinspecteur van de politie, die onder mijn bevel staat, leeft samen met een illegale vluchtelinge. Is het nooit bij jou opgekomen dat deze situatie nogal… euh…'

'…delicaat is,' hielp Zeiz hem.

'Precies. Nu ja, waar de liefde verschijnt, verdwijnt het verstand, hé?' Heel even kwam er een zachte trek op zijn gezicht, die even snel weer verdween. 'Maar dat is niet het ergste. Het ergste is dat je het voor mij hebt verzwegen.'

Zeiz keek zijn chef verbaasd aan. 'Toen ik haar leerde kennen, was ze niet illegaal. Wat moet ik doen: haar dumpen?'

'Je had me op de hoogte moeten brengen,' zei Vanderweyden. 'Door dat niet te doen, heb je mijn vertrouwen geschonden.'

Zeiz snoof. 'Ik hoor nu ook pas dat het gebouw waar ik woon al weken in de gaten wordt gehouden. Waarom werd ik daar niet van op de hoogte gebracht?'

Heel even was er een aarzeling bij Vanderweyden merkbaar en zijn kaakspieren spanden zich. Hij keek op zijn horloge en zei: 'Ik ver-wacht Vonck ieder ogenblik. Trouwens, ik heb gehoord dat je een huiszoekingsbevel hebt gevraagd voor de financiële transacties van Degreef & Partners. Zonder motivatie. Mevrouw Partoen was op zijn zachtst gezegd verbaasd. Hoe stel je je dat eigenlijk voor?'

Zeiz onderdrukte zijn ergernis. 'Ik was van plan om haar die motivatie gisterenavond te bezorgen,' zei Zeiz. 'Daar is zoals je weet iets tussengekomen. Maar ik breng het in orde…'

'Verloren moeite.'

'Er zijn aanwijzingen dat er bij de verkoop van het klooster in Zelem onregelmatigheden zijn gebeurd.'

'Wat bedoel je met aanwijzingen? Feiten of geruchten?'

'Eén van de getuigen, de broer van de vermoorde Guillaume Devos, beweert dat…'

'Een gerucht dus?'

Zeiz haalde diep adem. 'Guillaume Devos heeft als architect het terrein hertekend, in opdracht van Degreef & Partners. Volgens zijn broer is de verkoop niet heel koosjer verlopen.'

Vanderweyden haalde zijn schouders op. 'En dan? Wat ga je eraan doen? Jouw taak is het drie moordzaken op te lossen, en een onrustwekkende verdwijning.' Hij wees naar het gesloten raam, waarachter de boze opgewarmde aarde lag. 'Er loopt daar een gek rond die het op priesters heeft gemunt. Ik wil niet vooruitlopen op de feiten, maar het motief ligt voor de hand…'

'U bedoelt dat de dader iemand is die vroeger door een priester is misbruikt? We hebben nog geen aanwijzingen gevonden die dat bevestigen.'

Vanderweyden glimlachte fijntjes. 'Dan wordt het tijd dat je die vindt. Het is een logische piste. De misbruiken in de Kerk worden bovengespit. De slachtoffers roeren zich. Het verbaast me niet dat er iemand is die doorslaat. Jouw taak is het om hem te stoppen voordat hij nog meer onheil aanricht.'

Plotseling kwam de gedachte bij Zeiz op dat zijn chef alleen maar een lesje aan het opzeggen was, dat de grond van de zaak hem geen zier interesseerde en dat zijn prioriteiten elders lagen. Hij voelde de behoefte om naar buiten te rennen. Er hing een kilte in het kantoor die niet alleen met de airco te maken had.

'Ik zal de motivatie van het huiszoekingsbevel op papier zetten en naar mevrouw Partoen sturen,' probeerde hij nog. 'Ik zal u in elk geval ook een kopie bezorgen.'

Vanderweyden schudde geïrriteerd het hoofd. 'Zoals ik al zei: verloren moeite. Vergeet het.'

Er werd op de deur geklopt en Vonck kwam binnen. Hij droeg een gestreept overhemd met korte mouwen en een maokraagje. Het dunne snorretje maakte het beeld van de ambtenaar op rust compleet. Maar Zeiz wist dat deze man, die een kop kleiner en vijftien jaar ouder was dan hij, niet te onderschatten was. Bij acties van zijn interventieteam stond hij nog altijd in de voorste linie.

'We hadden het net over dat woonblok aan de Kempische Steenweg,' zei Vanderweyden.

Vonck knikte. 'De lokale politie voert een onderzoek naar huisjesmelkerij.' Hij keek Zeiz vorsend aan. 'Nu we vermoeden dat Al Waawi achter de aanslagen op jou zit, gaan we de collega's een handje helpen. Eerst brengen we in kaart wie die kerel is, waar hij zich bevindt en wat zijn activiteiten zijn. En dan schieten we in actie. Ik heb er een paar van mijn mannen op gezet.'

Vanderweyden wees naar Zeiz. 'Ik zou in jouw plaats voorlopig ergens anders gaan wonen, tot dit achter de rug is.'

'Ondertussen nemen wij die Marokkaan te grazen,' zei Vonck.

24

Over de stad hing een kille schemer, die eerder leek thuis te horen in een woestijndorp in Noord-Afrika dan in een provinciestadje in West-Europa. De zon had het laatste spatje vocht uit de gevels en de straten gezogen. Langzaam tekende zich een verandering af in de contouren van het landschap. Het profiel werd zweverig, alsof er een smoezelig sausje overheen was gegoten dat ook de kleuren hun glans deed verliezen. De wervende reuzenaffiches, waarop Degreef & Partners hun kersverse bouwproject HET NIEUWE KLOOSTER aanprezen, staarden de consument dof aan. Maar, bedacht hoofdinspecteur Neefs, terwijl hij zijn handen aan het stuur hield, en wachtte tot het licht op groen sprong, misschien was de meest significante nasleep van de wekenlange hittegolf dat de straten leeg waren, terwijl de winkels toch open waren.

Hij had de airco op maximum staan en dacht aan kanker. Aan kanker als een metafoor van het leven: de mens als de kanker van de planeet, die alles overwoekerde en elk ander leven wurgde.

Die sombere gedachte had alles te maken met het telefoontje van coördinerend commissaris Lambrusco, dat hij eerder die dag had gekregen. Hij kende Lambrusco al meer dan dertig jaar. Ze waren elkaar tegen het lijf gelopen toen ze samen de basisopleiding voor aspirant-inspecteur volgden. Vrienden waren ze nooit geworden, daarvoor verschilden ze te veel van karakter, maar er was een rudimentair gevoel van verbondenheid geweest. Ze hadden samen aan de start gestaan, als jonge politiemannen. Het was een gevoel dat snel was verdampt. Terwijl Neefs zich met veel enthousiasme bekwaamde in zijn vak – het forensisch onderzoek en de sporenzekering in het bijzonder had in de laatste decennia een spectaculaire evolutie gekend – maakte Lambrusco simpelweg carrière. Dat deed hij door geen tijd te verliezen en zich nergens in te bekwamen, ook niet in management of zoiets, hoewel het een van zijn favoriete uitspraken was dat hij gespecialiseerd was in leidinggeven. In officiële dienst ontpopte hij zich in ieder geval tot een meedogenloze manipulator.

'Zeg Johan,' had Lambrusco gezegd, 'ik had net de korpschef aan de lijn. Heb jij dat tapijt in de oude rijkswachtkazerne *gelagerd*?'

Neefs had inwendig gekreund. Dat laatste woord had hem gestoken als een wesp. Lambrusco had de vervelende tic woorden uit andere talen te lenen, waarschijnlijk om zichzelf een internationaal cachet aan te meten. Bovendien voorspelde de omfloerste, haast onschuldig informatieve toon waarop zijn chef de vraag stelde niet veel goeds.

'Dat klopt,' had Neefs gezegd. Ook hij had geprobeerd om zijn stem luchtig te laten klinken. 'In een van de garages. Die dienen voorlopig als *lager*.'

'Met wie heb je dat overlegd?'

'Met jou.'

Even was het stil geworden aan de andere kant van de lijn. 'Heb ik dat goed verstaan?' had Lambrusco vervolgens gevraagd. Zijn stem was nog altijd zacht geweest, maar er was toch een lichte trilling doorheen gaan klinken. 'Voel je je wel goed?'

'Dat heb je heel goed verstaan,' had Neefs gezegd. 'Jij hebt me de opdracht gegeven het tapijt naar een andere plaats te brengen.'

'Maar ik heb niet gezegd dat je het naar de rijkswachtkazerne moest brengen.'

'Dat klopt, omdat je zelf geen flauw idee had waar dat kloteding dan wel heen moest. Is er een probleem met dat *lager*?'

'Heb je hiervoor het fiat gevraagd van mevrouw Smagge?'

'Wie is in godsnaam mevrouw Smagge?'

'Hoofd infrastructuur.' Lambrusco had even gewacht, om het belang van wat hij net had gezegd te onderstrepen. 'Hoelang werk je hier dat je Smagge niet kent? Ze zit in de staf, net als ik. En ze was not amused met jouw actie. Alsjeblieft Johan, je kunt niet zomaar iets ergens gaan droppen.'

'*Lageren*, zul je bedoelen.'

'De kazerne wordt binnenkort ontruimd. Het materiaal in de garages wordt waarschijnlijk vernietigd.'

'Dan ligt het tapijt daar goed. Opgeruimd staat netjes.'

'Je hebt het hier wel over een officieel bewijsstuk van een plaats delict.'

Neefs had geslikt. Het besef was tot hem doorgedrongen dat dit niet zomaar een spel was, maar een ritueel, waarvan Lambrusco de regels bepaalde. Natuurlijk wist die idioot ook dat het geen enkele zin had het tapijt te bewaren. Hij gebruikte de situatie alleen maar om een van zijn ondergeschikten te koeioneren – en die ondergeschikte van dienst was in dit geval Neefs. Het was geen spel, maar ernst. Iemand moest het onderspit delven.

Neefs had zijn mond geopend om iets te zeggen, had zich bedacht en de telefoon neergelegd.

Toen hij op kantoor kwam, koos hij het nummer van de korpschef. Een secretaresse nam op.

'Met wie spreek ik, zegt u, inspecteur Nelis?'

'Hoofdinspecteur Neefs van de recherche.' Hij begon zijn uitleg over het tapijt, waarin het dode lichaam van Stan Buylen was aangetroffen, en over zijn odyssee om het ergens onder te brengen, maar de secretaresse onderbrak hem: 'Ogenblikje, mijnheer Nelis.' Haar stem klonk een beetje lacherig, maar er zat ook een redelijke portie geduld in, als praatte ze tegen een klagend kind. 'Is dat iets voor de korpschef, denkt u? Hij is er momenteel wel niet. U kunt hem natuurlijk altijd een mail sturen, maar als u het mij vraagt is dit een probleem dat u beter aan uw directe chef voorlegt.'

Neefs legde de hoorn neer en zocht in het interne communicatienetwerk van zijn computer naar *infrastructuur* en vervolgens naar de naam Smagge. Haar voornaam was Maggie. Na enige aarzeling belde hij haar op.

Smagge nam meteen op en luisterde naar zijn uitleg. 'Een tapijt in de garage van de oude rijkswachtkazerne… Het spijt me, mijnheer Neefs, maar…' Ze had de zachte stem van een therapeute.

'Mijnheer Lambrusco heeft me naar u verwezen,' loog Neefs.

'Is er een probleem met dat… tapijt?'

'Het is een bewijsstuk van een plaats delict. U zou gezegd hebben dat het daar niet hoort te liggen.'

Even was het stil. 'Sorry, maar daar weet ik niets van,' zei ze toen.

'Misschien is het mij ontglipt…' Ze lachte. 'Weet u wat, zet dat tapijt van u maar in een mail, dan kijk ik het na.'

Ze beëindigden het gesprek. Neefs bleef nog even naar het telefoontoestel staren en stond toen op. Hij trok zijn jas aan en verliet het politiebureau weer. Zonder bepaalde reden nam hij de sleutels van de bestelwagen van de technische dienst.

Toen hij door de verlaten Hasseltse straten reed, herinnerde hij zich dat hij die vluchttactiek vroeger ook had gebruikt. Als zijn puberkinderen hem het bloed onder de nagels vandaan haalden, stapte hij in zijn auto en reed door de straten, tot het landschap om hem heen weer in een rustige plooi viel. Dat lukte hem ditmaal niet, de wereld bleef onherstelbaar verschrompeld.

Lambrusco had dus tegen hem gelogen, Smagge wist van niets. Dat had hij eigenlijk kunnen weten. Voor Lambrusco was waarheid een vluchtig moreel niemendalletje, dat ondergeschikt was aan de praktische doelen die je je stelde. Als je hem confronteerde met een leugen kreeg je er gratis een nieuwe bovenop. Maar dat gaf niet, vond Neefs plots zelf. Daar kon hij toch niets aan veranderen. Er was iets anders gebeurd.

Hij sloeg de boulevard in en zag links de eerbiedwaardige oude rijkswachtkazerne liggen. Na het telefoongesprek met Smagge was ongemerkt iets verschoven in het perspectief: Lambrusco was verschrompeld tot de dwerg die hij in werkelijkheid was. En er was weer ruimte vrijgekomen om te denken.

Het eerste dat hem door het hoofd schoot was het huiszoekingsbevel voor Degreef & Partners, waartoe zijn collega Zeiz een verzoek had ingediend. Hij had er Vanderweyden en Lambrusco op de gang over horen praten, op een toon die geen twijfel liet. Typisch voor Zeiz om zo impulsief te werk te gaan en dan nog in een goede afloop te geloven. Zoals te verwachten viel, zou zijn verzoek worden geweigerd. Maar hij had wel gelijk. De laatste moord verschilde van de eerste twee. De dader was anders te werk gegaan: hij had de enscenering verwaarloosd. Hij had als een *hitman* zijn opdracht uitgevoerd, meer niet. Guillaume Devos was niet een van zijn *darlings* geweest – Neefs voelde plotseling begrip voor Lambrusco's tic om vreemde woorden te gebruiken.

189

Toen Zeiz om negen uur 's ochtends voor het raam van zijn kantoor aan de Thonissenlaan stond te kijken naar de vlaggen op het binnenplein, die verflenst langs hun palen hingen, zag hij een bestelwagen naar de uitgang rijden. Met vertraging herkende hij de wagen van de technische dienst. Aan het stuur zat Johan Neefs. Zijn grauwe gezicht had iets van een doodsmasker, de blik star, de mondhoeken afhangend. Er deden allerlei geruchten de ronde over de technicus. Hij zou de dood van zijn vrouw enkele jaren geleden nog altijd niet hebben verwerkt. Hij zou aan een depressie leiden en overwegen om met vervroegd pensioen te gaan. Hij zou kanker hebben. Het probleem met deze geruchten was dat ze niet te controleren waren, want Neefs was tegenwoordig nog zwijgzamer dan anders. Zeiz zwaaide naar hem, maar de wagen had het terrein al verlaten.

Hij wachtte op het einde van de zoveelste stroompanne. De mobiele airco's in de kantoren deden geregeld de hoofdschakelaar uitvallen. Pas toen het licht weer aansprong en zijn pc weer begon te zoemen, ging hij aan zijn bureau zitten. Of beter gezegd: hij ging aan zijn bureau liggen. Daar was maar net genoeg plaats voor zijn voeten, tussen de dossiers die zich de afgelopen dagen daar hadden opgestapeld. Hij had ze allemaal minstens een keer of drie gelezen. Er waren stukken bij die hij zo uit het hoofd kon citeren, zoals de zin waarmee Magda Bonnet hem en Sterckx had begroet toen ze hen op haar drempel zag staan: 'U ziet er beiden uit als geheime agenten uit de Koude Oorlog.'

In de zaak Busschaert was een getuige opgedoken. Een student, die in de nacht van de moord in de buurt van de kathedraal was geweest en daar iets vreemds had gezien. Hij had een man gezien die een rolstoel duwde waarin een als priester of pater verklede figuur zat. De student, die toegaf dat hij op dat moment dronken was, kon alleen een beschrijving geven van de man die de rolstoel duwde: een ouderwets gekleed type met een snor en met vettige haren die in een keurige scheiding waren gekamd. Het precieze tijdstip kon hij zich niet meer herinneren.

Voor carnaval was het nog te vroeg, bedacht Zeiz. Misschien had de dronken student de moordenaar van Busschaert gezien. Het zou een antwoord kunnen zijn op de vraag hoe de dader het lijk van de priester in de kathedraal had gebracht.

Van pastoor Daniël Bonnet ontbrak elk spoor. En de gestolen monstrans was ook nog niet opgedoken. Sloeg Bonnet kerkschatten achterover om zo zijn afperser te betalen? Zeiz bestudeerde de foto van de monstrans. Het was een protserig, uit goud en zilver opgetrokken smeedwerk, dat bestond uit twee delen: het voetstuk, waarop in gouden letters het woord IESUS stond, was versierd met takjes en blaadjes. De hostie zat gevangen in een stralenbundel van goud. Volgens de beschrijving was het een zestiende-eeuwse zonnemonstrans in zwaar verguld edelmetaal. Hij was verzekerd voor honderdduizend euro. De collectie van de Sint-Servaaskerk bevatte trouwens nog andere waardevolle stukken, zoals het houten beeld dat Bonnet naar eigen zeggen voor restauratie had weggebracht, maar waarvan niemand wist waar het zich bevond.

Zeiz zuchtte. Het onderzoek schoot niet op. Vanaf het begin was het fout gelopen, bedacht hij, met het valse getuigenis van onderzoeksrechter Engelen. En nu kreeg hij het gevoel dat iedereen loog, dat hij niemand meer kon vertrouwen.

Hij voelde zijn oogleden zwaar worden en zonk weg in een apocalyptisch droombeeld. Hij voerde zijn moordonderzoek vanuit de controletoren van een verlaten vliegveld. De computerschermen waren dood, de stoelen van zijn collega's leeg. Door de grauwe ramen zag hij een stoffige vlakte van verminkte landingsbanen, alsof iemand er met een reusachtig mes in had zitten kerven. Een vliegtuig had zich in het vloeibaar geworden asfalt vastgereden. Door het metershoge onkruid dat in de kloven groeide, kwam een man aangewandeld. Het was frater Vanhees, die gekleed ging in een klassieke bruine pij. In zijn ene hand hield hij een fraai uitgesneden wandelstok, in de andere zijn brevier.

Zeiz schoot wakker. Hij verschoof een aantal dossiers op zijn bureau, tot hij het boekje van Guillaume Devos had gevonden: de *Quaestiones Disputatae* van Thomas van Aquino. Hij bracht het naar zijn neus. Tot zijn verbazing rook het naar niets. De zwarte namaakleren kaft zat er omheen gevouwen, als een soort bescherming. Toen hij erin slaagde de kaft los te prutsen, viel er een papiertje uit. Hij vouwde het open. Het was een uittreksel van een rekening van de KBLUX-bank. De naam van de rekeninghouder was *Domenica*. Er waren in de loop van juni drie verrichtingen gedaan, zag Zeiz. Twee maanden later was er een bedrag gestort van 1,2 miljoen euro. De overschrijving was gedaan door een zekere Sominvest. De naam zei hem vaag iets. Daarna waren twee geldopnames gebeurd, telkens van 100.000 euro, zodat er nog exact 1 miljoen euro op de rekening stond.

Hij legde het dossier van Devos voor zich en bladerde erin. Vonck had het verslag van een gesprek met Ernst Van Soest, de notaris die de erfenis van Devos regelde, bij het dossier gevoegd. Behalve het onroerend goed, dat bestond uit drie woningen, had Devos ook een som geld met een totaal bedrag van bijna een half miljoen euro nagelaten. In totaal werd zijn vermogen op 1,25 miljoen euro geschat. Het geld stond verspreid over acht rekeningen. De naam Domenica was nergens terug te vinden.

Had Devos een verborgen spaarpotje? vroeg Zeiz zich af. Zwart geld, geparkeerd onder een schuilnaam? Maar dat strookte niet met zijn imago. Volgens mensen die hem kenden, was Devos principieel correct. Zeiz googelde Sominvest. Het bleek een financieel en zakelijk adviesbureau te zijn, ook actief in de immobilia. Kleine en middelgrote ondernemingen konden er risicokapitaal lenen. Hun leuze was: *Oxygen for growth*. Algemeen directeur was Theo Spaes, een man die Zeiz weleens op de televisie had gezien en die nauwe banden onderhield met de Limburgse reconversiemaatschappij.

Zeiz ging met een schok rechtzitten. Nu wist hij waar hij de naam Sominvest eerder had gelezen. De voorzitter van de raad van bestuur was een oude bekende: Gustaaf Swolfs.

25

Diezelfde middag vroeg Zeiz een huiszoekingsbevel aan om de financiën van Degreef & Partners onder de loep te nemen. Terwijl hij de motivatie scheef, bedacht hij dat Vanderweyden ongelijk had. Er waren genoeg aanwijzingen voor de these dat de moord op Devos een ander motief had dan de twee andere moorden. Met de verkoop van het kloosterdomein was nu eenmaal veel geld gemoeid geweest: 4,5 miljoen euro om precies te zijn, volgens de kopie van het verkoopscontract die Degreef & Partners hen hadden bezorgd. Maar waarom dook de naam van Gustaaf Swolfs in dit dossier op, toevallig een getuige in de zaak Busschaert? Had Swolfs een rol gespeeld bij de verkoop?

Met zijn suggestie om het onderzoek toe te spitsen op mogelijk seksueel misbruik in de Kerk leek Vanderweyden er toch niet zo ver naast te zitten. Dat bleek toen zijn collega's de resultaten van hun speurwerk kwamen presenteren in het aircoloze kantoor van Zeiz. Commissaris Plessers van de Mechelse recherche was ook van de partij. Hij was terug uit ziekteverlof, maar was naar eigen zeggen nog niet echt fit. Zijn uitgebluste verschijning deed Zeiz een beetje denken aan die van die andere oudere rechercheur, Johan Neefs.

Wat een verkeerde indruk bleek te zijn. Plessers werd meteen alert toen Vonck de vergadering opende. Vonck haalde een interessant detail uit de persoonlijke documenten van Lode Busschaert. De deken was tussen 1985 en 2001 regelmatig 'op retraite' geweest in het klooster van Zelem. De precieze data moesten nog in kaart worden gebracht.

'Iedereen weet toch wat *retraite* betekent?' riep Sterckx in een geslaagde poging om Lambrusco te imiteren. Hierbij fixeerde hij Daniëls, die als reactie zijn middenvinger opstak.

'We hebben de praktijken van die oude fraters onder de loep genomen,' zei Vonck. 'In de pers zijn regelmatig anonieme getuigen opgedoken, die beweerden dat alle fraters zich aan kindermisbruik zouden hebben bezondigd. Sommige slachtoffers waren met hun klacht naar het bisdom van Hasselt gestapt, beweerden ze, anderen rechtstreeks naar het aartsbisschoppelijk paleis in Mechelen, maar allemaal zonder gevolg. Daar hebben we dus niets aan, want die dossiers kunnen we niet inkijken. We hebben maar één officiële klacht gevonden. En die is, zoals jullie weten, van Marc Cosemans, een 57-jarige inwoner van Zelem. Hij heeft vier jaar geleden bij het gerecht een klacht ingediend tegen Gustaaf Spier, alias frater Augustus, ook wel frater Wriemel genoemd. Cosemans zat als kind in de fraterschool en beweert dat hij zes jaar lang is misbruikt. Het zou gaan om feiten die gebeurd zijn tussen 1960 en 1967. Frater Wriemel is daarover verhoord. Het verslag van dat verhoor heb ik bij het dossier gevoegd. Hij heeft de feiten ook gedeeltelijk toegegeven. Maar het was allemaal niet zo erg geweest als Cosemans beweerde. Het was in die tijd gebruikelijk dat de fraters jongetjes 'soigneerden', zoals hij het noemde. Er is geen onderzoek op gevolgd, want de feiten waren verjaard. Ik heb Cosemans telefonisch kunnen bereiken en hij bood spontaan aan naar hier te komen om te praten. Hij komt morgenochtend.' Vonck wachtte even en keek toen naar Sterckx. 'En dan is er nog iets…'

'Ja, de vraag waarom de fraterschool gesloten is in 1996,' zei Sterckx. Hij gaf meteen zelf het antwoord: 'Die sluiting hield verband met een bijzonder tragisch ongeval in oktober 1994. Achteraf bleek dat het niet zomaar een ongeval was. Een leerling werd dood aangetroffen in het kloosterlijke zwembad. Het ging om René Martens, een jongen van acht jaar oud. Hij was zwakbegaafd en zat officieel in het bijzonder onderwijs, maar bleek vaak, ondanks zijn jonge leeftijd, te helpen in de boerderij. De schoonmaakster vond hem 's ochtends, maar uit het onderzoek bleek dat hij de avond voordien al was verdronken en dat hij dus de hele nacht in het zwembad had gelegen. Wat deed hij daar? Het zwembad was namelijk gesloten.' Sterckx haalde diep adem. 'En nu moet je goed luisteren. Uit het onderzoek bleek dat René mogelijk seksueel was misbruikt. Zijn rectum vertoonde scheurtjes en ook littekens, wat erop kon wijzen dat de jongen voorheen al was verkracht. Bovendien vertoonden zijn armen, hals en benen blauwe plekken. De dokter, een zekere Stef Bijnens, die hem onderzocht, sprak eerst van verkrachting en geweld, maar liet na een poos die theorie varen. De ouders dienden een klacht in tegen de fraters, die op hun beurt ontkenden dat ze iets met het mogelijke misbruik te maken hadden. Het onderzoek werd bij gebrek aan bewijzen snel afgesloten.'

Vonck wees naar een map die voor hem op de tafel lag. 'Zoals gezegd doken in de pers daarna anonieme getuigen op, die beweerden dat ze tijdens hun schooltijd in het klooster waren misbruikt. Ik heb de krantenartikelen afgedrukt.'

'Iets zal me bijblijven,' zei Sterckx. 'De moeder beweerde dat René vaak blauwe plekken op zijn lichaam had. Een keer vertelde hij dat hij van een frater een rammeling had gekregen, waarop hij van zijn vader nog een paar extra klappen kreeg. Hij zou die straf immers wel verdiend hebben. Daarna waren de lijfstraffen geen thema meer in huis. Stel je voor, die jongen werd mishandeld, iedereen wist het, maar niemand deed er iets aan.'

Toen Sterckx was uitgesproken, bleef er een ijzige stilte hangen in de ruimte. Zeiz keek de tafel rond, zijn collega's staarden geschokt voor zich uit. Wat ze zonet hadden gehoord, had de laatste resten energie uit hun huid geklopt.

'Misbruik dus,' zei Plessers eindelijk. 'Tegen de vermoorde Muizense priester Stan Buylen is zoals jullie weten ook een klacht ingediend wegens seksueel misbruik. Weliswaar niet bij het gerecht, maar bij het bisdom. Het gaat om feiten van bijna vijftig jaar geleden, die ook verjaard zijn dus. De man die toen een klacht heeft ingediend, leeft niet meer. Volgens bepaalde getuigen, die anoniem wensten te blijven, had Buylen veel meer op zijn kerfstok. Maar dat zullen we dus nooit kunnen bewijzen.'

'Laten we ervan uitgaan dat hij werd gechanteerd door een van zijn slachtoffers,' zei Zeiz. 'Waarom werd hij dan vermoord?'

Vonck knikte. 'Dat is zoiets als het slachten van het gouden kalf.'

'Heel simpel,' zei Sterckx, 'het geld was op. Ze konden niets meer afdokken. Bij pastoor Bonnet is dat heel duidelijk. Die man leefde op een bankkrediet en ging kerkjuwelen stelen.'

'Lode Busschaert en Guillaume Devos passen niet in dat plaatje,' zei Zeiz. 'Er zijn geen aanwijzingen dat ze gechanteerd werden. Er zijn ook geen klachten van misbruik.'

'Dat wil natuurlijk niets zeggen,' probeerde Plessers. 'Veel slachtoffers van seksueel misbruik prefereren geen klacht in te dienen bij het gerecht. Sommigen houden hun mond, uit schaamte of om welke reden dan ook. Anderen gaan hun beklag maken bij het bisdom, maar die dossiers krijgen we niet te zien. Jullie weten hoe het ons in Mechelen is vergaan met Operatie Kelk.'

Zeiz had een vreemd gevoel terwijl hij naar Plessers luisterde. De man was van dezelfde generatie als zijn vroegere chef Omer Lesage. Net als Lesage probeerde deze Plessers zijn emoties te verstoppen achter een onverstoorbare kalmte. Maar dat flegma was om de een of andere reden aan het afbrokkelen hier. De man geloofde niet meer in gerechtigheid en kon zijn ontgoocheling moeilijk verbergen. De gedachte kwam bij hem op dat Plessers het helemaal niet jammer vond dat de Mechelse dossiers gesloten bleven. Wat dreef hem dan verder? Want hij had het verslag van hun onderzoek met meer dan gewone interesse gevolgd. Voerde hij een parallel onderzoek?

'Wat stond er precies in het kerkelijke dossier van Buylen?' vroeg Zeiz. 'Misschien ging hij ook op retraite in Zelem.'

Plessers haalde zijn schouders op en antwoordde ontwijkend: 'Er zullen in de loop der jaren honderden priesters en ook leken op retraite zijn geweest in het bezinningscentrum van de fraters.'

Toen Zeiz na de bespreking naar beneden liep met Plessers, om hem zijn beschadigde wagen te laten zien, schoot het hem te binnen dat het antwoord van Plessers misschien helemaal niet ontwijkend was geweest en dat ze zijn woorden allicht letterlijk moesten nemen. 'Honderden priesters en leken.' Misschien was wat ze nu naar boven hadden gespit alleen maar het topje van een ijsberg en was het misbruik van een omvang die ze amper konden vatten.

Zijn oude Citroën stond op het binnenplein. Tussen de andere glanzende automobielen zag hij er nu werkelijk uit als een wrak dat klaar was voor de sloop.

Plessers liep om de wagen heen en bekeek de schade. 'Het lijkt erop dat die mannen behoorlijk kwaad op jou waren. Maar jullie zijn hen op het spoor. Jullie weten wie ze zijn?'

'Allochtonen natuurlijk,' zei Zeiz.

Plessers grijnsde. 'Wat ga je nu doen? Laat je hem nog herstellen?'

'Ik moet wel,' zuchtte Zeiz. 'Ik heb geen geld voor een nieuwe kar.' Hij glimlachte triest. 'En om eerlijk te zijn, ook niet voor de herstelling.'

'Misschien moeten we Hans er eens naar laten kijken,' zei Plessers.

'Ik wil niet profiteren van die man,' wierp Zeiz tegen. Hij voelde zich nu al schuldig. Het had geklikt tussen hem en die Hans, en hij had het gevoel dat de man ook nu weer bereid zou zijn om hem te komen helpen.

'We zien wel,' zei Plessers. 'Ik bel hem vanavond en laat je dan iets weten.'

Voor hij naar huis ging, bekeek Zeiz op zijn computer een link die inspecteur Roger Daniëls hem had doorgestuurd. Het was een nieuwsitem uit het journaal van TV Brussel van de avond voordien. Het ging over de moordzaak in Hasselt, die zich, aldus de journalist van dienst, als een olievlek over het land dreigde te verspreiden. Zeiz vroeg zich af wat hij daarmee bedoelde: vreesde hij voor nog meer moorden of wilde hij hiermee suggereren dat het onderzoek steeds verder uitdeinde? De belangrijkste feiten passeerden de revue, gevolgd door een archaïsch maar volgens hem geslaagd sfeerbeeld van het kloosterdomein in Zelem. Daarin werden de fraters voorgesteld als onverzorgde, seniele mannetjes, die een gistend verleden met zich meedroegen. De reportage eindigde met de zin: 'De Hasseltse speurders zitten met de handen in het haar.' Waarna het beeld terugsprong naar de studio en de dikke kop van Vannuffel in beeld verscheen. Hij werd door de journalist voorgesteld als commissaris Vannuffel, veiligheidsadviseur op het kabinet van minister Muyters. De camera zoomde uit naar zijn buik, waarop met een zilveren speld een geelzwarte das was verankerd.

'Commissaris Vannuffel,' begon de journalist, 'u bent het hoofd van het rechercheteam in Hasselt, klopt het dat het onderzoek niet opschiet?'

'U begrijpt dat ik over de stand van een lopend onderzoek niet in het openbaar kan spreken,' antwoordde Vannuffel met een zuinig stemmetje. 'Mijn collega's van de recherche in Hasselt volgen de geijkte procedure, die eigen is aan een moordonderzoek, althans dat neem ik aan.'

'Er zijn drie geestelijken vermoord en een is verdwenen. Is er een link met de schandalen binnen de Katholieke Kerk?'

'U bedoelt het onderzoek betreffende seksueel misbruik in de Kerk?' vroeg Vannuffel.

'En de mogelijke doofpotoperatie,' vulde de journalist aan. 'Zou het een wraakactie kunnen zijn van een van de vele slachtoffers die bij de Kerk op een muur van stilzwijgen botsten?'

Vannuffel kneep zijn ogen tot spleetjes, alsof die vraag hem buikkrampen bezorgde. 'Dat is uiteraard een hypothese die voor de hand zou kunnen liggen, tenminste als er sporen in die richting zouden wijzen, maar het is zoals ik al zei niet aan mij om daar nu, in deze fase van het onderzoek, een uitspraak over te doen.' De lange zin had hem buiten adem gebracht. Hij zoog knorrend nieuwe zuurstof op.

'Idioot,' bromde Zeiz. Plotseling verachtte hij zichzelf. Waarom keek hij hier eigenlijk naar?

'Mijnheer Vannuffel,' ging de journalist verder, 'u staat bekend als een gedreven politieman met een speurdersneus. U stond in de voorste linies bij het oplossen van een aantal spectaculaire en bijzonder gecompliceerde moordzaken. Om die reden heeft minister Muyters u als expert ingehuurd. Maar is uw plaats nu niet bij uw team in Hasselt?'

Vannuffel boog met een devote glimlach zijn hoofd. 'Ik heb de leiding van dit onderzoek niet omdat men mij elders nodig heeft en ik volg de ontwikkelingen dan ook met veel schroom. Iedereen heeft zijn stijl. Maar ik vertrouw erop dat recht zal geschieden.' Die laatste zin had hij met een air van onkreukbaarheid uitgesproken.

'Het is een politiek geladen onderzoek, zo vlak voor de verkiezingen?'

'Dat is een vreemde uitspraak,' zei Vannuffel. Hij veinsde verbazing. 'Een onderzoek is per definitie onafhankelijk, wars van elke politieke beïnvloeding.'

'Steekt u daar uw hand voor in het vuur, mijnheer Vannuffel?'

'Brussel is maar een uurtje rijden van Hasselt. Ik sta klaar om bij te springen als het mis dreigt te gaan.'

Zeiz klikte de link weg en zocht tevergeefs in een lade van zijn bureau naar de Rennietabletten. Hoe hardnekkiger hij het beeld van Vannuffel probeerde te verdringen, hoe groter zijn ergernis werd. 'De geijkte procedure,' had die blaaskaak gezegd. Iets anders dan inhoudsloos geleuter had Zeiz eigenlijk ook niet van hem verwacht. Vannuffels opdracht in Brussel zou vermoedelijk hetzelfde gehalte aan winderigheid bezitten.

Zeiz had hem vanochtend nog gezien in het politiebureau. Vannuffel kwam regelmatig langs, volgens eigen zeggen 'om de vinger aan de pols te houden'. Hij stond op het parkeerterrein te praten met Lambrusco toen Zeiz voorbijliep. Beide heren begonnen warempel op elkaar te lijken, zij het dat Vannuffel bijna het dubbele volume had van Lambrusco, maar ze droegen een vergelijkbaar *casual* zomerpak en bestudeerden elkaars gewichtigheid boven een zilveren leesbrilletje uit. En ze hadden niet eens opgemerkt dat Zeiz langs was gekomen.

26

Franske Meertens rook naar mottenballen en droeg voor de gelegenheid een pak dat een beetje vaal was en wat ouderwets van snit, en dat zo de ernst van de situatie onderstreepte: dit was de dag dat hij moest verhuizen. Hij had hier veertig jaar gewoond. De boerderij en dus ook het gebouw waar zijn kamer was, zouden eerdaags worden ontmanteld. De koeien waren op weg naar het slachthuis. Er stond geen fanfare klaar om Franske uitgeleide te doen. Frater Vanhees had hem een busticket naar het fraterstehuis in Zonhoven cadeau gedaan.

Het was hoofdinspecteur Louis Das van de lokale politie die Zeiz een seintje gaf. Hij vreesde dat Franske niet op de uitnodiging van Vanhees zou ingaan en in een vlaag van zinsverbijstering ervoor zou kiezen met zijn boerderij ten onder te gaan. Zeiz had aan Das gevraagd de man vast te houden tot hij er zou zijn. Hij wilde de boerenknecht nog een keer op de rooster leggen.

'Worden mentaal gehandicapte mensen ook depressief?' had Sterckx zich afgevraagd toen ze samen naar Zelem reden. 'En kunnen ze dan zelfmoord plegen?'

Zeiz had de indruk dat de mentaal gehandicapte man die tegenover hem aan het tafeltje in de politiecombi zat, helemaal niet depressief oogde. Hij bood Zeiz met een theatraal gebaar zijn hand aan, alsof ze oude vrienden waren. Zijn dunne haren waren glad tegen zijn schedel geplamuurd. Er piepte een rode pochet uit het borstzakje van zijn jas. De man maakte een bijna feestelijke indruk.

'Hoe voel je je nu?' vroeg Zeiz, zich bewust van het absurde van zijn vraag.

'Goed,' zei Frankse.

De politiecombi stond in de platanendreef die van het klooster naar de boerderij voerde. Het was de enige overblijvende plaats op het domein waar nog een beetje schaduw viel. Verderop denderde een bulldozer door de vroegere kloostertuin, een wolk stof achter zich aantrekkend. Sterckx stond bij de open schuifdeur te hijgen in een van zweet doordrenkt T-shirt. Maar Franske hield stoer zijn jasje aan. In de wagen hing de geur van vergeten sokken.

Zeiz stak een open hand uit en zei: 'Mijn badge.'

Franske keek verbaasd op. 'Welke badge?'

Zeiz liet zijn hand met een klap op de tafel vallen.

Franske schrok en zei snel: 'Ik weet niet waar de badge is. Ik heb hem verloren, denk ik. Echt waar…'

Zeiz ademde diep in en liet de stilte even wegen. 'We moeten praten over vroeger,' zei hij toen.

'Ik weet niks meer,' zei Franske. Hij keek naar het gebarsten glas van het roze horloge aan zijn linkerpols.

'Je hebt niet veel tijd, neem ik aan? Hoe laat gaat de bus?'

'Dat zie ik straks wel.'

'Is alles ingepakt?'

'Dat doe ik straks wel.'

Zeiz wisselde een snelle blik met Sterckx, die nauwelijks merkbaar knipoogde. Ze waren voor het interview een kijkje gaan nemen in de kamer van Franske en die bleek zich nog in dezelfde chaotische staat te bevinden als voorheen. De man was voorlopig niet van plan daar uit te trekken, dat was duidelijk.

'Maar nu ter zake,' zei Zeiz. 'We zitten hier in een auto van de politie en moeten een aantal zaken afspreken. Misschien beginnen we met onze horloges gelijk te zetten.'

Franske keek op. 'Aha. Waarom?'

'Dat is de geijkte procedure,' zei Zeiz. Toen realiseerde hij zich dat hij zelf geen horloge droeg. Maar Sterckx deed zijn horloge uit en gaf het aan hem. Het was een kingsize exemplaar van het merk Gladiator. Zeiz schonk zijn collega een dankbare blik en begon pro forma aan de knopjes te prutsen. 'Het is nu twintig over een,' zei hij.

'Vijfentwintig over een,' verbeterde Franske, terwijl hij jaloers naar het horloge van Sterckx keek.

Zeiz knikte. 'Maar goed dat we dat hebben rechtgezet. En nu de volgende stap in de geijkte procedure: we moeten kijken welke informatie we hebben. Wat zijn de sporen en tot welke hypothese leiden ze ons?'

Zowel Franske als Sterckx staarde hem met verbazing aan.

'Met andere woorden,' zei Zeiz, 'waar was je toen frater Devos werd vermoord? Dat was een uur voor je hem vond.'

'Waarom wil je dat weten?' vroeg Franske.

'Ik stel de vragen en jij antwoordt. Dat is de geijkte procedure. Wel, waar was je?'

'En als ik niet mag antwoorden?'

Zeiz negeerde die opmerking. 'Jij hebt frater Devos gevonden in de kelderkamer. Hij was een uur voordien vermoord. Waar was je toen?'

'Daar mag ik niks over zeggen,' zei Franske.

'Waarom mag je daar niets over zeggen? Heeft iemand jou dat verboden?'

'Als ik dat zeg, zit ik dik in de problemen.'

Zeiz zuchtte. Hij zag door het met stof beslagen raam van de combi een vrachtwagen geladen met rioleringsbuizen het terrein oprijden. 'Hoe laat is het nu?' vroeg hij.

Franske keek op zijn horloge. 'Bijna halftwee.'

Zeiz bestudeerde het horloge van Sterckx. Hij vroeg zich af waar hij tussen het labyrint van cijfertjes en wijzertjes de tijd kon aflezen. Hij knikte. 'Je hebt nog exact twee minuten om op mijn vraag te antwoorden.'

'En als ik dat niet doe?' vroeg Franske. Zijn mondhoek trilde.

Zeiz keek ten einde raad naar Sterckx. Die zei: 'Dan zit je nog dikker in de problemen.'

'We zijn namelijk op zoek naar de moordenaar,' zei Zeiz.

'En dan zouden we wel eens kunnen denken dat jij dat bent,' zei Sterckx.

Franske staarde hem ontzet aan. Hij peuterde met een dikke, vuile vinger de kraag van zijn hemd los. Daarbij trok hij het knoopje eraf. Hij ving het op in zijn hand en bestudeerde het met gefronste wenkbrauwen.

'De tijd is bijna om,' zei Zeiz.

'Ik was onderweg,' zei Franske snel.

'Dus een uur voor de frater werd vermoord, was jij onderweg?

Waarheen?'

'Naar God.'

'Aha? En waar is de weg naar God?'

'In de plataan.' Franske grijnsde toen hij het verbaasde gezicht van Zeiz zag. 'Een plataan is een boom, slimmeke. Hij staat naast de stal. Ik klim altijd helemaal tot boven, om dichter bij God te zijn.'

'Ah ja, natuurlijk. Hoelang heb je daar gezeten?'

'Tot ik klaar was met bidden. Misschien iets langer.'

'Als je in een boom zit, zie je veel...'

'Ik heb niks gezien,' zei Franske, 'het was bijna donker.'

'Maar je hebt iets gehoord? Een auto? Heb je iemand horen praten?'

'Ja.' Franske aarzelde. Op zijn voorhoofd verschenen pareltjes zweet. Hij zei iets, maar het door merg en been snijdende gesnerp van een slijpmachine die uit het kloostergebouw opsteeg, overstemde zijn woorden. Franske maakte een kruisteken en mompelde: 'Eigenlijk mocht ik dat niet zeggen.'

Zeiz had naar Franskes lippen gekeken en met vertraging drong tot hem door wat de man had gezegd. 'Frater Vanhees?'

Franske knikte. 'Omdat ik de eed van het geloof heb afgelegd, mocht ik dat eigenlijk niet zeggen. Maar het maakt nu niet meer uit. Ze gaan de plataan toch omhakken. Terwijl frater Vanhees beloofd had dat ze hem zouden laten staan.'

'En met wie praatte frater Vanhees?'

Franske rilde en veegde met een mouw het zweet van zijn gezicht. 'Ik heb alleen zijn stem gehoord. En ik zat te hoog om te verstaan wat hij zei.'

Waarschijnlijk had Vanhees getelefoneerd, dacht Zeiz. Als het klopte wat Franske net had gezegd, had de frater echter gelogen. Volgens diens getuigenis was hij die avond niet in het klooster geweest. Waarom loog hij? Wat had hij te verbergen? Wat was eigenlijk de taak van een frater-coördinator? Hij beheerde al tweeëntwintig jaar het kloosterdomein in Zelem. Hij had de basisschool gesloten. Vanaf dat moment bleven alleen nog de boerderij en het bezinningscentrum over. Als er seksueel misbruik was gepleegd, moest Vanhees daarvan op de hoogte zijn geweest, zeker als die misbruiken waren gevolgd door klachten bij het bisdom. Hij was de baas toen René Martens om het leven kwam.

Zeiz legde de foto op tafel die hij twee dagen eerder in de kamer van de boerenknecht had gevonden. Het gezicht van Franske vertrok in een pijnlijke grijns. Zijn onderkaak begon te trillen.

'Heb je een rijbewijs?' vroeg Zeiz op rustige toon.

Franske deed zijn mond open en weer dicht. Toen zei hij: 'Bijna.'

'Van wie was die vrachtwagen?'

Franske loerde onzeker naar Zeiz en haalde zijn schouders op. 'Van iemand die daar toevallig stond.'

Zeiz knikte. De tweede leugen komt altijd makkelijker dan de eerste. Hij besloot het over een andere boeg te gooien. 'Deze foto is hier op het domein gemaakt, op 17 juli 2012.'

'Hoe weet je dat?'

Zeiz liet hem de achterkant van de foto zien. 'Iemand heeft de datum hierop geschreven. 'En ik weet nog veel meer. Kijk.' Hij wees naar de hoek van een gebouw links achter de vrachtwagen. 'Dat is de kapel. Daarachter ligt het kloostergebouw, met het zwembad waarin achttien jaar geleden deze jongen dood werd aangetroffen.' Hij legde het bidprentje van René Martens naast de foto. 'Ken je die jongen nog? René heette hij. Hij zat hier op de fraterschool.' Vervolgens legde hij de andere bidprentjes op de tafel, alsof hij een spelletje patience wilde spelen. 'Ken je ze? Allemaal jongens die hier op school zaten, klopt dat?'

Franske schudde het hoofd met ritmische bewegingen, alsof hij zichzelf zo onder hypnose wilde brengen. Ergens kraakte een nekwervel. In zijn rechteroog was een adertje gesprongen.

'Waar had frater Vanhees zijn auto geparkeerd, die avond van de moord?' vroeg Zeiz.

Franske ademde beverig in. 'Achter de schuur, waar het veld begint.'

'Daar is ook deze foto genomen, hé?' Zeiz wees naar de foto van Franske aan het stuur van de vrachtwagen.

'Ja, daar parkeerden ze vroeger allemaal.'

'Over wie heb je het?'

'De zwemmers. Ze zetten hun auto's altijd achter de schuur. Als die daar stonden, wisten we dat er gezwommen zou worden...'

'Wie waren die zwemmers?'

'Ze deden geen badmuts aan,' fluisterde Franske. 'Ze hadden geen zwembroek bij zich...' Hij nam een voor een de bidprentjes van de tafel, terwijl hij de namen declameerde. Toen stokte zijn adem en zijn kin zakte op zijn borst.

Zeiz durfde niet naar Sterckx te kijken. Misschien moest hij nu hard op de tafel slaan en de boerenknecht in het gezicht werpen dat hij een vuile leugenaar was en dat op het achterhouden van bewijzen niet alleen de straf van een harteloze God stond, maar ook die van een meedogenloze, hypocriete samenleving. Nog een duwtje en zijn weerstand zou volledig breken. Hij schaamde zich en een golf van misselijkheid steeg van zijn middenrif naar zijn keel.

Nu zag hij dat uit de bloeddoorlopen ogen van Franske tranen drupten in het kommetje dat hij met zijn handen had gevouwen in zijn schoot.

Zeiz schrok toen hij zijn gsm in zijn zak voelde trillen. Dankbaar voor de onderbreking vluchtte hij de politiecombi uit. Zonder op de display te kijken nam hij het gesprek aan.

'Met Hans hier,' zei een zachte mannenstem. 'Spreek ik met Kareem Zeiz?' Op de achtergrond klonk het gezeur van een machine.

'Ja, dat ben ik,' zei Zeiz. Een lichte tinteling ging door zijn lichaam terwijl hij onder de dorre schaduw van de platanen liep. Hij voelde de behoefte om te vluchten. Weg van die broeierige politiecombi, waar hij zonder scrupules een mentaal gehandicapte de duimschroeven had aangehaald. Weg ook van de vreselijke herinneringen die ongetwijfeld in het kinderlijke brein van die man schuilgingen. Toen hij achterom keek, zag hij dat Sterckx bij Franske in de combi was gestapt en een hand op zijn schouder legde.

'Ik stoor je toch niet?' Het gezeur van de machine zwol aan. 'Sorry,' riep Hans, 'maar de leerjongen is met de zandstraal bezig, ik moet hem in het oog houden.'

'Nee, je stoort niet,' zei Zeiz. Dus Plessers had toch zijn neefje aangesproken. Een beetje onwennig voelde hij zich wel. Hij wilde zich niet opdringen. Misschien voelde Hans zich verplicht om de herstelling uit te voeren en daarvoor slechts een vriendenprijsje te incasseren. Zeiz vroeg zich af waar een mecanicien een zandstraal voor nodig had. Toen schoot hem te binnen dat Hans waarschijnlijk ook carrosseriewerken deed.

'Oom Jacobus heeft me verteld wat er vorige nacht is gebeurd. Heb jij daar weer geluk gehad, zeg. Als kind droomde ik ervan om politieagent te worden. Blij dat ik het niet heb gedaan.'

Zeiz lachte. 'Ik zou het ook niemand willen aanbevelen.' Hij vroeg zich af waar hij als kind van had gedroomd. Niet van het onder druk zetten van mentaal gehandicapte mensen. Ook niet van automechanica, maar al zijn vriendjes wel.

'Afstand houden, Kevin,' riep Hans plotseling uit. 'Twintig centimeter heb ik gezegd.' Het lawaai van de machine nam af. 'Nu, wat jouw auto betreft…'

'Hij lijkt zelfs niet meer op een auto,' zei Zeiz. 'En eerlijk gezegd, ik heb voorlopig geen geld om hem te laten herstellen.'

'Dus nog een reden om niet bij de politie te gaan? Je moet het zeggen, hoor. Ik rij overmorgen naar Houthalen met een vracht. Dus ik kan jouw auto mee terug nemen.'

'Ik vraag me af of het nog de moeite loont om al die kosten te doen.'

'Ja, dat kan ik van hieruit natuurlijk niet zien. Maar ik moet overmorgen toch terugrijden, dus die sleep reken ik jou niet aan. En als de herstelling te duur is, verkopen we hem als oud ijzer, oké? Maar er komen klanten binnen, ik moet nu ophangen.'

Zeiz stemde toe. Ze spraken af dat Hans hem een seintje zou geven als hij in Hasselt voorbijkwam.

Zeiz zag op de display dat Pema hem had proberen te bellen. In een opwelling belde hij haar terug, maar ze nam niet op. Hij liet de telefoon overgaan tot haar voicemail aansprong. Hij vond de juiste woorden niet en hing op. Rond zijn maag had zich een knoop gelegd, die almaar strakker leek te worden. Vanhees zal het ontkennen, dacht hij. Het is zijn woord tegen dat van Franske. En hij zou natuurlijk ook ontkennen dat er zwemmers zonder zwembroek naar het klooster kwamen.

Hij moest denken aan René Martens met de scheurtjes in zijn anus en aan Pema die ondergedoken was. Alsof ze ooit ergens veilig kon zijn voor de monsters van deze wereld. Alsof iemand daar ooit voor kon zorgen. Toch had hijzelf, idioot die hij was, de illusie gekoesterd dat hij dat zou kunnen, maar eigenlijk had hij altijd geweten dat op een dag de façade zou barsten en de werkelijkheid erachter zichtbaar zou worden. Die dag, besefte hij, was nu aangebroken.

27

Nadat frater Gerard Vanhees het telefoongesprek met Kareem Zeiz had beëindigd, bleef hij nog even onder de parasol op het zonovergoten terras staan luisteren naar het rumoer van de stad, dat omstreeks dit uur van de dag zijn hoogtepunt bereikte. Als jongen had hij in Afrika de vaardigheid ontwikkeld om op zijn zintuigen te vertrouwen. Zoals de inboorlingen zich op de stand van de zon en de schakeringen van het licht baseerden om de tijd te bepalen, zo vertelden de geluiden van de stad hem dat het nu ongeveer drie uur was.

Hoofdinspecteur Zeiz had voorgesteld meteen langs te komen en Vanhees had toegezegd. Het politiekantoor was bijna naast de deur en hij verwachtte elk moment dat de agent zou aanbellen.

Toen de bel ging, drukte Vanhees zonder de parlofoon op te nemen de knop in om de hoofdingang beneden open te doen. Hij had aan de telefoon gezegd dat hij op de tweede verdieping woonde. In gedachten verzonken opende hij de deur al en schrok toen een man voor hem stond. Hij staarde hem ongelovig aan, maar dit was wel degelijk hoofdinspecteur Zeiz. Hij herkende de stuurse bruine kop met de wantrouwige blik meteen. Hoe kwam hij hier zo snel? De man moest naar boven zijn gerend, maar scheen niet buiten adem te zijn.

'Noem me maar Gerard,' zei hij, terwijl hij de bezoeker voorging naar de woonkamer. Hij wist meteen dat deze man hem nooit bij de voornaam zou aanspreken. Net zo min als hij onder de indruk zou zijn van zijn Spartaanse exotische interieur.

Ze namen plaats op de bank, op veilige afstand van elkaar. De bank bestond uit een rechthoekig kussen dat in een houten kader zat, zonder rug. Op het dressoir na was het het enige meubelstuk dat nog niet was verhuisd. Vanhees wilde het teakhouten dressoir in fiftiesstijl zo lang mogelijk bij zich houden, om het gevoel van huiselijkheid te bewaren. Het was zijn lievelingsmeubel, niet uit de evenaar, maar toch bijzonder gewaagd. Het was een statement haast. Door dit lelijke ding in zijn woonkamer te dulden, gaf hij aan dat hij lak had aan wat voor goede smaak moest doorgaan. Normale bezoekers stelden doorgaans ook met verbazing vast dat een televisietoestel ontbrak. En dat er geen airco was en de ruime kamers een natuurlijke koelte leken uit te stralen. Vanhees placht zijn gasten te ontvangen met een ongedwongenheid die liet uitschijnen dat hij dat allemaal normaal vond. Dit was zijn nest, honderdzeventig vierkante meter groot, driehonderdvijftigduizend euro, zonder schrijfgeld.

'Ik denk aan die tragische nacht nog altijd terug als aan een nachtmerrie,' zei Vanhees en hij besefte meteen dat ook dit de verkeerde woorden waren. Even liep er een straaltje paniek door zijn hoofd. Hij had geen idee wat hij tegen deze man moest zeggen om het ijs te breken.

'Daar heb ik niets aan,' zei Zeiz, 'het zou beter zijn als u zich reële dingen kon herinneren, dingen die het onderzoek verder kunnen helpen.'

Vanhees glimlachte aarzelend. 'Ik heb u alles verteld wat ik weet. Het is niet alleen voor mij, maar voor iedereen een compleet raadsel waarom dit is gebeurd.'

'Dat betwijfel ik zeer,' zei Zeiz. 'Onze ervaring leert dat er altijd iemand is die meer weet.'

'Misschien,' zei Vanhees fijntjes, 'moet u dan eens preciseren naar wat voor informatie u op zoek bent.'

De politieman keek hem strak aan, enkele ongemakkelijke seconden lang. Toen zei hij: 'U bent de regionale overste van de fraters Constantijnen in België. Dat houdt ook in dat u de abt bent van het kloosterdomein in Zelem?'

'Ik was abt van het klooster van 1990 tot 1996, tot de school werd gesloten. Blijkbaar waren mijn oversten tevreden over mijn werk en sindsdien beheer ik de communiteiten in België. Nu het klooster in Zelem is opgedoekt, blijven er dus nog twee over: het Johannes Bergmanshuis in Zonhoven, een tehuis voor oudere fraters, en de Elewijtburcht in Turnhout, een van onze nieuwe oases.' Hij glimlachte toen hij Zeiz vragend zag opkijken. 'Een oase is een pleisterplaats in de stad, een plek waar mensen op verhaal kunnen komen en nieuwe geestelijke bronnen kunnen aanboren.'

'Welke nieuwe geestelijke bronnen?'

'Wij reiken de moderne mens een christelijke zingeving aan, maar dan een die het materiële ver overstijgt.'

'En dat regelt u allemaal van hieruit?'

'Tot voor kort had ik een kantoortje in het klooster. Mijn bureau is nu in de kamer hiernaast. Ik doe een beetje van alles. Het dagelijkse bestuur, het personeelsmanagement, de financiën en voorlopig ook de afhandeling van het kloosterdomein in Zelem.'

'Ik dacht dat dat afgehandeld was?'

'De verhuis loopt nog en nog niet alle mensen hebben een nieuwe stek gevonden.'

'U bedoelt de boerenknecht Franske? Wat zal er met hem gebeuren? Wordt hij ook overgeplaatst naar Sittard?'

Vanhees aarzelde even. In werkelijkheid was het klooster in Zelem voor hem een afgesloten hoofdstuk, met de laatste praktische beslommeringen hoefde hij zich niet meer bezig te houden. Voor de afhandeling van de verkoop had hij van Johannes Kosse, de algemene overste op het Generalaat in Sittard, een pluim gekregen. Maar hij besloot daar nu niets van te zeggen. 'De toekomst van die jongen gaat me zeer ter harte,' zei hij. 'We zoeken een oplossing.'

De twijfel, die Vanhees bij de aanvang van het gesprek had gevoeld, kwam weer opzetten. Hoeveel wist Zeiz eigenlijk? Waar wilde hij met zijn vragen naartoe? De gedachte kwam op dat de politieman hem met een spervuur van vragen in een hoek aan het drijven was.

'Is deze flat ook eigendom van de congregatie?'

'De flat is mijn persoonlijke eigendom. Ik heb hem gekocht met de erfenis van mijn ouders. Maar ik hecht er geen emotionele waarde aan. Het is een hoopje stenen, meer niet.' Hij maakte een gebaar om zich heen. 'Zoals u ziet heb ik niet veel nodig om te leven. Ik heb al op talloze plaatsen gewoond.'

'U bent als frater geregeld overgeplaatst, wilt u dat zeggen?'

'Ik heb economie gestudeerd, ik ben dus overal inzetbaar.' Vanhees glimlachte. 'En ze weten in Sittard dat ik geen zittende kont heb.'

Zeiz knikte. 'Dus het zou wel eens kunnen dat u weer wordt overgeplaatst?'

'Mijn leven als frater is gefundeerd in het geloof in God. Mijn richtsnoer is het evangelie. Dat is geen spoorboekje. Ik stel mijn geloof ten dienste van de mensen. Waar zij mij nodig hebben, daar ga ik heen.'

'Dat neem ik wel aan,' zei Zeiz met een verveeld gezicht, 'maar wat is de planning precies? Ik heb zo het gevoel dat u al iets in gedachten heeft.'

'Ik ga in elk geval nog niet met pensioen,' ontweek Vanhees de vraag. 'We zien wel. Ik heb mijn baas gevraagd om uit te kijken naar iets nieuws, een project waar ik mijn ervaren schouders onder kan zetten.'

Dat was niet eens gelogen, hij had dat inderdaad zo gevraagd. Wat hij er niet bij vertelde, was dat zijn toekomst wel al vast lag. Vorige week had hij van Kosse het definitieve fiat gekregen. Er moesten nog een paar penibele zakelijke details worden geregeld, daar rekende de algemene overste op, maar dan mocht hij weg, terug naar Afrika, om zijn leven te eindigen waar hij het was begonnen.

Maar hij had besloten dat niet aan de politieagent te vertellen. Er hing iets in de lucht dat hem ongerust maakte. Hij wist nog niet waarom, maar hij had het gevoel dat hij tijd moest proberen te winnen.

'We gaan even terug naar de nacht dat we Guillaume Devos hebben gevonden, met overgesneden keel, in uw klooster,' zei Zeiz plots. 'Franske Meertens heeft het lichaam gevonden, om kwart over twaalf 's nachts. Volgens de patholoog is Devos een uur of twee eerder vermoord, tussen tien en elf uur 's avonds. Waar was u toen?'

'Zoals ik al in ons eerste gesprek heb gezegd, ben ik overdag op het domein geweest, rond het middaguur was dat. Heel precies weet ik het niet meer. Of wacht, ik had in Hasselt om twee uur een afspraak, dus ik ben daar ten laatste om één uur vertrokken.'

'Daarna bent u niet meer op het domein geweest?'

'Nee.'

'Bent u daar zeker van?'

Vanhees lachte zenuwachtig. 'Nogmaals, ik ben om één uur vertrokken en pas na middernacht teruggekomen. Ik ben meteen na het dramatische telefoontje van Franske naar het klooster vertrokken. Denkt u dat er iets aan mijn geheugen schort?'

'Je weet maar nooit,' zei Zeiz op vlakke toon. 'Als u zich later toch nog herinnert dat u tegen de avond nog in het klooster bent geweest, laat u mij dat dan weten?'

Vanhees lachte vermoeid en knikte. Er kwam een beeld bij hem op. Als hij de politieagent naast hem op de bank met een dier moest vergelijken, zou hij een rat kiezen. Je verschoof een meubelstuk en daar zat hij, in een hoek, onaangekondigd, klaar om je naar de keel te vliegen.

'Er zou bijvoorbeeld een getuige kunnen opduiken die u gezien heeft rond een uur of elf 's avonds.'

Vanhees staarde zijn gesprekspartner ontzet aan. 'Maar wat u daar zegt, is absurd.'

'Waar was u dan tussen acht en elf uur 's avonds?' vroeg Zeiz.

'Thuis. Hier. Ik ben vroeg gaan slapen.'

'Alleen?'

'Ik slaap altijd alleen.'

'Niet alle fraters in Zelem sliepen altijd alleen,' zei Zeiz op vlakke toon. 'Frater Augustus bijvoorbeeld, alias frater Wriemel, die heeft jarenlang een jongetje misbruikt. Marc Cosemans. Dat moet u zich toch herinneren?' Hij keek Vanhees uitdrukkingsloos aan en wachtte.

Vanhees ademde diep. Hij voelde hoe zijn mond vertrok. 'Dat was voor mijn tijd,' zei hij.

'Cosemans heeft in 2008 klacht ingediend…' Zeiz stak een hand op toen Vanhees hem wilde onderbreken. 'Ja, ik weet het, er was geen proces en dus is er ook geen veroordeling geweest. De feiten waren verjaard.'

'There's a skeleton in every cupboard,' zei Vanhees.

'Only one skeleton?' vroeg Zeiz.

'Wat insinueert u nu?' repliceerde Vanhees.

'Ik stel alleen maar een vraag,' zei Zeiz. 'Waren er nog gevallen van misbruik? René Martens bijvoorbeeld?'

Vanhees bracht snel zijn hand naar zijn onderkin om het trillen tegen te houden. 'Dat was een heel tragisch ongeval,' mompelde hij. 'Die arme jongen duikt nog altijd op in mijn dromen…' Hij haalde diep adem en liet langzaam de lucht ontsnappen. 'Maar dat was, zoals ik al zei, een ongeval. Er was geen sprake van misbruik.'

'De ouders hebben destijds wel een klacht ingediend.'

'Die door het gerecht niet is weerhouden. Ik verwijt die ouders niets, ze hadden hun kind verloren, ze waren ten einde raad, ze konden geen objectief oordeel meer vellen.' Hij keek Zeiz nu strak aan. 'Maar ik begrijp niet wat deze drama's van lang geleden met de moord op frater Devos hebben te maken.'

Zeiz zweeg een paar seconden en zei toen: 'Zegt de naam Domenica u iets?'

Vanhees schrok, maar liet dat niet merken. 'Dat is Latijn,' zei hij rustig. 'Dies dominicus. De dag des heren. Domenica is Italiaans voor "zondag".'

'Ik bedoel, kent u iemand die zo heet of die dat woord gebruikt als een soort nickname?'

Vanhees deed alsof hij nadacht. 'Het is ook een meisjesnaam. Maar ik ken niemand die zo heet.'

'Of een organisatie?'

Vanhees schudde zijn hoofd en keek door de openstaande schuif-deur naar het terras. Onder de parasol lag het rieten matje waarop hij straks zijn yogaoefeningen zou gaan doen. Hij was dit gesprek beu, hij snakte ernaar om zijn hoofd leeg te maken. Toen hij zich weer naar zijn gesprekspartner draaide, zag hij dat die zijn hoofd schuin hield en hem observeerde. In zijn blik lag een vreemd soort nieuwsgierigheid, die bij nader inzien misschien beter bij een roof-dier dan bij een knaagdier paste.

'Zou u het erg vinden, mijnheer Vanhees, als we uw financiën eens onder de loep namen? Ik bedoel, die van de congregatie hier in Bel-gië en die van u persoonlijk?'

Vanhees keek de politieagent aan. Die staarde rustig terug. Van zijn gezicht viel niets af te lezen. Boven hen klonken zachtjes stap-pen, mijnheer en mevrouw Ramaekers hadden hun koffie gedron-ken en maakten zich klaar voor hun wandeling in de stad. Aan de vaste gewoonten van het oudere koppel had ook de hittegolf niets kunnen veranderen.

'Ga uw gang,' zei hij. 'Ik heb niets te verbergen. U mag mijn rekeningen inkijken.'

'U had de dag van de moord om twee uur 's middags een afspraak in Hasselt. Mag ik weten met wie?'

'Een zakelijke afspraak...' Moedeloosheid overviel hem plots. Hij haalde zijn schouders op. 'Maar ik weet niet meer met wie. Is dat belangrijk?'

Voor het eerst liet de politieman een glimlach zien. In zijn kille gelaat verschenen de speelse trekken van een kind. 'Ziet u wel, mijnheer Vanhees, dat uw geheugen toch een beetje sputtert.' Hij stond op en liep naar de deur. 'Dan stuur ik een van de volgende dagen een medewerker langs, om in uw papieren te snuffelen,' zei hij.

Vanhees glimlachte minzaam. 'U en uw collega's zijn natuurlijk altijd welkom, wij zijn om zo te zeggen buren.'

Nadat hij de politieagent buiten had gelaten, liep Vanhees naar het terras. Hij had de regels van de gastvrijheid geschonden, realiseerde hij zich nu, hij had zijn bezoeker niets aangeboden. Maar dat was niet met opzet, hij was het gewoon vergeten. Nu het gesprek voorbij was, merkte hij dat het veel energie van hem had gekost. Een doffe druk op zijn borst deed hem zwaarder ademen. Hij was van nature een spaarzame zweter, maar nu was zijn hemd kletsnat.

Hij loerde over de rand van het terras. Eigenlijk had hij het verwacht, maar hij deinsde toch terug. De politieagent liep door de Ossekopsteeg en observeerde de omgeving. Hij bleef staan bij de auto's die op het privéparkeerterrein stonden en noteerde iets in een rood boekje.

Vanhees nam zijn gsm en tikte uit het hoofd een nummer in. Pas na de zesde toon werd opgenomen.

'Ja,' zei een zware mannenstem.

'Ik ben het,' zei Vanhees. 'Je had gelijk, die Zeiz van de politie is hier geweest en hij wil in de potjes kijken.'

28

Terwijl hij toekeek hoe Hans achterwaarts met zijn takelwagen het binnenplein van de politie opreed, vroeg Zeiz zich af waarom Vanhees had gelogen. Eigenlijk was hij van plan geweest hem te confronteren met de getuigenis van Franske, maar hij had dat niet gedaan omdat er iets was dat hem niet beviel aan de man. Iets deed bij hem een alarmbel rinkelen. Ook zijn voorgevoel dat de gladde frater wel degelijk van plan was om zijn woning binnenkort te verlaten, was juist geweest. Zeiz had na zijn bezoek Ben Ramaekers, een van de buren, opgebeld en gevraagd of het klopte dat hun flat te huur stond. De vriendelijke man had hem met een Hollands accent te woord gestaan en gezegd dat dit niet het geval was, maar dat de flat beneden hen te huur stond. Waarop een vrouwenstem op de achtergrond had geroepen dat Vanhees haar verteld had dat de flat al was verhuurd.

Zeiz' overtuiging was, dat als iemand over één ding loog, hij dat ook over andere dingen deed. Nu was liegen, bedacht hij, geen misdaad, tenzij je het onder ede deed, en hij was er zelf ook wel bedreven in. Vanhees had in een officieel verhoor ontkend dat hij die avond in Zelem was, wat door de getuigenis van Franske werd tegengesproken. En toen de naam Domenica viel, had de frater heel even met zijn ogen geknipperd. Maar daar had hij ook niets aan, want met de ogen knipperen was al evenmin strafbaar.

Hans had de takelwagen tot bij de gehavende Citroën gebracht. Hij bevestigde een kabel aan de metalen lus die onder de bumper stak, alsof ze de auto al van in de fabriek voorzien hadden op de pech die hij de laatste maanden kende. De takel trok de auto traag op de oplegger. Hij produceerde hierbij een onaangenaam schurend geluid, dat bij Zeiz de haartjes op zijn huid recht deed staan.

Zonet had hij Hans even apart genomen en hem gevraagd hoe het met zijn oom ging. Plessers had zich weer officieel ziek gemeld. Zeiz had verscheidene malen geprobeerd hem te bereiken, maar de man nam zijn telefoon niet op.

'Oom Jacobus zit in een moeilijke fase,' had Hans gezegd.

Blijkbaar had Zeiz een gevoelige snaar geraakt, want Hans liet zijn ongedwongenheid varen en nam een gereserveerde houding aan.

'Laten we zeggen dat zijn levensstijl hem parten begint te spelen,' had Hans er met een knipoog aan toegevoegd, 'zoals je wel vaker ziet bij oudere alleenstaande mannen.'

Zeiz had niet verder aangedrongen. Ze spraken af om het bestek af te wachten en dan te beslissen of de herstelling moest worden uitgevoerd. Volgens Hans zag het er erger uit dan het was. Maar Zeiz maakte zich geen illusies. Toen de takelwagen de poort uitreed, had hij het gevoel dat hij voor altijd afscheid had genomen van zijn oude auto.

Daarna wandelde hij naar zijn flat aan de Kempische Steenweg om zijn spullen op te halen. In de met sputterende neonlampen verlichte gangen kwam hij niemand tegen. Het was zoals met kakkerlakken, bedacht hij wrang, je hoorde ze ritselen in het donker maar als je het licht aandeed, waren ze weg. Diep vanbinnen schaamde hij zich voor die gedachte. Ooit had hij hier graag gewoond, maar na alles wat er was gebeurd, slaagde hij er niet in voorbij de kale troosteloosheid te kijken. Hij zocht wat kleren en andere persoonlijke spullen bij elkaar en droop af. Want zo voelde het aan, als een laffe vlucht voor problemen die hij zelf had gezocht. Maar Vanderweyden had gelijk, zolang de jacht op Al Waawi duurde, kon hij beter elders gaan slapen.

Vervolgens wandelde hij naar het huis van zijn vader en ging zijn spullen op zijn jongenskamer op de tweede verdieping leggen. Plotseling wist hij wat hem niet beviel aan Vanhees. De man had geen enkele echte emotie getoond, hij was een machine die over die arme boerenknecht heen zou gaan, zoals een van de bulldozers die het kloosterdomein aan het platwalsen waren.

Zeiz gooide het raam open om de muffe lucht te verdrijven en er kwam een broeierige warmte voor in de plaats. Deze kamer riep zoals altijd heftige herinneringen bij hem op en hij moest denken aan de brief van zijn moeder waarin ze hem om geld vroeg. Hij had het probleem voor zich uitgeschoven, zoals hij wel vaker deed met persoonlijke kwesties. Even overwoog hij om zijn vader te bellen en hem te vertellen over haar financiële problemen. Maar het idee alleen al met zijn vader te moeten spreken, bezorgde hem maagkrampen. 'Ze is in goede handen,' had de oude man ontwijkend gezegd toen Zeiz hem vroeg waar Pema was ondergedoken. In goede handen? Dat konden alleen die van een vrouw zijn, kwam het plots in hem op. Aan welke goede vrouwenhanden had de Rat haar toevertrouwd?

Een ingeving volgend belde hij naar het politiebureau en liet zich doorverbinden met Daniëls. Hij vroeg hem het onderzoeksdossier van Yusuf Hallil op te roepen. Hallil was een jongen die een jaar geleden was vermoord en de Rat was toen de ongelukkige geweest die zijn zwaar toegetakelde lichaam had gevonden. Toen Zeiz de Rat indertijd thuis had gebeld om een afspraak te maken, had hij diens ex-vrouw aan de telefoon gekregen. Daniëls had haar vlug getraceerd in het dossier: Mia Kozani heette ze. En haar telefoonnummer stond er ook bij.

Zeiz bedankte hem en tikte haar nummer in.

De vrouw nam meteen op. 'Met Mia Kozani.'

Hij besloot zich voor zijn vader uit te geven. 'Met Ilya Zeiz,' zei hij. 'Is Ralf bij u?'

Even bleef het stil en hij vreesde dat ze de leugen doorhad, maar toen antwoordde ze: 'Ah, mijnheer Zeiz. Ralf is niet meer hier. Hij zou terugrijden naar Allelanden. Is hij daar niet?'

'Nee, en hij neemt zijn telefoon niet op.'

'Ja, dat kennen we,' zei ze. 'Hij zal wel weer opduiken, dat doet hij altijd.'

'Doe Pema de groetjes van mij,' zei hij.

'Dat doe ik,' zei ze. 'Ze staat hier naast me, kleren te passen. Je krijgt de groetjes terug.'

Zo eenvoudig was het dus, dacht hij, toen hij de telefoon had neergelegd. Dachten die oude mannen echt dat ze hem aan het lijntje konden houden?

Ondertussen was Sterckx naar Diest gereden om te onderzoeken wat er met Marc Cosemans aan de hand was. Cosemans was niet op zijn afspraak in het politiebureau komen opdagen en hij nam zijn telefoon niet op. Eigenlijk zat Sterckx' werkdag er op, maar hij had geen zin om naar huis te gaan. Om zeven uur hadden hij en Noor een afspraak met Ann, hun relatietherapeute. Maar hij was niet van plan die afspraak na te komen en hij zou net als Cosemans zijn telefoon niet opnemen als Noor hem probeerde te bereiken. Wat verwachtte ze eigenlijk van het gesprek met de therapeute? Hoopte ze echt dat de brokken nog konden worden gelijmd? Een onaangenaam gevoel bekroop hem. Er was iets vreemds aan de hand. Noor wilde een man die niet meer van haar hield en aan wie ze zich oeverloos ergerde bij zich houden. Wat was daar de reden voor?

Terwijl hij de auto door het verkeer loodste, overliep hij in gedachten wat hij van Cosemans wist. De man was in de fraterschool zes jaar lang misbruikt en had in 2008 een klacht ingediend tegen frater Gustaaf Spier. Die had het misbruik weliswaar toegegeven, maar de feiten waren verjaard.

Cosemans woonde in de Gasthuisstraat, in een rijtjeshuis dat deel uitmaakte van het Oude Begijnhof. Er was geen bel, wel een metalen hendel aan een ketting, die toen Sterckx eraan trok een ouderwets geklingel het huis in stuurde. Er klonk gestommel in de gang, iemand verschoof een grendel en toen ging de deur open. Een blonde man van middelbare leeftijd deed open. Hij was gekleed in een lichtgroene broek en een lichtgroen jasje en hij staarde Sterckx geschrokken aan toen die zich voorstelde en zijn politiebadge liet zien. 'Er is toch niets gebeurd?' vroeg hij. 'Marc…'

Sterckx stelde hem gerust en vertelde over de reden van zijn komst. De blonde man, die zich voorstelde als Stef Bijnens, bleek de vriend te zijn van Cosemans. Ze woonden al meer dan twintig jaar samen.

'Marc is vanmorgen weer opgenomen in Sancta Maria,' zei hij, 'dat is de psychiatrische kliniek in Melveren. Hij is nu niet in staat om met u te praten, zeker niet daarover. Die zaak van vroeger maakt hem kapot…'

'Bedoelt u die zaak over het misbruik?'

De ogen van Bijnens werden troebel toen hij verder sprak: 'Het is mijn schuld. Ik heb vier jaar geleden tegen Marc gezegd dat hij een klacht tegen die frater moest indienen, ook al was het verjaard. Maar daar heb ik nu spijt van.'

'Ik zou u een paar vragen willen stellen over die zaak,' zei Sterckx.

'Ik heb nu geen tijd,' zei Bijnens, 'ik ben dokter en moet naar het ziekenhuis, mijn patiënten wachten op mij. Kunt u later contact met mij opnemen?'

Hij gaf Sterckx een kaartje met zijn persoonsgegevens.

Sterckx bekeek het naamkaartje van de dokter toen hij in zijn auto zat. Bijnens was neuroloog in het Algemeen Ziekenhuis in Diest. Even bleef hij stil zitten, met zijn handen op het stuur. Er was hem net iets te binnen geschoten, een detail uit het onderzoek naar de dode jongen in het kloosterzwembad nu bijna twintig jaar geleden. De dokter die er toen werd bij gehaald heette ook Bijnens. Bovendien herinnerde hij zich uit het verslag van Zeiz' interview met Jurgen Devos dat die had verteld dat zijn broer Guillaume bij het ongeval een hersentrauma had opgelopen en dat hij in een coma lag. Toen hij toch uit de coma ontwaakte, had de neuroloog gezegd dat het een wonder was. Sterckx dacht na. Als het ongeval in Herk-de-Stad was gebeurd, was de kans groot dat Devos naar het ziekenhuis van Diest was gebracht... en daar werkte Bijnens.

Hij keek op zijn horloge. Als hij nu naar huis vertrok, was hij nog op tijd voor het gesprek bij therapeute Ann, en dat wilde hij absoluut vermijden. Noor en Ann hadden volgens hem een stilzwijgend verbond tegen hem gesloten. Ze genoten ervan hem te betrappen op tegenstrijdigheden en zijn lichaamstaal te analyseren en ze voerden een genadeloze emotionele dissectie uit op zijn woorden. Hij gunde die twee vrouwen hun pleziertje niet meer.

Dus besloot hij op goed geluk naar Lanaken te rijden en Jurgen Devos een bezoekje te brengen. Als uitvlucht voor het niet verschijnen op de afspraak kon hij heirkracht inroepen: de urgentie van het onderzoek. Hij verdrong de gedachte aan de verwijten die Noor hem straks naar het hoofd zou slingeren en genoot van de autorit met de airco op maximum.

In de toonzaal van Brikstein werd hij aangesproken door een vrouw van middelbare leeftijd, die de vrouw van Devos bleek te zijn. Het was zes uur voorbij, maar het was nog druk in de zaak. Sterckx had het gevoel dat de vrouw niet opgezet was met zijn onaangekondigde bezoek. Toen hij haar zijn politiebadge liet zien, meende hij dat hij haar ogen even zag oplichten en in een flits verbeeldde hij zich dat ze hem een kniestoot zou verkopen. Het lag aan hem, zouden Noor en Ann zeggen, hij projecteerde zijn persoonlijke problemen op andere vrouwen. En dat zou nog waar kunnen zijn ook, besefte hij.

Jurgen Devos ontving hem in een kantoor achter de toonzaal, in een walm van sigarettenrook. De magere man in het gekreukte pak achter het bureau deed zelfs geen moeite om uit zijn stoel op te staan en bekeek Sterckx met een verveelde blik. Hij zag eruit alsof hij had liggen slapen.

'Aha, dit keer geen bruine flik?' riep hij.

'We hebben ze in alle kleuren,' zei Sterckx, 'u zegt het maar.'

Devos schoot in een hoestende lach. 'Grapjes maken tijdens de dienst, mag dat?'

Sterckx besefte plotseling dat de man dronken was. 'Drinken in elk geval niet,' repliceerde hij.

Devos maakte een abstract gebaar in de lucht en vroeg: 'U komt waarschijnlijk met het heuglijke nieuws dat het lichaam van mijn broer eindelijk wordt vrijgegeven, of niet?'

'Ik vrees van niet,' zei Sterckx.

Devos zuchtte. 'Dan hou ik dit pak aan tot en met zeventien september, dat is onze trouwdatum.' Hij grijnsde. 'Levend maken we hem toch niet meer, of wat?'

'Ik had een vraagje,' zei Sterckx. 'Wie was de neuroloog die uw broer behandeld heeft na het ongeval?'

Devos keek verbaasd op. 'En daarvoor komt u speciaal naar Lanaken gereden? Heeft de Hasseltse politie dan geen telefoon? Of bent u overuren aan het sparen?' Hij grijnsde. 'Die worden koninklijk vergoed, heb ik in de krant gelezen.'

'Was dat dokter Bijnens?'

Devos kreeg een verbeten trek om zijn mond. 'Bijnens,' zei hij, de naam uitsprekend als was het een scheldwoord. 'Ja, die heeft inderdaad mijn broer behandeld. Ze zouden die man zijn licentie als arts moeten afnemen.'

'Waarom? Heeft hij een medische fout gemaakt?'

'Nog erger,' zei Devos. 'Hij heeft het medische met het persoonlijke verward. U moet weten, Bijnens is behalve arts ook nog priesterjager. Om precies te zijn, hij voert een persoonlijke kruistocht tegen pedofiele priesters. Daar staat u van te kijken, hé?'

'Wat heeft dat met uw broer te maken?'

Devos staarde Sterckx aan. 'Moet ik daar echt een tekening bij maken, na alles wat er is gebeurd? Van die vieze fraters weten we dat ze losse handjes hadden. Wel, toen Guillaume in het klooster trad, heeft Bijnens doodleuk gezegd dat hij hem in dat geval niet meer wilde behandelen. Daar heeft hij mijn broer toen heel erg mee gekwetst. Hij mag een overtuiging hebben, maar dat geeft hem nog niet het recht een patiënt te weigeren. Maar waarom vraagt u naar die man?'

'Zijn naam dook toevallig op,' zei Sterckx.

'Tiens?' Devos keek met open mond naar iets dat zich achter Sterckx bevond. Even leek het of hij in die houding was versteend, maar toen zei hij: 'Volgens mij is dat geen toeval. Ik moet plots aan iets denken. Aan iets dat bijna twintig jaar geleden is gebeurd. Mijn ouders leefden nog. We waren bij hen op bezoek toen we het nieuws hoorden dat er in de fraterschool een jongetje was gestorven, de kleine René Martens uit Halen, zijn vader Emile heeft ook in de fraterschool gezeten, twee jaren hoger dan ik. De dokter die er toen bij werd geroepen was volgens mij ook Bijnens. Hij was nog een jong mannetje toen, pas afgestudeerd, zo'n wijsneus. De volgende dag stond er een artikel in Het Belang van Limburg waarin de dokter beweerde dat René was misbruikt en misschien zelfs vermoord. Maar uit het onderzoek dat daarop volgde zou zijn gebleken dat zijn bevindingen niet klopten. Bijnens heeft zijn woorden moeten inslikken, er werd gezegd dat frater Vanhees hem een proces heeft aangedaan.'

'Heeft Bijnens zelf ook in de fraterschool gezeten?'

'Hij is een inwijkeling, geen idee van waar hij komt. Leuven of Mechelen misschien?' Devos grijnsde en loerde geheimzinnig. 'Verdenkt u soms Bijnens? Maar mijn broer was geen pedofiel. Hij was een echte womanizer. Een idealist met een gezonde inborst, als u begrijpt wat ik bedoel. Vrouwen vallen op gevoelige, artistieke egoisten. Denise had het niet makkelijk met hem.'

Sterckx had het gevoel dat dat hele begrafenispak van Devos een façade was en dat hij zijn broer eigenlijk had gehaat.

'Of misschien was het Vanhees. Hem acht ik tot alles in staat.' Hij maakte een afwerend gebaar. 'Maar ik beschuldig niemand. Frater Vanhees heeft de reputatie een harde te zijn. Wie hem of de andere fraters openlijk beschuldigt, kan maar beter sterk in zijn schoenen staan. Trouwens, ik heb nog vaak moeten denken aan het gesprek dat ik met uw bruine collega heb gevoerd. Volgens mij heeft de moord op Guillaume niets te maken met die andere priestermoorden. Strikt genomen was mijn broer ook geen priester, hij was een soort gelovige kluizenaar.'

'Die dat eenzame leven blijkbaar beu was,' zei Sterckx. 'Want hij was weer aan het werk geschoten. Was hij van plan om bij de congregatie van de fraters te blijven?'

Devos haalde zijn schouders op. 'Degreef had hem gevraagd de plannen te tekenen. Wat hij daarna zou doen, weet ik niet. Hij was verliefd op het klooster. In zijn plannen zou het oude gebouw ook zo goed als volledig gerenoveerd worden. Ik vermoed dat hij pech heeft gehad, dat hij de verkeerde man op de verkeerde plaats was en iets ontdekt heeft dat verborgen moest blijven. Daarom is hij vermoord. Je blijft best op een respectabele afstand als katholieken zaken gaan doen. U kent toch dat gezegde: als je een katholiek een hand geeft, tel dan achteraf je vingers.'

'Dat is zo'n uitdrukking,' zei Sterckx, 'waarbij je katholiek door ongeveer alles kunt vervangen.'

'Maar niet door mijn broer. Guillaume was zo eerlijk als goud.'

'Wat moest er verborgen blijven? Is er gesjoemeld met de verkoop van het klooster?'

Devos hief zijn handen machteloos ten hemel. 'De verkoop was een zaak tussen Degreef en Vanhees. Misschien moet u die vraag aan hen stellen.'

Toen Sterckx door de toonzaal naar buiten liep, wenkte de vrouw van Devos hem dichterbij met haar vingertje, als een meesteres haar slaafje. Ze was dertig centimeter kleiner dan hij, maar slaagde er toch in om op hem neer te kijken.

'Uw collega, die de vorige keer hier was,' zei ze, 'heette die niet

Zeiz? Al dagen zit ik erover te piekeren, en nu weet ik ook aan wie hij me deed denken. Aan Sidney Poitier in *In the heat of the Night*, als hij die detective speelt die in een of ander achterlijk stadje een racistische moord moet gaan oplossen. Hoe heet die detective ook weer?'

'Virgil Tibbs,' zei Sterckx.

Perplex keek ze hem aan. 'Kent u die film? Maar dat is van voor uw tijd, jongeman.'

Het viel Sterckx op dat haar lach hartelijk was. Bij het naar buiten gaan, keek hij nog één keer om. Ze zwaaide hem uit. Hij zwaaide terug. Misschien moest hij zijn mening over haar herzien, hij mocht niet alle vrouwen over één kam scheren.

29

Kareem Zeiz stond aan de tapkast van het stationsbuffet. Hij liet zijn lippen in het schuim van zijn cappuccino zinken. Het was halfacht in de ochtend en door de openstaande perrondeuren waaide een metalen luidsprekerstem naar binnen. De reizigers haastten zich naar buiten. De patron riep iets dat verloren ging in het gedender van de trein die op perron één binnenstormde. Op de tapkast lag Het Belang van Limburg. Zeiz trok de krant naar zich toe en hief zijn hand op naar de patron om nog een tweede cappuccino te bestellen.

Hij schrok toen hij de voorpagina zag. Onder de titel 'Raid op woonblok illegalen' stond een foto van het flatgebouw aan de Kempische Steenweg waar hij woonde. Volgens de journalist was daar een inval geweest, een gezamenlijke actie van de plaatselijke politie, het speciale interventieteam van de federale politie, de Dienst Vreemdelingenzaken en de arbeidsinspectie. In het gebouw, waar officieel veertig mensen woonden, werden vierentachtig personen aangetroffen, van wie meer dan de helft niet over geldige papieren bleek te beschikken. Zeventien mensen werden gearresteerd. Ze werden verdacht van drugshandel, mensenhandel en prostitutie. Onder de arrestanten waren een paar Oost-Europese en Aziatische vrouwen, van wie vermoed werd dat ze minderjarig waren. Er waren soft- en harddrugs en zelfs enkele vuurwapens in beslag genomen. De eigenaar van het pand, die al eerder van huisjesmelkerij werd beticht, verklaarde niet te weten dat zijn flats werden onderverhuurd. De actie werd algemeen als een succes beschouwd.

Maar Zeiz schrok pas echt toen hij in een kaderstukje een foto zag van een verdacht uitziende Noord-Afrikaan, die op het punt stond het groezelige gebouw binnen te gaan. Met vertraging herkende hij in het weinig flatterende portret zichzelf. Eronder stond de tekst: 'Eén van de flats staat op naam van de Hasseltse politieman Kareem Z. (zie foto boven). Er zouden één of meer illegale Aziatische vrouwen wonen. Z. is al eerder in opspraak gekomen. De Hasseltse politie voert een intern onderzoek.'

Terwijl hij aan het lezen was, viel er een schaduw over de krant. De patron zette een cappuccino op de tapkast en zei: 'Ze worden gearresteerd en een paar uur later weer vrijgelaten.' Hij wees naar buiten, naar het stationsplein dat in de ochtendzon schitterde: 'En dan duiken ze hier weer op.'

Zeiz betaalde, maar liet de cappuccino onaangeroerd. Hij vouwde de krant op en wierp hem in het naar buiten gaan in de vuilnisbak.

Hoofdcommissaris Vanderweyden reageerde in een interview voor TV Limburg met scherpe bewoordingen op de loze suggestie in de krant dat een agent van zijn korps bij de illegale activiteiten in het woonblok zou zijn betrokken. Hier was geen enkele indicatie voor, verklaarde hij, en er liep geen onderzoek in die richting. Het bericht was met andere woorden volstrekt onjuist.

Ondanks die openlijke steun bleef Zeiz met een wrang gevoel zitten. De foto van hem in de krant kwam natuurlijk van Davy Smolders en hij was gemaakt met voorbedachten rade. Het kon niet anders of iemand van de recherche moest hem hebben getipt over de geplande raid.

Die raid was, in tegenstelling tot wat in de pers werd beweerd, geen succes. In minstens één opzet waren de politiediensten niet geslaagd: ze hadden Al Waawi niet kunnen oppakken. Hoewel het kantje boord was geweest. De Marokkaan was gesignaleerd in de Genkse wijk Sledderlo, in een huis dat gehuurd werd door een vriend van hem, een van zijn onderduikadressen. Toen ze er binnenvielen, troffen ze alleen een ondervoede bulterriër aan, die in zijn eigen stront en omringd door vliegen lag te zieltogen. In de kelder was een primitief laboratorium voor xtc-pillen ingericht. Een meevaller was dat op haast alle voorwerpen de vingerafdrukken van Al Waawi werden gevonden. En de patron van het stationsbuffet had ongelijk: niet alle gearresteerden van het pand aan de Kempische Steenweg werden diezelfde dag nog vrijgelaten. Twee van hen, een Pakistaan en een Indiër, werden naar een gesloten asielcentrum overgebracht, in afwachting van een gedwongen repatriëring. Zij hadden niets meer te verliezen en wezen Al Waawi aan als de man die elke week samen met een kompaan de zwarte huurgelden kwam incasseren. De politie had dus genoeg in handen om hem te arresteren. Het probleem was alleen dat hij onvindbaar was.

De dag kondigde zich dus niet erg gunstig aan, maar enkele uren later kwam de eerste opsteker. Inspecteur Daniëls had een aantal gewiste bestanden op de laptop van deken Busschaert kunnen terugvinden. Eén van die bestanden bleek een film van enkele minuten te zijn, gemaakt in de Club Sauna Massage in Aarlen. Duidelijk herkenbaar waren deken Lode Busschaert, die blijkbaar onwel was geworden en ondersteund werd door zijn huishoudster Maria Kuzniak, en kerkmanager Yvan Bonheide. Allen waren naakt. Op de achtergrond bewoog zich een vage vrouwenfiguur, die tussen haar borsten een zilveren kruisje droeg. Ze hield haar hand voor haar mond, als een aangeslagen kind, maar ook over haar identiteit bestond geen twijfel: het was onderzoeksrechter Lieve Engelen.

'Zetten we het filmpje op YouTube?' vroeg Sterckx.

'Ik stel voor dat we een paar mensen opnieuw op de rooster gaan leggen,' suggereerde Zeiz.

Onderzoeksrechter Engelen nam haar telefoon niet op. Zeiz sprak op haar voicemail de boodschap in dat hij haar dringend wilde spreken.

Commissaris Vonck zocht Bonheide op in zijn kantoor op het Vrijwilligersplein. Toen hij hem een uitvergroot beeld uit de film toonde, viel zijn mond open en keek hij instinctief naar de deur, als vreesde hij dat daar de bisschop himself zou staan mee te kijken. Maar zijn aarzeling duurde maar enkele seconden. Hij haalde zijn schouders op en zei: 'Wat wilt u dat ik daarop zeg? Dat was een privéontmoeting. Ja, wij zijn daar samen naartoe geweest. En in een sauna ontmoet men elkaar nu eenmaal naakt.'

'Wij willen u alleen confronteren met uitspraken in eerdere interviews die we met u hadden,' zei Vonck. 'Op de dag dat u het lichaam van deken Busschaert vond, verklaarde u dat uw relatie met hem louter zakelijk was.' Hij sloeg een map open, bladerde erin en vervolgde: 'Over Lieve Engelen verklaarde u letterlijk, ik citeer: "Zij heeft van deken Busschaert de toelating gekregen om hier 's ochtends voor het openingsuur te komen bidden. Ik doe dus gewoon de deur voor haar open. Ik ken haar niet persoonlijk. Ik wist dat ze op het gerecht werkte, maar niet dat ze onderzoeksrechter was."'

Bonheide glimlachte zuur. 'Stel dat ik de waarheid een beetje geweld heb aangedaan, heb ik dan iets gedaan dat strafbaar is?'

'Wat ons stoort,' zei Vonck met een even zure glimlach, 'is dat u de waarheid geweld hebt aangedaan in een officieel politie-interview naar aanleiding van een moord. Als dit voor u futiliteiten zijn, waarom heeft u ze dan verzwegen?'

'Om persoonlijke redenen. Omdat er al genoeg gepraat wordt. Ik hoop dat ik op uw discretie kan rekenen.' Bonheide wees naar de foto. 'Dit is redelijk compromitterend materiaal. U kunt zich voorstellen wat er gebeurt als de pers dit filmpje in handen krijgt.'

'Waaruit leidt u af dat dit beeld uit een film komt?'

Bonheide aarzelde even. 'Dat was een ingeving. Het is een redelijk onscherp beeld, daarom ging ik ervan uit dat het uit een film is geknipt. Hoe komt u er eigenlijk aan?'

Vonck negeerde die vraag. 'Had u een vriendschapsrelatie met deken Busschaert?'

'We waren goede bekenden. We hebben elkaar getroffen in de sauna, zoals u ziet.'

'Wat is uw relatie met Lieve Engelen?'

'We waren, of beter gezegd, we zijn goede bekenden.'

'Doet u de waarheid nu weer geweld aan?'

Bonheide ademde diep in. 'Er is nog zoiets als het recht op privacy. Kunt u me uitleggen wat deze strikt persoonlijke zaken met het moordonderzoek te maken hebben?'

'Wij vragen ons af waarom u ze heeft verzwegen. En of dat verband houdt met de moord. Misschien verzwijgt u nog andere dingen. Had u de dagen voordien een persoonlijke ontmoeting met deken Busschaert?'

Bonheide schudde het hoofd, alsof die vraag hem in de war had gebracht. 'Ik vrees dat ik niet bij machte ben dit gesprek nog verder te voeren,' zei hij. 'Beseft u wel welke gevolgen dit voor mij kan hebben? Als dit uitkomt, staat mogelijk mijn job ter discussie.'

'Heeft u een verhouding met mevrouw Engelen?'

'Dat is een moeilijke vraag waar ik liever niet op wil antwoorden,' zei Bonheide. Hij stond op om aan te geven dat hij het gesprek als beëindigd beschouwde.

Vonck stond perplex over dit antwoord. Maar hij zag in dat verder aandringen geen zin had. Hij vertrouwde erop dat de ondervraging van Maria Kuzniak vlotter zou verlopen.

Dat bleek een juiste inschatting te zijn. Zeiz en Sterckx spraken met Maria Kuzniak in het huis van de vermoorde deken aan de Luiker-steenweg. Bij de confrontatie met de foto reageerde de Poolse alsof voor haar de wereld instortte. Ze ging op een keukenstoel zitten en verborg haar gezicht in haar handen.

Maar toen probeerde ze de zaken te minimaliseren. 'Ik ben één keer mee geweest naar de sauna,' zei ze.

'U heeft al eerder toegegeven dat u een relatie had met Lode Busschaert,' bracht Zeiz haar in herinnering. 'En we weten ook precies op welke dagen u met hem in die club bent geweest. Dus blijven liegen heeft geen zin. Denk eraan dat dit een verhoor is en dat u de waarheid moet spreken. U vormde een vriendenclubje met Busschaert, Bonheide en Engelen?'

Ze schudde haar hoofd. 'Dat lijkt maar zo op dat filmpje. Ik was toch niet bevriend met mijnheer Bonheide en mevrouw Engelen. Dat is chic volk. Ik ben maar een poetsvrouw.'

Zeiz keek snel naar Sterckx. Ze hadden haar alleen een foto getoond en niets over een film gezegd.

'Wanneer heeft u die film voor het eerst gezien?' vroeg Zeiz.

'Op het...' Ze zweeg.

'Op het etentje de avond voor de moord,' zei Zeiz.

Het bleek een goede gok te zijn. Kuzniak verborg haar gezicht in haar handen. Toen ze weer opkeek, waren haar ogen rood van de tranen. 'Ze hebben me gezegd om te zwijgen,' snikte ze. 'Wat moest ik anders doen? Ik ben maar een gewone poetsvrouw.'

'Wie heeft gezegd dat u niets over die film mocht zeggen?'

'Mijnheer Bonheide en mevrouw Engelen.'

'Dus u was de avond voor de moord bij de deken thuis en u heeft gekookt?'

Ze knikte. 'Ik heb het eten klaargemaakt, opgediend en alles opge-ruimd. Maar ik heb niet meegegeten. Lode... euh, de deken zei dat het een werklunch was.'

'Behalve mevrouw Engelen en mijnheer Bonheide was daar ook nog pastoor Bonnet van Diepenbeek aanwezig, dat klopt toch?'

'En nog iemand die ik niet ken, een oudere man.'

'Een priester?'

'Dat zou kunnen, maar zeker weet ik het niet. Hij was heel... hoe moet ik het zeggen... gedistingeerd. Hij heeft ook bijna niets gege-ten. Een akelige man, vond ik. Ik had het gevoel dat hij dwars door me heen keek.'

'Hoe heette hij?'

'Dat weet ik niet.'

Zeiz had de aarzeling gevoeld. 'Bent u daar zeker van?'

Ze knikte. 'Ik had hem nooit eerder gezien.'

'Dus u stond in de keuken. Aan tafel zaten vijf personen. Waarover hebben ze gepraat?'

Ze keek Zeiz verontwaardigd aan. 'Dat weet ik natuurlijk niet. Het keukenraam stond open en ze zaten op het terras. Af en toe hoorde ik een woord, meer niet.'

'En ze hebben naar het filmpje van de sauna gekeken.'

'Mijnheer Bonheide had zijn laptop bij zich en daar hebben ze dan samen naar gekeken. Maar wat ze er precies over hebben gezegd, heb ik niet verstaan.'

Zeiz besloot nog een gok te wagen. 'We weten dat de deken werd gechanteerd...'

Ze keek wanhopig op. 'Maar dat is niet waar. Waarmee zou hij gechanteerd zijn? Omdat we een relatie hadden? Hij was bijna met pensioen. We waren van plan om uit Hasselt weg te gaan en ergens anders een nieuw leven op te bouwen.' Ze pulkte een zakdoek uit haar mouw en snoot haar neus. Vervolgens stak ze de zakdoek terug. 'Anderen hadden een probleem. De deken zei nog tegen mij: ik ga ze zeggen dat ik het beu ben, het moet gedaan zijn met die leugens.'

'Welk probleem hadden die anderen?'

Ze haalde haar schouders op en keek recht voor zich uit. 'Het probleem dat veel priesters hebben.'

'Kunt u alstublieft een beetje duidelijker zijn, mevrouw Kuzniak? Welk probleem hebben veel priesters?'

Eerst knipperde ze met de ogen, maar toen vertrok haar gezicht in een kramp en spuwde ze het uit: 'Ze hebben seks met kinderen, dàt is hun probleem.'

Zeiz was even sprakeloos. 'Beschuldigt u nu de mannen die op dat etentje waren?'

'Bonnet was een pedofiel, dat weet ik. Hij kwam geregeld bij de deken biechten. Ja, ik weet het, het biechtgeheim is heilig. Maar ook een biechtvader moet ergens terecht kunnen als hij dingen hoort die te zwaar zijn om alleen te dragen, ook hij heeft soms een luisterend oor nodig. Maar het ging die avond niet alleen over Bonnet. En ze-ker niet over dat domme filmpje. De deken heeft er eens hard mee gelachen. Nee, er was iets anders aan de hand. Maar wat dat was, weet ik echt niet. Ik wil het ook niet weten.' Ze zuchtte diep en liet haar hoofd zakken. 'Zo,' fluisterde ze, 'ik heb het gezegd. Eigenlijk had er een advocaat bij moeten zijn, nee?'

'Waarom?' vroeg Zeiz. 'U heeft niets strafbaars gedaan en u wordt nergens van beschuldigd.'

Maar hij wist waarom ze dat zei. Iemand had haar de instructie gegeven niet met de politie te praten voordat er een advocaat bij was.

'Het maakt ook niet uit,' zei ze, 'alles is gezegd.'

Sterckx had de hele tijd gezwegen. Tot ze in de auto stapten, toen zei hij: 'Ik weet wat ze gaat doen. Ze gaat terug naar Polen.'

Ze zagen haar voor het raam van de dekenij staan, het glasgordijn als een sluier voor haar angstige gezicht.

30

De man maakte een treurige indruk zoals hij daar in Zeiz' bureau in de bezoekersstoel hing alsof hij last had van zijn rug.

Toch was Stef Bijnens geen leeghoofd, zijn curriculum vitae imponeerde. Als jonge arts had hij zich gespecialiseerd in de neurochirurgie en na een doctoraat aan de Vrije Universiteit van Brussel leek voor hem een academische carrière te zijn weggelegd. Maar hij koos voor de praktijk en toog aan het werk in het Stedelijk Ziekenhuis van Diest, waar hij een serieuze reputatie als neurochirurg opbouwde. Hij legde zich onder meer toe op de stereotactische radiochirurgie, een in die jaren nieuwe techniek waarbij afwijkingen in de hersenen met uiterste precisie konden worden bestraald. Maar vrij abrupt brak hij die veelbelovende carrière af nadat hij zijn vriend en huidige levenspartner, Marc Cosemans, had leren kennen. Hij nam ontslag als neurochirurg en stapte in een groepspraktijk van neurologen. Daarnaast trad hij in dienst als vertrouwensarts bij het Vertrouwenscentrum Kindermishandeling in Hasselt. Die carrièrebreuk was voor zijn vrienden en collega's onbegrijpelijk, maar voor hem logisch, legde hij uit in een openhartig interview in Humo, dat Zeiz vond op het internet. Hij en zijn vriend waren beiden seksueel misbruikt in hun jeugd: Bijnens door zijn stiefvader, Cosemans door geestelijken in zijn school. Cosemans had er een chronische depressie aan overgehouden, die met de jaren erger leek te worden. Nadat Bijnens hem ervan had kunnen overtuigen om met zijn verhaal naar buiten te komen en klacht in te dienen tegen zijn misbruiker, was Cosemans helemaal ingestort.

Bijnens had spontaan contact opgenomen met Sterckx en om een persoonlijk onderhoud gevraagd. Cosemans, die in het psychiatrisch ziekenhuis Sancta Maria in Melveren was opgenomen, had de afgelopen nacht geprobeerd de hand aan zichzelf te slaan. Hij had zich de polsen overgesneden, maar een verpleger had op tijd alarm kunnen slaan.

'Het probleem van Marc is dat van het gif dat zich heeft opgestapeld en dat hij niet meer kwijtraakt,' legde Bijnens uit aan de speurders. 'Het is zoals met een loodvergiftiging die jaar in jaar uit haar tol blijft eisen, tot het lichaam helemaal kapot is.'

Met zijn instemming waren behalve Sterkcx ook Zeiz en Vonck bij het gesprek aanwezig. 'Ik besef dat ik me in een moeilijk parket bevind,' zei hij. 'Als vertrouwensarts moet ik me houden aan mijn beroepsgeheim. Ik mag uiteraard over dingen praten die behoren tot mijn persoonlijke levenssfeer. Daar reken ik de ervaringen van Marc ook bij. Maar ik weet nu niet meer waar ik de grens moet trekken.'

'Bedoelt u,' vroeg Zeiz, 'dat u dingen weet die relevant zouden kunnen zijn voor ons onderzoek, maar waar u als arts niet over mag praten?'

'Precies.' Bijnens ademde diep in. 'Ik heb er altijd voor gepleit dat wat seksueel misbruik betreft hulpverlening en justitie moeten samenwerken. Maar hoe ga je dat organiseren? Mensen komen in vertrouwen naar ons toe, vertellen hun verhaal en vragen raad. Vaak geven ze aan door wie ze zijn misbruikt. Als hulpverlener heb ik een spreekrecht, ik mag naar de politie stappen als ik sterke aanwijzingen van misbruik vaststel. Maar ik mag u geen lijst geven van mogelijke daders, die nu ongestraft blijven.' Hij schudde het hoofd. 'Maar goed, dat is een oude discussie, daarvoor ben ik niet gekomen. Ik wil het hebben over die fraters, of beter gezegd, over sommige fraters uit het klooster van Zelem. U weet dat Marc enkele jaren geleden een klacht heeft ingediend?'

Zeiz knikte. 'In 2008 heeft hij een klacht ingediend tegen frater August Spier. Maar er is geen gevolg aan gegeven, omdat de feiten waren verjaard.'

Bijnens lachte wrang. 'Frater Wriemel, ja. Dat is de man door wie Marc jarenlang is misbruikt. Zes jaar lang om precies te zijn. Het gebeurde tussen 1967 en 1973. Dat was in 2008 dus 35 jaar geleden en dit soort feiten verjaart na 15 jaar. Spier heeft het misbruik ook toegegeven, tijdens een verhoor bij de politie, gedeeltelijk althans. Het klopt dat hij toen al aan ouderdomsdementie leed, maar hij wist heel goed waar het over ging. Hij zei letterlijk dat er bepaalde 'frivoliteiten' waren gebeurd, die nu niet meer konden, maar die indertijd eigenlijk normaal waren. Nu moet u weten dat het om zwaar misbruik ging, verkrachting, penetratie gecombineerd met fysiek geweld. Marc heeft er nooit iets van durven te zeggen tot hij mij leerde kennen. Heel veel mensen waren op de hoogte van het misbruik, maar hebben hun mond gehouden. Ik denk dat dat de diepste wonden heeft geslagen: dat verpletterende zwijgen. Iedereen wist of vermoedde iets, maar niemand deed iets. Een vriendje van Marc, die een jaar hoger zat, veranderde plots van school. Bleek dat zijn ouders bij het bisdom waren gaan klagen dat frater Vincentius met zijn handen in de broek van hun zoon zat. Het antwoord aan de ouders was: kies een andere school. Marc was dus niet de enige die werd misbruikt. De meeste slachtoffers houden ook nu nog hun mond. De verantwoordelijken van nu willen niets liever dan het stinkende potje gedekt houden.' Bijnens keek het kantoortje rond, alsof hij inspiratie voor zijn verhaal zocht op de kale muren. 'Maar dit ter inleiding. Wat ik hier vertel, is tegenwoordig niet meer opzienbarend. Er zijn de laatste jaren veel dingen aan het licht gekomen. Maar er is één probleem: de schuldigen ontlopen meestal hun straf, hetzij door verjaring, hetzij door het verdoezelen van de feiten door de kerkelijke overheden.'

'U bedoelt de orde van de Constantijnen, waartoe de fraters van Zelem behoren?' vroeg Zeiz.

Bijnens knikte. 'Omdat ze bij de orde geen gehoor vonden, zijn de meeste slachtoffers gaan klagen bij het bisdom. Die dossiers zijn er, maar niemand mag ze inkijken.'

'Wat voor zin heeft dat nog, als ze toch verjaard zijn?' vroeg Sterckx.

'Waarom zouden verjaarde feiten in de kast moeten blijven liggen?' vroeg Bijnens fel. 'Die dossiers kunnen het bewijs leveren dat de klager geen leugenaar is. Er staan data en namen in. De dader kan ermee worden geconfronteerd. Maar… sommige feiten zijn niet verjaard.' Hij keek de speurders triomfantelijk aan. Toen die niet meteen reageerden, vervolgde hij, langzaam sprekend als voor een publiek van onwetende leken: 'Een aantal feiten is niet verjaard en dus nog strafbaar en er bestaan dossiers van.'

'Bij het bisdom?' vroeg Zeiz.

'Bij het bisdom en ook bij de orde, vermoed ik.'

'En bij u, in het Vertrouwenscentrum.'

Bijnens glimlachte nauwelijks merkbaar. 'De verjaringstermijn begint te lopen vanaf het ogenblik dat het slachtoffer achttien jaar wordt. De feiten waar ik het over heb, dateren van meer dan vijftien jaar geleden, maar de slachtoffers waren toen tussen tien en veertien jaar oud. De daders hebben een beetje pech gehad, de termijn is vorig jaar met vijf jaar verlengd. En ik weet dat er na 1988 nog misbruik is geweest.' Hij leek zelf een beetje te schrikken van zijn uitspraak. Had hij de grens waar hij het daarnet nog over had, overschreden?

'Dus zij kunnen nog worden aangeklaagd?'

'Dat moeten de slachtoffers beslissen. Zij moeten zelf het initiatief nemen. Maar u zult zich natuurlijk afvragen welk belang die dossiers kunnen hebben voor het onderzoek dat u voert naar de moord op de drie geestelijken en de verdwenen priester?'

'Ik neem aan dat u ons dat nu gaat verklaren,' zei Sterckx.

'Eén ding wil ik meteen duidelijk stellen,' zei Bijnens. 'Ik kan u geen dossiers bezorgen. Maar ik kan u zeggen wat ik denk, vertrekkend van een paar eenvoudige vaststellingen. De drie vermoorde geestelijken én de verdwenen pastoor hebben allen een band met het klooster van Zelem. Behalve een basisschool was er op het domein ook een bezinningscentrum, waar geregeld geestelijken, maar ook leken uit allerlei christelijk geïnspireerde religieuze organisaties werden ontvangen. Ze noemden het een...'

'...een oase,' zei Zeiz. Hij genoot van de verbaasde blikken en vervolgde: 'Een plek waar mensen op verhaal kunnen komen en nieuwe geestelijke bronnen kunnen aanboren.'

'Ik zie dat u zelf al enig opzoekingswerk heeft verricht,' zei Bijnens.

'Ik heb met frater Vanhees gesproken.'

Het gezicht van Bijnens betrok. 'Over hem wilde ik het ook hebben. Hij is de centrale figuur in mijn verhaal, hoewel hij pas opduikt in 1990 wanneer hij directeur wordt van het domein. Onder zijn leiding worden de organisatie en de werking efficiënter, op alle gebieden...' Hij grijnsde en sprak verder met stemverheffing: 'En dan heb ik het dus niet alleen over zijn kwaliteiten als pedagoog en manager. Hij was wat ik zou durven noemen de perfecte organisator van het kwaad.'

'Hij was bij het misbruik betrokken, bedoelt u dat?' vroeg Sterckx.

Bijnens keek hem onthutst aan. 'Ik moet opletten wat ik zeg, want Vanhees is gevaarlijk. Maar als ik zie hoe diep Marc nu zit, kan ik niet anders dan vrijuit spreken. Ik kan niet langer zwijgen. Maar ik weet dat Vanhees niet alleen blaft, hij bijt ook. Als je hem van iets beschuldigt, gaat hij in de tegenaanval. Als je het niet kan bewijzen, dient hij een klacht in. En hij heeft relaties. Ik zeg dus alleen dat hij de perfecte organisator van het kwaad is. Hij kan dat hoogstens interpreteren als een belediging.'

Vonck knikte. 'In 1994 heeft hij een klacht tegen u ingediend, omdat u hem beschuldigde van misbruik.'

'Ik heb hem niet persoonlijk beschuldigd. Ik had toen het lijkje van René Martens onderzocht en geconstateerd dat die jongen misbruikt was en dat het overlijden verdacht was. In mijn jonge overmoed heb ik dat ook zo verklaard aan een journalist. Vanhees heeft toen een klacht tegen me ingediend. De rector van het ziekenhuis heeft me op het matje geroepen. Er werd een autopsie verricht en daaruit bleek dat de jongen mogelijk was misbruikt, maar dat de verwondingen ook een gevolg van zelfverminking konden zijn. En als er al sprake was van misbruik, dan kon dat net zo goed buiten de school of thuis zijn gebeurd. Er werd geconcludeerd dat René in zijn eentje de slaapzaal had verlaten en naar het zwembad was gegaan. Daar was hij uitgegleden, in het water gevallen en verdronken. Onderzoek gesloten. Ik zit nu nog altijd met het wrange gevoel dat ik te vlug heb toegegeven.'

'Maar u had wel een klacht aan uw broek,' zei Sterckx.

'Na het afsluiten van het onderzoek heeft Vanhees zijn klacht ingetrokken. Tenslotte had ik niet hem persoonlijk of een van de andere fraters beschuldigd.'

'Maar zo was het wel bedoeld?' vroeg Zeiz.

'Dat geef ik toe. René Martens zat in het derde leerjaar en hij verbleef op het internaat. Mijn gevoel zei me dat er iets niet klopte en dat het kwaad daar was geschied. Eigenlijk was het puur intuïtief. Ik was een inwijkeling en werkte nog maar een jaar in Diest, als stagiair-dokter. Van de plaatselijke mentaliteit en geruchten wist ik nog niet veel. Dat veranderde toen ik Marc leerde kennen. Hij heeft zes jaar in het internaat gewoond. Het is een hel voor hem geweest. Maar bij wie moest zo'n jongetje gaan klagen? Seks was geen thema, erover praten was taboe. En de fraters hadden aanzien. Hun school had een erg goede reputatie. Ze waren innovatief. In de jaren zestig al kregen alle leerlingen dactylo volgens een nieuwe professionele methode. Er was een koor. Er werd toneelgespeeld. Zwemmen maakte deel uit van het lessenpakket.'

'Een school met een eigen zwembad,' zei Sterckx. 'Wat een luxe.'

'Van Marc weet ik dat het fameuze zwembad van de fraters ook een andere, duistere functie had. Sommige fraters waren overactief bij het afdrogen en omkleden van de jongetjes. Er werden privézwemlessen gegeven, waarbij naakt zwemmen werd aangemoedigd. Maar volgens Marc was het een regel, men hoefde zich niet te schamen voor zijn lichaam. Heel wat ideeën van de moderne tijd werden gretig door de fraters overgenomen. Onder leiding van Vanhees werd het oude klooster een 'inspirerende ontmoetingsplaats voor lichamelijke en geestelijke ontspanning'. En het zwembad kreeg een centrale plaats in de programmering van de retraites. Later, toen de school werd gesloten, bleef het bezinningscentrum actief en werd het zwembad verder gebruikt.'

Zeiz schraapte zijn keel. 'U geeft nu aan dat de fraters zich hebben schuldig gemaakt aan kindermisbruik. Maar zijn daar ook bewijzen van?'

'Er zijn getuigenissen. Slachtoffers en ouders van slachtoffers zijn gaan klagen bij het bisdom en bij de orde van de fraters. Als vertrouwensarts heb ik tientallen dossiers met betrekking tot het oude klooster in mijn bezit.'

'Maar als ik het goed begrijp,' zei Zeiz, 'heeft niemand daar iets aan, zolang de slachtoffers zelf niet in actie komen. En ik neem aan dat u als vertrouwensarts niet naar hier bent gekomen om een klacht wegens seksueel misbruik in te dienen tegen de fraters.'

Bijnens wachtte even voor hij verder sprak. 'Er is volgens mij een link tussen het misbruik en de moorden. Om dat te zeggen ben ik naar hier gekomen.'

'Iemand neemt wraak?' zei Sterckx.

Bijnens keek op. 'Is dat zo? Wordt er iemand verdacht? Ik las in de krant dat het onderzoek muurvast zat.'

'En toen dacht u: ik zal die sukkelaars even gaan helpen,' zei Sterckx met een valse grijns.

'Natuurlijk kan het zijn dat een van de vroegere pedofilieslachtoffers nu wraak neemt.' Bijnens aarzelde. 'Ik zou dat eerlijk gezegd zelfs goed kunnen begrijpen. Maar de moord op Guillaume Devos heeft me aan het denken gezet. Devos woonde nog maar vier jaar in het klooster. Hij had met het misbruik niets te maken. Devos was ook geen echte geestelijke. Hij had het ambt van frater opgenomen omdat hij zo de kans kreeg om als kluizenaar in het oude klooster van zijn schooltijd te gaan leven. Gedreven door een romantische bevlieging en een persoonlijk drama. Hij voelde zich schuldig en zocht antwoorden. Dat is normaal bij de verwerking van zo'n trauma.' Bijnens lachte. 'Maar het was niet gratis, dat heeft hij me zelf verteld. Zoals ik Vanhees ken, zal hij daar zwaar voor hebben moeten dokken.'

Zeiz knikte. 'U was zijn arts. Maar u heeft toen…'

Bijnens onderbrak hem. 'Ja, ik heb toen geweigerd hem nog te behandelen. In een opwelling, toen hij op consultatie kwam en mij vertelde wat zijn plannen waren. Marc zat net in een moeilijke fase en ik had als vertrouwensarts een aantal nieuwe dossiers over de fraters liggen. Maar het was fout, ik had Devos niet mogen afwijzen. We hebben toen een zware discussie gehad, waarin ik hem mijn mening over de fraters heb gezegd.' Bijnens wachtte even. 'Ik heb Devos nog één keer teruggezien, enkele dagen voor zijn dood. Toen heeft hij me dit gebracht.' Bijnens haalde uit zijn aktetas een mapje, dat hij aan Zeiz overhandigde.

Zeiz sloeg het open en bladerde erin. Het waren lijsten met namen en data. De eerste registratie dateerde van november 1990, de laatste van januari 2008.

'Dit is een kopie van de aanwezigheidslijsten van de retraites, georganiseerd door de fraters,' zei Bijnens. 'U zult zien dat er een gevarieerd publiek kwam. Ik heb de lijsten vergeleken met een aantal dossiers over misbruik die ik in mijn bezit heb. Sommige namen zijn gemarkeerd, de data komen overeen met wat slachtoffers aan mij hebben verteld. Ook Daniël Bonnet, Stan Buylen en Lode Busschaert zijn daarbij.'

Zeiz hapte naar adem. 'Bedoelt u dat er georganiseerd misbruik is gepleegd? Dat kinderen uit de basisschool en het internaat werden aangeboden in...' hij zocht naar het woord, '...in de oase?'

'Ik weet niet of u het zo kan stellen, maar de situatie vormde de ideale dekmantel, de ideale jachtgrond voor een pedofiele jager. Er was enerzijds een school met kwetsbare kinderen, ook weeskinderen, die nauwelijks ergens verhaal konden halen, en er was de prachtige omgeving, de afzondering en het zwembad. Voeg daar een paar pedofielen aan toe en wat is het gevolg?' Hij grijnsde. 'Dat is overigens de hele problematiek van de pedofilie binnen de Kerk. Het systeem van onderwijs, jeugdbeweging, opvang en retraite oefende een haast onweerstaanbare aantrekkingskracht uit op een pedofiel. Lange tijd was de Kerk een veilig schuiloord voor deze misdadigers.'

Zeiz sloeg de map dicht. 'Waarom kwam Devos hiermee naar u?'

'Ik had hem verteld dat ik een dossier tegen de fraters aan het samenstellen was en dat ik daarmee ooit naar buiten zou komen, zodat iedereen kon zien wat voor een monsters het waren.'

'Is dat zo?' vroeg Zeiz. 'Bent u een dossier aan het samenstellen?'

Bijnens ontweek die vraag. 'Devos moet zelf op onderzoek zijn gegaan. Natuurlijk wist hij ook dat de fraters niet zuiver op de graat waren. Iedereen in Zelem en omstreken wist dat. Devos is er trouwens zelf naar school geweest. Maar eerlijk gezegd geloof ik dat zijn motieven om me die lijsten door te spelen elders te zoeken waren. Hij was erg gefrustreerd over iets, maar ik weet niet wat het geweest kan zijn.'

'Allemaal goed en wel,' zei Sterckx. Hij nam de map en liet de bladzijden met zijn duim achter elkaar wegflippen. 'Maar is dit niet eerder iets voor de zedenpolitie? Of zit onze moordenaar hiertussen?'

Bijnens stond op. 'Dit is wat ik te vertellen heb. Voor hij wegging zei Guillaume Devos dat hij ook iets op het spoor was, iets dat volgens mij geen verband hield met het misbruik. Maar hij moet vermoed hebben dat ik iets met deze lijsten kon aanvangen en dat is natuurlijk ook zo, tenminste als de slachtoffers een klacht willen indienen.'

'Wat was hij volgens u dan op het spoor?' vroeg Zeiz.

Bijnens legde in een gebaar van berusting zijn handen open op tafel, als wilde hij onderstrepen wat niemand geloofde, namelijk dat hij alles had gezegd wat hij wist.

'Dat waren zijn laatste woorden,' zei hij. 'Ik heb hem daarna niet meer teruggezien.'

31

Wat Zeiz zag, telkens als hij liggend op het bed door het raam van zijn oude jongenskamer naar buiten keek, waren herinneringen. Hij was het drukke politiebureau ontvlucht en was naar huis gewandeld. Het gezoem van de airco's en het jachtige heen-en-weergeloop van collega's die met hun verhuis naar het nieuwe politiegebouw bezig waren, hadden hem naar buiten gedreven. Onderweg was hij bij zijn bank langs geweest en hij had er een persoonlijke lening afgesloten. Hij had de knoop doorgehakt: hij zou zijn moeder financieel helpen en haar elke maand 186 euro overschrijven. Die maandelijkse betaling zou hij financieren met de lening. Hij had haar meteen ook al twee maanden vooruitbetaald.

De eerste herinnering had te maken met de berk waarvan de takken tot bijna tegen het raam reikten. Zeiz had het boompje 34 jaar geleden samen met zijn grootvader uitgegraven tijdens een wandeling in Tunesië en het mee naar België gebracht. Van alle herinneringen waren die aan zijn grootvader hem het dierbaarst, er was tussen hen een band geweest die hij nooit met iemand anders had ervaren. Maar dat warme gevoel had door zijn eigen domme schuld een bittere nasmaak gekregen. Hij had zijn grootvader de laatste jaren voor diens dood verwaarloosd. Hij was zo druk bezig geweest met zichzelf dat hij zijn lieve Babu niet was gaan bezoeken toen die ziek was.

'Verzorg onze boom goed, jongen' had Babu gezegd. Zeiz sloot zijn ogen en vocht tegen de tranen. De boom stond er nog, maar dan als het bewijs van zijn tekortkoming. Misschien het ergste van alles, bedacht hij voor de zoveelste maal in zijn leven, was dat hij niet naar Babu's begrafenis was geweest. Omdat hij zich had geschaamd en zijn familieleden niet onder ogen had durven te komen. Die lafheid zou hij zichzelf nooit vergeven.

Hij vocht tegen de slaap. Zijn gedachten schoten heen en weer tussen het heden en het verleden, van de kleurloze streepjes van Pema's lippen, tot de zon die boven de markt van Tabarka hing en zijn genadeloze stralen over het binnenplein van de koranschool wierp. Tijdens zijn vakanties in Tunesië verplichtte zijn moeder hem naar de koranlessen te gaan. Imam Habood, de djin met de stok, was een gewelddadig man geweest, hij dirigeerde de meer dan veertig jongetjes in zijn klas met een sadistische discipline. Zeiz moest denken aan de woorden van Jurgen Devos toen hij het over de lijfstraffen van de fraters had: 'De fysieke terreur was nog veel erger dan het seksuele misbruik.' De imam sloeg zijn leerlingen ook, vaak tot bloedens toe. En wat dan te denken van Abdulimam, zijn klusjesman, die de jongetjes verplichtte mee te komen naar zijn werkhok en daar met hen dingen deed waar ze achteraf niet over wilden praten? En mochten praten? Iedereen wist wat er gebeurde, maar het was een taboe. Zelf was Zeiz een buitenstaander geweest en hij besefte pas later dat die status hem had behoed voor het kwaad.

Hij sloot zijn ogen en viel in een droomloze slaap. Toen hij wakker schoot, hing er een schemer in de kamer. Het leek alsof hij maar enkele seconden was ingedut, maar hij moest uren hebben geslapen. Buiten was het nu bijna donker. Het was de gedachte aan Pema die hem wakker had gemaakt, de herinnering aan haar kleurloze lippen. Er drong iets tot hem door waar hij nog niet eerder aan had gedacht: ook zij was misbruikt. Waarom dacht hij daar nu pas aan? Wat hadden de Chinese soldaten met haar gedaan toen ze nog een meisje was? En later de lover boys en de mensenhandelaars die haar vluchtpad hadden gekruist? Welke rol had Abdel Al Waawi in haar leven gespeeld? En welke rol speelde hij nog? Nu pas besefte hij waarom ze zijn vragen naar haar verleden altijd had ontweken. Omdat ze zich schaamde voor de vreselijke wonden die anderen haar hadden toegebracht. En waarom had hij niet aangedrongen? Omdat hij bang was voor de waarheid, die niet paste bij de mooie, jonge vrouw op wie hij stapelverliefd was geworden?

Hij sprong uit bed en ging aan zijn bureau zitten, die voor het open raam stond. Hij had zijn laptop en een paar dossiermappen uit het kantoor meegebracht. Hij knipte de bureaulamp aan, startte zijn laptop en sloeg het mapje van Stef Bijnens open.

Met zijn vinger op het blad nam hij de lijsten door, zodat geen enkele naam hem kon ontsnappen. Het was stil in de kamer, vanuit de tuin kwamen alleen wat vage geluiden naar binnen gewaaid, de hitte leek zich voor eeuwig in het land te hebben gevestigd. Insecten werden door het licht op zijn bureau aangezogen en nachtvlinders botsten tegen de hete lamp. Af en toe viel er eentje op de papieren, waar hij zich herstelde voor een volgende aanval op de lamp. Zeiz vond de naam van Bonnet twintigmaal en die van Buylen zelfs meer dan dertigmaal terug in de lijsten. Maar na 1996 waren ze niet meer op retraite geweest. Deken Busschaert was er slechts één keer geweest, in 1991.

Maar er stond nog een naam op de lijst, een naam die bij hem meteen een alarmbel deed rinkelen: die van Gustaaf Swolfs. De gewezen bankier was vijfmaal in het bezinningscentrum geweest. Een ingeving volgend sloeg Zeiz het dossier van de dood van René Martens open. Hij vergeleek de datum van diens dood met de data op de lijsten. De ontdekking deed hem naar adem happen. Hij controleerde de gegevens opnieuw. Maar er was geen twijfel mogelijk: toen René Martens stierf, waren zowel Buylen, Bonnet als Swolfs op retraite in het klooster. Ze werden nooit verhoord door de politie.

Hij leunde achterover en probeerde wat hij net had gevonden in het geheel in te passen. In gedachten verzonken opende hij zijn mailbox. Er was een mail van onderzoeksrechter Ida Partoen binnengekomen, waarin ze schreef dat het huiszoekingsbevel voor Degreef & Partners was geweigerd. Vreemd genoeg vatte hij die weigering niet op als een mislukking. Ergens in het oerwoud van achtergehouden feiten en verborgen agenda's bewoog er iets. Wat was hij op het spoor gekomen, dat ze nu probeerden het onderzoek te hinderen? In de wirwar van feiten begon zich eindelijk een spoor af te tekenen. Waarheen het zou leiden was nog niet duidelijk, maar hij had het gevoel dat hij een belangrijke stap had gezet.

Het was donker toen hij zijn sportschoenen aantrok en de ren van vijftien kilometer naar het huis van Mia Kozani, de ex-vrouw van de Rat, aanvatte. De afstand was te lang voor zijn slechte conditie, maar de stekende pijn in zijn longen en gewrichten maakte zijn geest leeg en hij had het gevoel dat hij eindeloos zou kunnen verder rennen.

Bijna twee uren later bereikte hij zijn doel. Het huis was omgeven door een grote, verzorgde tuin. Hij voelde zich een indringer toen hij over het gras sloop, tussen de machtige stammen van de populieren door, naar het tuinhuis, dat apart stond van het woonhuis. Het was een schattig vijfhoekig gebouwtje, met een gemetselde basis van zo'n halve meter hoog waarop een houten frame stond. Het tuinhuis had een grappig krullend zadeldak van groen verschoten pannen. De ramen keken hem als grote kinderogen onschuldig verbaasd aan. Binnen op de houten vloer lagen kussens, er was een aanrecht en een lage houten tafel met een stenen blad, waarop kaarsen stonden. Het deed Zeiz denken aan dingen die voorbij waren en mensen die er niet meer waren.

Hij ademde zuinig in, alsof zelfs dat geluid misschien in het woonhuis zou kunnen worden opgevangen. Een golf van nostalgie stroomde door hem heen. Het gegons van de insecten en de kruidige geur van de cipressen bracht hem terug naar de tuin van zijn vader. De olijfboom die tussen het huisje en het woonhuis stond, woelde herinneringen aan Tunesië naar boven: het olijfveld van zijn grootvader tegen de heuvel achter het dorp. Zeiz ademde diep in en mompelde *dounia hania*, het favoriete stopwoord van Babu. Alles is in orde. Soms, als hij alleen was, praatte hij in zichzelf met Babu, dan vertelde hij hem over de zorgen die nooit over gingen en dat er altijd maar nieuwe zorgen bijkwamen. 'Wat moet ik doen, Babu, het houdt niet op, er komt geen einde aan de miserie?' En dan zei Babu: '*Dounia hania*. Maak je maar geen zorgen, jongen.'

De deur van het tuinhuis was gesloten. Wat hij toen deed, gebeurde spontaan, alsof het een handeling was die hij geleerd had te doen, als kind. Hij streek met zijn vingers over de deurstijl en vond de sleutel. Het besef dat de sleutel daar lag, beschikbaar voor iedereen, bezorgde hem een tintelend gevoel in zijn middenrif. Hij stapte naar binnen, liet de sleutel steken en deed de deur achter zich dicht. Binnen rook het naar hout, maar er hing in de ruimte ook een zoete, exotische geur, die hem bekend voorkwam, maar die hij niet kon duiden. Hij ging op zijn knieën zitten voor een raam en observeerde het woonhuis. Bij de achterdeur stonden twee ouderwetse straatlantaarns, die hun diffuse licht in de tuin wierpen en het aanrecht in het tuinhuis belichtten. Het leek het decor van een lege toneelset na een optreden. De ramen van het huis lichtten op. Een vrouw van middelbare leeftijd deed de achterdeur open en riep iets. Een kat kwam aangelopen en glipte tussen haar benen naar binnen. De deur ging weer dicht.

En toen zag Zeiz Pema. Ze verscheen achter een raam op de eerste verdieping en keek naar buiten, in zijn richting, enkele seconden maar. Toen deed ze de gordijnen dicht. 'Pema,' fluisterde hij. In een reflex haalde hij zijn gsm uit zijn zak. Zou hij haar bellen en haar vertellen waar hij was? Hij voelde zijn hart kloppen in zijn keel en sloot zijn ogen. Ze was zo dichtbij, hij hoefde haar alleen maar te bellen en ze zou naar hem toe komen.

Maar hij kon het niet.

'Waarom, Babu?' fluisterde hij, 'waarom ben ik zo'n koppige idioot?'

32

'Commissaris Plessers heeft zijn ziekteverlof verlengd,' zei hoofdinspecteur Evy Konings van de Mechelse recherche. 'Hij is afwezig tot eind september. Het ziet er dus naar uit dat u met mij zult moeten samenwerken.' Haar stem leek langs de telefoon een beetje op die van Plessers. Ze was donker en slepend.

Zeiz beloofde haar vandaag nog de laatste verslagen door te sturen. Hij vertelde haar over het gesprek met Stef Bijnens en de aanwezigheidslijst van het klooster in Zelem, die hij van hem had gekregen en waarop ook de namen van de vermoorde priesters Stan Buylen en Lode Busschaert en de verdwenen Daniël Bonnet terug te vinden waren. Hij voegde eraan toe dat die namen, met uitzondering van die van Busschaert, ook waren opgedoken in de dossiers van de vertrouwensarts.

'Maar dat laatste hebben we niet op papier,' zei hij ook nog. 'Bijnens is als arts gebonden aan zijn zwijgplicht.'

'Ik heb het dossier van Buylen voor me liggen,' zei Konings. 'Hij heeft in de loop van de maanden mei en juni een totaal bedrag van honderdduizend euro van zijn bankrekening gehaald. We weten niet waarvoor hij dat geld heeft gebruikt. Misschien ging hij ermee naar een casino. Maar als ik het goed begrijp, is er een vermoeden dat hij werd gechanteerd. Omwille van dingen die hij vroeger had gedaan? Kindermisbruik?'

'Precies. Plessers vertelde me dat er tegen Buylen klachten waren ingediend bij het bisdom. Ik neem aan dat ook zijn dossier bij de gerechtelijke actie Operatie Kelk in beslag is genomen.'

Konings lachte luid, alsof hij net een grap had verteld. 'En zo zijn we terug bij af. Die dossiers zijn niet meer hier en ze kunnen ook niet in een onderzoek worden gebruikt. Ik begrijp waar u naartoe wilt, beste collega, u zou graag weten wie de slachtoffers van Buylen waren.'

'Niet alleen dat. Het zou interessant zijn te weten of er ook dossiers over Bonnet en eventueel Busschaert bestaan.'

'Ja, en wie zijn hún slachtoffers? Wie weet, misschien zouden we overeenkomsten vinden? Stel dat één van die slachtoffers de moordenaar is, die zijn vroegere aanranders eerst chanteert en vervolgens vermoordt. Dat is vermoed ik de denkpiste die u volgt. Maar...' Ze liet een pauze vallen.

'We hebben die dossiers niet en we kunnen ze dus ook niet inkijken,' vulde Zeiz aan. 'Officieel toch niet.'

'En ik ben een officieel persoon,' zei Konings. Er klonk spot door in haar stem. 'Dat is dus pech voor u.'

'En voor het onderzoek,' zei Zeiz. 'We zitten vast. Het zou ook kunnen dat we met die denkpiste op een verkeerd spoor zitten. Maar om dat te weten, moeten we eerst de dossiers kunnen inkijken en vervolgens de slachtoffers onder de loep nemen.'

Konings ademde diep in. 'Kijk, het gerucht doet de ronde hier op het politiebureau dat sommige collega's, die heel nauw bij het onderzoek waren betrokken, die dossiers van het bisdom snel hebben gekopieerd, voordat we ze weer uit handen moesten geven.'

'Heeft u...'

'Nee, ik was zelfs helemaal niet bij het onderzoek betrokken. En ik kan op basis van geruchten toch geen collega's ervan beschuldigen dat ze onwettig verkregen bewijsmateriaal achter de hand houden.'

'Jacques Plessers zat bij het onderzoek.'

'Dat klopt. Hij was zelfs één van de onderzoeksleiders. Die hele zaak en de ongelukkige afloop hebben hem aangegrepen, dat mag ik wel zeggen. Hij noemde het een doofpotaffaire. En wij denken hier allemaal dat hij gelijk had.'

Zeiz woog zijn woorden. 'Plessers was dus een van die collega's die heel nauw bij het onderzoek was betrokken? Zeg ik dat zo goed?'

Konings giechelde. 'Voor iemand met een Noord-Afrikaanse achtergrond klinkt u verrassend gecompliceerd, collega Zeiz.'

Zeiz wist niet wat hij moest zeggen. Zoals altijd als iemand over zijn origine begon, voelde hij wantrouwen. Wilde ze hem op zijn plaats zetten? Of was het een typisch misplaatst grapje?

'Nu bent u een beetje op uw pik getrapt, klopt dat?' vroeg ze luchtig. 'Ik leef zelf samen met een Marokkaan, moet u weten. Tarek, mijn vriend, is hier geboren, maar hij blijft een Marokkaan. Hij heeft dus een grote bek, wat ik heel erg apprecieer. En hij gaat er altijd vanuit dat er een officieuze weg is om iets te bereiken. Dat laatste probeert u nu ook, maar dan op een subtiele manier. Mijn Tarek zou het vlakaf vragen.'

'Ik ben dan ook een Vlaming en geen Marokkaan die met u samenleeft,' zei Zeiz op vlakke toon. Hij voelde zich inderdaad gepikeerd. Maar hij wist wat hij wilde weten. 'U bent in elk geval bedankt voor de informatie.'

Konings giechelde weer voor ze oplegde. 'We keep in touch,' riep ze.

Zeiz dacht na over wat hij zonet te weten was gekomen. Het zag er dus naar uit dat Plessers een kopie had van de dossiers die bij Operatie Kelk in beslag waren genomen. Dat waren dossiers uit het aartsbisschoppelijk paleis in Mechelen, maar ook dossiers van de commissie-Adriaenssens, met klachten van slachtoffers die seksueel waren misbruikt door priesters. In 2010 was na een juridisch gevecht beslist dat al die dossiers moesten worden teruggegeven en dat alle onderzoeksdaden die daaruit waren voortgevloeid onwettig waren. Was Plessers na de teleurstelling van het afgelaste onderzoek een privéonderzoekje begonnen? Hield hij getuigenissen achter de hand? Had hij belastende informatie over Buylen, Busschaert en Bonnet gevonden? Dankzij hem wisten ze dat de onbekende dode Stan Buylen was. Maar, bedacht Zeiz dan, diens identiteit zou vroeger of later toch boven water zijn gekomen.

Hij schoof zijn stoel naar achteren en legde zijn voeten op zijn bureau. Hij herinnerde zich het gesprek dat hij met Plessers had gehad op een caféterras in Mechelen. Zijn indruk toen was dat de man iets verzweeg. Hij sloot zijn ogen. Er was iets dat hij over het hoofd had gezien, een detail uit het onderzoek dat te maken had met Buylen. Hij ging weer overeind zitten en zocht tussen de papieren op zijn bureau naar de print van het dossier dat Plessers hem had toegestuurd. Hij vond het en sloeg het open. Hoewel hij het al enkele keren had gelezen, concentreerde hij zich en nam het nog eens zorgvuldig door.

Het enige belangwekkende feit waren de financiële bankverrichtingen van Buylen, waar zijn collega Konings ook al naar had verwezen.

Waar het geld van Buylen en Bonnet naartoe was gegaan, bleef een raadsel. Ook het geld dat Sominvest naar Domenica had overgeschreven was van onbekende oorsprong.

Maar er waren andere feiten opgedoken. Volgens inspecteur Daniëls, die met vastgoedspecialisten had gepraat, was het domein van de fraters ver beneden de marktprijs verkocht en een onafhankelijke schatter had die analyse bevestigd. Er was één miljoen en mogelijk zelfs anderhalf miljoen euro te weinig betaald.

Hij trok de telefoon naar zich toen en belde onderzoeksrechter Partoen.

'Bent u daar weer, hoofdinspecteur?' reageerde Partoen kortaf. 'De beslissing is genomen. Er komt geen huiszoeking. Ik heb al gezegd dat we niet op geruchten afgaan.'

'Maar Sominvest heeft 1,2 miljoen euro overgeschreven op een speciale rekening. Ondertussen weten we dat er ruim een miljoen te weinig is betaald voor het kloosterdomein,' repliceerde Zeiz. 'Experts schatten de waarde op minstens 6,5 miljoen euro, terwijl Degreef maar 5,5 miljoen heeft betaald.' Hij voelde dat hij zich begon op te winden en probeerde zijn stem onder controle te houden. 'En dan nog iets, Gustaaf Swolfs, de voorzitter van Sominvest, was meerdere malen samen met Bonnet en Buyle op retraite in het klooster.'

Het was een poosje stil aan de andere kant van de lijn. Toen zei ze: 'Ik begrijp echt niet wat die retraite met het financiële onderzoek te maken zou kunnen hebben.'

'We onderzoeken het nog, maar we vermoeden dat tijdens die retraites kinderen werden misbruikt. Waarvoor moest het geld op de rekening van Sominvest dienen? Om mogelijke afpersers te betalen?'

Partoen onderbrak hem: 'Ik hoor dat u een creatieve politieagent bent, hoofdinspecteur Zeiz. Voer uw onderzoek maar verder, maak een verslag en stuur me dat dan door. Maar op basis van de feiten nu blijf ik bij mijn beslissing.'

Balend verbrak hij de verbinding. Hij ging voor het raam staan en staarde een paar minuten besluiteloos naar buiten, naar het glanzende wagenpark op het voor de rest verlaten binnenplein. Toen nam hij de telefoon en belde naar de dienst administratie. Hij zei tegen Vera dat hij de sleutels van de dienstwagen van de coördinerend commissaris kwam ophalen.

'Dat is de dienstauto van mijnheer Lambrusco persoonlijk,' antwoordde ze. 'Die is niet beschikbaar.'

'Er bestaan geen persoonlijke dienstauto's,' zei Zeiz. 'De dienstauto's zijn beschikbaar als de noodzaak dat vereist, dat zou u toch ook moeten weten.' Hij wist dat dat niet waar was, volgens de richtlijnen moest de aanvraag drie dagen op voorhand geschieden, maar hij had het gevoel dat hij haar kon overbluffen. Op ongeduldige toon ging hij verder: 'Of wilt u dat ik hoofdcommissaris Vanderweyden uit de vergadering haal, zodat hij u persoonlijk de opdracht kan komen geven om mij de dienstwagen te geven voor een dringende inzet?'

'Nee, nee.' Even was het stil, toen zei ze: 'Maar mijnheer Lambrusco heeft de wagen nodig voor een belangrijke afspraak. Om 18 uur is dat.'

'Zeg mijnheer Lambrusco dat hij zich geen zorgen moet maken,' zei hij. 'Tegen dan is de wagen terug.'

In het trappenhuis liep Zeiz Sterckx tegen het lijf. De reus zag eruit alsof hij met zijn kleren aan in bed had gelegen en geen oog had dichtgedaan. Hij luisterde futloos toen Zeiz hem vertelde over zijn telefoongesprek met hoofdinspecteur Konings.

'We gaan naar Mechelen,' zei Zeiz.

Sterckx knikte voorzichtig en het leek of hij naar een uitvlucht zocht om niet mee te moeten gaan.

'Met de dienstwagen van Lambrusco,' zei Zeiz. 'Jij rijdt.'

Sterckx' ogen lichtten op. De jonge agenten waren over het algemeen tuk op rijden in de snelle en van alle snufjes voorziene dienstwagens. Deze wagen was bovendien van een zwaardere soort. Het was een chique limousine met getinte ruiten. Voorbehouden voor kaderleden, vermoedde Zeiz. Sterckx kreeg een lichte blos op zijn wangen toen ze de autoweg opreden en hij de wagen tot ver voorbij de snelheidslimiet kon laten accelereren.

'Wat gaan we in Mechelen doen?' vroeg hij afwezig, terwijl hij het navigeerprogramma inschakelde.

'Onze collega Plessers bezoeken,' zei Zeiz.

Hij had Plessers al enkele dagen niet kunnen bereiken. Van diens collega Konings wist hij dat de commissaris ziek thuis was. Plessers was vrijgezel en woonde alleen. Was de man depressief en zonderde hij zich daarom af? Zeiz had een vreemd gevoel bij deze hele zaak. Daarom wilde hij eerst bij diens neefje Hans langsgaan om over zijn oom te spreken. Hij gaf Sterckx het naamkaartje van Hans.

Sterckx knikte tevreden en tikte met zijn rechterhand het adres in. Hij leek een metamorfose te hebben ondergaan. Onbezonnen en zelfzeker blikte hij naar de stille buitenwereld, die als in een 3D-film aan hen voorbijraasde.

Zeiz liet gedachteloos zijn vingers gaan over een rij knopjes op de middenbeuk van het dashboard en haast onmerkbaar voelde hij zijn autostoel in beweging komen. Het resultaat was dat hij nu lag, zoals in een relaxfauteuil. Hij hoorde Sterckx grinniken en sloot zijn ogen. Er kon hem niets overkomen, hij had een wagen met chauffeur en een navigatiesysteem dat hen feilloos naar het gekozen adres zou loodsen.

De garagepoort was gesloten, net als de deur van het verder gelegen werkhuis. Zeiz drukte op de knop van de deurtelefoon, maar er werd niet opgenomen. Er was blijkbaar niemand thuis. Hij loerde door de ijzeren spijlen naar het sombere terrein. Een bestrating van betonplaten, waartussen distels en ander onkruid omhoogschoten, eindigde bij een grote hangar, waar zowat dertig auto's stonden geparkeerd op een dek van asfalt. Zeiz herinnerde zich dat Hans had verteld dat zijn vrouw zich hier niet thuis voelde en daarom vaak in hun flat in Westende verbleef.

Er hing een bord tegen de gevel van de hangar:

VOOR AFHALING AFGESLEEPTE VOERTUIGEN GELIEVE
EERST DE POLITIE TE CONTACTEREN
VOERTUIGEN KUNNEN ENKEL NA BETALING
WORDEN OPGEHAALD

Daaronder stond het gsm-nummer van Hans Plessers.
Zeiz toetste het in. Hans nam meteen op en vloekte toen hij hoor-

de dat Zeiz voor de poort stond. 'An is met de kinderen aan zee en ik ben onderweg met de takelwagen. Waarom heb je niet eerst gebeld, dan hadden we iets kunnen afspreken?'

'We waren toevallig in de buurt,' loog Zeiz.

'Ik zit hier in Muizen om een foutparkeerder op te takelen,' zei Hans. Nota bene een Citroën Berlingo, is dat geen toeval?' Hij grinnikte. 'Maar een modelletje jonger dan die van jou. In een dik half uurtje ben ik thuis. Kun je wachten? Dan kunnen we meteen naar jouw karretje kijken. De leerjongen heeft er wat aan zitten sleutelen.'

'En lukt het?' vroeg Zeiz.

'Laten we stellen dat zo'n ouwe bak ideaal is om er een leerjongen aan te zetten,' zei Hans. Hij grinnikte weer. 'En, wat spreken we af?'

Zeiz dacht na. Zoals altijd als hij met Hans praatte, kwam er een soort van onbezorgdheid in hem op, het gevoel van naar het zuiden te rijden met een tentje achter in de auto.

'Jammer,' zei hij. 'Maar we moeten op tijd terug in Hasselt zijn. En we willen nog bij je oom langsgaan.'

'Oom Jacobus?' Even bleef het stil. 'Ik heb hem vandaag al een paar keer proberen te bellen, maar zijn gsm staat af. Gisteren ook al. En dat is eigenlijk vreemd.'

'Ik kan hem ook niet bereiken,' zei Zeiz.

'Momentje, ik probeer het nog een keer met de gsm van de zaak.'

Terwijl Zeiz wachtte, zag hij Sterckx langs de omheining van het fabrieksterrein lopen, zijn gezicht naar beneden gericht, als een hond die een spoor probeert op te pikken. De autorit had hem opgebeurd, maar een levenslustige indruk maakte hij nog altijd niet.

Even later meldde Hans zich weer. 'Niets. Dat is vreemd. Gisteren dacht ik nog, ik moet eens bij oom Jacobus langsgaan. Maar het komt er gewoon niet van, ik ben altijd aan het werk.'

'Heeft hij problemen?' vroeg Zeiz. 'Zou hij depressief kunnen zijn?'

Hans zuchtte diep. 'Nu begin ik toch ongerust te worden. Weet je wat, ik heb een sleutel, we treffen elkaar bij hem thuis. Over een kwartiertje ben ik er, is dat oké? Die verrekte Citroën hier kan wachten.'

Plessers woonde in de Guldensporenstraat, een zijstraatje van de

Mechelse Steenweg, in een flat op de tweede verdieping. Het was een heel gewone gevel van gele bakstenen en ramen voorzien van kleurloze glasgordijnen. Sterckx bracht de wagen in positie om hem tussen twee auto's die langs de weg stonden te parkeren. Volgens Zeiz was de plaats te klein, maar hij zei niets. Bovendien was er naast het blok van Plessers een ruime oprit, met asfalt bedekt, waar geen auto's stonden. Tot Zeiz' verbazing liet zijn collega het stuur los. De wagen kwam weer in beweging en nestelde zich zelfstandig in de beschikbare ruimte. Sterckx staarde ondertussen cool voor zich uit, alsof dit voor hem dagelijkse kost was.

Hans was vijf minuten later ook ter plaatse. Hij stapte uit de ta-kelwagen en floot uit bewondering toen hij hun dienstwagen zag. Zeiz stelde Hans voor aan Sterckx, die naast de wagen poseerde, als een lakei naast zijn koets. Daarna staken ze de straat over naar het flatgebouw. Hans liep om het gebouw heen naar de garages. Toen hij terugkwam, zei hij: 'Zijn auto staat in de garage. Maar dat wil niets zeggen, oom Jacobus neemt graag de bus of de trein. En op het werk gebruikt hij altijd een dienstwagen. Die neemt hij vaak ook mee naar huis.' Hij knipoogde. 'Dat is misschien wel weer een reden om bij de politie te gaan.'

Sterckx deed alsof hij een exquis parfum opsnoof en sprak plech-tig: 'Dat klopt, het wagenpark is werkelijk superieur.'

Nadat Hans enkele malen had aangebeld, zonder resultaat, beslo-ten ze om naar binnen te gaan. Zeiz had het beklemmende gevoel dat ze een spelonk binnendrongen, waarvan elk moment de wanden naar elkaar toe konden bewegen om hen te verpletteren. Het gebouw oogde solider dan de plaats in Hasselt waar hij woonde en was ook beter onderhouden, maar het halletje met de houten brievenbusjes op een rij en het donker betegelde trappenhuis waren krap bemeten. Op de liftdeur hing een bordje BUITEN GEBRUIK. Zeiz maakte zich geen illusies: met het middelmatige loon van een politieofficier kon je je geen villa permitteren. Plessers had een scheiding achter de rug en hij had daar misschien een financiële kater aan over gehouden. Hans, Sterckx en Zeiz liepen achter elkaar trappen op, als alpinisten die een gletsjer bestegen. Tussen de eerste en de tweede verdieping ging het licht uit en moesten ze op de tast verder. Boven aangeko-men vond Hans de lichtknop. Ze stonden voor het levenloze oog van een deurspion. Hier woonde Plessers dus. Hans keek hen enkele seconden zwijgend aan en haalde diep adem voor hij de deur opendeed.

De hitte die zich in de ruimte had opgestapeld deed hen even terugdeinzen. Hans gooide meteen het raam in de woonkamer open. Vervolgens inspecteerde hij de andere kamers. Toen duidelijk was dat zijn oom niet thuis was, liet hij een zucht van opluchting horen en verscheen er een vage glimlach op zijn bleke gezicht. Zeiz voelde met hem mee. Hij had ook even gevreesd dat ze hier het levenloze lichaam van Jacques Plessers zouden vinden.

'Oom Jacobus zou lachen als hij ons hier zag staan,' zei Hans op luchtige toon. Maar er lag een trilling in zijn stem en zijn blik, die zenuwachtig heen en weer schoot door de flat, verraadde dat zijn ongerustheid nog niet helemaal was geweken.

Het eerste dat Zeiz opviel was dat de kleine flat ruimer oogde dan hij was. Het volgende ogenblik wist hij ook waarom dat zo was: de inrichting was karig, er stonden amper meubelen. Zeiz keek naar de ingelijste foto's boven de commode.

Hans kwam naast hem staan, liet een met olie besmeurde vinger over een foto gaan en zei: 'Dit ben ik, ik was toen een jaar of vier, denk ik.'

Zeiz glimlachte. Het jongetje in korte broek dat in de lens lachte, had iets breekbaars.

'En dat is oom Jacobus. Was hij niet knap?'

Zeiz had Plessers eerst niet herkend. De jongeman op de foto had de figuur van een atleet, de spieren bolden op onder zijn T-shirt. De blik waarmee hij in de lens keek, was die van een man die geen angst had. Maar zijn houding straalde ook een zekere agressie uit. Hij had zijn haren strak in een lijn gekamd en droeg een snor. Het beeld klopte niet. Was dit dezelfde Plessers die hij had leren kennen, de gefrustreerde man die het onderzoek van zijn leven uit handen had moeten geven?

'Onderschat hem niet, hoor,' zei Hans, alsof hij Zeiz' gedachten kon lezen. 'Oom Jacobus is misschien niet meer zo fit als vroeger, maar er zit nog pit in zijn oude knoken. Vorig jaar heeft hij mij in de garage geholpen. We hebben met z'n tweetjes het motorblok in een Golf 4 gehangen.' Hij lachte. 'Ik wil niet onbescheiden zijn, maar dat zit bij ons in de familie. Wij zijn, zoals Obelix, in een ketel met toverdrank gevallen, zei mijn moeder altijd.'

Zeiz bestudeerde de foto verder. Naast Plessers stond een man die zijn blik had afgewend, alsof hij met tegenzin voor het familiekiekje poseerde. Zeiz wilde vragen wie dat was, maar Hans had zich al afgewend en liep naar de keuken. Hij inspecteerde met een bezorgde blik de inhoud van de ijskast.

'Er staan zo te zien nog geen bedorven spullen in,' mompelde hij. Hij pakte een karton melk, maakte het open en rook eraan. Zijn gezicht klaarde op. 'Ruikt nog vers, ja.' Hij liep naar het raam in de woonkamer, schoof het glasgordijn opzij en loerde naar buiten. Hij keek over zijn schouder naar Zeiz. 'Ik denk dat we beter vertrekken, voor oom Jacobus thuiskomt. Ik schaam me nu een beetje, eerlijk gezegd.'

'Ik ga eerst nog even pissen,' zei Sterckx en hij verdween in de badkamer.

Toen Sterckx het licht aandeed, begon de ventilator in het plafond te draaien. Hij hapte naar lucht. Er was in de enge ruimte weinig zuurstof. Tot halverwege de spiegel boven de wastafel hing een waas van waterdamp, alsof iemand net een douche had genomen. Maar het bad was kurkdroog. De tandenborstel ook; toen hij er met zijn vinger overging, sprong het stof eruit. Het wc-blokje was in de toiletpot uitgelopen als een klodder hemelsblauwe verf. Hij glimlachte naar zichzelf in de spiegel en opende het kastje boven de wastafel. Er was geen scheerapparaat. Sterckx schatte dat Plessers een dag of misschien twee dagen niet thuis was geweest. Hij spoelde het toilet door en zag hoe de uitgelopen vloeistof van het toiletblokje in de bak was vastgekoekt. Voor de rest was alles kraaknet. Toch haalde hij zijn neus op. Ondanks de druk op zijn blaas besloot hij hier niet te plassen.

Het appartement was erg gehorig. Vanuit de andere woningen klonken de geluiden van menselijke activiteiten. In de hal stonden Zeiz en Hans op vertrouwelijke toon te praten. Sterckx hoefde zijn hoofd maar tegen de deur te leggen om hun gesprek te kunnen volgen. Hij kon haast elk woord verstaan. Zeiz vertelde over Pema, over haar problemen als asielzoekster en de stalking door Abdel Al Waawi. Hans op zijn beurt had het over zijn vrouw, die de woning op het industrieterrein haatte en bang was als ze er alleen was met de kinderen, terwijl hij op pad was. Ze overwogen om een studente uit het buitenland op te nemen, zoals ze vroeger een keer hadden gedaan, toen ze nog geen kinderen hadden. Toen waren ze een jaar lang gastgezin geweest voor een meisje uit Maleisië en dat was een heel leuke ervaring geweest.

Sterckx voelde zich onbehaaglijk terwijl hij naar de mannen luisterde. Blijkbaar klikte het tussen hen en op de een of andere manier stoorde hem dat. Waarom was Zeiz zo vertrouwelijk met iemand die hij maar een paar keer had ontmoet? Oké, Hans was een spontane kerel die de indruk gaf eerlijk te zijn, iemand met het hart op de tong, kortom. Zijn bezorgdheid om zijn oom Jacobus was aandoenlijk geweest. Hoewel Sterckx moest toegeven dat hij ook op het ergste voorbereid was geweest toen ze de flat binnengingen. Sterckx snoof. Ja, hij was jaloers. Voor een goed gesprek over zijn privéproblemen had Zeiz ook bij hem mogen aankloppen. Zelfs al was op dit ogenblik zijn eigen relatie een puinhoop. Maar misschien was dat net het probleem, bedacht hij. Sinds hij een relatie met Eefje was begonnen, was Zeiz afstandelijker geworden en had hij hem minder in vertrouwen genomen. Dat deed je namelijk niet, je vrouw bedriegen. En daarom werd de vriendschap op een laag pitje gezet, het was zo simpel als dat. Een kerel als Hans met zijn gelukkige gezinnetje daarentegen was een voorbeeld van hoe het hoorde. En van wat Zeiz zelf als zijn ideaal zag. Een vrouw en kinderen, die hij dan trots aan zijn familie in dat achterlijke dorp in Tunesië zou kunnen laten zien.

'Sinds Operatie Kelk is oom Jacobus veranderd,' hoorde hij Hans zeggen. 'Freya en Bas zijn gek op hun opa, maar hij komt nauwelijks nog bij ons langs.'

'Maar dat onderzoek is al twee jaar geleden stopgezet,' zei Zeiz.

'Hij is helemaal dichtgeklapt en al zeker een jaar niet meer thuis op bezoek geweest. De laatste keer dat ik hem hoorde, was over de telefoon, toen hij vroeg of ik jouw auto wilde gaan oppikken.'

'Soms heb ik het gevoel dat je oom een privéonderzoekje aan het voeren is,' zei Zeiz.

'Er zijn in onze familie vroeger dingen gebeurd, lang geleden, die hij volgens mij nog altijd niet heeft verwerkt.'

'Heeft het te maken met misbruik?' vroeg Zeiz.

Het bleef een hele tijd stil. Toen antwoordde Hans: 'Het is iets dat al die jaren heeft liggen gisten. Maar ik kan er verder niets over zeggen, dat moet je hem zelf vragen. Hoewel ik je nu al kan zeggen dat het zinloos is, hij praat er met niemand over. Klopt het wat ik in de kranten lees, dat de moordenaar die jullie zoeken zelf vroeger is misbruikt?'

'De kranten weten altijd meer dan wij. Volgens mij is het gecompliceerder dan dat...'

De stemmen werden zwakker en stierven ten slotte weg, blijkbaar waren de mannen in de woonkamer verder gaan praten.

Plots klopte iemand op de deur. De slagen leken op Sterckx' trommelvlies te hameren en hij trok zijn hoofd geschrokken terug.

'Ben je op de pot in slaap gevallen?' riep Zeiz.

Toen ze later over de autoweg terug naar Hasselt zoefden, had Sterckx het gevoel dat Zeiz een injectie van positieve energie had gekregen. Het was een goede ingeving geweest om naar Mechelen te gaan. Er hing iets in de lucht dat er voorheen niet was. Ze hoefden het niet uit te spreken, ze wisten beiden dat er beweging in de zaak kwam. Het eerste wat ze nu moesten doen, was Plessers vinden en uitzoeken welke rol hij speelde. Sterckx keek Zeiz van opzij even aan. Had zijn collega echt niet door dat de dienstauto waarmee ze onderweg waren een wonderlijk staaltje van techniek was, en dat het weinigen gegund was zich hiermee te mogen verplaatsen? Je wist bij hem nooit of het een pose was. Maar misschien interesseerde het hem gewoon niet, en dat, bedacht Sterckx, zou op een ernstige afwijking wijzen.

'Er ligt je iets op de lever,' zei Zeiz plots.

Sterckx knikte. 'Die Plessers heeft volgens mij al twee dagen niet meer in zijn pot gepist...'

Zeiz onderbrak hem. 'Nee, ik bedoel met jou persoonlijk.'

Ja, bedacht hij grimmig, er was iets grondig fout met hem persoonlijk, er was iets gebeurd waar hij niet op had gerekend. Het noodlot had hem ingehaald. Waarom moest Zeiz daar nu over beginnen, waarom kon hij hem niet laten genieten van het moment, zolang het nog duurde? Over een half uurtje zouden ze weer in Hasselt zijn en dan zou hij uit deze wonderlijke wagen moeten stappen, terug in de banale realiteit. Hij zou naar huis moeten gaan en de feiten onder ogen zien.

Hij zou Noor in de ogen moeten kijken. Vluchten was geen optie meer.

Zeiz keek hem ongerust aan. 'Is er iets met Noor?' vroeg hij. 'Heeft ze een punt achter de relatie gezet?'

'Nee, veel erger dan dat.'

Sterckx staarde voor zich uit naar de eindeloze witte lijnen die het wegdek zo geruststellend ongecompliceerd maakten. 'Ze is zwanger.'

33

Ze lag op dit vreemde bed, maar ze had gedroomd dat ze thuis was in Tibet, in haar kamertje dat ze deelde met Sarya. Vanuit de keuken beneden riep haar vader iets dat ze niet verstond. Onder het open raam hoorde ze de monniken voorbij drentelen terwijl die op hun *damaru* ratelden, zo luid, dat het leek alsof ze naast haar bed stonden. Ze deed haar ogen open. Het raam, dat openstond, gaf uit op de tuin. Een tuin uit een boekje. Er lag geen sprietje gras verkeerd. Een miniatuurpark. Het deed haar denken aan dat schattige stadsparkje vlakbij *Gare du Nord* in Parijs, waar ze twee nachten had geslapen, tot die politieman haar wakker kwam maken – hij had met zijn wapenknuppel tussen haar benen gepord. Het huis was al even volmaakt als de tuin, en het zou perfect passen in een van die Amerikaanse tienerfilms waar zij en haar vriendin Dakimi in Dharamsala van 's ochtends tot 's avonds naar hadden gekeken. In die comfortabele filmhuizen leefden gelukkige gezinnen, die samengesteld waren uit knappe, gezonde lichamen. Met een hond, een grappige golden retriever zonder schurft of luizen en met een gebit dat al even stralend was als dat van zijn baasjes. Dakimi droomde van zo'n opgeschoten Amerikaanse *middle class white boy* met een brede onderkaak, die op haar verliefd werd en haar ten huwelijk vroeg.

'Je moet je lach verkopen, niet je lichaam,' zei Tenzin Gyatso, toen hij hoorde dat de meisjes zich door Amerikaanse toeristen lieten oppikken in de steegjes van McLeod Ganj.

'Dit is jouw kamer,' had Mia gezegd, toen ze haar gisteren het huis had laten zien. 'Hier slaap je. Doe alsof je thuis bent.'

Ze had naar het keurig opgemaakte bed gekeken en dankbaar geglimlacht. Ja, ook daar was ze ondertussen goed in geworden: doen alsof ze thuis was.

Gisteren had Abdel haar gebeld. De rillingen gingen weer door haar lichaam nu ze terugdacht aan het telefoongesprek. Hij had gezegd dat hij wist waar ze was en dat hij naar haar toe zou komen en haar zou opensnijden van haar vagina tot haar mond. Maar vanochtend had hij weer gebeld en toen had hij lief geklonken. Hij had haar bezworen om alle slechte dingen te vergeten die hij haar ooit had gezegd. Hij had gezegd dat hij van haar hield.

'Vergeet die halve Tunesiër,' zei hij. 'Hij begrijpt je niet. Hij is verslaafd aan dat meisjeslichaam van jou. Hij laat je in de steek als je tien kilo bijkomt. Ik niet. Jij bent mijn meisje, van mij mag je dik worden als een boeddha.'

Zij en Abdel waren kinderen van de andere kant, zoals hij dat noemde, de duistere kant. Zij worstelde met haar karma, hij met de wetten van de profeet. Ze sleepten een last uit het verleden met zich mee. Daaraan herkenden ze elkaar, aan die voor anderen onzichtbare rugzak vol pijn en verlangen.

Ze schrok op uit haar gepieker. De schemering had plaatsgemaakt voor de nacht. Ze deed de kleren aan die Mia voor haar had klaargelegd, een geruit rokje tot boven de knie en een topje. Nu zag ze er pas uit als een pubermeisje. Ze ging op de tippen van haar tenen naar beneden en sloop voorbij de open woonkamerdeur. De televisie stond hard. De kat glipte samen met haar door de achterdeur naar buiten. Daar in de schemering lag haar tempel.

Het was zijn tweede stiekeme bezoek, maar het viel hem nu pas op dat de temperatuur binnen draaglijk was. Dat kwam, dacht hij, door de platanen die het tuinhuis beschermden voor de zon en de vensters die gesloten bleven en zo de zwoele lucht buiten hielden. En hij wist nu ook welke geur hier hing: die van verstorven parfum en ongewassen kleren. Hij zat hier al een uur te gluren, maar ze was nog niet achter haar raam verschenen.

Een geluid deed hem opschrikken. Er was iemand door de achterdeur naar buiten gekomen. Een schaduw snelde over het gras en bereikte de deur van het tuinhuis, voor hij had kunnen zien wie het was. Hij kroop weg in een donkere hoek, achter een paar kussens. De deur ging open en met een schok herkende hij haar silhouet. Ze hijgde lichtjes, als een kind dat buiten adem was.

Ze hurkte bij het aanrecht en haalde dingen uit een kast die ze op de lage tafel zette. Ze stak de kaarsen aan en hij zag haar: ze droeg bijna niets. Haar knokige armen en benen bewogen in het licht van de vlammen. Ze had een meisje kunnen zijn in plaats van een vrouw, met die nauwelijks zichtbare welving waar haar borsten zaten. Ze had hem verteld dat toen ze uit Tibet vluchtte, een man haar over de grens had gesmokkeld in zijn vrachtwagen. Aan de douane had hij verklaard dat ze zijn dochtertje was.

Terwijl hij haar bezig zag, begreep hij dat ze haar altaartje aan het bouwen was. Was dit de plaats waar ze elke dag kwam bidden? En plots voelde hij zich schuldig, omdat hij daar stiekem naar haar lag te loeren en zelfs begeerte voelde opwellen terwijl hij met zijn ogen haar lichaam aftastte. Hoelang had hij haar niet meer in zijn armen gesloten? Hij wist hoe ze rook. Hij kende de weg nog.

Opeens hoorde hij een belgeluid. Hij zag hoe haar gsm oplichtte door het dunne zakje dat ze aan een touwtje om haar nek droeg. Ze peuterde het toestel uit het zakje en bekeek de display. Ze drukte op de toets, drukte de telefoon tegen haar oor en staarde in wanhoop omhoog. Haar ademhaling versnelde.

'Nee,' zei ze. 'Ik kom niet meer terug. Vergeet me.'

Daarop hoorde Zeiz iemand lachen. Het duurde even voor hij doorhad dat het de beller was die lachte. Het was een agressieve lach, en hij snauwde iets in het Arabisch. Wat precies was onduidelijk. Pema schakelde haar gsm uit en richtte haar grote angstige ogen op de donkere ramen. Toen blies ze vlug de kaarsen uit en sprong op. Bij de deur wachtte ze. Er was iets dat haar ervan weerhield naar buiten te gaan. Haar gezicht vertrok in een kramp en ze schreeuwde.

Toen zag Zeiz Al Waawi. De Arabier kwam doodgemoedereerd over het tuinpad aangelopen, in een licht zomerpak en met een gouden ketting om de hals. Er lag een vettige grijns op zijn gezicht. Hij leek geen haast te hebben. Traag sloop hij dichterbij. Hij wist waar zijn prooi zich bevond en ging ervan uit dat ze niet kon ontsnappen. Maar het volgende ogenblik sprong Zeiz op en rende naar de deur, terwijl hij zijn pistool uit de holster trok. Hij merkte nauwelijks dat Pema hem in paniek aanstaarde en achteruit week, en ook de kreet van ontzetting die ze slaakte kon hem niet tot staan brengen. Hij hoorde niet eens de rauwe brul die aan zijn eigen keel ontsnapte toen hij de deur opentrapte en zich met zelfverachting naar buiten stortte.

Maar in de duisternis van de tuin wachtte niemand hem op. Hij rende zoals hij dat geleerd had met het pistool in de aanslag van schaduw naar schaduw en speurde om zijn as draaiend de omgeving af. Wat hij ook had geleerd was de woede en de haat opzijzetten tot de actie achter de rug was, maar dat kon hij deze keer niet. Het enige dat hij nu wilde was de man grijpen die hem naar het leven had gestaan en die zijn geliefde had bedreigd. Hij wilde die man niet arresteren en hem ondervragen in het bijzijn van een advocaat. Hij was niet geïnteresseerd in informatie of gerechtigheid. Hij wilde hem vernietigen.

Pas toen hij aan de straatkant een auto woest hoorde optrekken, besefte hij dat de prooi gevlogen was. Hij bleef een paar seconden op het grasveld staan en luisterde naar het bonzende bloed in zijn borst en hoofd. Hij liep terug naar het tuinhuis. Hij kon niet gewoon lopen, nog niet. Zijn spieren waren nog hard van de ongeloosde adrenaline en hij voelde zich alsof hij een van de platanen met zijn blote handen uit de bodem kon rukken. En zo kwam hij terug bij het tuinhuis en stapte hij door de deur. Hij was zich bewust van de kracht die in hem zat en die geen uitweg had gevonden.

Pema wachtte op hem. Of misschien wachtte ze gewoon op het noodlot. Geknield, het frêle hoofd gebogen voor de dove kaarsen op haar altaar.

Toen hij de volgende ochtend wakker werd, was het al licht. De bladeren van de berk filterden het zonlicht dat opspoot uit de oververhitte aarde. De slaapkamerdeur ging open en weer dicht. Een bezweet lichaam glipte naast hem in het smalle bed. Voorzichtig tastte hij met de toppen van zijn vingers over haar buik. Hij voelde de golfjes van haar ribben en legde zijn hand op haar borst. Ze was er, dat was alles wat nodig was. De hand gleed over haar warme huid naar beneden, vond haar navel en gleed verder. Het was dus geen droom geweest, ze was echt hier, vlakbij hem, binnen handbereik. Hij herinnerde zich dat ze iets in zijn oor had gefluisterd voor ze opstond, omdat hij haar in zijn koppige halfslaap had belet op te staan. Het moest iets belangrijks zijn geweest, anders zou hij haar niet hebben laten gaan. Koortsachtig zocht hij in zijn sluimerende geheugen. En toen wist hij het weer. 'Ik ga even plassen,' had ze gezegd.

Ze opende haar benen voor zijn hand en hij trok haar tegen zich aan. Na de bevrediging liet hij zich willoos meevoeren op de golven van een bodemloze slaap. Maar een wrang gevoel schudde hem wakker: ze was altijd bereid tot alles, alsof ze maar een knop hoefde in te drukken om het plaatje te spelen dat hij graag hoorde.

Wat was voor haar liefde? In het slechtste geval was het het resultaat van een simpele kosten-batenanalyse. Hij was dan ook een redelijk goede partij. Ze had slechter kunnen treffen. Of beter gezegd: ze had in haar leven ongetwijfeld al veel slechter getroffen.

Na het ontbijt wandelden ze naar het parkeerterrein achter het station, als een verliefd koppeltje, hand in hand. Hij droeg haar koffertje. Hij had vanochtend met Hans gebeld en hem gevraagd of hij Pema onderdak wilde verschaffen, tot het onderzoek voorbij was en hij zelf voor haar veiligheid kon instaan. Hans was enthousiast geweest en had zijn vrouw gebeld, die er al even enthousiast mee had ingestemd. Toen ze de Spoorwegstraat insloegen en het justitiegebouw in al zijn glorie voor hen opdook, besefte Zeiz dat hij Pema niet naar haar mening had gevraagd. Hij had haar gezegd wat hij met haar van plan was en zij had geknikt. Had ze een andere keuze?

Om negen uur stipt waren ze op de plaats van de afspraak. De takelwagen van Hans stond er al. Op de laadbak lag een autowrak. Hans stapte uit de bestuurderscabine en gaf Pema een met olie besmeurde hand. 'An verheugt zich op jouw komst,' zei hij. 'Ze gaat met de kinderen enkele dagen naar zee. Zou je het erg vinden om mee te gaan?'

Pema's gezicht klaarde op. 'Naar zee,' zei ze. 'Ik ben nog nooit aan zee geweest.'

Hans nodigde haar met een wijds gebaar uit in te stappen en hield haar hand vast toen ze in de bestuurderscabine klom. 'Ik heb oom Jacobus nog altijd niet kunnen bereiken,' zei hij tegen Zeiz voor hij zelf instapte. 'Dit is echt niet normaal. Nu ben ik er zeker van dat er iets is gebeurd.'

Er viel een lange stilte tussen hen. In de verte klonk het hysterische remmen van een trein die het station binnenkwam. Ze knikten beiden.

'We gaan er werk van maken,' beloofde Zeiz.

Hans tikte ten afscheid met zijn wijsvinger tegen de zijkant van zijn hoofd en startte de motor in een wolk van zwarte uitlaatgassen.

34

Diezelfde dag nog verschaften Zeiz, Sterckx en hoofdinspecteur Evi Konings zich opnieuw toegang tot het appartement van Plessers in de Guldensporenstraat in Mechelen. Ze waren Konings in het politiekantoor van Mechelen gaan oppikken; de collega van de commissaris bleek een rondborstige, joviale blondine van een jaar of veertig te zijn. Zij was het die de deur van Plessers' flat met een loper opende, in een handomdraai, alsof andermans deuren openbreken voor haar dagelijkse kost was.

Ze grijnsde over haar schouder naar de twee mannen. 'Ik leef samen met een Marokkaan, vandaar allicht.'

Ze onderwierpen de woning aan een grondig onderzoek. Op het eerste gezicht was er niets veranderd. Plessers was dus sinds hun laatste bezoek niet meer thuis geweest. En niets wees erop dat hij op reis was vertrokken. Op de kleerkast in de slaapkamer lagen drie koffers en de ijskast was goed gevuld.

Plessers was een man die zijn zaken netjes op orde hield. De kleren in de kast waren voorbeeldig gesorteerd en gestapeld. Konings wees naar een gestreepte debardeur en merkte op dat haar collega wat zijn kleding betrof niet bepaald een kind van zijn tijd was, maar dat dit er serieus over was. 'Zou hij dit echt dragen?' vroeg ze zich af.

Op het balkonnetje aan de achterkant van het gebouw stond een vuilniszak. Uit de resten afval konden ze opmaken dat Plessers een gezonde eter was en gevarieerd kookte. En hij rookte, wat Zeiz eerder niet was opgevallen. Op de bodem van het balkon stond een asbak met een verzameling peuken. Zeiz stelde zich de eenzame Plessers voor, hangend over de metalen leuning, terwijl hij de rook voor zich uit blies en naar de achtergevels van de andere woonblokken staarde – om te zitten was het balkon te smal. Het was allemaal nogal saai, zo normaal dat Sterckx zich hardop afvroeg of de man niet gewoon op een gezellig terrasje een vrouw had leren kennen bij wie hij tijdelijk was ingetrokken.

'Daar is hij volgens mij het type niet voor,' zei Konings. 'Jacques is een organisator, hij gaat niet impulsief tewerk. Maar je weet natuurlijk nooit.'

'Mensen maken soms rare sprongen als ze verliefd worden,' zei Sterckx met een wrange glimlach.

'Het is zo oubollig hier, vinden jullie ook niet?' zei Konings. 'Het past niet echt bij de collega die ik ken. Jacques is een actieve man. Hier hangt een oudemensengeur.'

'Bedoel je dat oude mensen stinken?' vroeg Zeiz. 'Dat zeggen ze van buitenlanders ook.'

Konings keek verbaasd op. 'Mijn Tarek ruikt anders heel lekker.'

'Dat geldt niet voor alle mensen van vreemde origine,' zei Sterckx.

'Misschien woont Plessers hier tijdens de week en zit hij in het weekend elders,' zei Zeiz.

'Een huisje aan zee,' zei Sterckx, die uit een lade een fotoalbum had gehaald en er lukraak in bladerde. 'Veel foto's zijn gemaakt aan onze Belgische kust.'

'Hij heeft nooit iets over een tweede verblijfplaats gezegd,' zei Konings. Ze keek peinzend om zich heen. 'Wat mis ik hier?'

'Er zijn geen televisie en geen computer in huis,' zei Sterckx.

Zeiz nam zijn gsm en belde naar Hans terwijl hij de familiefoto boven de commode bestudeerde. De mensen op het kiekje stonden op een dijk voor een verlaten strand. Het duurde even voor Hans opnam. Hij was nauwelijks verstaanbaar. Zijn stem verdronk in een hels geraas, alsof boven hem een vliegtuig opsteeg.

'Momentje,' riep Hans, 'ik ga even buiten staan, hier is te veel lawaai.' Zijn stem klonk plots helder. 'Met Pema is alles in orde,' zei hij toen. 'Ze is met An en de kinderen onderweg naar Westende. Net vertrokken, een half uurtje geleden.'

'Ik ben hier in Mechelen,' zei Zeiz. 'We doorzoeken de woning van je oom.'

Het bleef enkele seconden stil aan de andere kant van de lijn. 'Is er iets gebeurd met oom Jacobus, is dat het? Bel je daarom?' vroeg Hans. Zijn stem klonk gebroken. 'Is hij…'

'Nee, we weten nog altijd niet waar hij is.' Zeiz voelde spijt dat hij

Hans nodeloos aan het schrikken had gebracht. 'We zijn hier in zijn flat om naar mogelijke aanwijzingen te zoeken. Dat wilde ik je laten weten.'

'Dan had ik je de sleutel kunnen geven,' zei Hans. 'Maar jullie zijn van de politie, jullie raken natuurlijk overal binnen.'

'Zo ongeveer,' zei Zeiz. 'Ik zou je een paar dingen willen vragen? Jouw oom heeft een computer, neem ik aan?'

'Hij heeft een laptop, die hij overal mee naartoe sleept, ook naar zijn werk.'

'Dus hij nam zijn laptop mee naar zijn werk?' Zeiz keek vragend naar Konings die haar hoofd schudde. 'Die hebben we daar niet teruggevonden,' zei Zeiz. 'Dan nog iets. Ik sta hier in de woonkamer te kijken naar een familiefoto. Zijn er familieleden met wie hij contact heeft? Of vrienden, die misschien weten waar hij is?'

'Van de familie schiet niet veel over. En de contacten zijn al lang geleden verbroken. Ja, die foto in de woonkamer dateert nog uit de goede oude tijd. Oom Jacobus is de man helemaal rechts. Naast hem staat, geloof ik, zijn oudere broer Robert, mijn vader. Ergens in het midden zit ik, op de schoot van mijn moeder. Ik was toen een jaar of twee. Een mooie foto, ik heb hem thuis ook aan de muur hangen.'

Zeiz haalde de foto van de muur en ging ermee bij het raam staan, zodat het licht erop kon vallen. De vrouw leek het kind iets in het oor te fluisteren, zodat haar gezicht aan het oog van de camera was onttrokken. Het kind zelf lachte voluit in de lens.

'Maar dat is een meisje…' zei hij.

Hans lachte. 'Nee, dat ben ik. Naar het schijnt had mijn moeder liever een meisje dan een jongen gehad. Daarom deed ze me af en toe meisjeskleren aan. Ik herinner me daar allemaal niets van, hoor, en ik heb er ook geen trauma aan overgehouden. Maar…' Hij zweeg een paar seconden. 'Luister Kareem, nu ga ik iets persoonlijks vertellen. Oom Jacobus zou kwaad zijn als hij het hoorde. De dag nadat die foto is gemaakt, heeft mijn vader zelfmoord gepleegd. Ik was nog veel te klein om daar iets van mee te krijgen. Ik heb dan ook geen enkele herinnering aan mijn vader.'

'Waarom heeft je vader zelfmoord gepleegd?' vroeg Zeiz.

'Dat weet ik niet.'

Zeiz had het gevoel dat Hans loog.

'Eerlijk gezegd wil ik er niet over praten,' zei Hans. 'Dat moet oom Jacobus maar vertellen. Het is zijn verleden, zijn obsessie, zijn broer.'

'Maar het is ook jouw vader.'

De stem van Hans werd hard. 'Oom Jacobus heeft die rol overgenomen. Ik beschouw hem nu als mijn vader. Hij heeft die zelfmoord van zijn broer wel nooit kunnen verwerken en daarmee heeft hij in de familie veel kwaad bloed gezet. Maar zoals ik al zei, ik houd me daar buiten, dat moet je hem zelf vragen.'

Na het gesprek stond Zeiz nog enkele minuten naar de foto te kijken. Jacques Plessers en zijn broer leken sprekend op elkaar: ze hadden beiden een snor, bovendien droegen ze ongeveer dezelfde kleren: een beige broek waarin een plooi was gestreken en een geruite debardeur op een hemd met korte mouwen. Jacques keek nieuwsgierig en zonder angst in de lens. Zijn houding straalde kracht uit: één voet naar voren, de armen lichtjes gebogen en de vuisten gebald. Zijn broer daarentegen sloeg de ogen neer. Hij maakte een fletse indruk, alsof het gewicht van zijn eigen kleren hem al te veel was. Zeiz ging met de foto naar de slaapkamer, deed de kast open en vergeleek de debardeur in de kast met die op de foto. Er was een overeenkomst, maar dat bewees niets, in die tijd waren debardeurs in de mode.

Zeiz vermoedde dat de foto in de herfst was gemaakt, vroeg op de avond. De zee was een schim aan de verre vloedlijn. Hij bladerde in het fotoalbum, dat Sterckx op de commode had laten liggen, tot hij een foto vond van de twee broers. Ze droegen dezelfde kleren als op het familiekiekje. 'Jacobus en Robby, Westende, 17 oktober 1974' stond op de achterkant. Zeiz stak de foto in zijn zak.

Konings had in een kastje in de gang sleutels gevonden. Hiermee gingen ze aan de slag buiten de flat. In de brievenbus beneden in de hal zaten tussen de stapels reclame de gebruikelijke rekeningen. Een van de sleutels paste op de deur van de kelder. Daar troffen ze een oude herenfiets met platte banden aan en een verzameling vochtige dozen met mappen waarin kranten- en tijdschriftenartikelen zaten. Sterckx nam er lukraak enkele uit. Ze bleken allemaal over hetzelfde te gaan: over seksueel misbruik in de Kerk en het gerechtelijk onderzoek ernaar. In een plastic tas die op de grond lag, zaten een paar sportschoenen.

Achter het flatgebouw in de garagebox die Plessers huurde, stond een Toyota van een ouder model. Aan het stof op het chassis te oordelen, vermoedden ze dat hij al een hele tijd niet meer was gebruikt. Achteraan was een werktafel met bankschroef en een gereedschapspaneel gemonteerd. Plessers had zijn materiaal al even netjes gesorteerd als zijn onderbroeken. Het werkblad was leeg, op een paar spullen na: een rol ijzerdraad, een tang en bruine tape van ongeveer vijf centimeter breed. Tegen de muur stond een opgevouwen rolstoel.

'Oh, shit,' zei Konings.

Zeiz en Sterckx keken elkaar aan, maar zeiden niets. Ze deden hun werk lang genoeg om te weten dat als je je ergens in vastbeet het gevaar voor tunnelvisie groot was: je ontdekte dan sporen waarvan achteraf bleek dat ze geen verband hielden met de zaak. Maar ze beseften ook dat ze nu geen andere keuze hadden.

'Vooruit dan maar,' zei Konings met een krop in de keel, 'we verzegelen alles en laten de sporenzekering komen.'

35

De dag begon met een droom, waarin Zeiz achter Sterckx aanliep over een aarden pad dat tussen twee rijen populieren naar de achterzijde van een huizenrij voerde. Zo kwamen ze in een wonderbaarlijke wereld van koterijen terecht, hokjes en schuurtjes in alle maten en kleuren, die een beetje deden denken aan de buitenwijken van Noord-Afrikaanse dorpjes. De zon blies zijn hete adem over het doolhof van bouwwerkjes. Zeiz bedacht dat één vonk zou volstaan om het hele zootje van vermolmd hout en verkleurd plastic in lichterlaaie te zetten. Ze waren op zoek naar de achteringang van nummer zestien. Het was Sterckx die de juiste plaats lokaliseerde, een tuin die werd beheerst door een gigantisch duivenhok op palen, weliswaar onbewoond, maar nog altijd badend in een stoffige ammoniakwalm. De bodem eronder lag bezaaid met de versteende resten van vogelstront. De ramen van de achtergevel waren dichtgemetseld en een achterdeur was er niet. De enige opening was een klein raam dat op een kiertje stond, en dat onbereikbaar was op een hoogte van zo'n tien meter. Zeiz klauterde op de scheidingsmuur en werkte zich langs de gevel omhoog. Hij klampte zich daarbij vast aan de richeltjes van vrijgekomen voegen en afgebroken bakstenen. Het ging makkelijker dan hij dacht en met een sprongetje had hij de vensterbank te pakken. Zo had hij het bij de paracommando's geleerd: eerst snel de mogelijkheden en de risico's inschatten en dan meteen met het verstand op nul tot actie overgaan. Maar toen gleden zijn voeten weg en bengelde hij aan de gevel. Hij hield zich vast met één hand. Een golf van paniek ging door hem heen.

'Idioot,' hoorde hij zijn vader roepen, 'en je hebt niet eens een huiszoekingsbevel.'

Hij schoot wakker met een kreun. Zijn oude jongenskamer baadde in een koortsige schemering. Bij het open raam vuurden de eksters een salvo van korte, harde kreten af. De enkele uren slaap, onderbroken door nachtmerrieachtige beelden, hadden hem niet opgemonterd. Hij was gisteren laat thuisgekomen, na een hectische avond, die de laatste restjes energie uit hem hadden geperst.

Op vraag van Neefs had hij 's avonds nog zijn team bij elkaar geroepen. De resultaten van de sporenzekering in de flat van Plessers waren binnen en sloegen in als een bom. De rolstoel in de garage bevatte bloedsporen die identiek bleken te zijn aan het bloed van de vermoorde deken Busschaert. Bovendien kwam de ijzerdraad die ze op de werkbank hadden aangetroffen in aanmerking als moordwapen. Het was muisstil toen Neefs zijn uiteenzetting gaf. Het rechercheteam was met ontzetting geslagen.

Bovendien had Maria Kuzniak haar verklaring ingetrokken. Ze beweerde dat de rechercheurs haar onder druk hadden gezet en dat ze een advocaat had gevraagd, maar niet had gekregen. Engelen en Bonheide ontkenden formeel dat ze de avond voor de moord op Busschaert bij een dinertje in diens woning aanwezig waren geweest.

Zeiz duwde het klamme laken van zich af en stond op. Zijn gewrichten voelden stijf aan. Voor het eerst in zijn loopbaan als politieagent voelde hij een weerzin voor zijn werk. Hij moest achter een collega aangaan. Langzaam werden tekens zichtbaar die hij niet had herkend, zoals de reactie van Hans toen Zeiz hem had aangesproken over de zelfmoord van zijn vader. Hans had gereageerd alsof Zeiz met zijn vraag een verboden terrein betrad. Wat was er in het verleden gebeurd waarover hij niet mocht praten? De angst in de ogen van Hans was duidelijk herkenbaar geweest. De angst voor zijn oom, die de rol van zijn vader, na diens zelfmoord, had overgenomen. Het leek erop dat Jacques Plessers dan misschien toch niet die lieve vader en grootvader was voor wie hij zich uitgaf.

Terug in het politiebureau werd Zeiz ontboden bij Vanderweyden. Dat coördinerend commissaris Lambrusco en commissaris Vannuffel er ook waren, beiden in hun nieuwe zomerpak, stemde hem meteen wantrouwig. Het gezicht van de hoofdcommissaris stond somber – het leek wel alsof hij voor altijd zijn jongensachtige blos was verloren.

'Er is goed nieuws en er is slecht nieuws,' stak Lambrusco van wal.

'Het goede nieuws is dat het onderzoek eindelijk opschiet. We weten wie de moordenaar is en met een beetje geluk hebben we hem voor de verkiezingen geklist.'

Vanderweyden staarde afwezig voor zich uit en slaakte een diepe zucht. 'Plessers is een oude collega van mij, ik ken hem al een eeuwigheid. Dat hij achter die moorden zit, kan ik nog altijd moeilijk geloven.'

'Het bewijsmateriaal is anders wel verpletterend,' zei Lambrusco en in zijn stem klonk meer dan voldoening. 'Het is hard, ik weet het, maar we moeten de feiten onder ogen zien.'

Zeiz wachtte. Er kwam iets anders op hem af, dat voelde hij, een vermoeden dat werd versterkt door de ongeveinsde opgewektheid van Lambrusco. Dat kon maar één ding betekenen: de man had iets tegen hem bekokstoofd en verheugde zich op de openbaring daarvan.

'We mogen niet te vlug conclusies trekken,' zei Vanderweyden, een waarschuwend vingertje in de lucht werpend. 'Het onderzoek is nog niet afgesloten.' Maar zijn tegenwerping klonk schraal, alsof hij er zelf niet in geloofde.

Vannuffel kuchte om het woord te vragen. 'Het bloed op de rolstoel is van Busschaert. Maar we hebben nog geen link gevonden met de andere moorden, dat klopt. De ijzerdraad is slechts een indirect gegeven. Wat nu eerst moet gebeuren, is Plessers vinden.' Het viel op dat Vannuffel zich een aarzelende manier van spreken eigen had gemaakt en dat hij zo de schijn wekte met bijzondere kennis van zaken te spreken. 'Mijn vermoeden bij de aanvang van het onderzoek blijkt te kloppen: het motief, of een van de motieven, is seksueel misbruik in de Kerk. Misschien hadden we dat spoor sneller moeten bewandelen.'

Lambrusco keek Zeiz onderzoekend aan. 'Zie jij dat ook zo?'

'Het blijft een vermoeden,' zei Zeiz.

Lambrusco lachte kort. 'Inderdaad, als je het niet onderzoekt, blijft het een vermoeden.'

Vannuffel kuchte discreet. 'Een paar feiten op een rijtje dan. Vertrouwensarts Stef Bijnens zegt dat sommige fraters seksueel misbruik hebben gepleegd. We kunnen die getuigenissen van de slachtoffers niet inzien, voorlopig toch niet, omdat Bijnens gebonden is aan zijn zwijgplicht. Commissaris Plessers was nauw betrokken bij Operatie Kelk. Hij kent de in beslag genomen dossiers. En hij heeft een motief. Van zijn broer, die 35 jaar geleden zelfmoord pleegde, weten we dat hij seksueel werd misbruikt door een priester.'

Zeiz stond versteld. Vannuffel had het onderzoeksdossier heel aandachtig gelezen. Maar Zeiz betwijfelde dat hij naar hier was gekomen om constructief over het lopende moordonderzoek te brainstormen. Vannuffel en Lambrusco hadden blijkbaar hun conclusies al getrokken: ze beschouwden een snelle arrestatie van Plessers als het eindpunt van deze zaak.

'Belangrijk is dat we de neuzen in dezelfde richting houden en onze kostbare tijd niet verliezen met gerommel in de marge,' zei Lambrusco. Hij keek Zeiz indringend aan. 'Dat saunafilmpje bijvoorbeeld. Dat is toch een loutere privékwestie. Wat hebben we daaraan? Is het echt belangrijk om te weten dat Busschaert met zijn meid neukte en dat Engelen het misschien doet met Bonheide? De verkiezingen komen eraan en ik kan me voorstellen dat sommigen hier graag misbruik van zouden willen maken.'

Ze wisten allemaal wat hij bedoelde. Zeker voor Engelen was de situatie delicaat. Haar echtgenoot, Marc Welkenraet, was schepen bij de stad Hasselt voor CD&V. Hij voerde een opvallende mediacampagne, waarin hij conservatieve accenten legde en bijvoorbeeld pleitte voor de herwaardering van het gezin. Op mega-affiches poseerde hij samen met zijn vrouw en zijn drie kinderen. Het zou zijn imago geen goed doen als nu uitkwam dat er serieuze barsten zaten in zijn relatie.

'De verkiezingen interesseren me geen fluit,' zei Zeiz, die de woede in zich voelde opwellen. 'Busschaert heeft Engelen, Bonheide en Bonnet de avond voor zijn dood thuis ontvangen. Mogelijk was zijn moordenaar daar ook bij. Met dat filmpje hebben we Maria Kuzniak onder druk kunnen zetten…'

'Maria Kuzniak heeft haar verklaring ingetrokken,' zei Vannuffel.

'Het verbaast me ook dat je opnieuw een huiszoekingsbevel hebt gevraagd voor de financiën van Degreef & Partners,' ging Lambrusco verder. 'Heb je echt niets beters te doen? Trouwens, ik vrees dat het antwoord van mevrouw Partoen ook nu weer negatief zal zijn.'

'Daar ben ik niet zo zeker van,' zei Zeiz. 'Zoals jullie weten heeft het bedrijf Sominvest een bedrag van 1,2 miljoen euro overgeschreven op de rekening van een zekere Domenica. De voorzitter van Sominvest is Gustaaf Swolfs, die nauwe banden heeft met de familie Degreef. We weten ondertussen ook dat de Domenicarekening toebehoort aan de fraters Constantijnen en beheerd wordt door frater Gerard Vanhees. Maar er is meer. Degreef heeft met zijn 5,5 miljoen euro veel te weinig betaald voor het kloosterdomein. De marktprijs ligt volgens specialisten tussen één en anderhalf miljoen euro hoger. Geef toe, dat zijn vreemde toevalligheden.'

Vanderweyden fronste zijn wenkbrauwen. 'Je bedoelt dat Degreef via Sominvest aan de fraters 1,2 miljoen euro in het zwart zou hebben betaald?'

'Ik hoor weer de namen van Swolfs en Degreef vallen,' zei Lambrusco. Hij trok een gezicht alsof hij een zure smaak in zijn mond kreeg. 'Ik zou toch heel voorzichtig zijn met bepaalde insinuaties.'

Vannuffel liet weer zijn discrete kuch horen. 'Nogmaals, we staan op het punt een moordenaar te vatten. Het onderzoek naar mogelijk zwart geld mag niet verwaarloosd worden, laat dat duidelijk zijn, maar nu moeten we ons concentreren op het essentiële en dat is het moordonderzoek.'

'Wij gaan ervan uit dat er een link is tussen de twee,' zei Zeiz. 'Bonnet en Busschaert werden gechanteerd voordat ze werden omgebracht...'

Vanderweyden onderbrak hem. 'Dus je vermoedt dat de fraters ook worden gechanteerd en dat het geld op de rekening van Domenica dient om de afperser te betalen?'

Zeiz knikte. 'Devos had het gesjoemel ontdekt en wilde ermee naar buiten komen. Daarom moest hij sterven. Om dat zeker te weten, moeten we die hele financiële handel onderzoeken. Ik zou beginnen met het blokkeren van die Domenicarekening. En dan frater Vanhees op de rooster leggen.'

Lambrusco zwaaide met de hand. 'Laten we de beslissing van de onderzoeksrechter afwachten.' Hij keek de anderen een voor een aan en ging toen verder: 'Maar dan nu het slechte nieuws... Een ketting is zo sterk als zijn zwakste schakel. En dat geldt ook voor een team. Als een van de leden in een kwetsbare positie komt te zitten, moeten we hem vervangen. Niet omdat hij onbekwaam zou zijn, maar omdat zijn aanwezigheid om externe redenen op dat ogenblik, in die situatie, contraproductief werkt. Ben je bevriend met Jacques Plessers?'

Zeiz stond even perplex. 'We werken samen in hetzelfde onderzoek, meer niet.'

'Jullie zijn gespot op een caféterrasje in Mechelen.'

'En dan? Ik wil niet weten met wie jij allemaal wordt gespot.'

Lambrusco schudde afkeurend het hoofd. 'Bovendien heb je een soort vriendschapsband ontwikkeld met zijn neefje Hans.'

Zeiz keek op. 'Hans en ik hebben elkaar een paar keer ontmoet, dat klopt, maar daarom zijn we nog geen vrienden. En zelfs als we dat waren, zie ik nog geen verband met het onderzoek dat ik voer.'

'Volgens onze bronnen gaat het om vier ontmoetingen in amper twee weken tijd en minstens evenveel telefonische contacten,' zei Lambrusco. 'De laatste keer dat jullie elkaar troffen, dateert van gisteren. Dat was op het parkeerterrein achter het station. Hans Plessers heeft jou bepaalde diensten verleend, zoals het wegslepen en het herstellen van jouw auto. Of is het zo dat je voor die diensten een factuur kunt voorleggen?'

'Eerlijk gezegd denk ik niet dat...'

'Het zijn dus vriendendiensten,' onderbrak Lambrusco hem. 'Daar is niets mis mee, hoor. Ik wilde het alleen even checken. En dan is er nog die vriendin van jou, de illegale Tibetaanse, die bij Hans Plessers is ingetrokken. Of moet ik zeggen: ondergedoken?'

Zeiz ademde diep in en balde zijn vuisten. 'Ik heb geen zin om hier over mijn privéleven te praten, en zeker niet met jou.'

Maar Lambrusco was niet onder de indruk van Zeiz' uithaal. 'Dat betekent wel dat je betrokken partij bent. Daarom vinden wij het beter dat je voor de afronding van het onderzoek een stapje opzij doet.'

Vanderweyden sloeg met zijn vuist op zijn bureau. Zijn gezicht stond krijtwit, maar uit zijn ogen schoot een vuur dat Zeiz nooit eerder had gezien. Hij wendde zich tot Lambrusco en siste: 'Niet wij, maar jij en sommige anderen vinden dat beter. Ik vind dat Kareem het onderzoek moet blijven leiden.' Hij wendde zich tot Zeiz. 'Maar ik ben buitenspel gezet. Er is een dictaat van hogerhand gekomen en ik vrees dat ik daar niets tegen kan doen. Vonck zal het onderzoek verder leiden.'

'Met onmiddellijke ingang,' zei Lambrusco.

'Nee,' zei Vanderweyden, 'de termijn bepaal ik, in overleg met de betrokken rechercheurs. Voorlopig behoudt Kareem de leiding. Als er een wissel komt, moeten we die in goede banen leiden, zodat het onderzoek daar geen schade van ondervindt.'

Het gezicht van Lambrusco betrok. Hij bewoog zijn kaken als een bokser die zonet een hoekslag heeft ontvangen. 'Ik ben benieuwd,' zei hij en hij stoof naar buiten. De deur viel met een klap achter hem dicht.

Vanderweyden liet zich in zijn stoel zakken. Nu pas zag Zeiz hoe uitgemergeld zijn chef er uitzag. Hij moest denken aan zijn vroegere chef in Brussel, Omer Lesage, die hem na zijn benoeming tot hoofdcommissaris had toevertrouwd: 'Ze hebben me in een positie gepromoveerd die bestaat uit eindeloos palaveren en beslissingen declareren die elders zijn bedacht.' Gedurende een hele tijd zeiden ze niets. Ze luisterden naar de airco die zijn monotone kilte in de ruimte blies.

'Meer kan ik niet doen,' fluisterde Vanderweyden.

Zeiz knikte en verliet het kantoor. Het gesprek had hem vreemd genoeg opgemonterd. Misschien vergiste hij zich, maar dat ze hem zo openlijk aan de kant probeerden te schuiven, betekende dat hij op een heet spoor zat en dicht bij de oplossing stond. Terug in zijn kantoor ging hij bij het raam staan en keek naar het binnenplein. Lambrusco had niets over zijn dienstwagen gezegd. De vermoeidheid die hij vanochtend bij het opstaan had gevoeld was plots weg.

Tijdens de middagpauze verliet Zeiz het politiebureau, zogezegd om een luchtje te happen. Tot grote verbazing van zijn collega's, die zich net om die reden in hun gekoelde kantoren verschansten. In werkelijkheid begaf Zeiz zich naar het Torenplein, waar hij de roltrap nam naar de Mediamarkt. Maar in plaats van de winkel binnen te gaan, boog hij af naar links en ging hij een dubbele witte deur binnen waarop VERBODEN ZONE stond. Daar nam hij de trap naar een verdieping hoger en liep door een verlaten gang tot aan kamer 305. Hij ging zoals afgesproken binnen zonder te kloppen. Jef Holsbeek was er al.

Zeiz had die ontmoeting geregeld meteen na het gesprek met zijn chefs. Het was een ingeving die hij zonder verder na te denken was gevolgd. Soms beslis je in een seconde iets waar je je verdere leven over moet nadenken. Maar er waren bakens verzet en de nieuwe grenzen vergden een andere strategie.

Holsbeek stond onbeweeglijk met zijn armen langs zijn lichaam te wachten. Het viel Zeiz op dat zijn handen bijna tot aan zijn knieën reikten. Toen Zeiz binnenkwam, ontwaakte hij uit een soort trance, als een robot die in werking werd gesteld. Maar hij begroette hem met een verrassend warme handdruk en een oprecht bezorgde blik.

'Je ziet er moe uit, jongen. Eet je wel genoeg?'

Zeiz kon een grijns niet onderdrukken. 'Soms vergeet ik dat inderdaad,' gaf hij toe. 'Maar het houdt me wakker. En dat is nu nodig.'

Holsbeek knikte begripvol. 'Ik vrees van wel, ja. De messen zijn gewet. We moeten ogen op onze rug hebben.' Hij wees om zich heen, naar de halfverlichte ruimte zonder ramen. Er stonden zes tafels in een vierkant, evenveel stoelen en een flipchart zonder papier. 'Ik moet me verontschuldigen voor de troosteloze ontvangst. Maar je vroeg om een snelle en discrete ontmoeting en dit is een veilige ruimte, die we op korte termijn hebben kunnen regelen. Later maken we dat zeker goed in aangenamer omstandigheden, spreken we dat af?' Hij wachtte het antwoord niet af en vroeg: 'Hoe loopt het onderzoek?'

'Goed,' zei Zeiz. 'Maar er zijn externe obstructies.'

'Zoals verwacht.'

'In de marge van het onderzoek zijn we op een zaak van financieel gesjoemel gestoten.' Zeiz gaf Holsbeek een kopie van zijn onderzoeksaanvraag.

Holsbeek trok de wenkbrauwen op terwijl hij de aanvraag las. 'Dit is erg interessant. En er is een link met de moordzaak, zie ik.'

Zeiz knikte. 'Anders had ik de aanvraag niet gedaan. En nu willen ze me de leiding van het onderzoek afnemen.'

Holsbeek kneep zijn ogen tot spleetjes. 'Zo zo, willen ze dat? Wat denk je? Kan je de zaak afronden voor de verkiezingen?'

Zeiz knikte. 'We zitten er heel kort bij.'

'Goed. Dan zullen wij het grote geschut in stelling brengen.'

'En dan is er nog dit.' Zeiz haalde uit zijn zak een usb-stick die hij aan Holsbeek overhandigde. 'Dit is een kleine filmopname, die we op de laptop van Lode Busschaert hebben gevonden en die op You-Tube niet zou misstaan. Enfin, je doet ermee wat je wilt.'

'Verkiezingspropaganda?' raadde Holsbeek glimlachend.

'Zo zou je het ook kunnen noemen,' zei Zeiz.

36

Die dag had zich omstreeks twee uur in de middag pal boven Hasselt een witte wolk gevormd, een zogenaamde cumulus humilis, waarvan de omtrek en de oppervlakte overeen leken te komen met het stadscentrum binnen de boulevard. Gezichtsbedrog natuurlijk, maar het onwaarschijnlijke gebeurde: mensen verlieten hun met airco gekoelde ruimten om ernaar te gaan kijken. Ook mijnheer en mevrouw Ramaekers, die in de Ossekopsteeg nummer drie woonden, in de flat op de derde verdieping, trotseerden de ongenadige middagzon voor het natuurfenomeen.

Een verdieping lager stond Gerard Vanhees in gedachten verzonken op zijn balkon, met zijn iPhone in de hand. Hij merkte de hitte noch de cumulus humilis op. Hij verwachtte een telefoontje. Een telefoontje dat het begin van het einde zou aankondigen, het einde van een onvoltooid verlangen. Hij hoorde mijnheer Ramaekers iets tegen zijn vrouw zeggen, maar hij verstond niet wat. In de verte klonk het geruis van het verkeer, uitzonderlijk stil als je bedacht dat zich nauwelijks vijftig meter verder het drukste kruispunt van de binnenstad bevond. In huis was de stilte compleet, zoals het hoorde voor een flat in deze prijsklasse.

Wat op Vanhees afkwam, deed zijn bloed sneller stromen, maar met het ouder worden was er ook een pijnlijke behoefte aan rust gekomen, een verlangen naar eenzaamheid haast, hij genoot er hoe langer hoe meer van om zich terug te trekken in zijn eigen hoofd. Op zekere dag, niet meer zo ver in de toekomst, zou hij een man in een uitgedoofd lichaam zijn en noodgedwongen met pensioen worden gestuurd. Alles wat hij van dat ogenblik af deed, zou er niet echt meer toe doen. Het zou de wachtkamer zijn van de dood. Maar zover was het nog niet. Algemeen overste, frater Johannes Kosse, die hij als zijn persoonlijke vriend mocht beschouwen, had het als volgt geformuleerd: 'Barmhartigheid en spiritualiteit leiden vanzelf naar actie.' In Congo wachtte een nieuwe en mogelijk laatste opdracht op hem. Hij zou de draad weer oppikken, die hij vijftig jaar geleden had laten liggen.

In Congo zou hij zich nog een aantal jaren dienstbaar stellen aan de meest kwetsbaren in deze wereld. Kortom: hij zou er de naakten kleden. Hij glimlachte spontaan bij deze leuke bedenking. Kosse had hem de vrije hand gegeven. Hij zou er een weeshuis en een therapeutisch voedingscentrum oprichten voor de Soedanese kinderen die de droogte en het geweld in hun land waren ontvlucht. In de lente had hij een studiereisje gemaakt naar Haut-Uele, de meest noordelijke provincie van het land. Hij was er enkele weken lang de sfeer gaan opsnuiven. Hij had contacten gelegd, de eerste bakens uitgezet en kennisgemaakt met de arme ouderloze vluchtelingen, de magere zwarte lijfjes waar hij weer wat vlees aan moest kweken. Hij voelde zijn ademhaling spontaan sneller gaan. Ze zouden uit zijn hand komen eten, wist hij. Hij werd langzaam oud, maar het vuur was nog niet helemaal gedoofd.

Het was half drie en de wolk boven de stad had zich in het eeuwige blauw opgelost toen de telefoon ging. Vanhees ging naar binnen voor hij opnam.

'Verloopt alles naar wens, fratertje?'

Vanhees huiverde van genot bij het horen van het vervormde stem-metje. Hij stelde zich de onbekende voor als een mormoon op zen-ding: een beleefde jongeman met een babyface, een wit hemd met korte mouwen en een schoudertas. Een perverse gek in het uniform van een burgermannetje. Ze zouden elkaar binnenkort ontmoeten. Hij was benieuwd wie er werkelijk achter dat belachelijke stemmetje zat.

'Ik heb een afspraak met de bank,' zei Vanhees, 'en ik was van plan het geld morgenochtend op te halen. Maar er is een probleem opgedoken, in de vorm van een politieman. Hoofdinspecteur Zeiz van de Hasseltse recherche wil uitgerekend morgen starten met een financieel onderzoek, wat betekent dat ik niet aan het geld kan.'

De onbekende lachte. 'Heb je geen vriendjes die dat kunnen re-gelen?'

'Je weet hoe dat gaat bij de politie,' zei Vanhees. 'Het is een politiek spel. Zoiets is niet een, twee, drie geregeld.'

'Uitstel is afstel, fratertje. Je weet wat de gevolgen zijn.'

Voor het eerst meende Vanhees een zweem van twijfel te horen. 'We hebben er allebei voordeel bij dat de transactie doorgaat,' zei hij.

'Zonder geld geen transactie.'

'Het geld is er, maar misschien niet morgen.'

'De afspraak is morgen om drie uur.'

'Ik heb tijd nodig om het te regelen.' Dat was bluf, er was geen tijd meer, besefte hij. De wereld achter hem was in elkaar aan het storten. Hij moest maken dat hij hier wegkwam.

'Het is dat of niets.'

Vanhees zweeg. Hij mocht nu geen zwakheid tonen. Daar was de onbekende gevoelig voor, voor weke plekjes, daar geilde hij op. Plotseling werd hem duidelijk dat niet alleen voor hem maar ook voor de ander de timing heilig was. Misschien was dit ook voor de onbekende het begin van een definitief einde. Zou na de finale deal ook voor hem een vliegtuigticket klaarliggen? De mens wikt, maar God beschikt. Stel dat ze elkaar enkele uren na de transactie in hetzelfde vliegtuig weer tegenkwamen?

'Dan is het niets,' zei Vanhees met vlakke stem.

Enkele lange seconden bleef het stil. Toen sprak de onbekende, zijn babystemmetje had een scherpe klank gekregen: 'Oké. Ik regel het. Voor de rest blijft alles zoals afgesproken.'

'Vergeet niet…'

'Ik vergeet nooit iets, fratertje. Maak je geen zorgen, ik heb alles voor je klaarstaan.' De verbinding werd verbroken.

Vanhees voelde zijn hart bonzen in zijn borst. Morgen in de vroege avond vertrok zijn vlucht naar Caïro, waar hij twee dagen zou blijven om dan verder te reizen naar Congo. Er mocht nu niets meer fout gaan. Terwijl hij op het balkon stond met de gsm nog aan zijn oor, slaagde hij erin zijn paniek te onderdrukken. De teerlingen waren gevallen zoals hij ze had geworpen. Hij wachtte tot zijn ademhaling weer rustig werd en belde een nummer. Er werd onmiddellijk opgenomen.

'Ja?' zei een zware mannenstem.

'De deal gaat door.'

'En het probleem Zeiz?'

'Ik heb iets geregeld.'

De man maakte een geluid dat het midden hield tussen een zucht en een ingehouden brul. 'Een dode politieman is het laatste dat we nu kunnen gebruiken.'

'Alea iacta est.'

'We rekenen op een zuivere afloop.'

'Heb vertrouwen,' antwoordde Vanhees. 'Als gij door het vuur gaat, zult gij er niet door verteerd worden.'

37

Inspecteur Daniëls had in zijn zoektocht naar de verdwenen monstrans van Diepenbeek op de Canadese antiek- en verzamelaarssite Forum Galleries een advertentie ontdekt van een zekere SyM uit België, die een monstrans te koop aanbood, zonder foto weliswaar, maar het ging om een topstuk, dat hij omschreef als zeer waardevol en behorend tot een hogere prijsklasse. Zijn beschrijving van het kerkjuweel paste perfect bij de gestolen monstrans. Daniëls had onder een schuilnaam op de advertentie gereageerd en een afspraak gemaakt met SyM. Het bleek te gaan om Sylvain Maes, handelaar in antiek en rariteiten.

's Avonds reden Zeiz en Sterckx naar de Zuid-Limburgse gemeente Zepperen om Maes een bezoekje te brengen.

Maes, een grijze volslanke man, gekleed in een met kleurige patronen beschilderde sarong, ontving hen in zijn zaak, die was gevestigd in een gerestaureerd boerderijtje. Zijn bureau prijkte midden in een kamer die volgestouwd was met oude meubelen, beeldjes en andere decoratievoorwerpen. Naast de computer stond een asbak in Delfts blauw waarin de filter van een joint lag.

Maes stond geschrokken op toen Zeiz en zijn collega binnenkwamen, maar zijn argwaan verdween nadat ze zich hadden voorgesteld.

'Politie, gelukkig,' zuchtte hij. 'Ik dacht al dat het een overval was.'

Hij was meteen bereid open kaart te spelen toen bleek dat hun bezoek kaderde in een moordonderzoek. Zeiz liet hem een kleurenprint van een foto van de verdwenen monstrans uit Diepenbeek zien en Maes bevestigde dat dit het door hem te koop aangeboden kerkjuweel was. 'Ik wist niet dat het gestolen was,' zei hij.

'Maakt niet uit,' zei Sterckx. 'Dan had u zich beter moeten informeren. Gestolen goederen opkopen is immers strafbaar.'

'Ik heb dat stuk niet gekocht en heb het dus ook niet in mijn bezit,' antwoordde Maes rustig. 'Enkele weken geleden kreeg ik bezoek van een man die zijn identiteit niet wilde prijsgeven en die mij iets te koop aanbood. Hij liet mij de monstrans zien. Ik was wel geïnteresseerd en heb hem een prijs genoemd. Nu, daar viel hij wel van achterover.'

'Hij had niet verwacht dat de prijs zo hoog zou zijn?' zei Sterckx.

Maes keek hem verbaasd aan. 'Integendeel. Hij had veel meer verwacht. Ik had hem vierduizend vijfhonderd euro geboden, wat een faire prijs was, denk ik. Maar hij werd kwaad en noemde mij onbekwaam.'

'U weet toch dat de bewuste monstrans een uniek en waardevol stuk is,' zei Zeiz. 'Althans, dat zeggen de experts.'

Maes grijnsde. 'Toevallig ben ik een expert. Kerkjuwelen zijn mijn specialiteit. De monstrans die hij mij aanbood is een stuk uit de negentiende eeuw, lood met een laagje edelmetaal erover. De edelstenen in de kroon zijn synthetische opalen van recentere datum. Een mooi stuk en bovendien een hele goede kopie. Heel even dacht ik ook dat ik een origineel voor me had staan.'

'Hoe bedoelt u?'

'Er bestaan verschillende originele zonnemonstransen van dit type, alle uit de zeventiende eeuw. In de Sint-Pauluskathedraal in Nîmes bijvoorbeeld staat er zo eentje. En in de Sint-Servaaskerk in Diepenbeek ook.'

'Dus de monstrans die de man u aanbood, was niet die uit Diepenbeek?'

'Nee, natuurlijk niet. Maar het was wel een uitstekende kopie. Dat heb ik hem ook gezegd. Die kopieën zijn ook waardevol, maar veel minder waardevol dan de originelen. Maar ik zag dat hij me niet geloofde. Een week later is hij dan teruggekomen. Ik vermoed dat hij op een andere plaats advies was gaan vragen en dat hij daar hetzelfde te horen had gekregen. Hij vroeg me of ik bereid zou zijn de originele monstrans van hem te kopen. Die zou hij heel binnenkort in zijn bezit krijgen, beweerde hij. Weliswaar zonder aankoopbewijs. Het ging vermoedelijk dus om een gestolen stuk. Daar heb ik op geantwoord dat mij dat te riskant leek, aangezien het om zo'n bekend stuk ging, en dat ik trouwens niet het geld had om het te kopen. Uiteindelijk zijn we overeengekomen dat ik naar een koper zou uitkijken en voor die bemiddeling zou worden betaald.'

'Hoeveel zou u krijgen?'

'Tien procent van de verkoopprijs.'

'Had u dit niet moeten melden?' vroeg Sterckx. 'U wist dat het om een gestolen stuk ging.'

Maes haalde zijn schouders op. 'Nogmaals, ik heb het stuk niet gezien. Misschien was het bluf. Je kunt je niet voorstellen wat ik hier allemaal over de vloer krijg. Maar hij heeft me een voorschot van vijfhonderd euro gegeven. Niet slecht toch voor het plaatsen van een advertentie.'

'En, heeft u een koper gevonden?'

Maes schudde zijn hoofd. 'Ik verwacht ook niet dat iemand zich zal aanbieden.'

Zeiz vroeg Maes nog eens goed te kijken naar de foto van de monstrans die nu voor hen op tafel lag. 'Dit is wel degelijk de echte zonnemonstrans van Diepenbeek,' zei hij. 'Hij werd drie weken geleden gestolen.'

Maes keek geschrokken op. 'Dat wist ik niet, dat het om de monstrans van Diepenbeek ging.'

'Maar dat had u toch wel kunnen vermoeden, bij zo'n uniek stuk.'

Maes zuchtte diep. 'Maar ik heb het originele stuk helemaal niet te zien gekregen, dat zei ik toch al. Want dat zou ik onmiddellijk hebben herkend. Ik heb het namelijk zelf ontdekt.' Hij keek de speurders triomfantelijk aan. 'Vorig jaar in Zelem, op de tentoonstelling van kerkjuwelen. De pastoor van Diepenbeek viel van zijn stoel toen ik hem vertelde dat hij een bijzonder unieke monstrans in zijn bezit had. Nu ja, de monstrans was het eigendom van de kerkfabriek, zo meen ik mij te herinneren.'

'Vond die tentoonstelling plaats in het klooster?' vroeg Zeiz.

'Ja, inderdaad. De abt of de directeur van het klooster, Gerard Vanhees, is een kenner en een verzamelaar. Hij organiseerde de tentoonstelling.'

Zeiz keek Sterckx aan. Hij liet Maes een foto zien van Plessers in zijn kantoor. 'Was dit de man die de monstrans bij u aanbood?'

Maes keek, maar schudde het hoofd. 'Hij lijkt er wel een beetje op. Hij was ook een nette, ouderwetse heer. Volgens mij droeg hij een pruikje. Hij deed me een beetje denken aan een wassen pop.'

'Was het dan misschien deze?' Zeiz haalde de foto boven waarop Plessers stond naast zijn overleden broer. Daarop was Plessers weliswaar een flink stuk jonger, maar de gelijkenis was nog altijd frappant.

'Yep,' knikte Maes, 'dat is 'm.'

Zeiz ademde diep in. Dit bevestigde de resultaten van de sporenzekering bij Plessers thuis. Weer een feit dat naar de Mechelse commissaris wees. Maar het stemde hem niet gelukkig. Het begon er steeds meer op te lijken dat de moordenaar al die tijd in hun midden had vertoefd. Ook uit menselijk opzicht was dit voor hem een afknapper: hij had Plessers vertrouwd en zelfs enige sympathie voor hem gekoesterd.

'En toch is het dezelfde man,' zei Zeiz. Met zijn wijsvinger streek hij nogmaals over de afbeelding van Jacques Plessers. Hij maakte aanstalten om de foto's weg te bergen.

'Maar ik bedoel niet die man, ik bedoel de andere,' zei Maes. Hij wees naar de broer van Plessers. 'Die met zijn snor en zijn debardeur, die was hier. Zo'n type vergeet je nooit...'

Toen hij terug was in zijn kantoor belde Zeiz naar het psychiatrisch ziekenhuis Sancta Maria om te informeren of Marc Cosemans in staat was om te worden verhoord. De afdelingscoördinator vertelde hem dat de patiënt enkele uren geleden zonder voorafgaandelijk overleg de campus had verlaten. Zijn levenspartner Stef Bijnens was daarvan op de hoogte gebracht.

Later op de dag sprong Bijnens binnen op het politiebureau. Hij maakte een gespannen indruk toen hij plaatsnam in de bezoekersstoel tegenover Zeiz. Het zweet droop van zijn gezicht en zijn handen trilden. Op de vraag of hij wist waar zijn vriend was, reageerde hij eerst niet. Sterckx bracht hem een kop koffie. Bijnens deed er vier klontjes suiker in en terwijl hij roerde, vond hij de woorden: 'Ik weet niet waar hij nu is. Dokter Lismont van Sancta Maria zei me dat Marc een verwarde indruk maakte. Marc stond negatief tegenover elke behandeling of begeleiding.' Bijnens keek peinzend in zijn koffie, alsof hij zich afvroeg hoeveel klontjes hij erin had gedaan.

'Het was mijn idee om hem in het ziekenhuis te laten opnemen. Marc was er tegen zijn zin, hij zag er het nut niet van in, maar hij deed het omdat ik aandrong.' Bijnens nipte van zijn koffie, trok een vies gezicht en zette het kopje op Zeiz' bureau. 'Blijkbaar doe ik alles verkeerd.'

'Heeft u er geen enkel idee van waar uw vriend nu kan zijn?' vroeg Zeiz. 'Denk na. Is het al eerder gebeurd dat hij voor een tijdje verdween zonder u iets te laten weten? Zijn er plaatsen die hij opzoekt als hij alleen wil zijn?'

Bijnens schudde het hoofd. 'Dit is niet normaal. Zo ken ik hem helemaal niet. Hij was zo stil toen ik hem gisterenavond een bezoek bracht. Eerst dacht ik dat hij alleen maar kwaad was op mij omdat ik hem had gepusht om zich te laten behandelen. Maar nu weet ik zeker dat er nog iets was. De laatste tijd was hij zo afwezig, er was iets dat hem bezighield. Iets dat ik blijkbaar niet mocht weten. Toen ik gisteren bij hem was, kreeg hij een telefoontje. Hij ging de kamer uit om het aan te nemen. Dat vond ik echt vreemd, want we hebben voor elkaar nooit iets te verbergen gehad. Dacht ik toch...'

'Heeft u een idee wie het zou kunnen zijn geweest?'

'Ik weet het niet. Het heeft in ieder geval allemaal met zijn verwerkingsproces te maken. Zoals ik u eerder al vertelde, heb ik hem twee jaar geleden overgehaald een klacht tegen frater Spier in te dienen. Met goede bedoelingen. We waren al zolang samen, ik wist dat hij was misbruikt, maar meer ook niet en ik wilde dat hij eindelijk het taboe zou doorbreken. Erover praten en het kwaad bij naam noemen, heeft bij vele slachtoffers een helend effect. Maar het zit zo vast bij hem, de schaamte en de woede zitten zo diep...'

'Wil hij er niet over praten?'

'Niet echt. En ik heb het gevoel dat ik toen iets in werking heb gesteld dat niet meer te stoppen is.'

'Wat bedoelt u? Is hij iets van plan? Wil hij wraak nemen?'

Bijnens lachte wrang. 'Marc doet geen vlieg kwaad. Maar in de toestand waarin hij zich nu bevindt, is hij erg beïnvloedbaar.'

'Heeft hij contact met iemand anders?'

Bijnens haalde zijn schouders op. 'Hij is beïnvloedbaar door de gebeurtenissen. De brutale moorden op priesters en wat daarover allemaal in de pers verschijnt, dat heeft hem aangegrepen.' Hij zweeg abrupt en keek recht voor zich uit naar de muur achter Zeiz. 'Nu schiet me iets te binnen. Hij heeft het klooster nog eens bezocht, na de moord op Guillaume Devos. Toen waren de bulldozers van Degreef al met hun afbraakwerken begonnen. Hij heeft er Franske Meertens gesproken. Wist u dat de boerenknecht weigert om het terrein te verlaten? Wat zal er met die sukkelaar gebeuren? Dat trok Marc zich ook heel erg aan. Hij noemde Franske een "chronisch slachtoffer van die fraters".'

'Wat bedoelde hij daarmee?'

'Ik ga nu weer dingen zeggen die ik als vertrouwensarts niet zou mogen zeggen. Franske is als kind hoogstwaarschijnlijk seksueel misbruikt. Dat blijkt uit getuigenverklaringen. En hij is uitgebuit. Onder het mom van een opleiding is hij tewerkgesteld op de kloosterboerderij en daar is hij de rest van zijn leven blijven werken, in ruil voor kost en inwoning, zonder loon dus. En nu hij niet meer bruikbaar is, wordt hij zonder pardon aan de kant geschoven.'

'Er is volgens frater Vanhees voor alle vroegere bewoners een nieuwe plaats gezocht,' zei Zeiz.

Bijnens schudde het hoofd. 'Zegt Vanhees dat? Heeft u dat al gecontroleerd? Wel, ik kan u verzekeren dat hij liegt.'

'U heeft het dus zelf gecontroleerd?'

Bijnens toonde een scheve glimlach, maar antwoordde niet.

'Als vertrouwensarts moet u voor de slachtoffers in de eerste plaats een luisterend oor zijn,' zei Zeiz. 'Maar u moet ook neutraal blijven. Veel slachtoffers wensen geen gerechtelijk onderzoek. U zult nooit weten of wat zij beweren ook waar is. Iedereen kan u om het even wat komen vertellen.'

'Dat klopt,' zei Bijnens. 'Veel beschuldigingen zijn niet te bewijzen, een bijkomende reden om geen klacht in te dienen. Om te vermijden dat ze je voor leugenaar uitmaken of voor perverse fabulant.' Zijn toon was bijtend geworden. 'Maar…' Hij aarzelde. 'In de honderden dossiers die ik heb opgesteld en bestudeerd, zijn duidelijke patronen zichtbaar geworden. Ik zal u één voorbeeld geven: getuigen die onafhankelijk van elkaar eensluidende verklaringen afleggen. Maar ik kan daar nu niet meer over zeggen.'

287

'U heeft uw vriend wel aangemoedigd om het taboe te doorbreken,' zei Zeiz, 'maar u doet het zelf niet.'

Bijnens hapte naar adem. Zijn ogen leken uit hun kassen te komen, alsof een pijnscheut door hem heen ging. Hij stond plotseling op en liep naar de deur. Hij draaide zich nog een keer om en zei: 'Ik moet denken aan wat Marc ooit tegen me zei. Hij zei: "Ze denken dat ze hun straf kunnen ontlopen, maar ze vergissen zich." Toen ik hem vroeg wat hij daarmee bedoelde, lachte hij alleen maar.'

38

's Avonds laat, bij het binnenkomen in zijn vaders woning kreeg Zeiz een telefoontje van onderzoeksrechter Partoen. Ze gaf groen licht om de verkoop van het kloosterdomein te onderzoeken. Hij mocht dus de boeken en bankrekeningen van Degreef & Partners en de fraters onder de loep te nemen. Zeiz ging aan de keukentafel zitten, terwijl hij nadacht over het telefoontje. Vreemd genoeg monterde het nieuws van het goedgekeurde huiszoekingsbevel hem niet op. Het spoor dat hij volgde, was een bizarre richting uitgegaan. Hij was ervan uitgegaan dat pastoor Bonnet zijn afperser had betaald met de monstrans. Dat vermoeden bleek te kloppen, de afperser had het kerkjuweel aangeboden bij een antiquair. Maar die identificeerde hem bizar genoeg als de vijfendertig jaar geleden overleden broer van Jacques Plessers.

Misschien kwam het door de vermoeidheid, hij had het gevoel dat hij zich in een huis zonder ziel bevond. Hier had hij de eerste achttien jaren van zijn leven gewoond, maar de herinneringen waren verschrompeld, als dorre bladeren aan een oude boom. Hij nam een flinke slok van de fles water die hij vanmorgen op de keukentafel had laten staan. Het was een donker huis, viel hem nu op, de in vierkantjes verdeelde ramen in de keuken lieten spaarzaam het licht door. De inrichting was uit de tijd. Zijn vader had de voorbije twintig jaar geen veranderingen meer laten aanbrengen. De robuuste teakhouten keukenkastjes doorstonden de tand des tijds, maar wogen zwaar in de schemerige ruimte. Op een dag, als zijn vader er niet meer was, zou hij het huis verkopen en de nieuwe eigenaars zouden alles uitbreken. Misschien zouden ze het huis wel helemaal afbreken en er iets nieuws voor in de plaats zetten. Alle rotzooi uit het verleden, ook de spullen op zijn oude jongenskamer, zouden dan op de afvalcontainer belanden. Niemand zou er een traan om laten.

Hij deed de ijskast open, maar die was zo goed als leeg. Zijn vader woonde blijkbaar permanent bij de Rat nu en hij kwam dus ook niet meer de voorraad aanvullen. En om zelf inkopen te gaan doen, daarvoor had Zeiz nog niet de tijd gevonden. Zijn verstand zei hem dat hij iets moest eten, maar zijn maag voelde aan als een steen. Hij besloot eerst even te gaan liggen en nam de fles water mee naar boven.

Hij lag op zijn bed en belde Stef Bijnens op.

'Ik heb eigenlijk geen tijd,' zei Bijnens op gejaagde toon, alsof hij aan het hardlopen was, 'ik ben nu in het ziekenhuis, mijn dienst gaat beginnen.'

'Ik heb maar één vraag,' zei Zeiz. 'Op de lijst die u ons heeft gegeven, staat ook de naam van Gustaaf Swolfs.'

Er viel een stilte. Toen zei Bijnens: 'Dat was geen vraag.'

'U heeft tijdens ons gesprek gisteren gezegd dat bepaalde namen op de aanwezigheidslijst ook voorkomen in de aangiften van misbruik in uw vertrouwenscentrum.'

'Dat waren de namen van twee priesters. De ene is vermoord en de andere is verdwenen. Die heb ik genoemd, dat klopt, hoewel mijn deontologie dat eigenlijk niet toelaat.'

'Heeft u ook een dossier over Gustaaf Swolfs?'

Bijnens zuchtte diep. 'U kunt niet van mij verlangen dat ik hierop antwoord. En zelfs als er zo'n dossier zou bestaan, dan nog zouden we voorzichtig moeten zijn. Een getuigenis is geen bewijs van schuld. De schuld moet uit een gerechtelijk onderzoek blijken, dat zou u ook moeten weten.'

'De naam van Swolfs is al een paar keer in ons onderzoek opgedoken. Als nu ook zou blijken dat iemand beweert dat hij door hem seksueel misbruikt zou zijn, kunnen we al niet meer van een toeval spreken. Het zou ook interessant zijn te weten wie de getuigenis heeft afgelegd tegen Swolfs en de twee priesters. Misschien gaat het om dezelfde persoon.'

Bijnens liet een hoog lachje horen. 'Ik ben een vertrouwensarts en geen politieagent.'

'Laat ik het dan nog anders formuleren,' zei Zeiz. 'Loont het de moeite in die richting verder te zoeken?'

'Het loont altijd de moeite om verder te zoeken,' antwoordde Bijnens kortaf. 'Ben ik zo duidelijk genoeg?' Hij verbrak de verbinding.

Zeiz dronk gulzig van de fles. Er zat een vreemd smaakje aan, maar hij had dorst en nam nog een flinke slok. Hij bedacht dat het water een hele dag in de benauwde keuken had gestaan en misschien slecht was geworden. Toen viel hem te binnen dat hij aan Bijnens was vergeten te vragen of hij al nieuws had over zijn verdwenen vriend. Hij stak zijn neus in de halsopening van zijn T-shirt. Hij had vanochtend geen douche genomen. Daarna besnuffelde hij het kussen waarop hij lag, op zoek naar Pema's geur. Maar hij rook alleen zijn eigen zweet, dat hem plotseling afstootte. Hij draaide zijn hoofd weg. Een misselijk gevoel steeg op naar zijn keel.

Hij had zich voorgenomen iets te gaan eten en dan weer naar zijn kantoor te gaan om de onderzoeksdossiers nog eens grondig door te nemen. Maar de gedachte aan eten was ondraaglijk. Vlakbij zijn hoofd hoorde hij een mug zoemen, maar hij had niet de kracht om zijn hand op te heffen en het beest weg te jagen. Zijn ledematen voelden loom aan, alsof ze apart van de rest van zijn lichaam in slaap aan het vallen waren. Het was de vermoeidheid die begon door te wegen, veronderstelde hij. Het plafond boven hem draaide en hij sloot snel zijn ogen. Misschien was het beter om even te rusten en daarna met een fris hoofd weer aan het werk te gaan.

Door het open raam waaide een stem naar binnen. Elke klank ging vergezeld van een irritante echo, alsof iemand door een megafoon aan het roepen was. Met vertraging herkende hij de stem van zijn overbuurvrouw Emma. Hij verstond niet wat ze zei, maar een herinnering drong zich aan hem op, iets uit zijn jeugd. Het had te maken met haar man André, die het jaar voordien was gestorven. Zeiz was als kind vaak bij hen over de vloer geweest als hij met hun zoon Harry ging spelen. Hij herinnerde zich dat zijn vader hem op een dag bij zich had geroepen en hem had gevraagd welke spelletjes er werden gespeeld als hij naar de overkant ging. Zeiz was verbaasd geweest – sinds wanneer interesseerde zijn vader zich voor hun spelletjes? En dan kwam de vraag of Harry's vader soms in de buurt was als hij en Harry samen speelden. Of speelde hij misschien zelfs mee? Ook weer een vreemde vraag, want waarom zou een volwassen man zoiets doen? Op een dag vertelde Harry dat zijn vader voor langere tijd weg was, dat hij op vakantie was naar een onbekende bestemming. Maar al snel kwamen de geruchten dat hij in de gevangenis zat. Hij zou 'jongetjes hebben lastiggevallen'. Maar wat er precies aan de hand was, wist niemand. Misschien waren er mensen die het wel wisten en die het gerucht hadden verspreid, maar openlijk werd er in elk geval niet over gepraat. Sindsdien kreeg Harry geen bezoek meer van vriendjes. Zeiz kwam er nog af en toe, maar de vriendschap verwaterde. Terwijl hij zich afvroeg hoe die jongen zich moest hebben gevoeld toen iedereen hem begon te mijden en wat er van hem was geworden, viel hij in slaap.

Hij werd wakker van de misselijkheid. Hij voelde zijn maag keren en wilde zich op zijn zij draaien, maar dat lukte niet. Als hij nu moest overgeven, dacht hij, zou hij mogelijk stikken in zijn eigen braaksel.

Toen besefte hij dat er iets grondig fout was. Een rilling van angst ging door hem heen. Met een enorme krachtinspanning slaagde hij erin recht te gaan zitten in het bed. Maar verder kwam hij niet. Hij duizelde, het maagzuur schoot naar zijn mond, maar hij slikte het snel door. Zijn armen hingen slap langs zijn lichaam, in de verte voelde hij zijn vingers bewegen, almaar flauwer, als uitdovende vlammetjes. Vervolgens concentreerde hij zich op de volgende stap: hij moest proberen genoeg energie te verzamelen om uit het bed te stappen. Maar net op het ogenblik dat hij wilde opstaan, voelde hij hoe iets scherps rond zijn keel schoof. Hij hapte naar adem en stootte een pijnkreet uit. Machteloos moest hij laten gebeuren dat de schroef of wat het ook was zich verder vernauwde en hem het ademen belette. Hij kon zich niet verweren, het gevoel in zijn vingers was nu ook verdwenen.

Toen voelde hij een ademstoot in zijn oor en nek. Iemand stond achter hem en bediende het marteltuig rond zijn nek. De pijn aan zijn keel was vervangen door een pijn in zijn longen die zich, naarmate het zuurstofgebrek duurde, eindeloos veel seconden lang verspreidde over zijn lichaam, om vervolgens onder te duiken en plaats te maken voor berusting. Nu was hij zover dat de ander met hem kon doen wat hij wilde. De spastische bewegingen die zijn lichaam nog produceerde en die hij ook vaag registreerde, gebeurden onbewust en hadden niets meer met overlevingsdrang te maken. De laatste resten energie lekten weg. Er was geen houden meer aan. Het was afgelopen, hij ging dood.

Maar net op dat ogenblik werd de wurging losser en met een schurend geluid zoog Zeiz de zuurstof in zijn longen. De pijn kwam terug, samen met de angst. De machine die zijn lichaam was, begon weer in beweging te komen. Niet zijn spieren, die voelden nu nog lomer aan dan voorheen, maar zijn hart, dat begon te pompen. Hij hoorde hoe zijn bloed met krachtige slagen door zijn aders werd gejaagd.

Hij schrok toen hij een geluid hoorde, vlakbij zijn oor. Iemand zei: 'Kareem Zeiz, hoor je me?'

Hij bewoog zijn hoofd als bevestiging. Wie het ook was die achter hem zat, een aanvaller of een redder, dat hij zijn stem kon horen beschouwde hij als een hoopvol teken. Misschien ging hij toch niet sterven?

'Luister dan goed, Kareem Zeiz.'

Er was iets met de stem, ze klonk vervormd, alsof de spreker een masker droeg. Even dacht hij de stem van Hans Plessers te herkennen. Zeiz knikte weer. Als beloning werd de wurging nog een beetje losser. Er stroomde nu een warme roes door zijn lichaam en hij sloot dankbaar de ogen.

'Ik moet je iets vertellen,' fluisterde de man. 'Thuis staat een kooi en daarin zit een wondermooi vogeltje.'

Zeiz sperde de ogen open. Wat was dit voor een macabere grap? Nu pas realiseerde hij zich hoe absurd de situatie was waarin hij zich bevond. Hij was niet vastgebonden, maar hij was ook niet in staat zich te verweren. Zijn armen en benen waren een nutteloze ballast. Zelfs de spieren in zijn gezicht voelden slap aan.

'En weet je hoe dat vogeltje heet?' vroeg de man.

Een schok ging door Zeiz heen en hij bewoog zijn hoofd, iets te heftig, want de pijn aan zijn hals laaide weer op. Hij opende zijn mond en een woord ontsnapte aan zijn rauwe keel, het klonk haast als een vloek: 'Pema?'

De man lachte. 'Precies. Pema. Wil je dat ze sterft?'

Zeiz schudde het hoofd. Het kostte hem een krachtinspanning en hij was niet zeker of het gelukt was.

'Als je niet luistert doe ik dit met haar.' De man haalde de ijzer-draad weer vaster aan. Zeiz wilde schreeuwen, maar aan zijn keel ontsnapte alleen een krachteloze zucht.

'Oké, dan moet je nu goed naar me luisteren. Je laat dat domme huiszoekingsbevel even in de lade liggen. Je gaat morgen geen bank-rekeningen controleren of blokkeren. Dat stel je allemaal één dag uit. En je blijft braaf in Hasselt tot ik je bel.'

Zeiz' ogen vielen dicht en hij gleed weer weg in een droom. De we-reld had zijn zwarte sluier afgelegd en het landschap om hem heen toonde zich nu aan hem, naakt en eerlijk. Hij lag in een hangmat en vanuit zijn comfortabele positie kon hij Pema onder een afdak zien staan terwijl ze met zijn vader en de Rat de voorbereidingen voor het eten trof. Beide mannen waren al een beetje dronken. Af en toe doopte ze een vinger in een potje om te proeven.

Het landschap om hem heen was onwerkelijk mooi. Maar hij be-dacht dat er eigenlijk niets natuurlijks aan was. De akkers, weilan-den en boomgaarden die zich tot de horizon uitstrekten, waren door de mens aangelegd. Ze waren het resultaat van noeste arbeid. Was dat ook de zin van zijn leven? Werken? Zou er ooit iemand het re-sultaat van zijn noeste arbeid bewonderen? Pema kroop bij hem in de hangmat. Het zweet stroomde uit zijn poriën, hij gaf haar een plakkerige knuffel.

Toen zaten ze keuvelend op de heuvel in het hoge gras, verzadigd van het vele eten, als kinderen zonder zorgen. Zijn vader en de Rat rolden hun eerste jointje. Voor hen, aan de westkant van de heuvel, strekte zich de weedplantage uit van de twee oude mannen, met honderden flink uit de kluiten gewassen vrouwelijke cannabisplan-ten. Hij herkende de bloemen, de sappige vuistdikke knoppen die een wilde exotische geur verspreidden.

Zijn vader volgde zijn blik en zei: 'Ik ken jou. Ik weet dat je me gaat verklikken.'

'Hoe kom je daarbij? Dat zou ik nooit doen. Ik ben jouw zoon.'

Zijn vader schoot in een lach, die overging in een typische losse blowershoest. 'Nee, je bent een stomme flik.'

Hij werd wakker van de telefoon. Langzaam kwam hij overeind uit het bed en slaagde erin zijn voeten op de grond te zetten. De herinnering aan wat er de vorige nacht was gebeurd viel als een donkere lawine van beelden over hem heen. Hij sperde zijn ogen open en staarde naar de dikke aders op zijn handen en armen. De telefoon bleef overgaan. Hij nam op.

Het was zijn vader. 'Ik lig in het ziekenhuis,' zei de oude man. 'Maar je moet niet schrikken. Ze hebben alles onder controle.'

Zeiz voelde zijn hart sneller kloppen. De betekenis van wat zijn vader net had gezegd, drong echter maar gedeeltelijk tot hem door. Zijn vader had lymfeklierkanker, die harde diagnose was een jaar geleden gesteld. Dankzij de medicatie leefde hij nog. Maar op een dag zou de medicatie niet meer werken en dan zou de ziekte doorbreken. Was het nu zover? Was dit het begin van de lange finale lijdensweg?

'Hoor je me?' riep zijn vader. 'Ik lig in het ziekenhuis met een longontsteking.'

'Een longontsteking, hoe kom je daaraan?' vroeg Zeiz. Er heerste al sinds meer dan een maand een tropisch klimaat. Het leek ongelofelijk dat iemand ook maar een banale verkoudheid zou oplopen.

'Het heeft niets met het klimaat te maken,' zei zijn vader. 'Ik heb je dat al eens proberen uit te leggen. Maar je luistert nooit. Met de medicatie die ik neem, houden ze de ziekte onder controle. Het enige nadeel is dat mijn afweersysteem eronder lijdt. Als de afweer te veel daalt, ben ik vatbaar voor allerlei infecties. En dat is nu gebeurd. Maar ik kom er weer bovenop, zeggen de dokters hier. Misschien mag ik morgen al naar huis. Ik lig in het Jessa ziekenhuis, op kamer 123, voor het geval je van plan zou zijn om mij te komen bezoeken. Maar je zult wel weer geen tijd hebben.'

'Ik kom zo vlug ik kan.'

Zijn vader lachte hees. 'Ja ja, dat antwoord had ik verwacht. Hoe is het met Pema? Wij kunnen haar telefonisch niet bereiken.'

'Het gaat prima met haar,' zei Zeiz.

'Je liegt, dat hoor ik. Je geeft je liefje nog liever mee aan een vage kennis dan aan een betrouwbare vriend. En dat alleen maar omdat je jaloers bent.'

'Wat is dat nu weer voor een onzin,' zei Zeiz.

'Er is nog iets dat ik je moet vertellen,' zei zijn vader. 'Ik kreeg enkele weken geleden van je moeder een brief met de vraag om geld te storten voor de huur van haar huisje in Tunesië. Dat vond ik meteen verdacht en ik heb een beetje speurwerk verricht…' Hij wachtte en ging op spottende toon verder: 'Ik ben tenslotte de vader van een detective. En wat blijkt? Die brief komt eigenlijk van Ahmed, die walgelijke schoonzoon van mij. Hij kan het volgens mij niet verkroppen dat je moeder gratis in het huisje van je grootvader woont en nu probeert hij op deze manier het geld te recupereren.'

Zeiz stond op. Boven hem begon het plafond te draaien, maar toen hij zijn ogen sloot en ze even later weer opendeed, was alles rustig geworden. Hij kon weer helder denken. En hij wist weer precies wat er vannacht was gebeurd en wat hem te doen stond.

Zijn vader ratelde verder. 'Ik vertel je dit maar opdat je gewaarschuwd zou zijn. Ik ken jou, jij zou daarin trappen, jij bent ook zo naïef.'

Zeiz verbrak de verbinding. Hij had niet eens aan zijn vader gevraagd hoe die zich voelde.

39

Sterckx stond voor het raam toen hij een vreemd geluid uit de airco-
installatie hoorde komen. Het was een menselijk gereutel, dat enkele
minuten duurde en toen abrupt ophield. Pas toen de temperatuur
in de kamer zo was gestegen dat hij lichtjes begon te zweten, realiseerde hij zich dat het apparaat niet meer draaide. Hij ging er van
dichtbij een blik op werpen, drukte hier en daar een knopje in, maar
er gebeurde niets. Hij gooide het raam open en deinsde terug toen
de hete lucht hem in het gezicht sloeg. Met een blik van ontzetting loerde hij naar buiten. Hij stond aan de rand van een donkere
afgrond en bereidde zich voor op een sprong in het ongewisse. Of
in de dood. Het was een van de beelden die hem overvielen sinds
de vrouw van wie hij niet meer hield een kind van hem verwachtte.
Even later zag hij Zeiz op het binnenplein verschijnen. Zijn collega
liep recht naar de Lexus GS Sedan, Lambrusco's persoonlijke dienstwagen. Hij opende de deur en stapte in. Sterckx zag met een gevoel
van afgunst de limousine door de poort naar buiten glijden. Er was
iets vreemds aan de hand. Op een ultrakorte dienstvergadering vanmorgen had Zeiz officieel verkondigd wat iedereen eigenlijk al in
de wandelgangen had opgevangen, namelijk dat onderzoeksrechter
Partoen de toelating had gegeven om de financiën van Degreef &
Partners en van de fraters te onderzoeken. Maar Zeiz had vreemd
genoeg beslist dat ze daar om strategische redenen pas morgen mee
zouden beginnen. Zonder verdere uitleg. Nog steeds was hij de onderzoeksleider en niemand had daar iets tegenin durven brengen,
ook Vanderweyden en Vonck niet. Hij had eruit gezien alsof hij elke
tegenspraak met een kopstoot zou beantwoorden. En nu reed hij
weg in de Lexus van Lambrusco en niemand wist waar hij heen ging.
Een zweverige hitte had zich in een mum van tijd over het hele
gebouw verspreid. Onderweg naar de kantine hoorde Sterckx dat
er een stroompanne was, die waarschijnlijk te wijten was aan een

van de vele, op volle toeren draaiende aircosystemen. Toen hij het kantoor van Lambrusco naderde, hoorde hij gebrul. De deur stond open en hij zag hoe Vera, de secretaresse van de recherche, een uitbrander kreeg. Ze hield het hoofd gebogen als een slaafje, haar tranen bettend met een zakdoek. Nu het gros van het personeel naar het nieuwe gebouw aan de Luikersteenweg was verhuisd, had Vera er enkele resterende praktische taken bij gekregen en een daarvan was het beheer van het overblijvende wagenpark. Sterckx voelde een hevige woede in zich opkomen en het liefste was hij die bullebak met zijn vuisten het zwijgen gaan opleggen. Hij vermoedde wat er was gebeurd: Lambrusco had ontdekt dat Zeiz er weer met zijn wagen vandoor was gegaan en werkte zijn frustratie uit op Vera.

Daarna gebeurden er een paar dingen tegelijkertijd.

Eerst kreeg Sterckx een telefoontje van Stef Bijnens dat hij onderweg was naar het politiekantoor. Zijn vriend Marc had weer een zelfmoordpoging ondernomen. Hij lag in het ziekenhuis, maar was buiten levensgevaar. Bijnens wilde dringend praten. Hij had iets te melden dat belangrijk zou kunnen zijn voor het moordonderzoek.

Toen Bijnens even later zijn opwachting maakte bij het kantoor van de recherche, kwam een melding binnen van de lokale politie van Maasmechelen. De brandweer had bij het blussen van een heidebrand in het Nationaal Park Hoge Kempen een personenwagen gevonden met daarin het lijk van een man. Volgens de nummerplaat ging het om de auto van de verdwenen Diepenbeekse priester Daniël Bonnet. Het lichaam zelf was al in een gevorderde staat van ontbinding en onherkenbaar.

Zeiz was er niet en ook telefonisch was hij niet bereikbaar, dus besloot Vonck om alvast uit te rukken, samen met Daniëls en het team van de sporenzekering. Sterckx zou pas na zijn gesprek met Stef Bijnens naar Maasmechelen komen.

'Marc heeft zich de polsen doorgesneden,' zei Bijnens, nadat hij op de bezoekersstoel had plaatsgenomen, 'maar wel in de verkeerde richting. En dat is eigenlijk goed nieuws.' Toen hij zag dat Sterckx hem verbaasd aanstaarde, verklaarde hij: 'Hij heeft zijn aders in de breedte doorgesneden en niet schuin of in de lengte, zoals het hoort als je honderd procent kans op succes wilt hebben. Bovendien heeft hij het 's morgens om half zeven gedaan, thuis op zolder. Ik had nachtdienst en hij wist dat ik rond die tijd thuis zou komen. Dat wijst erop dat hij twijfelde en niet echt dood wilde gaan. Hij wilde dat ik hem vond voordat het te laat was. Althans, dat denk ik… hoop ik.'

Bijnens had snel gesproken, alsof hij een lesje opzegde. Van zijn zwaarmoedigheid van de dag voordien was merkwaardig genoeg niets meer te merken. Hij maakte haast een opgewekte indruk. 'Ik heb het gevoel dat we op een keerpunt zitten,' ging hij verder. Hij lachte verlegen. 'U zult het vreemd vinden dat ik deze situatie eerder positief inschat. Maar met zijn tweede zelfmoordpoging heeft Marc volgens mij het teken gegeven om het roer om te gooien.'

'Hoe gaat het trouwens met hem?' vroeg Sterckx, die niet goed wist wat hij aan moest met deze man, die in de wanhoopsdaad van zijn vriend een positieve nieuwe start zag.

'Hij ligt op de spoedafdeling in Diest en het gaat redelijk goed met hem. Hij is buiten levensgevaar. Natuurlijk heeft hij heel veel geluk gehad. Was er aan de Leuvense Poort een file geweest, zoals vaak het geval is, dan was ik wellicht te laat gekomen. Maar we hebben geluk gehad. Ik ben geen gelovig mens, mijnheer Sterckx, maar dat Marc nog leeft, beschouw ik als een geschenk. Ik weet niet wie ons dat geschenk heeft gegeven, maar we aanvaarden het in dank. Ondertussen ben ik nog iets te weten gekomen. Marc heeft enkele uren voordat hij Sancta Maria verliet, bezoek gekregen. Van frater Vanhees.'

Sterckx was even sprakeloos. 'Begrijp ik dat goed? Dus Marc krijgt in het ziekenhuis bezoek van pater Vanhees? En na dat bezoek van frater Vanhees gaat Marc naar huis en snijdt zich de polsen over? Waarover hebben ze dan gepraat?'

Bijnens haalde de schouders op. 'Daar breek ik me ook al de hele tijd het hoofd over. Maar ik heb een belangrijk besluit genomen.'

'U neemt ontslag als vertrouwensarts,' zei Sterckx.

Bijnens staarde hem met open mond aan. 'Hoe weet u dat?'

'Als u geen vertrouwensarts meer bent, heeft u de handen vrij, klopt dat? Dan kunt u makkelijker praten.'

Bijnens schudde het hoofd. 'Een ding wil ik duidelijk stellen: de zwijgplicht blijft bestaan. Ik ga dus geen vertrouwelijke dossiers op de straatstenen gooien, daarvoor heb ik ook te veel respect voor de slachtoffers. Wat ik wel wil doen, is u alvast een paar tips geven die het onderzoek naar de moorden op Devos, Busschaert en Buylen vooruit kunnen helpen.'

'U heeft dossiers over hen?'

'Ik heb geen dossiers over Busschaert en Devos, maar wel over Buylen en niet te vergeten over die verdwenen pastoor van Diepenbeek, Bonnet.' Hij haalde diep adem, alsof hij zich schrap zette voor een grote inspanning. 'Maar ook en vooral over de fraters van het klooster in Zelem. De sleutel van uw onderzoek ligt volgens ons daar.'

'Ons?'

'Zoals ik eerder zei, voer ik al jaren een soort privéonderzoek naar de wanpraktijken van de fraters. Marc is niet alleen mijn levenspartner, maar ook mijn raadgever. Hij is de enige die weet waar ik aan werk.'

'U bedoelt dat we de moordenaar moeten zoeken tussen de slachtoffers die de fraters hebben gemaakt?'

Bijnens aarzelde. 'Ik wil er wel op wijzen dat niet alleen de fraters slachtoffers hebben gemaakt. Op de aanwezigheidslijsten van de retraites duiken ook een paar andere namen op.'

'Onder andere die van Gustaaf Swolfs.'

'Precies. Toevallig ook een zakenpartner en goede vriend van de familie Degreef. Iemand met veel invloed, een inktvis met heel lange armen.' Hij keek Sterckx veelbetekenend aan. 'Heeft u er ooit aan gedacht dat het motief van de moorden misschien niet wraak is?'

'Wat zou dan het motief kunnen zijn?' vroeg Sterckx.

'De centrale vraag is de volgende: waarom moest Guillaume Devos sterven? Hij was geen pedofiel. En Busschaert volgens mij ook niet. Zij hebben niets met het misbruik te maken gehad en toch moesten ze sterven.'

'Ze wisten te veel?'

'Maar wat wisten ze dan?'

'Daarvoor bent u naar hier gekomen, dacht ik, om ons dat te vertellen.'

Er viel een doodse stilte, die de hitte tastbaar maakte. Vanop het binnenplein steeg een enerverend geraas op van een motor met start-problemen. Enkele seconden later sijpelden uitlaatgassen naar binnen.

We zitten er vlakbij, dacht Sterckx plots, ik moet het evenwicht bewaren, ik mag nu niet ongeduldig worden.

Bijnens knikte en keek onzeker om zich heen. 'Is dit hier uw bureau?'

'Dit is het bureau van de recherche.'

'Ook van hoofdinspecteur Zeiz?'

'Hij heeft een apart bureau. Maar zoals ik al zei is hij op dit moment niet hier.' Plots begreep Sterckx wat het probleem was. Bijnens was achterdochtig. Vreesde hij dat mensen zoals Swolfs, inktvissen met lange armen, te weten zouden komen wat hij hier vertelde? Hij had gehoopt zijn informatie aan Zeiz te kunnen doorgeven.

'Wanneer komt mijnheer Zeiz terug?'

'Geen idee,' zei Sterckx. 'Maar u kunt mij vertrouwen. Alles wat u zegt, bespreek ik met hem en met niemand anders. Er is niemand die nu meeluistert. Wat u zegt wordt ook niet opgenomen op band. En zoals u ziet, noteer ik niets.'

Bijnens grijnsde en haalde uit zijn binnenzak een envelop, die hij op de tafel legde. 'Hierin zitten enkele dossiers en het voorlopige verslag van mijn onderzoek. Ik heb de namen van de slachtoffers onherkenbaar gemaakt.'

'Kunt u niet al een tipje van de sluier oplichten?' zei Sterckx, die het gepraat plotseling beu was. Maar hij herpakte zich en zei: 'Dus Busschaert en Devos hebben iets ontdekt dat erg belastend was voor de fraters.'

'Als u dit leest, zal u alles duidelijk worden.'

'Heeft het te maken met het financiële gesjoemel van Vanhees en Degreef?'

Bijnens haalde de schouders op. 'Dat is van nevenbelang. Trouwens, iedereen weet dat ondertussen. Het staat vandaag in Het Belang van Limburg.' Bijnens aarzelde weer. Zijn ogen schoten heen en weer en er leek een rilling door hem heen te gaan. Toen zei hij: 'Er zijn dingen gebeurd die nog veel erger zijn dan het misbruik.'

De middagzon hing genadeloos boven het Stationsplein toen Zeiz aan de tapkast van het stationsbuffet hing. Zijn cappuccino had een bittere smaak. Hoe langer hij over de gebeurtenis van vorige nacht nadacht, hoe donkerder de toekomst werd. Hij zag de patron tussen de tafeltjes laveren terwijl hij de bestellingen aanhoorde met een gezicht alsof het hem geen zak interesseerde. Hij had zin om heel luid te schreeuwen. Bij het raam zaten twee reizigers die zich vrolijk maakten over een kleine zwarte jongen met een misvormd gezicht die buiten op de bus stond te wachten. Zeiz overwoog om naar de twee toe te gaan en een ruzie uit te lokken. Op de toog lag een exemplaar van Het Belang van Limburg, dat hij achteloos naar zich toe trok. Op de voorpagina prijkte één brullende kop: EINDELOOS GESJOEMEL. Wat hij las, was zonder twijfel een gevolg van zijn interventie bij Jef Holsbeek. Swolfs en Degreef werden genoemd in een gerechtelijk onderzoek naar financiële wanpraktijken bij de aankoop van het kloosterdomein in Zelem. En in één adem werd onderzoeksrechter Engelen verdacht van belangenvermenging. Volgens de journalist was dat wellicht de reden waarom zij gesuspendeerd was van het onderzoek naar de recente moorden. Bovendien zou er op het internet een filmpje circuleren waarop te zien was hoe zij samen met de vermoorde deken Busschaert en de Hasseltse kerkmanager een bezoek bracht aan een sauna in Aarlen.

Zeiz zuchtte en staarde misnoegd naar buiten. Dit onderzoek was van meet af aan een mislukking geweest. Het was begonnen met een leugen die hij door de vingers had gezien, omdat hij kwam van onderzoeksrechter Engelen. En nu eindigde het met zijn demarche bij een bevriende partijbons. Om zijn doel te bereiken, had hij tegen zijn eigen principes gehandeld. Vroeger had hij politieagenten die moedwillig informatie lekten naar de buitenwereld zonder pardon aan de schandpaal genageld. Maar die bocht had hij nu dus zelf genomen. Zover was zijn cynisme gevorderd. En tot overmaat van ramp kon hij die zure overwinning niet eens verzilveren.

Hij sloeg het laatste restje koffie achterover en probeerde het maagzuur dat langs zijn slokdarm omhoogkwam af te remmen. Hij slikte. Hij nam zijn gsm en belde naar Pema, maar ze nam niet op. Hij wachtte tot haar voicemail aansprong en schakelde zonder iets in te spreken het toestel uit. Sinds vorige nacht had hij haar tientallen keren proberen te bereiken, zonder resultaat. Ook Hans nam zijn telefoon niet op. Zijn collega's hadden raar opgekeken toen hij het financiële onderzoek uitstelde. Maar hij had niet de moeite genomen een verklaring te geven. Het moordonderzoek en de complicaties konden hem geen fluit meer schelen.

Erger dan al het andere, besefte hij, was zijn beslissing geweest om Pema met Hans mee te geven. Een beslissing die in de eerste plaats ingegeven was door egoïsme. Ze stond hem in de weg. Hij had belangrijkere dingen aan het hoofd dan een illegaal vriendinnetje dat door een pooier uit haar verleden werd gestalkt en bedreigd. Maar wat als Hans nu eens de moordenaar was? In plaats van voor haar te zorgen en haar te beschermen had hij haar aan de duivel uitgeleverd. Hij stak zijn duim in zijn mond en beet er zo hard op dat de tranen in zijn ogen sprongen. Hij hoorde iemand iets zeggen en keek op. De patron stond aan de andere kant van de tapkast en wees vragend naar zijn lege kopje. Hij schudde het hoofd.

Vlak voor het stationsbuffet stond de dienstwagen van Lambrusco. Die had Zeiz op een taxistandplaats geparkeerd, met het bordje PO-LITIE voor de voorruit. Toen hij naar buiten ging en in de wagen stapte, onthaalden de taxichauffeurs hem op een claxonconcert. Terwijl hij de wagen door de ontluikende ochtendspits loodste, probeerde hij Pema nog een keer te bellen, maar weer ging haar toestel genadeloos over naar de voicemail. Hij had geen andere keuze dan te wachten. Er kwamen oproepen binnen. Op zijn display zag hij dat ze van zijn collega's waren. Maar ze zouden moeten wachten tot de man die Pema in zijn macht had zijn volgende instructies had doorgebeld. Was de man die hem bijna had gewurgd Hans geweest? Hij belde het nummer van Hans, maar ook die nam niet op.

Het verwachte telefoontje kwam toen Zeiz over het Kolonel Dusartplein reed, waar een vrachtwagen de weg blokkeerde. Hij bracht de auto op het fietspad tot stilstand en nam het gesprek aan. Hij schrok toen hij een babystemmetje hoorde, maar begreep meteen dat de oproeper van een stemvervormer gebruik maakte.

'Wist je dat Pema een geboorteplekje in haar linkerlies heeft?' vroeg de man.

Zeiz hapte naar adem. De woorden troffen hem frontaal en hij voelde een steek door zijn maag gaan. 'Laat haar vrij en neem mij in haar plaats,' zei hij.

De man lachte. 'Wat moet ik met zo'n lelijke Noord-Afrikaan als jij? Jouw spleetoogje uit Tibet is zo veel mooier... Ik laat haar dus liever nog even leven...'

Zeiz spitste de oren. Op de achtergrond klonk een schel geluid waardoor de stem van de ander even onduidelijk werd.

'Luister, inspecteurtje, nu zet je het zwaailicht op die mooie Lexus van je chef en je rijdt als de weerlicht naar Mechelen. Dat was je toch al van plan, veronderstel ik, of niet? Denk eraan, dit is ons geheimpje, je praat er met niemand over.'

Zeiz was sprakeloos. Hoe wist deze man dat hij in de dienstwagen van Lambrusco zat? Automatisch keek hij in de achteruitkijkspiegel. Of was het bluf?

'Nou, inspecteurtje, waar wacht je op?'

40

Zeiz vloekte toen hij op de autoweg tussen Leuven en Mechelen in een file terechtkwam. In het handschoenkastje vond hij een magnetisch zwaailicht. Hij bevestigde het op het dak en zette via een knop op het dashboard de sirene in werking. Het was verbazingwekkend hoe vlot de muur van dampende auto's langzaam week en hem een doorgang verschafte.

Hij volgde zijn intuïtie en reed eerst naar het appartement van Plessers in de Guldensporenstraat. Hij opende de deur met een loper. Een akelig gevoel bekroop hem toen hij binnenging, alsof hij de woning betrad van iemand die gestorven was, en in een flits bedacht hij dat dit misschien net de bedoeling was, dat het moest lijken alsof Plessers niet meer leefde. Had de commissaris dit zelf zo geënsceneerd? Hij inspecteerde snel de kamers, met zijn dienstpistool in de aanslag. Hier was niets veranderd sinds hun laatste bezoek, behalve dan de geur, die nog muffer was geworden. De opgestapelde warme lucht bemoeilijkte het ademen, maar Zeiz liet de ramen gesloten. Er was niemand in de woning. Hij vloekte. Wat had hij dan verwacht? Dat Pema hier op hem zou staan wachten, dankbaar dat hij haar van haar ketenen kwam bevrijden? Hij trok de deur van de slaapkamerkast open. De mooi gestapelde hoopjes ondergoed waren nog precies even hoog, er lagen acht paar sokken netjes op een rij. Maar er was iets dat niet klopte. Hij miste iets, hoewel hij niet meteen kon zeggen wat. Met een gebaar van onmacht sloeg hij de kast weer dicht. Zijn intuïtie had hem misleid. Door eerst naar hier te komen, was er kostbare tijd verloren gegaan.

Een kwartier later remde hij met gierende banden voor de garage van Hans Plessers. Hij liet de motor draaien en bestudeerde een paar seconden lang de ingangspoort. Door de metalen spijlen kon hij twee takelwagens zien staan. Met een schok herinnerde hij zich de foto die hij in de kamer van Franske had gevonden. Daarop zat de boerenknecht trots achter het stuur van een vrachtwagen. Nu besefte hij dat Franske in een takelwagen had gezeten. Kenden Franske en Hans elkaar?

De ramen van de garage en het woonhuis oogden doods. Er was geen beweging te zien. Zeiz stapte uit en deed de koffer van de wagen open. Tussen allerlei materiaal, nuttig voor het actieve politiewerk, vond hij een koevoet. Die nam hij mee toen hij weer achter het stuur plaatsnam. Aan de overkant van de straat lag een bedrijfsgebouw. Het bleek een kringloopwinkel te zijn. Bij de ingang stond een man een sigaretje te roken. Zeiz draaide de wagen en begon achteruit het terrein van de kringloopwinkel op te rijden.

De man, een grijze zestiger met een ringbaardje, zwaaide vriendelijk naar Zeiz en gidste hem door de hoofdingang het terrein op. 'U kunt nog een stukje achteruit,' riep hij.

Zeiz gehoorzaamde. Hij bracht de wagen tot stilstand en liet het raam openschuiven. 'Bedankt,' zei hij.

'Graag gedaan,' zei de man.

Zeiz liet de motor loeien. Hij schatte de afstand naar de garage aan de overkant op ongeveer veertig meter. Dat moest voldoende zijn voor een aanloop. Vervolgens duwde hij het gaspedaal in en reed op volle snelheid in op de poort, die met een harde klap opensloeg. Hij raasde voorbij de garage tot vlakbij het woonhuis, sprong uit de wagen en rende naar de voordeur. Die begaf het meteen onder de kracht van het breekijzer. Zeiz tuurde het schemerige halletje in en stapte met zijn pistool in de aanslag naar binnen, tussen de rommel die overal verspreid stond: kartonnen dozen en plastic tassen met een onduidelijke inhoud, emmers, schoonmaakmateriaal en een grote groene compostbak, die openstond. Zeiz keek er in het voorbijlopen in. Hij was leeg. Hij duwde op een lichtschakelaar, maar er gebeurde niets. Hij hoorde ergens water plenzen. De eerste deur die hij opentrapte, gaf uit op de keuken. Er hing een geur van rotte eieren en op het aanrecht en in de gootsteen stond een stapel vuil vaatwerk. De vliegen hadden hun nesten gebouwd tussen de etensresten. Zeiz voelde zijn maag opspelen. Ook hier deed de lichtschakelaar het niet. Het huis zat zonder stroom. Het plafond in de woonkamer glinsterde van het vocht. Het water stroomde over de muren en vormde een levend gordijn over de schuifdeur, die uitgaf op de tuin. De meubels lagen onder het stof. Een oude beeldbuistelevisie lag op zijn rug in een hoek.

Terwijl hij door de andere kamers liep, drong het tot Zeiz door dat de bewoners dit pand al een hele tijd geleden moesten hebben verlaten. Dit was een krot. Hier en daar hadden de gebarsten muren de bepleistering van zich afgeschud. Slechts in een van de kamers boven stond een bed zonder matras. De kasten hingen open, waren grotendeels leeg. Toen hij de deur van de badkamer opendeed, moest hij een stap achteruit doen vanwege de stank die hem in het gezicht sloeg. De oorzaak van de walgelijke geur bleek een verstopt toilet te zijn. De uitwerpselen hingen verdroogd in een met wc-papier volgepropte pot. Een kraan stond open en het water vloeide rijkelijk over de rand van de wastafel. Op de vloer had zich een plas gevormd, die in meanderende stralen onder het bad verdween. Hij draaide de kraan dicht.

Wat was hier gebeurd? Zeiz dacht terug aan die keer dat hij in de garage was geweest om zijn herstelde wagen op te halen. Dat was tien dagen geleden, maar het huis moest toen al onbewoond zijn geweest. Hans had dus staalhard gelogen. Hij had de schijn van een gelukkig gezinsleven hoog gehouden. Waarom? Waar waren zijn vrouw en kinderen? Was Hans bij de moorden betrokken? Was hij de moordenaar? Dat zijn vader het slachtoffer van misbruik was geweest, zou een motief kunnen zijn. Maar Hans had geen enkele herinnering aan zijn vader en volgens eigen zeggen liet het verleden hem koud. In tegenstelling tot zijn oom, Jacques Plessers, voor wie het onderzoek naar misbruik in de kerk een obsessie was geworden. Het kon bijna niet anders of die moest weten dat zijn neefje hier niet meer woonde. Waarom hadden beide mannen gelogen?

In een van de kamers was het raam dichtgetimmerd. Een weggenomen verticale lat zorgde voor een beetje lucht. Op de grond lag een dunne matras, in een streep licht gevangen. Eromheen stonden beschimmelde borden en in een kom lagen de verschrompelde resten van een maaltijd. In een halfleeg glas spartelde een bromvlieg. Hier had iemand onlangs nog geslapen, daar was hij bijna zeker van. Gejaagd speurde hij de schimmige ruimte af naar andere sporen, maar vond er geen. Toen rende hij het woonhuis uit naar de garage.

De garagepoort was niet op slot en liet zich soepel openschuiven. Een aangename koelte verwelkomde hem toen hij naar binnen stapte. De voorste ruimte, die vroeger als toonzaal moest hebben gefungeerd, maar die nu leeg was, liep over in het werkhuis. Daar hing de harde geur van olie en ijzer. De machines stonden werkloos aan de kant. Op de brug, die anderhalve meter boven de bodem zweefde, prijkte Zeiz' Citroën Berlingo. Snel inspecteerde hij de achterliggende werkruimten. Er was niemand. In tegenstelling tot het woonhuis was alles proper en opgeruimd. Maar ook hier hing dezelfde sfeer van verlatenheid. Geen wagens die wachtten op reparatie, geen rondslingerende onderdelen of autokarkassen. Er was een kantoor met een ouderwets bureautje zonder papieren en een magazijn met halflege rekken. Maar voor het gebouw stonden twee moderne takelwagens. Het zag ernaar uit dat Hans de werkzaamheden in de garage had gestaakt en zich op het lucratieve takelwerk had toegelegd.

Toen Zeiz weer in het werkhuis kwam, rook hij iets dat hem voorheen niet was opgevallen. In de steriele ruimte hing een vage dierlijke geur. Maar dat kon ook inbeelding zijn, zijn zintuigen waren gespannen. Op zeker ogenblik draaide hij zich met een ruk om, de vinger aan de trekker van zijn pistool, omdat hij achter zich iets meende te horen. Maar er was niemand buiten hem.

Terwijl hij rond de wagen liep, steeg zijn verbazing. Nu pas merkte hij dat de kapotte ramen waren vervangen en dat het koetswerk was opgelapt; er was zelfs een laagje lak overheen gespoten. De ramen waren met zwarte folie dichtgeplakt. Hans had prima werk geleverd. Zeiz liep naar de bedieningsdoos van de brug. Er was stroom in de garage, want de lampjes brandden. Op goed geluk drukte hij het onderste groene knopje in en de hydraulische lift schoot in werking. Terwijl hij wachtte tot de auto op de bodem was neergedaald, zocht hij koortsachtig naar een verklaring voor wat er met zijn auto was gebeurd. Er was iets veranderd. De wereld stond op zijn kop. Die oude auto van hem, die eigenlijk klaar was voor de sloop, had een absurd accurate oplapbeurt gekregen van een ex-garagist die een verborgen leven leidde. Plots kreeg hij het gevoel dat hij in het universum van een gek terecht was gekomen. Zijn hartslag werd onregelmatiger en over zijn tong kroop een wrange smaak. Hij proefde het gevaar. Hij opende de deur aan de bestuurderskant en sloeg automatisch de zonneklep open. Er stak een briefje onder, samen met de sleutels. Hij vouwde het briefje open en las: REKENING IN DE KOFFER.

Hij liep om de wagen heen. Even was er weer die lichte aarzeling. Hij overwoog nog om eerst de zwarte folie weg te halen en door het raam van de kofferdeur te gluren. Maar hij wilde voortmaken. Hier was Pema niet, hij was op de verkeerde plaatsen aan het zoeken. Of was ze toch hier? De plotse angst dat hij haar niet meer levend terug zou vinden, schoot door zijn middenrif omhoog en greep hem bij de keel.

Hij deed de koffer open en zette ontzet een stap achteruit. Een zwarte wolk van vliegen sloeg hem in het gezicht. Langzaam, met zijn hand voor zijn mond en neus, kwam hij weer dichterbij. In de kofferbak zat Jacques Plessers, in lotushouding, zijn grauwe gelaat vertrokken in een onmogelijk scheve grijns. Hij droeg een korte broek en een T-shirt, waarop zijn eigen foto stond afgebeeld, met de tekst: MISS ME YET? Zijn keel vertoonde een perfecte snede, maar er waren nauwelijks sporen van bloed. Tussen zijn duim en wijsvinger hield hij een papiertje geklemd, alsof hij dat trots wilde laten zien aan wie hem hier vond. Het was een met de hand geschreven lijst van uitgevoerde werken aan Zeiz' wagen. Niet alleen het koetswerk was opgelapt, ook de motor had een onderhoudsbeurt gekregen. De totale prijs bedroeg 165 euro. *Vriendenprijsje zonder werkuren*, stond eronder.

Zeiz deinsde terug en met de koperachtige geur van de dood in zijn neus rende hij haar buiten. Achter de flatgebouwen, die het industrieterrein van de stad scheidden, hing het geloei van een sirene die snel naderbij kwam.

De fles water die Sterckx in de kantine had gekocht, was lauw. Het vreemde was dat hij de airco in de auto op had staan maar dat hij het zweet toch in stralen over zijn bovenlichaam voelde lopen. De gps gaf aan dat hij zich op amper een minuut rijden van het klooster bevond. Eigenlijk kende hij de weg. De reden waarom hij het navigatiesysteem had ingeschakeld was dat hij plots de behoefte had gevoeld een neutrale stem te horen. In zijn geval de stem van Eva, die hem weliswaar informatie verschafte die hij al kende, maar die met haar sonore timbre ervoor zorgde dat zijn ademhaling weer rustiger werd. Hij had de documenten in de envelop van Stef Bijnens gelezen. En eigenlijk had hij daar spijt van. Hij had de papieren met hun weerzinwekkende inhoud in de afvalcontainer moeten gooien.

De vertrouwensarts had uitstekend recherchewerk verricht. De envelop bevatte dossiers van seksueel misbruik, meer bepaald van slachtoffers die beweerden dat ze in het klooster van Zelem waren misbruikt. Maar interessanter was het verslag van Bijnens. Was de man een boek aan het schrijven? Een boek dat nooit zou worden gepubliceerd, omdat de hoofdrolspelers, de slachtoffers én de daders, koste wat het kost anoniem wilden blijven? Bijnens had de getuigenissen gekoppeld aan praktische informatie en alles gekaderd in de tijdsgeest. Hij had er een vlotte tekst van gemaakt, die las als een horrorverhaal. Centraal in zijn betoog stond een lijst met namen van zeventien kinderen die verdwenen zouden zijn. Het ging om weeskinderen die in het klooster van Halen op internaat hadden gezeten of er 'ontspanningskampen' hadden gevolgd. Hun namen doken bovendien op in de dossiers van de slachtoffers, die bij Bijnens hun verhaal waren komen doen. Volgens hen zouden ook deze kinderen zijn misbruikt tijdens de zogenaamde retraites. Was het een toeval dat de kampen en de retraites steeds op hetzelfde tijdstip hadden plaatsgevonden?

Sterckx liet de auto halverwege de toegangsdreef staan. Hij schakelde de motor uit en gooide het portier open. De hitte viel als een hete deken over hem heen. Maar de atmosfeer was veranderd. Er hing iets in de lucht dat er eerst niet was, iets plakkerigs, een onzichtbare folie, die zich op zijn huid leek vast te zetten.

De getuigenissen in de dossiers van Bijnens hadden hem bij de strot gegrepen en een primitieve woede in hem opgewekt. Hij pijnigde zijn hoofd over de vraag hoe er op deze misdaden en het lijden dat ze hadden veroorzaakt moest worden gereageerd. Hij kon voorlopig niets anders verzinnen dan pure wraak. Als Bijnens het bij het rechte eind had, was er iets veel ergers aan de hand dan alleen misbruik. Er waren kinderen verdwenen. Waren die bezweken tijdens het misbruik? Vermoord? En daarna? Wat was er met de lichamen gebeurd? Vernietigd? Volgens een enkele getuige niet. De kinderen zouden volgens hem op het kloosterdomein begraven liggen.

Bijnens had ook de naam van deze getuige onherkenbaar gemaakt, maar Sterckx had uit de data en andere concrete details opgemaakt dat het om Cosemans ging. Die verklaarde letterlijk: 'Er is behalve de dader nog iemand die weet waar de kinderlijkjes begraven liggen. Hij is niet medeschuldig aan de misdaden, maar hij heeft geholpen met het begraven van de lijken op plaatsen, verspreid over het domein.' Maar Cosemans had geen naam willen noemen. 'Omdat die getuige dan groot gevaar zou lopen.'

Was Cosemans een fantast? Wat waren zijn beschuldigingen waard als hij niet eens de naam van de belangrijkste getuige wilde noemen? Maar het lag voor de hand dat hij tegenover Bijnens, zijn levenspartner, openhartiger was geweest. Wist Bijnens wie die getuige was? Was ook Devos daarachter gekomen en was dat de werkelijke reden waarom hij moest sterven?

Sterckx sloot het autoportier en zette de airco weer op. Er begon iets tot hem door te dringen, iets dat hij niet in woorden kon vatten, nog niet, en dat zo monsterlijk was dat hij er misschien de woorden niet voor wilde vinden.

In een opwelling toetste hij het nummer van Noor in. Hij wist niet waarom, maar hij moest met haar praten.

Terwijl Sterckx naar de beltoon luisterde, schoot hem het gesprek te binnen dat hij met Zeiz had gevoerd over de zwangerschap van Noor. Hij had hem verteld over het slechte gevoel dat hij daarbij had – hij overwoog immers zich van haar te laten scheiden – en dat hij haar zelfs wilde vragen het kind te laten aborteren. Toen had Zeiz hem een klootzak genoemd. 'Je hoort dat je vader wordt en je reageert alsof je een overlijdensbericht hebt ontvangen.'

Noor nam niet op, maar enkele seconden later belde ze terug.

'Ik was te laat aan de telefoon,' zei ze, 'is er iets gebeurd?'

'Moet er iets gebeurd zijn?' vroeg hij verbaasd.

'Je belt anders nooit.' Haar stem klonk wrang. 'Vroeger belde je altijd om te zeggen dat je later thuis zou zijn. Maar dat doe je al lang niet meer, je blijft gewoon weg.'

'Ik bel eigenlijk zonder reden,' zei hij.

Ze lachte. 'Om mijn stem te horen? Om te zeggen dat je van me houdt?'

Dat zou een hele goede reden zijn, bedacht hij, maar hij zei: 'Ik zit ergens mee, maar ik kan er niet over praten.'

'Aha.' Het bleef even stil. Toen zei ze: 'Voel je je goed?'

'Ik zit hier in de auto, bij het klooster van Zelem...'

'Voor het onderzoek naar die vermoorde frater? Ga je de dader arresteren?'

'Nee, ik ga iemand redden.'

'Wel, vooruit dan.'

'Ik weet niet of ik er nog wel zin in heb. De laatste tijd vraag ik me af waarom ik dit soort werk doe. Het is eigenlijk een klotejob en bovendien wordt hij slecht betaald.'

Ze zuchtte. 'Ach, daar gaan we weer. Je weet hoe ik daarover denk, over het geld bedoel ik. Je verdient helemaal niet slecht. Maar als je per se een peperdure BMW onder je kont wilt hebben, wordt het krap, ja. Maar moeten we daar nu over praten?'

'Nee,' zei hij, 'we moeten over de zin van het leven praten.'

Ze schoot in een lach. 'En wat is die zin?'

'Dat jij zwanger bent.'

'Nog iets?'

'Dat wij samen een kind verwachten.'

Ze zei niets. Heel in de verte klonk het geraas van bulldozers. Hij hoorde haar snikken voordat ze de verbinding verbrak.

41

Het was een moment van puur geluk, het besef dat Neefs de routine voor een keer niet als banaal aanvoelde. Hoewel het half vergane en door kraaien lelijk toegetakelde lijk in de Mazda van Bonnet, die ze in het berkenbos op de Mechelse Heide hadden aangetroffen, voor hem niet veel kon verbergen. Het pathologisch onderzoek zou uitsluitsel geven, maar een groot deel van zijn verslag zou hij nu al kunnen schrijven. Hij overschouwde de plaats delict en nam de omgeving nauwkeurig in zich op. In de zachte bodem waren geen andere bandensporen te zien dan die van de Mazda. En op het eerste gezicht waren er ook geen voetafdrukken. Eefje Smeets zat in haar witte beschermpak naast de dode en had haar hoofd onder het dashboard gestoken. Ze zocht op de mat van de bijrijder naar sporen, die ze dan wilde vergelijken met de bodemsamenstelling van de omgeving en met wat zich onder de zolen van de dode bevond. Maar Neefs kon haar nu al zeggen wat de conclusies zouden zijn. De man was alleen geweest toen hij stierf. Er had niemand achter of naast hem gezeten. Hij was niet uit zijn wagen gestapt. Neefs kon niet zeggen waarom, het was nog maar een gevoel, maar Daniël Bonnet was een natuurlijke dood gestorven. Een hartaanval ten gevolge van de hitte of zoiets? Misschien was de priester aan het masturberen geweest en was hij aan de opwinding bezweken?

Eefje stapte uit, kwam naar hem toe en overhandigde hem een plastic zakje waarin een foto stak van een naakte jongen met een piercing in zijn linkertepel. 'Dat lag naast hem,' zei ze met een veelbetekenende blik. Hij wilde haar zeggen dat het hoofd van de jongen niet helemaal in verhouding stond met het lichaam en dat het portret wel eens gefotoshopt zou kunnen zijn, maar ze had zich al omgedraaid om verder te werken. Waarschijnlijk was ze gepikeerd omdat hij nu pas arriveerde. Hij vroeg zich af hoe het verder moest met hun samenwerking. Ze kende haar vak, maar sterker nog dan haar expertise was haar ambitie en dat maakte haar in zijn ogen onbetrouwbaar.

De dag was druk begonnen. Eerst had Vanderweyden hem bij zich geroepen en in vertrouwen verteld dat hij overwoog om zijn kandidatuur voor de directeursfunctie in te trekken. 'De politieke kaarten zijn door elkaar geschud,' had hij gezegd. 'Ik heb geen zin om die hele procedure te doorlopen en aan het eind te horen dat ik de job toch niet krijg. Lambrusco wil niet opgeven, maar zijn kansen zijn nihil. Hij heeft op te veel paarden tegelijk ingezet.'

Neefs had met verbazing geluisterd. 'Verkeerd gewed? Maar de verkiezingen moeten nog komen.'

Vanderweyden had hem meewarig aangekeken, als naar een kind dat onnozele vragen stelt. 'Dit is een topbenoeming, die nog voor de verkiezingen moet worden doorgevoerd.'

'Wie krijgt dan de job?'

Toen deed Vanderweyden iets dat hij al een hele tijd niet meer had gedaan: hij bloosde. 'Stel je voor, het is iemand van wie we niet eens wisten dat ze haar kandidatuur had gesteld. Is dat geen schande? Maar ik ga me niet zomaar laten opzij duwen. Ik heb de vakbond ingeschakeld.'

'Het wordt dus een vrouw?'

Vanderweyden keek alsof hij op het punt stond in tranen uit te barsten. 'Ons hoofd infrastructuur. Maggie Smagge,' zei hij met gesmoorde stem.

Met dit soort spelletjes hielden die hoge heren en hoge dames zich dus bezig, had Neefs gedacht, terwijl hij zijn beschermpak aantrok. Er werden priesters vermoord en kinderen misbruikt, maar deze hoge pieten hadden andere zorgen. Vanderweyden had niets eens gevraagd naar de stand van het onderzoek. Wist hij dat het onderzoek zich hoe langer hoe meer toespitste op seksueel misbruik? Wist hij dat Zeiz na zijn vreemde beslissing de huiszoeking uit te stellen, met de dienstwagen van Lambrusco was vertrokken en sindsdien onbereikbaar was? Uiteraard wist hij dat, maar hij had andere katten te geselen. Neefs vroeg zich af of het goedgekeurde huiszoekingsbevel en de onthullingen in Het Belang van Limburg de ambities van Vanderweyden en Lambrusco hadden gedwarsboomd. Hadden hun machtige vriendjes hen laten vallen?

Toevallig was Neefs net daarvoor in het kantoor van Smagge geweest.

Ze had informatie ingewonnen over het 'vliegende tapijt van de dode pastoor' zoals ze het spottend noemde en een definitieve plaats ervoor gevonden: het forensisch magazijn van het nieuwe politiegebouw aan de Luikersteenweg. Van Lambrusco had ze een schriftelijke bevestiging gekregen dat het officiële bewijsstuk niet mocht worden vernietigd en daarmee had hij feitelijk de verantwoordelijkheid voor het ding op zich genomen, zei ze. Neefs moest het niet eens zelf naar daar brengen – ze zou iemand van haar dienst de opdracht geven. En daarmee was de kous voor hem af. Het forensisch magazijn bevond zich toevallig op de etage onder die van Lambrusco.

'Ik ben benieuwd naar de verdere ontwikkeling,' had ze er met een sardonische glimlach aan toegevoegd. 'Maar daar hoeven wij ons niets meer van aan te trekken.'

Daarna had ze hem diep in de ogen gekeken en gevraagd: 'Heeft u vanavond iets gepland of heeft u tijd?' vroeg ze.

'Ik heb tijd,' zei hij.

'Dan zou ik u willen uitnodigen voor een etentje. Ik heb iets te vieren, maar ik ben maar alleen en euh…'

'Ik neem de uitnodiging graag aan,' had hij gezegd.

Haar gezicht klaarde op. 'En dan is er nog iets,' zei ze. 'Ik weet uit goede bron dat er gisterenavond op de Luikersteenweg een ontmoeting heeft plaatsgevonden tussen agenten van de recherche en bepaalde outsiders.'

'Outsiders?'

'Nu ja, mensen uit het economische veld… de namen doen er niet toe.'

'Lambrusco en Vannuffel zullen wel bij die agenten zijn geweest,' zei hij.

Ze knikte. 'En uw lieve collega van de technische dienst ook.'

Hij schrok. 'Eefje Smeets?'

Terwijl hij zijn spullen in de bestelwagen van de technische dienst bij elkaar zocht, had hij Eefje een eind verderop zien staan in haar witte beschermpak. Hij had geprobeerd om Zeiz te bellen, maar die nam niet op. Toen hij zijn beschermpak aan had getrokken en op Eefje toe was gelopen, had ze gezegd: 'Eindelijk ben je daar.' Hevig transpirerend was hij achter haar aan naar de wagen van Daniël Bonnet gestapt. Al na enkele stappen had hij gevoeld dat zijn ondergoed kletsnat was. Hij kende Smagge niet, dat ze zou promoveren naar een hoge post interesseerde hem niet. Ze hadden elkaar alleen diep in de ogen gekeken en dat volstond blijkbaar. Er was een tinteling door zijn stramme benen gegaan en even had hij zich weer de jongeman gevoeld die zich verheugde op zijn allereerste date.

Sterckx legde de rest van de weg naar de ingangspoort te voet af. Op de flanken van de heuvel die het domein van de omliggende velden scheidde, stonden de bulldozers en graafmachines in de aarde te wroeten. Hun spoor van vernieling liep als een autoweg in aanleg dwars door het domein. De ontruiming was aangevat na de moord op Devos, amper een week geleden, maar nu al straalde de verlatenheid van de overgebleven gebouwen en de landerijen af. De genadeloze zon, die de bomen en de planten deed verschrompelen, maakte het beeld van troosteloosheid alleen maar sterker. Boven het gehavende terrein had zich een enorme stofwolk gevormd. Sterckx voelde het zand tussen zijn tanden knarsen toen hij naar het kloostergebouw liep. De schaduw onder de hoge platanen van de tuin bood even verademing. Toen hij de hoek omsloeg naar de stallen, bleef hij met verstomming geslagen staan. De boerderij was weg. Alleen de stal aan de overkant van het platanenpad bleef over.

Er steeg een vreemde stilte op uit het platgeslagen terrein. En uit het niets kwam de angst opzetten. Hij herkende het gevoel, het instinct voor het gevaar, dat hem bij vroegere inzetten had behoed voor erger. Misschien had een verwaarloosbaar geluid of een haast onmerkbaar verschuiven van een schaduw buiten zijn bewustzijn om de juiste verbinding gemaakt in zijn brein. De arbeiders waren met hun bulldozers naar de andere kant van de heuvel getrokken. Het mechanische grommen zwakte af. Sterckx speurde snel de omgeving af. Hij had het gevoel dat hij niet alleen was, dat er nog iemand was hier. Waar moest hij dekking zoeken? Hij ademde diep in en uit, om de paniek geen kans te geven, en zocht dekking in de schaduw van de kapel.

Even later klonken voetstappen en een figuur dook op, gehuld in een ouderwetse kloosterpij, zijn kap diep over de ogen getrokken. De figuur beklom de trappen naar de kerk en ging naar binnen. Sterckx wachtte enkele seconden en sloop hem toen achterna. Hij duwde de kerkdeur voorzichtig open en gluurde door de kier. Uit het verslag van zijn collega Daniëls herinnerde hij zich dat de kapel vroeger gefungeerd had als kloosterkerk. Die tijd was lang voorbij, de kerkstoelen waren aan de kant geschoven, het altaar was in spinnenwebben gevangen, op de brede middengang waren zelfs bandensporen te zien. Sommige heiligenbeelden waren van hun sokkel gerukt en lagen in brokstukken over de marmeren plaveien verspreid. De man in de monnikenpij stond in het midden van de kerk, zijn blik peinzend naar boven gericht, alsof hij in het afbrokkelende stucwerk van de plafondbogen een goddelijk teken bij elkaar puzzelde. Nu hij zijn kap had afgezet, herkende Sterckx hem. Het was Gerard Vanhees.

Vanhees draaide een kwartslag naar rechts en knielde. Of beter gezegd, hij nam een soort hurkzit aan en vouwde zijn handen, waarbij hij zijn hoofd deemoedig op zijn duimen liet rusten. Hij bad. Hij had dan ook alle redenen om aan de God in wie hij geloofde vergiffenis te vragen, bedacht Sterckx grimmig. Als de beschuldigingen van Bijnens klopten, was Vanhees een sadistisch monster, dat jarenlang kinderen had misbruikt en laten misbruiken. En mogelijk nog erger.

Het voorwerp waarop Vanhees zijn deemoed richtte, was een wit altaartje met gouden ornamenten. In tegenstelling tot de rest van het interieur was het vlekkeloos onderhouden. Centraal en veilig achter glas stond Maria, met het kindje Jezus op haar arm. Een sneeuwwitte zon wierp haar gouden stralen over hen. Was dit het privéaltaartje van Vanhees? De gedachte kwam bij Sterckx op dat de frater naar hier was gekomen om afscheid te nemen.

Hij voelde zijn gsm trillen in zijn zak en rende weg van de kerk, tot hij buiten hoorbereik was. Toen pas nam hij het gesprek aan.

Het was Eefje Smeets. 'We zijn hier op de plaats delict,' zei ze, 'en vragen ons af waar jij bent.'

'Er is iets tussengekomen,' zei Sterckx.

'Iets dat erg dringend is, hoop ik voor jou,' zei ze. 'Vonck is woedend. Waar ben je?'

'Ik ben hier op het kloosterdomein,' zei Sterckx.

Even was het stil. 'In Zelem? Wat doe je daar?'

'Ik moet euh…' Hij aarzelde. 'Ik kreeg een tip van Bijnens. Ik ben op zoek naar iemand, een belangrijke getuige…'

'Wat zit je daar te bazelen? Over welke belangrijke getuige heb je het?'

Hij besloot de knoop door te hakken. Zeiz was onbereikbaar en hij moest iemand in vertrouwen kunnen nemen. 'Frans Meertens,' zei hij. 'Ik moet hem dringend zien te vinden. Het zou kunnen dat hij onze kroongetuige is.'

'Kroongetuige waarvan?'

'Dat verklaar ik je later wel. Maar ik zou je willen vragen om hier voorlopig met niemand over te praten, ook niet met Vonck. Zeg tegen hem dat ik kom als ik Meertens heb gevonden.'

'Je moet niet naar hier komen,' zei ze snel. 'Je wordt in Mechelen verwacht. Jacques Plessers is gevonden in de garage van zijn neefje. Vermoord, de keel overgesneden. Kareem is daar. Neem contact op met hem.'

Sterckx verbrak de verbinding en belde naar Zeiz. Hij had nu de platanendreef bereikt, maar zorgde ervoor dat hij de ingang van de kerk goed in het oog kon houden. Net toen Zeiz opnam, begon de klok van het verderop gelegen kloostergebouw te luiden.

'Waar ben je?' was het eerste dat Zeiz vroeg.

42

Zeiz stuurde de gehavende dienstauto van Lambrusco door het drukke verkeer. De gps gaf aan dat hij 27 minuten nodig had om het klooster van Zelem te bereiken, maar hij rekende erop dat hij daar tien minuten af kon doen, met behulp van de krachtige motor, het zwaailicht en de sirene. Vlak na het telefoontje van Sterckx had hoofdinspecteur Konings van de Mechelse recherche hem gebeld. Konings had de wereld van Hans Plessers in kaart gebracht. Het resultaat was hallucinant. Het beeld van het gelukkige gezinnetje bleek compleet vals te zijn. Hans was een agressieve psychopaat, die zijn vrouw en kinderen jarenlang had mishandeld en daarvoor in 2010 ook een veroordeling had opgelopen. In een van haar getuigenissen verklaarde zijn vrouw dat Hans Plessers zich had gespecialiseerd in het martelen zonder sporen achter te laten. De verwondingen die bij haar werden vastgesteld en die tot zijn veroordeling hadden geleid, waren volgens haar maar het topje van de ijsberg. Enkele maanden geleden had ze beslist hem te verlaten. Sindsdien verbleef ze met de kinderen in een vluchthuis op een onbekend adres. Commissaris Jacques Plessers had zijn neefje al die jaren de hand boven het hoofd gehouden. Jacques Plessers was de vader die Hans had verloren als kind.

Op 7 maart 2011, ongeveer anderhalf jaar geleden dus, werd Hans door de Antwerpse recherche opgepakt en aan een verhoor onderworpen. Hij werd gelinkt aan de chantage en de onrustwekkende verdwijning van een priester. Een getuige had de dag voordien een verdachte wagen opgemerkt en de nummerplaat aan de politie doorgegeven. Het bleek de 4x4 van Hans te zijn. Maar het onderzoek werd afgebroken omdat Jacques Plessers zijn neefje een alibi gaf.

Het leek erop dat Hans via zijn oom de dossiers van Operatie Kelk had kunnen bemachtigen en vervolgens priesters die van seksueel misbruik werden beschuldigd had gechanteerd. En er was nu geen twijfel meer mogelijk: hij was ook de moordenaar. Zeiz vervloekte zichzelf voor de verloren tijd en de gemiste kansen. Hij had de juiste sporen gevolgd, maar de samenhang niet gezien. De puzzelstukken hadden al die tijd voor hem gelegen, maar hij was er niet in geslaagd er een beeld van te maken.

Toen Sterckx hem belde en op de achtergrond de valse slagen van de kloosterklok klonken, was het telefoongesprek van vanochtend met de onbekende man hem te binnen geschoten. Ook toen had hij dat geluid gehoord, maar niet herkend. Dat Hans en Vanhees nu samen in het klooster waren, was lang van tevoren gepland. Alles wat gebeurd was, de moorden en de leugens, voerden naar dit ene vervloekte moment, op die ene verdorven plaats. Alleen daar kon gebeuren wat moest gebeuren. Waarom had hij dat niet eerder gezien? Hij had zich een ring door de neus laten boren en ze hadden hem geleid naar waar ze hem hebben wilden. En nu was het wellicht te laat.

Want hoe paste Pema in die puzzel? Een simpele vraag met een al even simpel antwoord. Ze paste er helemaal niet meer in, besefte hij, terwijl hij een personenwagen die niet snel genoeg baan ruimde agressief naderde en aan de kant dwong. En omdat ze er niet meer in paste, maakte ze ook geen schijn van kans meer. Hans had haar gebruikt om hem onder druk te zetten. Nadat Zeiz had gedaan wat van hem werd verlangd, namelijk het bevel geven om het onderzoek naar de financiële transacties van Degreef & Partners en Gerard Vanhees uit te stellen, was de rol van Pema uitgespeeld. Wat had Hans met haar gedaan? Wat doe je met iets dat geen waarde meer heeft? Je gooit het weg. Maar Hans was niet iemand die deed wat je van hem verwachtte, dat was ondertussen wel duidelijk geworden. Hij was een onberekenbare sadist. In het beste geval had hij haar ergens in een afgelegen bos gedropt of als een overbodig hondje aan een boom vastgebonden.

Het was wachten op de resultaten van de huiszoeking in de garage en de woning van Hans Plessers, maar Zeiz verwachtte daar niet veel van. Volgens hem had Hans een geheim onderkomen. Misschien hield hij Pema daar zelf gevangen. Een ding stond vast: hij was de onbekende man die hem had overvallen en hij was de enige link naar haar. Zeiz wist wat hem te doen stond: hij zou Hans de duimschroeven aanleggen voordat zijn collega's hem konden arresteren. Daarbij zou hij niet zijn best doen om geen sporen na te laten. Als het nodig was, zou hij hem martelen tot het einde, met alle middelen die hij ter beschikking had en alle mogelijkheden die hij kon bedenken. Op hoop van zegen. En daarna zou hij zijn politiebadge en dienstpistool inleveren en ontslag nemen. Er was nog leven na de Hasseltse politie. Hopelijk een leven met Pema.

Een vrachtwagen dreigde hem de weg te versperren, maar het zwaailicht en de sirene dwongen hem aan de kant. Misschien moesten hij en Pema ergens een nieuw leven beginnen en de last van het verleden van zich afschudden.

Hij parkeerde zijn auto achter de BMW van Sterckx. Die wachtte hem op in de dreef. Ze hurkten zwijgend in de schaduw van een plataan terwijl ze de deur van de kapel in het oog hielden. Ze hadden de stilzwijgende overeenkomst gesloten geen versterking in te roepen. Wie van de collega's konden ze nog vertrouwen?

Sterckx had hem in grote lijnen verteld wat de theorie van Bijnens was. Als het klopte dat er kinderen op het domein lagen begraven en Frans Meertens de locaties kende, moesten ze hem zo snel mogelijk zien te vinden. Maar Franske was sinds enkele dagen van de aardbodem verdwenen. Hij had zich niet gemeld in het fraterklooster van Zonhoven, waar hem een voorlopige nieuwe stek was toegewezen. Op het domein was geen plaats overgebleven waar hij kon onderduiken. De stallen, de bijgebouwen en de oude boerderij, waar hij een kamertje had, waren met de grond gelijk gemaakt. Met de afbraak van het kloostergebouw zelf was ook een aanvang genomen; volgens de plannen van Devos zou alleen de historische gevel overeind blijven. Misschien had de boerenknecht onderdak gevonden bij vrienden. Wat onwaarschijnlijk was, want de wereld van deze simpele man eindigde bij de omwalling van het kloosterdomein. Zeiz vreesde het ergste. Het beeld kwam bij hem op dat Meertens moedwillig op de bulldozers had gewacht en nu onder het puin van zijn boerderij begraven lag.

Wat kwam Vanhees hier doen? Een laatste maal bidden? Als het vermoeden van Zeiz juist was, bevond Hans zich nu ook op het domein. Het telefoontje dat hij van Hans had gekregen, was ondertussen enkele uren geleden. Maar stel dat zijn vermoeden juist was, dan hadden de heren hier een afspraak gehad. Om wat te doen? Was Vanhees vanmorgen zijn miljoen euro bij de KBC-bank op gaan halen om iets te kopen van Hans? Iets dat belastend genoeg was om er zoveel geld voor over te hebben. Maar wat?

De deur van de kapel ging open. Vanhees stapte naar buiten. Hij had nu een aktetas in zijn rechterhand. Met snelle tred liep hij in de richting van het kloostergebouw. Hij liet de trap naar de hoofdingang links liggen en verdween plots om de hoek. Zeiz en Sterckx renden over het door de zon geblakerde plein naar de plaats waar Vanhees was verdwenen. Er was een paadje dat doodliep in de uitgedroogde slotgracht. Als hij hier verder was gelopen, zou hij op de bodem sporen hebben achtergelaten. Opzij van het gebouw was een trapje dat naar beneden voerde, naar een houten poortje. Het was gesloten, maar Sterckx had maar enkele seconden nodig om het geruisloos open te breken. Ze kwamen in een donkere gang die vol stond met rommel. Op de tast bewogen ze zich verder in het gebouw. Ze pasten goed op dat ze niets omstootten. Zeiz hoorde hoe Sterckx hem volgde en hem af en toe aanraakte om zeker te spelen dat ze elkaar niet kwijtraakten.

Hij voelde een klink en deed een deur open. Hier brandde licht, een naakt peertje aan een draad stortte een flauw schijnsel uit over een volstrekt lege kamer. Ze liepen door de kamer naar een deur aan de andere kant. Vervolgens liepen ze van de ene lege kamer in de andere. Ze hoefden de deuren maar open te duwen om weer in een nieuwe kamer te komen. Hier lagen dakpannen opgestapeld. De volgende kamer diende als stapelplaats voor steenkolen. Ze liepen op goed geluk verder, terwijl Sterckx met zijn gsm voor een beetje licht zorgde.

Zeiz hapte zenuwachtig naar adem. Dit moest het ondergrondse stelsel van gangen en kamers zijn dat Devos in zijn plannen de 'catacomben' had genoemd. Volgens de architect was het een labyrint, waar je zonder licht het risico liep nooit de uitgang te vinden. Ze kwamen in een lange, smalle gang, die voerde naar weer andere gangen en die hen via een doolhof van kamertjes nog dieper in de buik van het gebouw bracht. De stenen muren leken in rots te zijn uitgehouwen. Er hing een diepvrieskilte en hoe verder ze vorderden hoe vochtiger de vloer werd. Het schijnsel van Sterckx' gsm werd zwakker.

Onverwacht eindigde de gang bij een ijzeren trap, die door een koker naar boven voerde en door een metalen luik was afgesloten. Ze hadden geluk gehad. Devos had geschreven dat hij er niet in was geslaagd het labyrint in kaart te brengen, maar hij vermoedde dat sommige van de ondergrondse gangen tot buiten de kloostermuren voerden.

Tot grote opluchting van Zeiz ging het luik open. Boven aangekomen stonden ze op een ouderwetse tegelvloer onder de blote hemel. Ze bevonden zich aan de tuinzijde van het gebouw; de achtergevel was al gedeeltelijk afgebroken. Verderop lag het zwembad. De kuip was vol beton gegoten en diende nu als vloerplaat voor een torenkraan.

Hij hoorde iemand praten. Het was een stem die hem bekend voorkwam en toen hij en Sterckx naderbij slopen, herkende hij de eigenaar van de stem. Er ging een rilling van afkeer, maar ook van opluchting, door hem heen. Het was Hans.

'Ik hoor je niet, fratertje,' riep Hans. 'Luider tellen.'

Hij moest zich ergens achter het puin van de weggebroken achtergevel bevinden. Zeiz wierp een blik op Sterckx. Die knikte. Ze hadden geen woorden nodig om de rollen te verdelen. Zelf zou hij recht op zijn doel afgaan, terwijl Sterckx een omtrekkende beweging zou proberen te maken. Hij rende gebukt voorbij de torenkraan, tot bij een stellage, waarachter een glasloos raam zat. Hij kroop door het raam en kwam in een ruimte terecht die in afzonderlijke hokjes was verdeeld. Waarschijnlijk waren dit de vroegere kleedkamers van het zwembad. De tegeltjes waren van de muren losgekomen en lagen in brokken verspreid over de vloer. Het rook er naar urine en uitwerpselen en Zeiz bedacht dat de bouwvakkers wellicht hier hun gevoeg kwamen doen. In één kamertje trof hij inderdaad menselijke uitwerpselen aan. Marc Cosemans had in de officiële klacht die hij bij de politie had ingediend, beweerd dat hier ergens het seksueel misbruik was begonnen, toen frater Wriemel hem was komen helpen met afdrogen. Volgens hem was het afdrogen van de jongetjes door de fraters een algemeen gebruik geweest, waar niemand zich vragen bij had gesteld.

'Luider,' hoorde hij Hans roepen. De stem klonk nu vlakbij.

Hij hoorde ook een andere stem. Voorzichtig loerde hij om de hoek van de laatste kleedkamer. Hij zag Vanhees geknield zitten op de grond bij zijn opengeslagen aktetas. Hij haalde er bankbiljetten uit. Hij telde met een bril op het tipje van zijn neus. Blijkbaar waren het biljetten van vijfhonderd euro. Hij was aanbeland bij 55 500 euro. Aan de inhoud van de aktetas te zien, kon dit tellen nog even duren.

Zeiz overschouwde de situatie. Hans was zelf niet te zien, maar aan het geluid van zijn stem te oordelen, bevond hij zich in de buurt. Misschien in de kamer waar het bord PROVISOR op de deur hing en waarvan één wand halfopen was en omgebouwd tot een toog die uitkeek op het zwembad.

'We hebben bezoek, fratertje, wist je dat?' Hans wachtte even. Toen vervolgde hij: 'Welkom, hoofdinspecteur Kareem Zeiz.'

Zeiz verstarde. Hoe wist Hans dat hij hier was? Snel keek hij om zich heen, in de ruïne waarin hij zich bevond viel niemand te bespeuren. En de stem had dichtbij geklonken, akelig dichtbij. Als Hans in de provisorkamer zat, kon hij hem onmogelijk zien, want daarvoor had hij zijn hoofd boven de toog moeten uitsteken. De enige verklaring was dat hij zich ergens op een hoger niveau moest bevinden, hoewel niet meteen duidelijk was waar dat kon zijn.

'Stoort het je als ik je Kareem noem? We zijn toch een beetje vrienden geworden, of niet? En neem van me aan dat ik niet vlug iemand mijn vriend noem. Alsjeblieft, Kareem, treed naar voren, zodat ik je duidelijk kan zien. Ik vraag het je met aandrang en ik reken erop dat je me niet laat wachten. Vergeet niet dat ik iemand in mijn macht heb die jou heel dierbaar is.'

Zeiz voelde hoe zijn adem stokte en zijn vingers jeukten, alsof iemand er stroomstootjes had opgezet. Het liefste was hij blindelings vooruitgestormd en Hans te lijf gegaan, waar die zich ook mocht bevinden. Maar hij moest kalm blijven en zich niet laten opjagen. Allicht was Hans gewapend en zou zijn impulsieve aanval meteen worden afgestraft.

Zeiz deed wat hem was opgedragen. Hij stapte rustig naar voren. Vanhees keek vluchtig opzij, alsof zijn komst hem koud liet en ging verder met het tellen van het geld. Hij articuleerde luid en zorgvuldig als las hij beursberichten voor.

Zeiz hoorde een ratelend geluid boven zich. Een van de lasten die aan de horizontale arm van een bouwkraan hingen, bewoog. Een metalen kooi verplaatste zich tot vlak boven hun hoofden en kwam daar tot stilstand. Zat Hans in de bestuurderscabine boven aan de mast? Dat zou logisch zijn, want vandaaruit had hij een perfect overzicht op het terrein en dat zou ook verklaren waarom hij elke beweging op het terrein meteen registreerde. En nu begreep Zeiz ook waarom de stem van Hans zo'n mechanische bijklank had. Die kwam ergens uit een luidspreker.

'Jouw collega heeft zich verdekt opgesteld achter die stapel bakstenen recht tegenover jou,' ging Hans verder. 'Kijk, nu loert hij om de hoek. Die lange neus van hem verraadt hem, is dat niet jammer? Maar eerlijk gezegd ben ik een beetje teleurgesteld. Ik weet ondertussen dat de politie voorspelbaar te werk gaat. Maar van jou had ik meer fantasie verwacht, Kareem. Ik had jullie al van ver horen aankomen.'

'Als ik fantasie had, was ik in een klooster getreden,' zei Zeiz.

Hans grinnikte. 'Dan heb je het wel over perverse fantasie, neem ik aan. Als je een liefhebber bent van ranzige seks, raad ik je de lectuur aan van de in beslag genomen dossiers van Operatie Kelk. Zoals je ondertussen wellicht zult weten, speelt ons fratertje daarin een van de glansrollen. Hij heeft een absolute voorkeur voor jongetjes die nog net geen schaamhaar hebben ontwikkeld. Dat soort details zijn voor hem belangrijk. Ze mogen niet te jong en niet te oud zijn, ze moeten à point zijn. Dat klopt toch, hé fratertje?'

Vanhees keek op, zijn ogen lichtten vergroot op achter de glazen van zijn bril. Op zijn voorhoofd glinsterden pareltjes zweet. Zijn gezicht verried geen enkele emotie. Hij maakte geen opgewonden of angstige indruk. Toen ging hij rustig verder met tellen.

'We mogen hem nu niet uit zijn concentratie halen,' zei Hans. 'Ik wil er zeker van zijn dat er in zijn koffertje ook wel echt een miljoen euro zit. Ik heb de laatste tijd noodgedwongen zoveel onderhandeld met priesters en kloosterlingen en ik kan je verzekeren dat bij belangrijke transacties zoals deze voorzichtigheid geboden is. Je kent toch dat grapje dat over katholieken de ronde doet?'

'Het is hetzelfde grapje dat ze ook over garagisten vertellen,' zei Zeiz. 'Als je ze een hand geeft, moet je achteraf je vingers tellen.'

'Kijk, dat noem ik nu stank voor dank. Ik lap jouw autootje op voor een vriendenprijsje en dan krijg ik zoiets op mijn brood.'

'Er zat een lijk in de koffer,' zei Zeiz.

'Ben je daarom hier? Om mij te arresteren omdat ik die idioot de keel heb overgesneden? Het was een geval van heirkracht, dat wil ik toch even zeggen. Je weet, waar zaken beginnen, eindigt de liefde. Dat was helaas zo, hij liet mij geen andere keuze. Stel je voor, hij, mijn oude oom Jacobus, wilde mij arresteren. Ik maak geen grapje, het is echt zo. En nu kom jij en je wil hetzelfde doen.'

Zeiz schudde het hoofd. 'Nee, ik wil alleen weten waar Pema is.'

Hans kreunde. 'Ach, wat klinkt dat melig. Bijna zou ik je nog geloven. Een grietje uit Tibet, zo lopen er veel rond, daar ga je je leven toch niet voor wagen zeker. Het is een hoertje, dat weet je toch?'

'Wat weet jij daarvan?' zei Zeiz met trillende stem. 'We weten hoe jij met vrouwen omgaat. Je hebt de moeder van je kinderen jarenlang mishandeld.'

'Die vrouw liegt. Net zoals jouw Pema liegt als ze zegt dat ze van je houdt. Ze spreidt haar benen voor jou omdat ze hoopt dat je haar helpt om een verblijfsvergunning te krijgen. En nu kom jij hier je leven wagen, zogezegd om haar te redden?' De stem van Hans was scherper geworden, maar hij herpakte zich en vervolgde rustig: 'Maar misschien geloof je die onzin zelf wel.'

Zeiz dacht na. Dus Hans had de dossiers van Operatie Kelk ingekeken. Het was dus inderdaad zo dat hij die via zijn oom in handen had gekregen. Met de belastende informatie over seksueel misbruik die hij daar had gevonden, had hij Buylen en Bonnet gechanteerd, en zo goed als zeker nog andere priesters. Waarschijnlijk had hij ermee gedreigd de getuigenissen openbaar te maken. Ze hadden betaald tot ze blut waren. Maar Vanhees bracht meer dan een miljoen euro mee. Had de congregatie van de fraters zo'n gigantische som geld over, alleen maar om een schandaal te vermijden? De meeste feiten zouden verjaard zijn en de slachtoffers hadden geen klacht ingediend. Wat kreeg Vanhees voor dat geld? Plots werd Zeiz duidelijk dat Hans over informatie beschikte die fataal kon zijn voor de fraters. Wist hij dat er kinderen waren vermoord en dat hun lichamen op het domein lagen begraven? Wist hij misschien ook waar ze begraven waren?

Kreeg Hans misschien geld in ruil voor zijn stilzwijgen? Maar dat was geen garantie, dat moesten de fraters ook beseffen. Hans kon het geld incasseren en later nog meer geld eisen.

'Is jouw vader door Buylen misbruikt?' vroeg Zeiz.

Hans slaakte een luide kreet, die veel weg had van gehinnik. 'Eindelijk een goede vraag. Ja, dat beweerde die ouwe van mij, dat hij in zijn kont was geneukt door pater Stan Buylen. En weet je waar dat gebeurd is?'

'Hier,' zei Zeiz.

'Precies. In een van die kleedhokjes achter je. Mijn vader vond het blijkbaar niet leuk wat Buylen allemaal met hem uithaalde, hij is er nooit helemaal overheen gekomen. Een echte zielenpoot. Maar in plaats van Buylen de keel over te snijden heeft hij zichzelf van kant gemaakt.' Even bleef het stil, toen riep hij: 'Daar sta je van te kijken, hé, fratertje. Maar dat gebeurde voor jouw tijd. Het was toen allemaal nog niet zo goed georganiseerd. Het ging er gemoedelijker aan toe, als ik dat zo mag zeggen. Losser. Kameraadschappelijker. Alsof het allemaal niet zo erg was. Kleed je maar uit, ventje. Je hoeft je niet te schamen voor je eigen piemeltje. God heeft jou zo geschapen. Maar je rilt, arm kind. Kom hier, dat ik je snel afdroog, voordat je kou vat. Niemand kwam op het idee dat het strafbaar was wat die vetzakken met die jongetjes deden. Er werden zelfs video-opnames van gemaakt, die in bepaalde geestelijke kringen circuleerden. Soms gingen ze erg ver met hun spelletjes en dan gebeurden er ongelukjes. Ze waren zo zeker van zichzelf dat ze risico's namen. Ze lieten het opruimwerk over aan iemand anders, iemand van wie ze dachten dat ze hem volledig in hun macht hadden. Dan heb jij het veel beter aangepakt, hé fratertje. Enfin, dat dacht je toch. Alles leek perfect geënsceneerd. Professioneler. Jij liet in elk geval geen pottenkijkers

327

toe. Hoewel… je hebt één persoon over het hoofd gezien…'

Vanhees keek niet op. Hij telde verder, alsof hij de praatjes van Hans niet hoorde.

Hans lachte luid. 'Er was een getuige en die heeft natuurlijk zijn mond opengedaan. Zo is dat nu eenmaal met getuigen, dat weet jij ook, hé, Kareem. Op een keer gaan ze praten.'

Zeiz knikte. Die getuige was Franske Meertens, het laatste puzzelstukje van deze gruwelijke zaak. Hij was het die voor frater Wriemel en de anderen de kinderlijkjes had moeten begraven. Vanhees had dat opruimwerk blijkbaar zelf gedaan, maar hij had het niet voor Franske verborgen kunnen houden. De gehandicapte boerenknecht was het meest waardevolle puzzelstuk dat Hans helemaal tot het laatste had bewaard en nu kwam hij dat verzilveren.

'Franske Meertens,' zei Zeiz. 'Hij weet waar de kinderen begraven werden.'

'Ja, natuurlijk,' riep Hans. 'Dat was de tweede onvergeeflijke fout van ons fratertje. Hij heeft ze in zijn eigen tuin begraven. Of beter gezegd, in de tuin van Franske. Hoe dom kun je zijn?'

Zeiz rilde, ondanks de hitte, die door de almaar zwoeler wordende lucht het ademen bemoeilijkte. Hij moest Hans aan de praat houden en ondertussen proberen uit te zoeken waar hij zich verborgen hield. Zijn vermoeden dat de man gek was, was nu een zekerheid geworden. De manier waarop Hans over mensen praatte, getuigde van een volstrekte gevoelloosheid. Hij had geen greintje medeleven met de slachtoffers die hij had gemaakt.

'Een miljoen,' zei Vanhees. Hij was klaar met tellen en legde de bundeltjes bankbiljetten terug in de koffer.

De metalen kooi kwam weer in beweging. Toen ze ongeveer halverwege de bodem was, zag Zeiz dat er iets in zat. Hij kon niet duidelijk herkennen wat. Had het bewogen? Was het een mens?

Nu pas merkte Zeiz de zware wolken op die zich boven het kloosterdomein verzamelden. De zon was volledig verdwenen en de hemel werd onheilspellend donker. Heel in de verte rommelde het naderende onweer. Hoewel het nog maar middag was, leek het of de nacht aan het vallen was.

Toen ging alles snel. Met een scherpe metalen klap bereikte de kooi de bodem. Een verticaal luik schoof open en Franske kwam naar buiten. Er was iets vreemds met hem aan de hand. Hij nam een onnatuurlijke houding aan. Hij duwde zijn bekken naar voren en bracht zijn hoofd naar zijn rechterschouder. Toen ontdekte Zeiz dat er achter hem iemand stond die zich tegen zijn rug aandrukte. Tot Zeiz' verbazing was dat niet Hans, maar een oudere man met een snor, die hem vaag bekend voorkwam. Hij hield Franske in bedwang met een ijzerdraad, die hij rond diens keel had gebonden. In zijn andere hand had hij een pistool waarmee hij naar Vanhees wees. 'Achteruit, fratertje,' riep hij.

Toen herkende Zeiz de man. Het was de man op de familiefoto van Jacques Plessers, namelijk diens overleden broer. Maar toen hij beter keek, zag hij dat het om een vermomming ging. Hans had het uiterlijk van zijn overleden vader aangenomen. Toen vielen alle puzzelstukjes op hun plaats. Al van bij de aanvang van het moordonderzoek, vlak na de verdwijning van pastoor Bonnet, was Hans in deze vermomming opgedoken. Het was Hans geweest die bij Bonnets zus was gaan aankloppen en die daar het naamkaartje van Zeiz had achtergelaten. Waarschijnlijk was hij ervan uitgegaan dat Bonnet, die niet langer bereid was geweest zich te laten chanteren, zich voor hem verborg en hoopte hij een tip van diens zus te krijgen. En hij was in deze vermomming ook bij de antiquair opgedoken, om de gestolen monstrans aan te bieden.

Zeiz dacht snel na. Deze man was een psychopaat, dat was overduidelijk. In zijn ogen waren mensen gebruiksvoorwerpen met een bepaalde waarde. Welke waarde had Pema voor hem? Hij had haar gebruikt om hem onder druk te zetten. Hij had er zo voor gezorgd dat hij de bankrekening van Vanhees niet had laten blokkeren. Pema's waarde was tot nul herleid nadat Vanhees het geld had afgehaald. Een steek ging door zijn maag. Misschien leefde ze niet meer. Zijn angst voor haar ging over in een intense haat jegens Hans. Het had geen enkele zin te rekenen op het medegevoel van die man.

Een andere vraag drong zich op. Wat was Vanhees met Franske van plan? De boerenknecht was een hinderlijke getuige, maar waarom had hij een miljoen euro veil voor hem? Welk spel werd hier gespeeld? Het akelige gevoel kwam bij Zeiz op dat het niet Hans was die hier de spelregels bepaalde.

'Neem het geld,' zei Zeiz, 'en laat Franske gaan.'

Nu reageerde Vanhees wel. Hij keek Zeiz woedend aan en snauwde: 'Idioot, begrijp je het nog altijd niet?'

Het volgende ogenblik greep Hans de koffer met geld en duwde Franske ruw naar Vanhees toe. De ogen van de boerenknecht schoten heen en weer. Ze waren groot van angst. Hij droeg een rugzakje met de afbeelding van Mickey Mouse op.

Maar Vanhees leek niet in Franske geïnteresseerd.

'We hadden een deal,' siste Vanhees, 'ben je dat vergeten?'

Hans lachte. 'Nee fratertje, ik heb aan jou gedacht. Kijk straks eens in dat rugzakje van je knechtje.'

Maar hij bleef als aan de grond genageld staan toen achter de heuvel iets oplichtte, als een geluidloze explosie. Was het een bliksemschicht?

Daarna ging alles razendsnel. Zoeklichten en knallen flitsten door de ruimte. Zeiz wierp zich op de grond, terwijl hij tevergeefs naar dekking zocht. Ze lagen onder vuur en hun belagers moesten zich ergens in de kloostertuin bevinden. Hij beschermde zijn hoofd met zijn handen en probeerde de situatie in te schatten. Het volgende ogenblik zag hij Sterckx tussen de poten van de torenkraan naar voren stormen en zich met een katachtige sprong op Franske werpen. Met een schok begreep Zeiz waarom. Zijn collega wilde de boerenknecht beschermen, maar hij kwam te laat. De man was zonder een geluid te maken hevig bloedend aan zijn hoofd in elkaar gezakt. Even verderop lag het levenloze lichaam van Hans. Zeiz kon niet zien of ze dood waren of alleen maar gewond.

Tot zijn ontzetting zag hij dat ook Sterckx was geraakt en kermend van de pijn over de bodem kronkelde. Hij rende naar hem toe. De rechterpijp van zijn broek was doordrenkt van het bloed. Toen hij de broek naar beneden trok, zag hij dat zijn collega in de lies was geraakt. Met krachtige slagen gulpte het bloed naar buiten. Zeiz trok zijn T-shirt uit, maakte er een prop van en drukte die tegen de wonde, in een poging het bloeden te stelpen. Snel keek hij om zich heen. In de schaduwen die achter hem opdoken, meende hij uniformen te onderscheiden, maar hij was er niet zeker van.

Hij zag hoe Vanhees naar het levenloze lichaam van Hans liep. Het duurde even voor hij de vingers had losgewrikt die de koffer met geld vasthielden. Daarna ging hij naar Franske, die op zijn zij was gevallen en met grote kinderlijke ogen naar de inktzwarte hemel staarde. Vanhees gaf het lichaam met zijn voet een duw, zodat het met de buik op de grond kwam te liggen. Vervolgens ritste hij de rugzak open en keek erin. Zijn ogen straalden, als een kind dat eindelijk het geschenk te zien krijgt waar het zolang op heeft gewacht. Het was de monstrans. Heel even leek het alsof hij het kerkjuweel wilde kussen. Maar nadat hij het rugzakje weer had dichtgeritst en het over zijn schouder had gehangen, draaide hij zich om en liep weg, zonder de achterblijvers nog een blik waardig te gunnen.

Zeiz keek machteloos toe. Hij wist waar Vanhees heen ging, maar hij kon Sterckx niet alleen laten. Die zou zonder zijn hulp doodbloeden.

'Eefje Smeets,' fluisterde Sterckx. 'Zij wist dat ik hier was, zij zit hier achter.'

Waar waren de onbekende schutters gebleven? Waar wachtten ze op? Ze waren vlakbij, ze konden Vanhees makkelijk tot staan brengen, maar ze deden het niet. Met een schok begreep Zeiz het: ze wachtten tot Vanhees in de catacomben van het klooster was afgedaald en verdwenen. Ze hielden hem niet tegen omdat dit een onderdeel van de planning was. Omdat het een valstrik was. Iedereen was erin getrapt. Niet alleen hij en Sterckx, maar ook Hans, die zich onoverwinnelijk had gewaand. Vanhees had al die tijd geweten dat het zo zou aflopen. Mogelijk was hij zelf de architect van dit monsterlijke plan geweest.

'Nee', fluisterde Zeiz vlak bij het oor van zijn partner. 'Het was Vanhees, al die tijd waren het Vanhees en zijn vriendje Swolfs die de bakens hebben uitgezet.'

Een paar seconden heerste er een volstrekte stilte, alsof de wereld zijn adem inhield. De eerste regendruppels vielen. Dikke vette druppels uit een opgezwollen hemel. Een felle wind droeg gerafelde schaduwen aan.

Zeiz drukte de prop in de lies van Sterckx. 'Rustig, jongen,' zei hij, 'alles komt goed.' Er was geen enkele reden om dat te geloven. Hij voelde het warme bloed over zijn hand vloeien en dacht aan Pema. Of was er toch nog hoop? Was de liefde misschien toch sterker dan alles? Een oorverdovend gekraak dat diep uit de aarde leek te komen, deed hem in elkaar krimpen. En uit het niets scheurde een gigantische bliksemschicht de wereld open.

Epiloog

Westende Bad

De man was geluidloos gekomen, als een bandiet uit de bergen. Hij was geen onbeholpen Chinese soldaat die luid snaterend de grens overstak om op officiële rooftocht te trekken.

De zee was vlakbij. Ze rook het zout. 'Ruik je dat?' had Hans gezegd, 'dat is de zee. Morgen gaan we naar het strand.' Maar hij had gelogen. Al een dag en een nacht had ze niets meer van hem gehoord. Hij had haar opgesloten in dit kamertje met het raam waar tralies voor zaten. Daar was niets mis mee, dacht ze, haar hele leven lang had ze op kleine kamertjes gewoond. En een raam beschouwde ze als een luxe, ook met tralies.

'Ramen zijn de ogen naar de hemel,' zei haar vader altijd, 'daarom moeten we ze zuiver houden.' Het raam waar ze nu door naar buiten keek, was al een hele tijd niet meer gewassen. En de tralies waren roestig, maar nog stevig, ze zouden haar nog lang gevangen kunnen houden.

Ze kon het gevoel niet van zich afzetten dat nog andere mensen hier gevangen hadden gezeten. In een doos die naar suiker rook, had ze kaartjes gevonden. Sommige kaartjes waren wondermooi, met tekeningen: een man die een doornenkroon droeg of aan een kruis hing, een engel met machtige vleugels. Er waren buskaartjes, badges en zelfs bankkaarten.

Eén badge had haar doen schrikken. Daar stond de naam op van Kareem. Kareem Zeiz, hoofdinspecteur van de politie. Hoe kwam die hier? Ze had er eerst geschrokken naar gestaard en toen was ze plots heel blij geworden. Dit was een goed teken.

Bijna de hele dag had ze doorgebracht bij het raam, met de badge van Kareem in haar hand, dromend, hunkerend naar hem en naar de vrijheid, terwijl ze door de tralies naar het sympathieke tuintje keek, met de verwilderde boomgaard en het vijvertje, dat overwoekerd werd door waterlelies.

De tralies herinnerden haar aan haar vader, toen hij uit de gevangenis werd vrijgelaten. Hoe hij gebogen over zijn jakthee ging zitten als een zieltogend vogeltje. Hij liet de winkel aan haar moeder over en trok 's ochtends naar de bergen om naar het stromende water in de rivier te staren. Soms vergat hij naar huis te komen, dan gingen ze hem halen voor hij onderkoeld raakte of ten prooi viel aan wolven of beren. Hij raakte haar moeder niet meer aan, dat was hij blijkbaar verleerd in dat halve jaar dat hij gevangen had gezeten. En hij kon het ook niet meer verdragen dat zij hem aanraakte. 'Het is beter dat je me niet voelt,' zei hij.

Toen Hans haar in zijn takelwagen had meegenomen, had ze naar zijn handen gekeken als hij met haar sprak. Je mag sterke mannen niet zomaar in de ogen kijken, je moet wachten tot ze hun toestemming geven. Hij was sterk en zonder angst. Dat was onderweg gebleken. Op een verlaten stuk weg was een Mercedes naast hen komen rijden. Ze had een van de mannen in de auto meteen herkend. Het was Abdel, hij gebaarde dat ze moesten stoppen. Ze was in paniek geraakt en was beginnen te schreeuwen. Maar Hans had gelachen, zijn stuur naar links gegooid en de Mercedes geramd. Er was een harde klap gevolgd. Zij had niet om durven te kijken. 'Opgeruimd staat netjes,' had Hans gezegd. En hij was gewoon verder gereden. Eerst had ze een nacht in die vuile kamer in het verlaten huis op het industrieterrein doorgebracht. Daarna had hij haar naar dit huisje aan zee gebracht.

Ze hield haar adem in toen de vogels in de tuin even zwegen. Een lauwe tocht trok door de kamer. Iemand was in huis gekomen, wist ze. Haar hart sprong op toen ze buiten de kamer een gerucht hoorde. Even later rommelde iemand aan de klink van de kamerdeur.

'Kareem,' fluisterde ze. Maar ze deinsde achteruit toen het slot onder luid gekraak bezweek en de deur opensloeg.

Het was niet Kareem, maar Abdel. Zijn machtige lichaam vulde de deuropening.

'Ik kom je redden, mijn vogeltje,' zei hij hees.

Tot haar eigen verbazing schrok ze niet eens. Ze slaagde er zelfs in zich te verheugen op de glimlach die op zijn lippen rustte, ook al was die glimlach maar gespeeld.

Hij kwam naar haar toe en zei: 'Als ik jou zie, krijg ik altijd zo'n zin.'

Hij knoopte zijn broek los en haalde zijn gezwollen geslacht tevoorschijn. Daarna legde hij zijn hand op haar hoofd, teder, als was zij een kind.

En zij knielde.

Ze sloot haar ogen en droomde van een huisje dat alleen van haar was, en een tuin die zo mooi was dat ook een eekhoorn er zich thuis zou voelen. In een rechtvaardige wereld. Ze zou de kinderen horen spelen op het strand. Meer had ze niet nodig. Een kamertje. Haar kamertje. Ze zou de tralies wegnemen en het venster wassen.

Envoi

Niangara Territory

De rode aarde trof hem meteen. Die was hij helemaal vergeten, die volle, doorbloede, lamgeslagen aarde.

Toen hij na twee dagen en nachten reizen aankwam in Mahagi, een stadje aan de grens met Oeganda, begonnen de eerste regenbuien te vallen. Dat beloofde voor later. De hoofdweg die langs de Uele rivier voerde, vormde in het naseizoen al een regelrechte modderstroom. '*Voici un des cinq chantiers de notre président Joseph Kabila,*' had de rondborstige Marianne lachend uitgeroepen. Maar met haar aan het stuur van de pick-up was de reis een genoegen geweest. Aanvankelijk had de chaos hem naar de strot gegrepen, maar zijn lichaam had maar enkele dagen nodig gehad om de switch te maken, van Europees naar Afrikaans. Het zat nog in hem, stelde hij tevreden vast, het diende alleen te worden geactiveerd.

De bossen waren overgegaan in valleien met geel gras en zwart geblakerde skeletten van bomen en de bergen gingen schuil achter de blauwgrijze rook van de aangestoken branden. Hij herinnerde zich dat zijn vader hevig te keer ging tegen die diepgewortelde traditie om het land in de fik te steken, vanuit de foute overtuiging dat de as de aarde vruchtbaar zou maken.

Er was eigenlijk niets veranderd sinds zijn vertrek nu bijna vijftig jaar geleden. De zon van Kisangani hing nu boven Niangara. Hij stond meedogenloos aan de hemel en geselde de onwetende, arme mensen.

Toen ze hun bestemming hadden bereikt, een kleine nederzetting aan de rand van Niangara, had het opgehouden met regenen. De aarde dampte. Van overal kwamen lachende mensen op hem toegelopen. 'Wij danken de Heer dat Hij u naar ons heeft gezonden, révérend-père Gerard,' riepen ze. 'Vanaf nu kan het alleen maar beter gaan.' Ze liepen met hem mee naar het gebouw. Boven de ingang hing een bord met de tekst: *Sans malheur on ne peut pas avoir la bonheur.* De lucht zinderde van gelach en gezang.

Het wonder was geschied. Hij was weer wie hij werkelijk was. Zijn droom was uitgekomen.

Maar het waren de donkere ogen van de kleine Joseph, die hem het diepst hadden geraakt. Joseph had zichzelf bevorderd tot *le secrétaire personel du révérend-père Gerard Vanhees* en week geen moment van zijn zijde. Hij hielp met het uitpakken van de bureauspullen. Vanhees liet hem glimlachend begaan. Vanuit het raam van zijn *bureau du patron* zag hij de eindeloze golfplatendaken, die schitterden in de zon en als een stralenkrans rond het stadje lagen.

De hand waaraan Joseph hem door het huis voerde, voelde aan als soepele rubber. De kamers waren nog grotendeels leeg. Maar het eenvoudige eenpersoonsbed stond er al. Ze keken ernaar. Hij trok de jongen tegen zich aan, dat lenige, gewillige lichaam dat naar zweet en pis rook en dat hem zou dienen tot in het absurde. Een intens gevoel van geluk doorstroomde hem. Hij zou dit lichaam bij zich houden en het africhten als een hondje. Hij zou het... Hij brak de gedachte af en wachtte tot zijn hart weer een beetje tot rust was gekomen.

In de badkamer was stromend water, dat kwam van het reservoir naast het huis. Hij draaide de kraan open en liet het roestige water in de metalen kuip lopen. 'Kleed je uit,' gebood hij.

Eerst moest die lieve jongen in bad.

Lees van Enckels & Dewit ook de Kareem Zeiz thriller

De Mayonaisemoorden

Tweede druk
Genomineerd voor De Diamanten Kogel

Op de vijfde verdieping van het nieuwe gerechtsgebouw in Hasselt vindt bouwvakker Ralf Ratzinger het zwaar toegetakelde lichaam van de zeventienjarige Yusuf Hallil. De jongen is van Marokkaanse afkomst, zo blijkt, en woont in de sociale woonwijk Ter Hilst, een buurt met een niet al te beste reputatie. De huid van Yusufs gezicht glimt vreemd in de voorjaarszon. Het onderzoek wijst uit dat de glimmende substantie mayonaise is.

Gaat het om een racistische moord of om een afrekening in het drugsmilieu? De vreselijke misdaad verhit de gemoederen. Zelfs de verhoudingen binnen het Hasseltse politiekorps worden op scherp gesteld. Het verschil in visie leidt tot een bittere interne strijd.
     Als even later op het oude kerkhof het dode lichaam wordt aange-troffen van Tarik Kanli, een andere jongeman, die bevriend was met Yusuf Hallil, is het hek helemaal van de dam...

Hoofdinspecteur Kareem Zeiz, die zelf van half-Tunesische afkomst is, staat voor de grootste uitdaging in zijn carrière. Welk monster is hier aan het werk, en hoe kan het moorden ze snel mogelijk worden gestopt? Met gevaar voor eigen leven gaat Zeiz op zoek naar de ware toedracht van de barbaarse 'mayonaisemoorden'...

'Een geweldig thrillerdebuut... Een buitenbeentje, en wat voor een...'
- Jos van Cann op thrillerboek.nl

'Een zeer sterke thriller... Een pareltje...'
- Patrick Vandendaele op boek.be

www.witsand-uitgevers.com

Een boek van Witsand Uitgevers
www.witsand-uitgevers.com

Omslag: Wil Immink Design

© Witsand Uitgevers, 2013

D/2013/12.051/4 - NUR 330 - ISBN 978 94 9038 273 5